Beatrix Gurian

GLIMM[illegible]

Weitere Bücher von Beatrix Gurian im Arena Verlag:
Prinzentod
Höllenflirt
Liebesfluch
Lügenherz
Wie du ihm, so ich dir
Dann fressen sie die Raben
Der süße Kuss der Lüge
Stille Nacht. Mörderisch schöne Weihnachtsthriller
Stigmata. Nichts bleibt verborgen
Nixenrache
Sommernachtsfunkeln

Beatrix Gurian

GLIMMER NÄCHTE

Arena

MIX
Papier aus verantwortungsvollen Quellen
FSC® C110508
FSC
www.fsc.org

1. Auflage als Sonderausgabe im Arena-Taschenbuch 2018

Covergestaltung: Martina Eisele, unter Verwendung von Motiven von Shutterstock und Bigstock
Umschlagtypografie: KCS GmbH · Verlagsservice & Medienproduktion, Stelle/Hamburg
Gesamtherstellung: Westermann Druck Zwickau GmbH
ISSN 0518-4002
ISBN 978-3-401-51062-0

Inmitten des Windes, umgeben nur von Sand und Meer und Himmel war er endlich ganz nah bei ihr und doch viel weiter entfernt als jemals zuvor.

Eng aneinandergeschmiegt ritten sie am Meer entlang, seine Arme umschlangen ihre Taille, seine Hände lagen reglos auf ihren, die mit letzter Kraft die Zügel festhielten. Sie spürte seinen Atem an ihrem geschundenen Hals, hörte sein unablässiges, geradezu geisterhaftes Flüstern, fühlte jedes Heben und Senken seiner Brust an ihrem Rücken, während seine Seele in unerreichbare Sphären verschwunden war.

Und es blieben ihr nur wenige Stunden, um ihn zu ihr zurückzuholen. Sie mussten einfach schneller werden!

Behutsam vergewisserte sie sich, dass er sicher auf dem Pferd saß. Dann packte sie die Zügel fester, drückte die Fersen in die Flanken des Pferdes und fing an loszugaloppieren.

»Yggdrasil … Madita … Licht …«, wisperte er wieder und wieder und danach Worte, die sie nicht verstand. Sie hätte ihn so gern beruhigt, doch das musste warten, bis sie in Sicherheit waren. Sie lenkte das Pferd auf den nassen Strand, den die Ebbe gerade freigab, und hoffte, dass ihnen der harte Boden dort einen Vorsprung und damit genug Zeit verschaffte, um ihn zurück in den Menschen zu verwandeln, der ihr ganzes Leben auf den Kopf gestellt und ihr Herz im Sturm erobert hatte.

Immer wieder warf sie einen Blick in den petrolfarbenen Himmel, der zum Meer hin zwar langsam flamingorosa wurde und an dem sogar schon vereinzelt Sterne blinkten, der jedoch immer noch viel zu hell war, um ihnen die nötige Deckung zu verschaffen. Wie leicht könnte sie ein Helikopter erwischen oder eine Polizeistreife, die auf dem breiten Sandstrand sehr viel schneller war als sie beide mit dem Pferd.

Wenn sie doch nur wüsste, wo genau sich sein Versteck befand, denn nur dort wären sie fürs Erste in Sicherheit. Nein – in Wahrheit waren sie erst dann wieder in Sicherheit, wenn es ihr gelang, ihn zurückzuholen.

Wenn.

Sie lehnte sich trotz des wilden Galopps leicht zurück an seine Brust, wollte, musste seinen Herzschlag spüren, um die Zweifel zu verjagen, die eiskalte Nägel in ihr Herz trieben. Zweifel, ob sie ihm wirklich würde helfen können.

»Hab keine Angst«, flüsterte sie ihm zu und erkannte im selben Atemzug, dass sie die Einzige war, die hier Angst hatte, denn er wusste gar nicht mehr, was das war:

Angst.

1

Dreizehn Tage zuvor …

Die Liebe war schuld. Wie immer, wenn alles in ihrem Leben schieflief. Pippa starrte aus dem Fenster der weißen Stretchlimousine in die öde Landschaft und konnte nicht glauben, dass sie wirklich in diesem Auto saß und dem Ende ihres bisherigen Lebens entgegenraste.

Manchmal war die Liebe noch schlimmer als der Tod. Der Tod heuchelte wenigstens nicht. Die Liebe dagegen verwandelte völlig normale Menschen zuerst in unerträgliche Glückslächler und dann in weinende Verlierer, die verzweifelt nach dem streng geheimen Code, dem Zauberwort suchten, das ihre Liebe in die einzig ewige verwandeln würde.

So ein Zauberwort, das hätte sie auch gern, um das Ganze noch zu stoppen, aber Pippa wusste keines und deshalb wurde sie immer schneller durch die kupferrote Abenddämmerung zum Ende des gottverlassenen Horizonts gefahren, dorthin, wo sie nicht sein wollte.

Die Geschwindigkeit in die falsche Richtung hatte sich verdoppelt, nein vervierfacht, seit ihre Mutter sie mit der

Hochzeit überrumpelt hatte. Und jetzt saß sie in dieser Luxuskarosse *in the middle of nowhere* und übermorgen war schon der Polterabend.

»Das kann nicht dein Ernst sein!«, hatte Pippa ihre Mutter noch vor einigen Wochen verzweifelt angebrüllt.

Doch ihre Mutter hatte nur genickt und ihr diesen gefährlichen »Die Liebe kann alles und darf alles«-Blick zugeworfen. Den kannte Pippa bis dahin nur von ihren Freundinnen, die sich so oft verliebten, wie Pippa Schnupfen bekam. Meist war es dann auch genauso schnell wieder vorbei, aber natürlich nur mit schrecklichen Herzschmerzen und jeder Menge Tränen. Offensichtlich war es aber noch sehr viel schlimmer, wenn Ältere infiziert wurden, denn bei ihrer Mutter blieb es nicht bei einem Liebesschnupfen, ganz im Gegenteil, dieses gewisse Lächeln durchglühte jetzt ständig ihr Gesicht und ihre Augen leuchteten, als würden Glücksfeen dahinter brennende Wunderkerzen schwenken. Der Blick der Eingeweihten. Der Liebenden, die ihre rosa Brille trugen wie einen Orden.

»Aber … nach Dänemark? Im Ernst? In eine Ruine am anderen Ende der Welt?«

Daraufhin stahl sich ein sanftes Lächeln auf die Lippen ihrer Mutter, so als wäre Pippa ein neugeborenes Fohlen, das nur einen freundlichen Schubs brauchte, um aufzustehen und laufen zu lernen.

»Mein Schatz, du übertreibst, es ist keine Ruine, sondern ein Schloss«, hatte sie ihre Tochter sanft korrigiert. »Und es wäre schön, wenn du ein wenig offener für Veränderungen sein könntest. Nimm dir ein Beispiel an Matteo:

Er findet unseren Umzug aufregend und freut sich schon auf seine neue Familie!«

Na klar, ihr Bruder war fünf Jahre alt und freute sich auch über Würstchen im Schlafrock, Grashüpfer und Furzkissen.

»Ich bin definitiv zu erwachsen, um über einen Stiefvater zu jubeln, der direkt von der trostlosen Hölle am kalten Ende der Welt kommt.«

Ihre Worte löschten diesen seltsamen »Wunderkerzen Pferdemutter die Welt ist Liebe«-Blick im Gesicht ihrer Mutter schlagartig aus, ließen aber keinen Triumph, sondern nur ein schales Gefühl in Pippas Magen zurück. Zugegeben, das war nicht sehr nett gewesen. Manchmal gingen die Worte einfach mit ihr durch.

»Niemand erwartet, dass du Frederik als deinen Vater akzeptierst, aber ein wenig mehr Respekt hielte ich doch für angebracht. Wir wohnen keineswegs in der Hölle, sondern auf Ravensholm, einem wunderbar renovierten Schloss mit jedem erdenklichen Luxus.«

»Als ob ein Schloss das Tollste auf der Welt wäre!«

Ihre Mom hatte den Kopf geschüttelt. »Pippa, mein Schatz, es ist doch eine wundervolle Chance für uns alle! Die meisten Menschen träumen davon, ohne Sorgen leben zu können. Und noch dazu an einem so magischen Ort, an dem die Ostsee und die Nordsee ineinanderfließen.«

Pippa seufzte. Der einzige Ort, den sie magisch fand, war Berlin.

»Darf ich noch einen Film?«, unterbrach Matteo ihre Gedanken und nahm die Mickymaus-Kopfhörer runter, mit denen er sich »Die Eiskönigin« auf dem großen Monitor angeschaut hatte. Mit glasigen Augen und roten Wangen strahlte er sie an, griff sich den fünften der unzähligen Schokoriegel, die zusammen mit Chips, Gummibärchen und Erdnüssen in einem Körbchen auf dem Minikühlschrank standen. Sogar dort prangte das Wappen der Familie von Raben, genauso wie auf den Gläsern, Servietten und den weißen Samtkissen, die neben ihnen auf der Bank aus weißem Leder lagen: Ein Rabe stand mit ausgebreiteten Flügeln auf einem Ritterhelm, der durch Dornenranken mit einem Schild verbunden war, auf dem man rechts und links je zwei silberne Eichenblätter erkennen konnte. Sie flankierten ein F in der Mitte, dessen Querbalken herunterhingen, als ob sie müde wären. Offensichtlich war Graf Frederik sehr stolz auf seine Herkunft. Pippa fand, das einzig Gute daran war, dass er und seine Familie zur deutschen Minderheit in Dänemark gehörten, denn so mussten sie nicht auch noch Dänisch lernen.

Matteo riss den Riegel auf und verschlang ihn, als wäre er am Verhungern.

»Wenn wir jetzt auf einem Schloss wohnen, bin ich dann auch ein Prinz?«, fragte er Pippa mit vollem Mund.

Gegen ihren Willen musste sie lachen. Ihr Bruder hatte gerade wenig von einem Prinzen, er sah viel eher wie ein klebriges Schmuddelkind aus.

»Vielleicht, wenn du dir das Gesicht waschen würdest!«, sagte sie und reichte ihm eine wappengeschmückte Serviette.

»Echt?« Matteo klang sehr enttäuscht. »Glaubst du, ein

Prinz muss sich jeden Tag waschen?« Er griff sich eine Packung Chips und riss sie mit einem lauten Knistern auf.

»Na klar, das weiß doch jeder! Prinzen müssen immer eins a aussehen, schöne Kleider tragen und wie geleckt sein. Da musst du jeden Tag duschen *und* Haare waschen!« Pippa versuchte, ernst zu bleiben, und überlegte, ob sie etwas gegen die Chipskrümel tun musste, die er überall auf den weißen Polstern verteilte, und entschied sich dagegen.

»Das ist ja total blöd«, überlegte Matteo finster, dann hellte sich seine Miene plötzlich wieder auf. »Denkst du, wenn ich alle zwei Tage dusche, kann ich wenigstens ein halber Prinz sein?«

»Klar.« Pippa brachte es nicht übers Herz, seine Begeisterung zu dämpfen. »Dann bist du der Halbprinz Matteo!«

»Pipps …« So nannte er sie, seit er angefangen hatte zu sprechen. Es war sein zweites Wort gleich nach Mama gewesen. »Müssen wir Mamas neuen Mann mit Herr Graf Frederik anreden? Oder sagen wir Papa zu ihm?«

Pippa schluckte ein paar Mal. Sie würde niemanden Papa nennen, ihr Vater war zwar seit fünf Jahren tot, aber sie vermisste ihn immer noch jeden Tag.

»Also ich glaub, ich sage Freddy zu ihm.« Matteo nickte und zerknüllte die leere Chipstüte.

Sie verbiss sich das Lachen, um ihn nicht zu kränken. Doch der Gedanke, dass irgendjemand auf der Welt zu diesem Edelgrafen »Freddy« sagen würde, war schon komisch. Der unnahbare Graf Frederik von Raben war nicht nur groß und blond, Pippa fand, er wirkte einschüchternd wie eine Kampfwikingerversion von Mads Mikkelsen in

Hannibal. Dafür war sie ihm sogar dankbar, denn so sah er wenigstens kein bisschen aus wie ihr Vater.

»Freddy hört sich gut an.«

»Pipps, mir ist schlecht.« Matteo war tatsächlich ein bisschen blass um die Nase und das erinnerte Pippa daran, dass ihr Bruder noch keine einzige längere Autofahrt ohne eine Kotzattacke überstanden hatte. Mist, sie hätte ihn daran hindern sollen, sich mit all dem Knabberzeug vollzustopfen.

Sie suchte den Knopf für die Fenster, fuhr die Scheiben der Limousine hinunter, um frische Luft für Matteo hereinzulassen.

»Besser?«, fragte sie ihn.

Er nickte stumm, dann starrten sie beide nach draußen.

Von wegen ein magischer Ort! Immer noch nur plattes Land mit einem unendlich weiten blauroten Himmel über den monströse schwarzgraue Wolkenformationen jagten.

»Glaubst du«, fing ihr Bruder an und klang viel matter als eben noch, »dass es wirklich solche teuflischen Spiegelsplitter gibt, wie in *›Die Eiskönigin‹?* Und dass man, wenn man die ins Auge kriegt, dann alles nur verzerrt und böse sieht?«

Pippa fühlte sich irgendwie ertappt. Vielleicht sollte sie dieser Hochzeit und Dänemark eine Chance geben und aufhören, innerlich zu maulen und überall nur Übles zu wittern.

»Das ist totaler Quatsch«, sagte sie voller Überzeugung. »Das ist doch nur ein Märchen.«

Sie drückte seine Hand und Matteo seufzte erleichtert.

Aber Pippa war nicht ganz ehrlich zu ihm. Auch wenn sie nicht an die Spiegel des Teufels glaubte, so waren ihr die Heiratspläne ihrer Mutter manchmal schon wie Teufelswerk vorgekommen und sie hatte heimlich alles recherchiert, was sie über die Familie von Raben finden konnte.

Es war ihr einfach merkwürdig erschienen, dass ihre Mutter sich so plötzlich in einer einzigen Nacht so rettungslos verliebt hatte, dass sie wieder heiraten wollte. Deshalb hatte Pippa zuerst gedacht, der Graf wäre ein Betrüger und Heiratsschwindler. Aber sie wurde eines Besseren belehrt. Er war echt und es gab viele Bilder über Frederiks erste Ehe, die Traumhochzeit mit der argentinischen Millionärstochter Elena Ruiz Jiménez, die noch dazu wie ein Fotomodell aussah. Angesichts dieser Bilder hatte sich Pippa gefragt, was der Graf wohl an ihrer Mutter fand, die zwar hübsch, aber keine so atemberaubende Schönheit war, und reich waren sie ganz sicher auch nicht. Im Gegenteil, seit dem Tod ihres Vaters hatte es hinten und vorne nie wirklich gereicht. Und gerade als Pippa anfing, sich für diese Fragen zu hassen, war sie auf den Artikel von Elenas tragischem Unfall gestoßen. Sie war zusammen mit ihrer Tochter Madita mit dem eigenen Flugzeug vor der isländischen Küste abgestürzt. Unwillkürlich waren Pippa Tränen in die Augen gestiegen. Sie erinnerte sich nur zu gut an den Schock, den der Tod ihres Vaters für sie alle bedeutet hatte. Vielleicht war es genau das, was den Grafen und ihre Mom verband: der plötzliche Tod eines geliebten Menschen.

Elenas Unfall hatte Pippa so tief berührt, dass ihr erst

sehr viel später klar geworden war, dass nach diesem Unfall kein einziger Artikel mehr über den Grafen oder die Schiffe seiner Reederei zu finden war, nicht mal in den Wirtschaftszeitungen.

»Ich glaube, mir wird richtig schlecht!«, stöhnte Matteo, gab einen gurgelnden Laut von sich und zerrte am Gurt, zu dem ihre Mutter sie beide gezwungen hatte, obwohl man die in solchen Luxuswagen nicht anzulegen brauchte.

»Blödsinn, du hast nur zu viel von dem Schokokram gegessen, als zukünftiger Prinz solltest du ein bisschen mehr Haltung zeigen.«

»Ich versuch's«, murmelte er und dann lauter: »Erzähl mir was, Pipps. Bitte.«

»Na gut, reden wir über Schloss Ravensholm.«

»Oh ja!« Matteo klatschte begeistert in die Hände. »Und über Spukgeister, ja!«

»Ich glaube nicht, dass es da Geister gibt. Das Schloss ist zwar schon im siebzehnten Jahrhundert erbaut worden, aber dann bis auf die Grundmauern völlig abgebrannt. Also noch nicht soo alt.«

»Warum abgebrannt?«, fragte Matteo.

Pippa zuckte mit den Schultern. »Keine Ahnung, jedenfalls wurde es erst von den Rabens vor ungefähr zweihundert Jahren wiederaufgebaut. Danach wurde es wohl schnell ziemlich bekannt. Im Internet steht sogar, dass es das kulturelle und wissenschaftliche Zentrum Dänemarks war.«

»Waru-u-um?« Matteo nervte sie immer gern mit seinen Warum-warum-warum-Fragen.

»Wer weiß? Vielleicht haben die Vorfahren des Grafen ja eklige Monströsitäten aller Art gesammelt?«

Matteos Augen wurden groß. »Wirklich?«

»Alles ist möglich!« Sie grinste ihn an und stellte sich dabei einen trotteligen blutleeren Greis vor, der neben aufgespießten Schmetterlingen Gläser voll ekliger Flüssigkeiten sammelte, in denen runzlige Embryos und seltene Tiere herumschwappten. Verheiratet war er mit der reizenden viel jüngeren Lady von Raben, die sich mit ausladendem Strohhut und weißen Handschuhen mit dem Liebesleben der nordjütländischen Sandameisen beschäftigte. Aber das behielt sie lieber für sich, ihr Bruder konnte nichts für sich behalten und würde das alles brühwarm Freddy verraten.

»Später sind internationale Berühmtheiten, wie die Stummfilmschauspielerin Asta Nielsen und der Showhypnotiseur Carl Hansen, im Schloss Ravensholm aufgetreten und im Zweiten Weltkrieg trafen sich dort sogar Widerstandskämpfer gegen die Nazis.«

»Richtige Schwertkämpfer?«, fragte Matteo und dann gab er einen höchst alarmierenden Laut von sich, den Pippa von langen Autofahrten nur zu genau kannte.

Hektisch klopfte sie an die Trennscheibe zwischen ihnen und dem Chauffeur, die sich daraufhin geräuschlos senkte. Sie hatte ihren Fahrer »Kill Bill« getauft, weil dieser blonde Wikinger mit den langen öligen Haaren sie irgendwie beunruhigte, genauso wie Bill Nummer Zwei, sein Zwillingsbruder Mads, der die vordere Limousine mit ihrer Mutter und Frederik steuerte und dessen Haare so kurz rasiert waren wie die Borsten einer Fußmatte.

»Wir müssen sofort anhalten, meinem Bruder ist schlecht!«

Bill gab eine Meldung durch das Funkgerät, dann bremste er sanft am Straßenrand und Pippa schaffte es gerade noch, Matteo abzuschnallen und rechtzeitig aus dem Auto zu zerren.

Er übergab sich sofort, und als die Limousine von ihrer Mutter und Graf Frederik neben ihnen hielt, war alles auch schon wieder vorbei.

Trotzdem fing Matteo an, herzzerreißend zu stöhnen, was Pippa ein sehr missbilligendes Kopfschütteln ihrer Mutter einbrachte.

»Ich kann doch nichts dafür!«, verteidigte sie sich, aber ihre Worte gingen in Matteos Gewimmer unter.

»Mamaaa«, jammerte er, »kann ich jetzt bitte bei dir mitfahren?«

Ihre Mutter und der Graf tauschten einen Blick, der arme Graf musste gute Miene zum bösen Spiel machen, nickte seinem Fahrer zu und schon wurde ihr Bruder von Kill Bill persönlich in die schwarze Limousine getragen. Die Fahrt wurde fortgesetzt, ohne dass ihre Mutter auch nur gefragt hätte, ob Pippa nicht ebenfalls bei ihnen mitfahren wollte.

Egal! Pippa streckte ihren Kopf aus dem Fenster, atmete die von Salz und Algen geschwängerte Luft tief ein und schauderte. Ihr ganzes Leben lang hatte sie in Berlin verbracht. Berliner Luft war einfach ihr Ding, sie war daran gewöhnt, an den Staub und den Geruch nach Autoabgasen, Lindenblüten, Hundekacke, zertretenen Zigarettenstummeln, feuchtem Zeitungspapier und billigem Sprühdeo. Diese Luft hier war geradezu unerträglich rein, das konnte doch nicht gesund sein. Purer Sauerstoff war schließlich giftig! Angeblich waren die Dänen ja die glücklichste Nation der Erde, in Wahrheit waren die von dieser unanständig reinen Luft vielleicht einfach nur wie bekifft. Pippa vermisste nicht nur die Berliner Luft, sondern auch Leonie, Fatima und vor allem ihre beste Freundin Alana. Sie vermisste die Dönerbude an der U-Bahn-Station, den kleinen Krimskramsladen, wo sie ihre besten Schätze gefunden hatte, und ihre Kletterfreunde vom Bouldern, die dieses Jahr vielleicht den Wanderpokal im Speedbouldern holen würden. Zum Klettern gab es hier in dieser flachen Gegend sicher auch keine Gelegenheit.

Pippa zog den Kopf wieder zurück und hielt ihre Hand in den Fahrtwind. Unwillkürlich schauderte sie. Es war Anfang Juli, trotzdem fühlte es sich kälter an als der letzte Winter in Berlin. Der Winter, in dem Lukas nach sechs Monaten mit ihr Schluss gemacht hatte, weil er sich beim Schlittschuhlaufen in Katinka, eine zarte blonde und extrem ehrgeizige Eisprinzessin verliebt hatte. Winter war auch vorher schon nicht Pippas Ding gewesen und nun zogen sie hierher, in eine Gegend, in der es gar keinen richtigen Sommer gab, sondern nur ein Luftholen vorm ewigen Eis.

Pippa beugte sich wegen des Gurts nur ganz langsam vor, öffnete den Minikühlschrank und nahm eine Cola heraus. Irgendwie gefiel es ihr, dass sie sich auch für Champagner oder Wodka hätte entscheiden können. Offensichtlich vertraute Graf Frederik auf ihre Vernunft – oder er hatte einfach keine Sekunde darüber nachgedacht. Natürlich gab es im Kühlschrank auch andere – gesunde – Sachen wie Säfte und frisch aufgeschnittenes Obst. Aber bis jetzt war nur das Körbchen mit den Knabbersachen von Matteo aufgegessen worden.

Sie hätten natürlich auch alle zusammen in eine Stretchlimo gepasst, aber der Graf hatte Eindruck schinden wollen, und war in einer schwarzen und einer weißen Limo am Flughafen in Aalborg aufgelaufen. Dass eine Stadt mit so einem Namen überhaupt einen Flughafen hatte. *Aalborg!*

»Ein Wagen für die Erwachsenen, einer für die Kinder«, hatte Graf Frederik ihnen erklärt, ganz so, als ob in einer der beiden Limos eine Art Disneyworld mit Happy Meals und Kinderüberraschungen verborgen wäre. Matteo hatte es natürlich gar nicht erwarten können, einzusteigen und loszufahren.

Pippa grinste, das hatten sie jetzt davon. Ein bisschen Schadenfreude war ja wohl noch erlaubt. Seit Mom mit dem Grafen zusammen war, hatte sie sich so verändert. Sie war viel strenger als früher, trug andere Kleider und erwartete auf einmal von Pippa das Benehmen einer Lady. Das war so untypisch für ihre Mutter, mit der sie sich zwar oft gestritten, aber auch immer wieder versöhnt und gut verstanden hatte. Doch nun war sie zu einem Buch mit sieben Siegeln geworden.

Nachdem sie den Grafen bei einer Geschäftsreise in China kennengelernt hatte, fand ihre Mom es nicht mehr okay, sonntags mit ihnen im Jogginganzug auf dem Sofa zu liegen und stundenlang ihre Lieblingsserien zu schauen. Plötzlich erklärte sie Berlin zu einer gefährlichen und schmutzigen Zone und redete sich ein, dass ihre Kinder etwas Besseres verdient hätten.

Etwas Besseres. Wie sich wohl Kirsten, ihre neue Stiefschwester, benahm – auch wie etwas Besseres? Pippa trank einen Schluck Cola und malte sich aus, wie der Empfang im Schloss wohl ablaufen würde.

Ob die Hausangestellten sich wie in einer Folge von *Downton Abbey* in einer Reihe vor dem Schloss aufstellten und knicksten, wenn die neue Herrin von Ravensholm aus der Limousine stieg?

Das sollte ich unbedingt für Alana fotografieren, nahm sie sich vor und vermisste ihre Freundin schon wieder.

Plötzlich wurde Pippa heftig in den Gurt geschleudert, die Cola schwappte aus der Flasche und spritzte auf die weißen Ledersitze. Verdammt, was war da los? Ihr Herz klopfte bis zum Hals. Während das Auto hin und her schlidderte, breitete sich die Angst um ihre Familie in ihrer Brust aus wie eine lähmende Seuche und schnürte ihr die Kehle zu. Als das Auto endlich mitten auf der Fahrbahn stehen blieb, konnte sie kaum atmen.

Was zur Hölle war da los?

Noch bevor Pippa das Fenster herunterlassen konnte, öffnete sich die Wagentür. Bill betrachtete sie besorgt.

»Alles in Ordnung mit Ihnen, Miss Pippa?«

»Jaja, aber ich muss wissen, was mit den anderen los ist.« Pippas Herz klopfte immer noch wie rasend. Sie waren die ganze Zeit direkt hinter ihrer Mom und Matteo gefahren, warum zum Teufel hatten sie so unvermittelt gebremst? War ihrem Bruder etwa schon wieder schlecht geworden?

»Was ist passiert?« Sie löste den Gurt, wollte aussteigen, wurde aber von Bill daran gehindert, er blockierte die Tür.

»Nur ein kleiner Unfall.«

»Ein Unfall? Lassen Sie mich raus, ich will zu meiner Familie!«

Bill schüttelte den Kopf. »Nein, das wäre hier viel zu gefährlich, der Graf würde mir das nicht verzeihen. Sie können auf dieser Schnellstraße nicht einfach aussteigen, bitte bleiben Sie sitzen!«

Pippa stieß Bill in die Seite, aber der blieb fest wie ein Granitblock. »Ihrer Familie ist nichts passiert, Mads ist ein guter Fahrer. Es war nur ein Reh, dem wir ausgewichen sind.«

Ein Reh? Klar, das war hier sicher auf Sightseeing, wegen des magischen Ortes und der leckeren Aale! Pippa glaubte ihm kein Wort und war froh, als ihr klar wurde, wie sie ihm entwischen konnte. Sie rutschte blitzschnell zur anderen Seite, was leider länger dauerte, als Pippa gedacht hatte. Sie sprang gerade noch aus dem Auto, bevor Bill um die Ecke gekeucht kam.

Die andere Limo stand vor ihnen quer auf der Straße. Alle Autotüren waren sperrangelweit offen. Ihre Mutter, Matteo und der Graf standen mitten auf der Straße und starrten entsetzt nach unten. Pippa rannte zu ihnen.

»Was ist denn passiert?«, rief sie ihnen schon von Weitem zu.

»Jetzt tu doch bitte etwas«, sagte ihre Mutter gerade zum Grafen. Matteo klammerte sich schluchzend an ihre Beine.

»Das arme Bambi«, heulte er. »Mama, bitte mach es wieder heil. Gib ihm ein Pflaster!«

Der Graf gab einen unwilligen Laut von sich und ging zurück zur Limousine. Als Pippa an ihm vorbeilief, bemerkte sie die vielen kleinen Schweißtropfen auf seiner Stirn. »Geh nicht hin«, kommandierte er, »tu dir das nicht auch noch an.« Etwas sanfter fügte er hinzu: »Es reicht doch, wenn einer von euch Albträume hat.«

Das brachte Pippa nur dazu, noch schneller hinzulaufen.

Auf der Straße lag ein kleines hellbraunes Reh, fast noch ein Kitz, mit blassen weißen Tupfen oben auf dem Rücken. Es starrte sie aus großen braunen Augen an, als wollte es ihr etwas Wichtiges sagen. Aus einer Wunde am Bauch tropfte dunkles Blut, während zwei seiner Läufe zuckten. Es roch nach nassem Fell und Metall und Tod.

Pippa hockte sich neben das Reh, legte ihre Hand auf seinen Hals und murmelte »Schschsch«, um es zu beruhigen. Jemand kauerte sich neben sie und der Geruch des Rehs wurde von Schweiß, moosigem Rasierwasser und noch etwas undefinierbar Metallischem überlagert.

»Geh zur Seite!«, sagte der Graf. »Wir können nichts mehr für das Tier tun. Seine Läufe sind gebrochen und die inneren Organe verletzt. Und schau dir seine Lichter an, es leidet.«

»Lichter?«, fragte Pippa verdattert.

»So nennt man die Augen, das ist Jägerlatein.« Er streichelte dem Kitz über die Flanke. Pippa folgte der Bewegung und sah dann, dass er mit der anderen Hand eine Schusswaffe auf das Reh richtete.

»Nein!«, protestierte sie.

»Schsch, glaub mir, es ist besser so.« Er nahm die Hand von der Flanke und legte sie auf Pippas Arm. Dann schoss er mit der linken dem Reh mitten zwischen die Augen.

Wie betäubt von dem Knall spürte Pippa, wie das Leben aus dem Körper verschwand.

Die Lichter waren aus. Das Reh war tot.

Matteo schluchzte laut auf und Pippa beneidete ihn, denn sie hätte auch gern geweint, aber sie wollte sich vor Frederik keine Blöße geben. Sie wischte sich hastig über die Augen, erhob sich, vermied es, den Grafen anzuschauen, und sah an ihm vorbei.

Hinter ihm blinkte etwas auf, blendete Pippa für den Bruchteil einer Sekunde, so als ob die Sonne auf Glas gespiegelt würde. Sie blinzelte, fokussierte ihren Blick und entdeckte in einiger Entfernung, was da geblinkt hatte. Da beobachtete sie jemand mit einem Fernglas. Aber derjenige war zu weit weg, sodass Pippa nicht einmal erkennen konnte, ob es ein Mann oder eine Frau war. Solche Typen waren ihr zuwider – einen Unfall beobachten, aber nicht helfen.

Matteos Schluchzen lenkte ihre Aufmerksamkeit zurück auf das tote Reh. Mads und Bill packten je zwei Läufe und schleiften es von der Straße zur Seite.

»Wir müssen es beerdigen!«, weinte Matteo.

»Das werden wir, mein Kleiner.« Graf Frederik steckte die Waffe hinten in seinen Hosengürtel und tätschelte Matteos Kopf. Dann ergriff er die Hand ihrer Mom und nickte ihr zu.

»Mads und Bill kommen wieder her, holen das Reh und beerdigen es auf dem Tierfriedhof in der Nähe von Aalborg. Es tut mir wirklich leid, dass ihr das mit ansehen musstet. Das Reh stammt aus meinem Wald am Schloss, wir haben sie alle markiert, weil immer wieder welche gestohlen wurden. Ich verstehe gar nicht, was es hier wollte. Jetzt lasst uns weiterfahren, ich habe Hunger.«

Hunger? Ungläubig schüttelte Pippa den Kopf. Rehen in den Kopf zu schießen, machte dem Grafen Appetit?

Sie versuchte, einen Blick mit ihrer Mutter zu tauschen, es konnte doch nicht sein, dass sie so ein Verhalten gut fand. Aber in den Augen ihrer Mutter las sie nur die Bewunderung dafür, dass er diese schwierige Situation so souverän gemeistert hatte.

Ihre Mom war völlig verblendet, gar nicht mehr sie selbst! Müsste sie sich nicht vielmehr darüber wundern, wo Frederik so schnell eine Waffe hergehabt hatte? Sonst war ihre Mutter eine glühende Kämpferin gegen Waffen aller Art gewesen. Vor allem gegen solche, die in der Nähe von Kindern aufbewahrt wurden. Wo war die Mom geblieben, die sie kannte? Hatte der Graf ihr so dermaßen den Kopf verdreht?

Mit hängenden Schultern lief Pippa zurück zum Wagen, und als sie sich in die Polster zurückfallen ließ, sah sie wieder die braunen Augen des Rehkitzes vor sich. Nun kam es ihr so vor, als würde es ihr wirklich etwas zuflüstern. »Sieh dich vor, Pippa. Wenn du nicht willst, dass es dir so ergeht wie mir, musst du wirklich gut aufpassen, auf dich, auf dein Herz und auf deine Familie.«

2

Widerwillig musste Pippa sich eingestehen, dass sie von der Auffahrt zu Schloss Ravensholm beeindruckt war. Eine Allee aus weiß blühenden Ebereschen begrenzte die mit hellem Kies bestreute Straße. In weiten Serpentinen führte sie hoch zu einem bewaldeten Hügel und endete vor einem Palast, wie ihn Pippa bisher nur aus Märchenfilmen und amerikanischen Serien kannte. Es war ein lang gestreckter mächtiger zweistöckiger Bau mit Fenstern im Erdgeschoss, die so hoch waren wie in Berlin drei Etagen. In der Mitte und symmetrisch davon je rechts und links ragten die Dachgiebel wie große verzierte Dreiecke bis weit in den Himmel und die Eingänge waren mit säulenverzierten Vorbauten geschmückt. Das Schloss war nicht aus rotem Ziegelstein erbaut wie die Häuser, die Pippa in Aalborg und auf dem Weg hierher gesehen hatte, sondern aus weißem Stein, der im Licht des späten Nachmittags schimmerte, als wäre er aus rotem Gold.

Zu dem Haupteingang in der Mitte führte eine breite Treppe mit niedrigen Stufen, auf denen ihnen dann nicht ganz wie in Downton Abbey nur eine einzige Angestellte entgegenkam. Die Haushälterin war älter als Pippas Mutter und trug wirklich eine Art Dienstmädchenkleid, allerdings mit einer schwarzen Schürze. Ihre dunkelblonden Haare waren rund um den Kopf geflochten und an ihrem Hals glitzerte eine goldene Kette, an der ein merkwürdiges Zeichen baumelte. Sie lächelte zwar freundlich, als der Graf sie ihnen als »Thorgard, den guten Geist des Hauses« vorstellte, jedoch spürte Pippa, dass Thorgards Lächeln nur dem Grafen galt, nicht den neuen Mitgliedern der Familie. Dabei benahm sich ihr Bruder so, dass man ihn einfach ins Herz schließen musste. Nachdem er der Haushälterin die Hand geschüttelt hatte, rannte er völlig wiederhergestellt hin und her wie ein junger Hund, der sein neues Reich beschnüffeln muss. Ständig rief er nach ihrer Mutter, weil er ihr etwas Neues zeigen wollte und Fragen hatte, während Pippa immer noch dastand wie angewurzelt.

»Ich wusste, dir würde das gefallen«, ihre Mutter legte die Hand auf Pippas Schulter und zog sie an sich. »Es ist ein so wunderschönes Schloss, findest du nicht?«

»Ja, nette kleine Bude«, versuchte Pippa einen Scherz, obwohl sie sich nicht besonders wohlfühlte. Es kam ihr so vor, als ob die Mauern alles Licht ein-, aber nur kalte Pfeile wieder ausatmen würden. Sie sollte sich zusammenreißen und nicht so überreagieren, ermahnte sie sich. Immerhin hatte sie Mom versprochen, dass sie ihr Bestes geben würde.

»Ah, und da kommt auch schon die liebe Kirsten!« Ihre Mutter winkte begeistert zur Treppe.

Wenn ich ein Typ wäre, dachte Pippa sofort, wäre ich jetzt rettungslos verloren. Niemand hatte ihr verraten, wie unfassbar schön Kirsten war, noch viel schöner, als es ihre Mutter gewesen war. Pippa hatte sich geweigert, ein Foto von ihr anzuschauen, hatte behauptet, sie wolle sie ganz unvoreingenommen kennenlernen. Alle hatten zwar betont, dass ihre Stiefschwester hübsch sei, und deshalb hatte sie sich vorgestellt, Kirsten wäre so ein Barbietyp, mit einem Allerweltsgesicht, das bei der Wahl zur Miss Dänemark den ersten Platz machen könnte. Was für ein Irrtum! Ihre Stiefschwester hatte zwar wirklich lange golden schimmernde glatte Haare, aber ihr Gesicht wurde von hohen Wangenknochen geprägt und von einem üppigen fliederfarbenen Mund und großen Augen vervollständigt. Sie erinnerte Pippa ein bisschen an Angelina Jolie, allerdings hatte Kirsten strahlend blaue Augen, genau wie ihr Vater. In ihrem dunkelblauen Etuikleid wirkte sie auf Pippa sehr viel älter als fünfzehn und sie konnte sich sogar vorstellen, dass sie neben Kirsten jünger aussah als fast siebzehn. Kirstens volle Lippen verzogen sich zu einem atemberaubenden Lächeln, das perfekte Zähne enthüllte.

»Hi, everybody«, grüßte Kirsten und umarmte ihre Mom, als wäre es ihre eigene. Dann wandte Kirsten sich Pippa zu und sah sie fragend an. »Na, Stiefschwesterchen, hattest du eine gute Reise?«, fragte sie und legte ihre Arme fest um sie. Kirsten umwaberte ein Mix aus einem vanilligen Parfüm, Meersalz und komischerweise eine Spur von Hallenbad.

»Du riechst sehr gut«, platzte es aus Pippa heraus und

sie spürte, wie sie rot wurde. Kirsten konnte ja nicht wissen, wie wichtig das für sie war. Pippa hatte zugegebenermaßen einen ziemlichen Fimmel, was Gerüche anging. Sie hätte sogar heute noch sehr viel besser den einzigartigen Duft ihres Ex beschreiben können als den Klang seiner Stimme: Paniniheftchen, alter Lederfußball und Zimtkaugummi. Ihre Mom nannte es allerdings nicht Fimmel, sondern mit einem leichten Seufzen *ihr schweres neurotisches Erbe*, denn Pippa nahm genau wie schon ihr Vater Gerüche viel intensiver wahr als andere Menschen. Das war natürlich oft eher Fluch als Segen für sie, denn wer wollte schon wirklich riechen, was alles so durch die Berliner U-Bahn waberte …

Schloss Ravensholm roch natürlich viel besser, schmeckte beim Reinkommen nach Weihrauch und Möbelpolitur mit einer Prise abgestandenem Lavendelwasser, aber das war nur die Kopfnote, die Herznote darunter vibrierte metallisch, roch nach klimpernden Kupfermünzen.

Kirsten warf ihre blonde Mähne über die Schulter und strahlte Pippa an. »Na, das will ich hoffen, dass ich gut rieche! Keine Ahnung, was deine Mutter über uns Hinterwäldler erzählt hat, aber wir Dänen duschen uns dann doch schon mal zu besonderen Gelegenheiten … du weißt schon, Weihnachten und Mittsommer.« Sie grinste breit und zwinkerte ihr zu. Verblüfft erwiderte Pippa ihr Lachen.

Das hatte Matteo mitbekommen und mischte sich mit einem Strahlen im Gesicht ein. »Pipps, du hast gelogen, man muss sich gar nicht jeden Tag duschen! Ich bin ein

Prinz!«, krähte er. »Ich bin ein Prinz!«, und bevor noch jemand etwas dazu sagen konnte, rannte er die Treppen nach oben.

»Dein Bruder ist ja total süß!«, sagte Kirsten und das klang in Pippas Ohren nicht nur vollkommen aufrichtig, sondern hingerissen. Ihre Stiefschwester war in jeder Hinsicht eine Überraschung. Eine gute.

»Komm mit, ich zeig dir alles.« Kirsten nahm sie an der Hand und Pippa ließ sich gerne mitziehen.

»Ich bin froh, dass ihr hier seid, ich freue mich schon so auf die Hochzeit. Ist es nicht toll, dass unsere Eltern sich verliebt haben? Ich meine, hey, in dem Alter?« Kirsten schnalzte vielsagend mit der Zunge. »Hast du einen Freund?«

Als Pippa etwas überrumpelt den Kopf schüttelte, nickte Kirsten ihr zu. »Ich auch nicht, ist gar nicht so leicht, den Richtigen zu finden, und bis dahin amüsiere ich mich lieber. Und ich sage dir, das wird ein Spitzensommer! Bei uns im Schloss ist ja immer viel los, aber diese Hochzeit wird ein echtes Highlight. Ich habe auch schon ein Ballkleid, das ist der Hammer, willst du es sehen? Hast du auch schon eins?« Kirsten plapperte munter drauflos, aber Pippa konnte ihr gar nicht richtig zuhören, weil ihre Aufmerksamkeit von den polierten Marmorböden, den riesigen Ölgemälden, den goldverzierten Stuckaturen, den Skulpturen in den Mauernischen und all den anderen üppigen Details im Schloss in Anspruch genommen wurde.

Fasziniert blieb sie vor einem Bild in einem auffallend prächtigen Goldrahmen stehen. Es war nicht der Rahmen, sondern das Bild selbst, das ihre Aufmerksamkeit fesselte. Die junge schwarzhaarige Frau schien dem Betrachter direkt ins Herz sehen zu können. Vor ihr auf dem Boden saßen zwei kleine gleichaltrige merkwürdig blasse, aber sehr schöne Kinder, eines war als Junge, eines als Mädchen gekleidet. Das war Kirstens Mutter, wusste Pippa sofort, aber sie wirkte seltsam getrennt von den Kindern, die völlig aufeinander fixiert zu sein schienen. Und das Mädchen hatte keine Ähnlichkeit mit Kirsten.

»Das ist meine Mutter«, erklärte Kirsten prompt und seufzte nachdenklich, ihre Schultern fielen nach vorne und Pippa wurde schlagartig klar, wie sehr Kirsten immer noch um ihre Mutter trauerte. Dabei kam sie ihr viel zerbrechlicher vor als die selbstbewusste Elena, erst auf den zweiten Blick erkannte Pippa Ähnlichkeiten zwischen den beiden. Die Linie der Wangenknochen, die Augenbrauen. »Bist du das Mädchen da auf dem Boden?«

»Nein, das ist Madita und daneben ihr Zwillingsbruder Nikolas. Dita und Niels sind …« Kirsten holte tief Luft. »Sie waren drei Jahre älter als ich. Deine Mom hat dir sicher erzählt, was passiert ist, oder?«

Da wurde Pippa rot und verfluchte sich für ihr unsensibles Benehmen. Kirstens Mutter war erst seit eineinhalb Jahren tot. Pippas Vater war schon vor fünf Jahren gestorben und doch tat der Gedanke an ihn immer noch so weh. Wie traurig musste sich Kirsten dann erst fühlen?

»Ich wollte nicht unhöflich –«

»Das ist schon okay. Es … es war wirklich furchtbar.« Kirsten räusperte sich ein paar Mal und Pippa spürte den

Impuls, ihre Hand zu nehmen, um sie zu trösten, aber sie traute sich nicht, weil Kirsten so in sich versunken wirkte. »Als am Tag vor meinem vierzehnten Geburtstag die Nachricht kam, dass ihr Sportflugzeug abgestürzt ist, hat uns das alle tief getroffen. Meine Mutter war so ein besonderer Mensch. Jeder hat sie immer sofort ins Herz geschlossen.«

»Es tut mir wirklich leid, dass du sie verloren hast.«

Eine Träne rollte über Kirstens Wange, die sie ungehalten wegwischte.

Jetzt nahm Pippa doch ihre Hand und drückte sie. »Ich kann nachvollziehen, wie du dich fühlst.«

»Ja, für dich war das sicher auch nicht leicht.« Kirsten schenkte ihr einen mitfühlenden Blick, dann gab sie sich einen Ruck und ging weiter und Pippa fühlte sich seltsam getröstet, als ob es ein unsichtbares Band zwischen ihnen gäbe, das Worte überflüssig machte.

»Als Tochter eines Künstlers ist dir sicher klar, dass die Bilder hier im Treppenhaus zwar ganz schön sind, aber nicht wirklich wertvoll, im Gegensatz zu unserem Lieblingsbild oben in der Bibliothek. Deine Mom hat erzählt, dass du eigentlich Philippa heißt, weil dein Vater so ein großer Fan von diesem norddeutschen Romantikmaler war, *Philipp Otto Runge*. Stimmt das?«

»Na ja …« Pippa wusste nicht, was sie dazu sagen sollte.

»Egal. Pippa ist jedenfalls so viel lässiger als Kirsten. Mal ehrlich, mein Name klingt doch wie ein hässliches Beistelltischchen von IKEA, findest du nicht?« Sie blieb stehen. »Ich bestelle drei Billyregale in Weiß, zweimal Gammlastan poliert und einmal Kirstenby, aber mit Eichefurnier.« Sie sprach ihren Namen »Kööörsten-biieh« aus und fing an, so prustend zu lachen, dass Pippa gar nicht anders konnte, als einzustimmen. Sie sanken kichernd auf die oberste Treppenstufe, von der aus man einen guten Blick auf das gigantische Treppenhaus hatte. Jetzt erst erkannte Pippa, dass die Muster auf den riesigen orientalischen Teppichen im Erdgeschoss gar nicht abstrakt waren, sondern Jagdszenen mit Pferden, Hirschen und Rehen zeigten.

Nachdem sie sich wieder beruhigt hatten, räusperte sich Kirsten ein paar Mal. »Ich finde es toll, dass ich wieder eine Schwester habe, und noch dazu eine aus Berlin. Meine Freundinnen werden mich beneiden!«

Pippa schämte sich ein bisschen, weil *sie* immer nur daran gedacht hatte, was ihr hier alles fehlen würde.

Kirsten warf ihr schräg von der Seite einen Blick zu.

»Aber ehrlich gesagt glaube ich, dein Bruder ist doch viel netter als du!«

»He!«, protestierte Pippa lachend. Sie stupste Kirsten scherzhaft an den Oberarm und bei dem Gedanken an Matteo fiel ihr plötzlich etwas auf. Niels, Kirstens Bruder. Von dem hatte sie noch nie etwas gehört. Warum war er bei ihrer Recherche nirgends aufgetaucht? War er etwa auch schon gestorben?

Kirsten sprang auf, klopfte sich den nicht vorhandenen Staub von der Rückseite ihres Etuikleides und lief beschwingt nach rechts.

»Eure Zimmer sind im Ostflügel«, sagte sie. »Unsere sind im Westflügel, du hast das Vier-D-Zimmer.«

»Vier-D?«

»Das ist nur eine Abkürzung. Die Zimmer sind alle nach Tieren aus den nordischen Sagen benannt. Dein Bruder wohnt dort hinten in *Ratatösk,* das ist das Eichhörnchen, das zu *Yggdrasil* gehört.«

»Yggdrasil?«, wiederholte Pippa und musste sich das Lachen verbeißen. Kirsten sah plötzlich so ernst aus, als wäre sie doch die Siegerin einer Misswahl und würde über den Weltfrieden reden.

»Davon hast du noch nie gehört, oder?«

Pippa schüttelte den Kopf. Sie hatte zwar nächtelang die Familie von Raben ausspioniert, aber nicht die leiseste Ahnung über Dänemark. Und schon gar nicht über seine Mythologie. Das würde sie Kirsten natürlich nicht auf die Nase binden. Wegen des Weltfriedens.

»Hey, das ist doch kein Drama«, Kirsten strahlte sie an, »dafür zeigst du mir alle Szeneclubs oder was auch immer du sonst so machst, wenn wir dann mal zusammen nach Berlin fahren, okay?«

»Geht klar!« Pippa stellte sich Kirsten mit ihren Freundinnen vor und kam innerlich grinsend zu dem Schluss, dass es sehr interessant sein könnte, Kirsten beim Bouldern zu beobachten. Kirsten würde sicherlich nie ins Schwitzen kommen, nicht mal leicht transpirieren.

»Also das alles gehört zur nordischen Mythologie«, erklärte Kirsten. »Die Weltesche *Yggdrasil* ist der größte und prächtigste Baum der Erdgeschichte. Sie verbindet Götterwelt, Erdenwelt und die Unterwelt miteinander und ist gleichzeitig ihr Mittelpunkt. Außerdem stützen ihre Zweige das Himmelsgewölbe und halten es.« Kirsten hielt inne und vergewisserte sich, ob Pippa ihr noch folgen konnte.

»Ah … klar«, sagte Pippa und obwohl sie das ja alles eher schräg fand, schluckte sie jeden spitzfindigen Kommentar wieder hinunter. Dieses Mythologiezeug schien Kirsten wirklich etwas zu bedeuten. Mehr als der Weltfrieden.

»Das Eichhörnchen *Ratatösk* ist eine Art Unruhestifter, das die Botschaften des Adlers an den Drachen *Nidhöggr* überbringt, der wiederum in den Wurzeln von Yggdrasil lebt, genauso wie die *Midgard*-Schlange.«

»Passt super zu Matteo, mein Bruder bringt wirklich immer jede Menge Unruhe.«

»Das glaub ich sofort. Brüder! Und hier drüben wohnt deine Mutter. In der *Heidrun*-Suite.«

Gut, dachte Pippa, dann sind wir jetzt ja wohl am Ende unseres Vortrages angekommen. »Heidrun, diese Göttin kenne ich, das ist die Heilige der Mathelehrerinnen.«

Das entlockte Kirsten ein kleines Lächeln, bevor sie fortfuhr. »Okay, wenn diese Mathelehrerin eine Ziege ist, könnte das vielleicht sogar stimmen.«

Gut gekontert, dachte Pippa, vielleicht können wir sogar Freunde werden.

»Diese spezielle Heidrun ist nämlich eine Ziege, aber eine ganz besondere. Aus ihrem Euter fließt Met, das ist Honigwein, und der wiederum hat die Einherjer genährt, die edlen Krieger, die im Kampf gefallen sind und deshalb in Walhalla wohnen dürfen.«

»Danke«, unterbrach Pippa dann doch, »ich glaube, mehr geht gerade nicht mehr in meinen Schädel.«

»Komisch … dabei hat deine Mom behauptet, du wärst so ein Superhirn!«

»Hey!« Pippa versetzte ihr einen Klaps auf den Oberarm. »Ich ratatöske dir gleich mal was, du Yggdrasillije, du!«

Die beiden fingen an zu kichern und jedes Mal, wenn Pippa »du Yggdrasillije, du« murmelte, mussten sie kurz stehen bleiben und verschnaufen. Dann liefen sie einträchtig weiter durch den langen Flur.

»Warte erst mal, bis du siehst, was für traumhafte Klamotten in deinem Zimmer auf dich warten …«, verkündete Kirsten, als wäre das ein Sechser im Lotto.

»Wie, Klamotten?«

»Oh, richtig tolle Designermarken, damit du in Schloss Ravensholm immer richtig angezogen bist.«

Pippa zuckte mit den Schultern. »Mir reichen Jeans und Turnschuhe, in allem anderen fühle ich mich bloß verkleidet.«

»Das werden wir ja noch sehen!« Kirsten blieb vor einer tannengrün gestrichenen Tür stehen, öffnete sie und zeigte in den Raum. »Ist das nicht schön?«, fragte sie, legte ihre Hand auf Pippas Arm, zog sie in das Zimmer und deutete auf ein Himmelbett mit grün-weiß kariertem Baldachin, in dem das komplette Ensemble von *Modern Family* Platz gehabt hätte. Hier könnte sie bequem mit all ihren Freundinnen übernachten, dachte Pippa und verdrehte die Augen bei dem Gedanken daran, was Alana zu diesen unglaublichen Spitzenvolants sagen würde. Irgendwas in dem Zimmer roch seltsam, und gerade als sie darüber eine

Bemerkung zu Kirsten machen wollte, fiel ihr Blick nach links. Sie schnappte nach Luft.

»Die vier D stehen für *Dain, Dvalar, Duneyr* und *Durathror*, das sind vier Hirsche, die die Blätter von Yggdrasil abfressen«, erklärte Kirsten und deutete mit lebhaften Gesten zur Wand hin. Das Glitzern ihrer strassbesetzten Armbanduhr lenkte Pippa nur flüchtig von den ausgestopften Hirsch-, Elch- und Rehköpfen ab, die sie teils mit, teils ohne Geweihe aus ihren toten Augen anstarrten. Aber das war es nicht, was Pippa so irritierte, auch nicht Kirstens Uhr, es war etwas anderes. Etwas vollkommen Verrücktes.

Ihr blieb beinahe das Herz stehen, in diesem Zimmer würde sie kein Auge zumachen. Niemals.

Denn mitten unter den Tieren war das Reh, das Kirstens Vater gerade erst erschossen hatte. Es starrte sie aus weit geöffneten Augen an, während aus der Wunde in der Stirn Blut tropfte. Aber das war unmöglich! Sie blinzelte und sah noch einmal genauer hin. Jetzt sah das Reh einfach nur wie ein totes Reh aus, ohne Wunde auf der Stirn. Gott sei Dank! Pippa seufzte erleichtert. Wie peinlich, da war ihre blühende Fantasie wohl mit ihr durchgegangen.

Kirsten lief zum Fenster und winkte ihr. »Komm doch mal her, von hier hast du einen Superblick auf den Wald.«

Pippa nickte ihr geistesabwesend zu, dann musste sie das Reh noch einmal anschauen, nur um ganz sicherzugehen, dass sie sich getäuscht hatte. Alles in Ordnung, sie war nur müde und überreizt. Sie tappte zum Himmelbett und setzte sich. Blut hin oder her, diese Tierleichen an der Wand waren so oder so schrecklich.

»Glaubst du, ich könnte ein anderes Zimmer haben?«

»Aber warum denn? Was passt dir denn nicht?« Kirsten klang enttäuscht. »Ich habe gedacht, das würde dir gefallen, es ist eines der schönsten im ganzen Schloss! Und schau mal, hier drüben ist der eingebaute Kleiderschrank.«

Der Kleiderschrank war ihr so was von egal, aber sie wollte Kirsten nicht kränken. Pippa zeigte zum Reh, ohne zu wissen, wie sie es sagen sollte.

Daraufhin setzte sich Kirsten neben sie und legte einen Arm um ihre Schulter. »Magst du keine ausgestopften Tiere?«

Pippa überwand sich, sah dem Reh in die toten Augen, und obwohl es »normal« aussah, hallte plötzlich der Schuss durch ihren Kopf, der Geruch des Rehs mischte sich mit dem Vanille- und Hallenbadduft von Kirsten und dem des Zimmers. Die braunen flehenden Augen des Tieres wurden größer und kleiner wie in einem Kaleidoskop und sie sah Mads und Bill, wie sie den Kadaver über die Straße schleiften.

»Was ist denn los?« Kisten sah sie besorgt an. »Hast du etwas Falsches gegessen?«

»Nein, aber ich kann hier einfach nicht schlafen. Das Schloss ist doch sehr groß, es gibt bestimmt ein anderes Zimmer …«

»Na klar, wir haben jede Menge Zimmer, aber Thorgard hasst es, wenn man ihre Pläne durcheinanderbringt.« Kirsten grinste sie verschwörerisch an. »Und weißt du, was? Genau das ist eigentlich der beste Grund, sich der alten Schreckschraube zu widersetzen. Bleib hier sitzen, ich regle das für dich.« Damit sprang sie auf und verließ das Zimmer.

»Lass mich nicht allein«, wollte Pippa sagen, aber sie brachte kein Wort heraus. Was war nur plötzlich mit ihr los? Sie sah zum Reh hinüber – es war doch nur eine staubige geschmacklose Jagdtrophäe!

Das habe ich mir nur eingebildet, weil alles neu ist, beruhigte sie sich. Und weil es so traurig war, dass ihr Stiefvater das Reh erschießen musste.

In diesem Moment kam Kirsten schon mit der völlig atemlosen Thorgard zurück.

»Was ist denn an diesem Zimmer auszusetzen?«, fragte die Haushälterin. »Wir erwarten wegen der Hochzeit eine Menge Gäste, es gibt keine erstklassigen Hotels in der Gegend. Soll ich Miss Pippa vielleicht eine der Suiten geben, die für den Polizeichef, den Innenminister, den Bruder der Königin oder den russischen Botschafter vorbereitet wurden?«

Na toll. Hinter Thorgard tauchte nun auch noch ihre Mutter mit dem Grafen im Schlepptau auf.

»Was ist hier los?«, erkundigte er sich und bekam von Kirsten die Antwort, dass Pippa nicht in diesem Zimmer schlafen wollte.

»Das meint Pippa nicht ernst!«, mischte sich sofort ihre Mom ein und sah sie mit ihrem allerstrengsten Blick an. »Philippa gefällt es hier ausgezeichnet! Das ist ein wunderbares Zimmer mit herrlicher Aussicht.«

Oha, Philippa – das verwendete sie nur, wenn sie übel sauer war.

»Mama, es ist wegen dem Reh«, versuchte Pippa, sich zu rechtfertigen.

»Dir gefällt also die Trophäensammlung meines Urgroßvaters nicht?« Frederik deutete auf die Wand mit den Köpfen und Geweihen.

»Nein, ja, ich meine, es ist nur wegen dem Unfall!«

Der Graf und ihre Mutter sahen sich verblüfft an. »Welcher Unfall?«

»Ich rede von dem Reh auf der Straße, das wir vorhin angefahren haben.«

Ihre Mutter sah den Grafen entschuldigend an. »Ich weiß nicht, was für ein Problem meine Tochter plötzlich hat.«

Pippa sah von einem zum anderen. Aber es waren doch alle dabei gewesen, die Kill Bills, Matteo, ihre Mutter! »Nicht ich habe ein Problem, sondern das Reh, das Frederik auf der Straße erschossen hat!«

Ihre Mutter presste die Lippen zusammen und Pippa ahnte schon, was kommen würde. Ihre Mutter war auf der Seite des Grafen, wie immer, seit sie ihn getroffen hatte. »Was sind denn das für lächerliche Behauptungen? Frederik ballert doch nicht wie im Wilden Westen einfach so durch die Gegend! Du wirst dich für dein absurdes Verhalten auf der Stelle bei ihm entschuldigen.«

Matteo, dachte Pippa, ich brauche Matteo, ich bin doch nicht verrückt. Ihr Bruder würde sie nicht belügen.

Doch dann fiel ihr Blick auf die staubigen Reh- und Hirschköpfe. Hatte sie nicht gerade eben hier in diesem Zimmer eine blutende Wunde gesehen, wo definitiv keine gewesen war? Hilflos und wütend zugleich nahm sie sich vor, nachher Matteo auszuquetschen. Und wenn er sich auch an keinen Unfall erinnerte? War sie eingeschlafen und hatte das geträumt? Nie im Leben! Ich weiß doch genau, wann ich träume und wann ich wach bin! Jetzt zum Beispiel bin ich hellwach. Sie kniff sich in den Unterarm und war sehr froh, als sie den Schmerz spürte. Alle starrten sie an und warteten auf etwas, ihre Mutter auf eine Entschuldigung, der Graf und Kirsten auf eine Erklärung, Thorgard wohl auf eine Ansage des Grafen, aber Pippa wusste nicht, was sie sagen sollte, und das Schweigen breitete sich aus wie eine bösartige Infektion.

Unvermittelt erlöste Graf Frederik alle, indem er Pippa zuzwinkerte, als hätte er verstanden, was hier los war.

»Anna«, sagte er zu ihrer Mutter, »es spricht für deine Tochter, dass sie sich hier mit all diesen Tierleichen nicht wohlfühlt. Ehrlich gesagt finde ich sie auch ziemlich geschmacklos und überlege seit Längerem, das Zimmer umgestalten zu lassen. Thorgard, geben Sie Pippa das Zimmer von …« Er wandte sich wieder an sie. »Du magst doch Pferde, oder?«

Pippa nickte, obwohl ihre Mutter mit beiden Händen ganz deutlich signalisierte, dass sie sich auf der Stelle zusammenreißen und hier nicht länger so einen Aufstand machen sollte.

»Geben Sie ihr das *Hrimfaxi*-Zimmer.«

»Entschuldigen Sie, Herr Graf, aber das Kinderzimmer der Zwillinge ist für Niels und seinen Betreuer vorgesehen.« Thorgard zog das seltsame Zeichen auf ihrer goldenen Kette hektisch hin und her und sagte demonstrativ nichts weiter.

Graf Frederik seufzte. »Meine Liebe, wir müssen froh sein, wenn Niels überhaupt in der Verfassung ist zu kommen, und ich fürchte, dass er es nicht schaffen wird, über Nacht zu bleiben. Also seien Sie der Schatz, der Sie schon so lange für unsere Familie sind, und machen Sie das möglich.«

Thorgard ergab sich mit zusammengepressten Lippen und Pippa war klar, dass sie es sich mit ihr ein für allemal verdorben hatte.

Eine halbe Stunde später lag Pippa in ihrem neuen Zimmer mit schwirrendem Kopf auf einem der Betten. Hier gab es kein prächtiges Himmelbett, sondern rechts und links an der Wand je ein Alkovenbett, die zwar sehr gemütlich wirkten, doch Pippa fühlte sich in diesen mit Holz verschalten Kästen wie eingesperrt. Ihr war aber klar, dass sie sich mit diesen Bettverschlägen arrangieren musste, wenn sie nicht noch mehr Ärger haben wollte. Der Rest des Zimmers war wunderschön und halb so groß wie ihre ganze Wohnung in Berlin, es gab auf zwei Seiten Fenster und sogar einen Balkon mit einem runden Tisch und zwei Korbstühlen. Die Wände waren mit einer chinesischen Bambustapete mit gemalten Pferden beklebt und wirkten, als wären sie aus einem Film über den letzten Kaiser von China. Auf einem Regal standen chinesische Vasen und goldene Drachen. Auch der Eingang zum Badezimmer wurde von zwei großen Bodenvasen flankiert, in denen man blühende Pfingstrosen arrangiert hatte.

Ihre Mutter hatte sie ziemlich gereizt gefragt, ob das

jetzt immer so weitergehen würde, Thorgard war aufgebracht, weil der Graf einer Göre ohne Rang und Namen erlaubt hatte, ihre Planung durcheinanderzubringen. Nur Kirsten hatte ihr den Rücken gestärkt und verraten, dass sie die Glasaugen der Tiere noch nie gern im Dunklen um sich gehabt hätte.

Das Hämmern an ihrer Tür riss sie aus ihren Gedanken. Sie sprang auf und öffnete sie. Kill Bill und sein Bruder stürmten herein. Mads trug ihren Koffer, Kill Bill war über und über beladen mit bauschigen Kleidern, die auf Bügeln hingen, und über der rechten Schulter hingen durchsichtige Plastikbeutel mit Schuhen, über der linken Schulter Handtaschen, Gürtel und Schals.

»Wohin?«, fragte er und sah sich suchend im Zimmer um. Pippa waren all die Umstände mittlerweile mehr als peinlich und deutete auf die Betten. Kill Bill legte die Kleider sorgfältig darauf ab, nickte ihr zu und verließ zusammen mit Mads ihr Zimmer.

Sie trat an das Bett, auf dem Kill Bill die vielen Kleider abgelegt hatte, und betrachtete sie. *Wahnsinn*, Alana würde sie beneiden. Sie wusste nicht mal, wie die korrekten Bezeichnungen für all diese Kleider lauteten: Cocktailkleid? Das kleine Schwarze? Sixties-Dress? Dinnerkleid? Sie griff nach einem aus karamellfarbener Seide, das am Ausschnitt mit glitzernder Spitze eingefasst war. Der Stoff fühlte sich gut an, sie hielt es vor sich, betrachtete sich im Spiegel an der Tür und grinste. Gott, damit würde sie wirklich aussehen wie eine verdammte Prinzessin … ihrem Vater hätte das sicher gefallen.

Aber Prinzessinnen bouldern nicht, das war nichts für sie. Leise seufzend fing sie an, die Kleider in die nach Lavendel und Zedernholz duftenden Schränke zu räumen. Wenn man so viel Zeug besaß, selbst wenn es sehr schön war, hatte man auch eine Menge Arbeit, dachte sie und verbot es sich, ein paar besonders originelle Vans näher anzuschauen. Als sie dann aber ein paar rotbraune Reitlederstiefel genau in ihrer Größe in der Hand hielt und das butterweiche Leder spürte, wäre sie beinahe der Versuchung erlegen, sie anzuziehen. *Nein,* rief sie sich zur Ordnung, sie würde sich nicht so leicht von einem dänischen Grafen kaufen lassen.

Als das endlich geschafft war, hatte sie keine Lust mehr, jetzt auch noch ihren Koffer auszuräumen, und machte sich auf die Suche nach ihrem Bruder. Doch in den breiten Fluren entdeckte sie ständig neue interessante Kostbarkeiten in den edlen Holzvitrinen, die an der Wand entlang aufgestellt waren. Schmuck und Waffen, altes Geschirr und Vasen. »Das Zentrum des damaligen kulturellen Lebens« hatte wohl doch aus mehr bestanden als aus Einmachgläsern mit darin herumschwappenden Monstrositäten und der Erforschung von Ameisen.

Geld schien jedenfalls keine Rolle zu spielen in diesem Schloss und sie fragte sich, ob ihr Bruder auch mit einem ganzen Kleiderschrank voller Designerklamotten ausgestattet worden war. Dann malte sie sich genüsslich aus, wie er mit einem sündteuren weißen Kinderhoodie von Armani volle Kanne in den Matsch fiel.

Kurz darauf musste sie erkennen, dass sie gar nicht so

weit danebengelegen hatte, denn sie fand Matteo so glücklich vor wie schon sehr lange nicht mehr.

In seinem »Eichhörnchenzimmer« hatte nämlich kein Schrank voller Kleider auf ihn gewartet, sondern vielmehr ein Geschenk, das er sich seit Jahren sehnsüchtig gewünscht hatte.

Der schwarze Cockerspanielwelpe mit rotbraunen Flecken über den Augen und an der Schnauze saß auf Matteos Schoß und war so süß, dass Pippa ihn gegen ihren Willen sofort ins Herz schloss. »Oh, wow. Na, wie willst du ihn nennen?«, fragte sie.

»Freddy sagt, sie hat schon einen Namen, weil sie so einen großen Stamm hat.« Matteo beugte sich über das leere Körbchen, und weil er gerade erst lesen gelernt hatte, brauchte er eine Ewigkeit, um den Namen, der dort auf einem Schildchen stand, vorzulesen: »›Kissy, Tochter von Sire Katchu Mythical Fantasy und Dame Pineshadows Painted Lady.‹ Aber Kissy finde ich doof. Ich werde sie Lulu nennen, das ist viel schöner.«

»Tolle Idee«, Pippa nickte anerkennend, »das passt, sie sieht wirklich aus wie eine Lulu.«

»Und ich kaufe ihr ein neues Halsband! Das hier ist hässlich.«

Pippa musste lachen, ihr Bruder hatte völlig recht. Lulus pinkfarbenes Glitzerhalsband sah aus, als wäre es von einer Barbie abgefallen.

»Matteo …«, begann sie, wusste aber nicht so recht, wie sie weitermachen sollte. Matteo war so glücklich, warum ihn an diesen scheußlichen Unfall von vorhin erinnern?

»Matteo, vorhin im Auto …«

Ihr Bruder grinste sie über das ganze Gesicht an. »Das war cool, nachdem ich gespuckt hatte, durfte ich sogar 'ne Cola haben. Freddy hat gesagt, das hilft, wenn einem schlecht ist, aber Mama war mächtig sauer, weil Freddy mir das erlaubt hat.«

»Wie nett von ihm. Aber ich wollte dich zu dem Unfall was fragen.«

Matteo drückte Lulu fester an sich. »Was denn für ein Unfall?«

»Na, das Reh.« Sie erinnerte sich so gut daran, wie Matteo geweint und sich an ihre Mom geklammert hatte.

»Wir haben viele Rehe gesehen, aber die waren nicht auf der Straße. Der Graf hat sie uns gezeigt, sie gehören ihm.«

Pippa wollte ihn anschreien: »Mads hat eines angefahren und der Graf hat es dann erschossen!« Doch ihr war klar, dass Matteo sich wirklich an keinen Unfall erinnern konnte, er würde darüber nicht lügen. Er konnte nicht lügen, und wenn er es versuchte, durchschaute man ihn sofort. Dann hatte er also keinen Unfall gesehen, und das wiederum bedeutete, dass sie sich das alles eingebildet haben musste. Ihr wurde schwindelig. Was war nur mit ihr los? Ja, nach Paps Tod hatte sie angefangen zu schlafwandeln und sie träumte viel und oft wirres Zeug, aber sie hatte sich noch nie Dinge eingebildet, die nicht da waren. Ob das mit dem Umzug nach Dänemark zusammenhing? Sie gab ihrem Bruder und Lulu ein Küsschen und lief wie vor den Kopf gestoßen zurück in ihr Zimmer.

Was also war passiert, wenn es keinen Unfall gegeben

hatte? Und vor allem, warum? Mit ihrem Vater hatte sie die Geschichten von Sherlock Holmes gelesen und sie waren sich einig gewesen, dass es immer eine logische Erklärung für alles gab, was passierte. Also auch für einen Mord im verschlossenen Zimmer oder für das angebliche Auftauchen von Geistern. Man musste nur klar und lange genug über alles nachdenken. Deshalb hatte er ihr auch einen Zauberkasten geschenkt, mit dem sie lernen sollte, Dinge zu hinterfragen und zu erkennen, dass alles Magische einen realen Grund hatte.

Sie fing an, ihren Koffer auszuräumen, zum Glück hatte sie nicht viel aus Berlin mitgenommen, denn hier war kaum noch Platz für ihre eigenen Sachen. Wahrscheinlich war der Schrank in dem anderen Zimmer viel größer gewesen. Unwillkürlich fragte sie sich, warum man Niels, den Zwillingsbruder der toten Madita, mit einem Betreuer hier hatte unterbringen wollen. Mochte er die chinesischen Pferdedekorationen? Und wozu brauchte Niels überhaupt einen Betreuer? Was hatte der Graf gemeint mit seiner »Verfassung«? War er krank, saß er im Rollstuhl? Die Alkovenbetten waren jedenfalls hoch genug, um sich direkt vom Bett in einen Rollstuhl zu hieven. Das Zimmer bot genug Platz, um darin herumzufahren, trotz der beiden Vasen am Badeingang, und es war schön hell, weil die Fenster über Eck verliefen.

War Niels vielleicht zusammen mit seiner Mutter und Madita in dem Flugzeug gewesen, hatte als Einziger den Absturz überlebt und niemand hatte ihr das erzählt? Aber wie konnte ihre Mutter etwas so Schreckliches für sich behalten? Oder war Niels durch eine Krankheit behindert und deshalb in einem Internat oder einer Einrichtung untergebracht?

Pippa trat zum Fenster und sah nach draußen auf einen Hain aus merkwürdig verkrüppelten Eichen. Wenn der Wind die Blätter bewegte, konnte sie den Blick auf die glitzernde Spitze eines Gebäudes erhaschen und Pippa vermutete, dass es die Ruine war, die ihre Mutter erwähnt hatte.

Weil die Fenster über Eck verliefen, konnte sie von der anderen Seite den Eingang zu einem Labyrinth entdecken. Die »Wände« waren aus meterhohen getrimmten Buchsbaumhecken und an einigen Punkten hatte man den Buchs zu seltsamen Figuren geschnitten. Der Eingang war mit einem rosenüberrankten Pavillon markiert und dahinter schimmerte ein kleiner kreisrunder See fast schwarz in der Sommerabendsonne. Vielleicht gehörten die vielen Figuren zu der nordischen Mythologie wie die Namen der Zimmer, überlegte Pippa. Eine sah aus wie eine Schlange, eine andere wie ein sich aufbäumendes Pferd und wieder eine wie ein Adler.

In dem Labyrinth bewegte sich etwas, das in der Abendsonne silbern aufblitzte. Pippa wechselte ihren Beobachtungsplatz und entdeckte, dass jemand in einem Rollstuhl mit großer Geschwindigkeit durch das Labyrinth fuhr. Sie ärgerte sich, dass sie kein Fernglas hatte, um zu erkennen, wer es war. Aber eigentlich konnte sie auch einfach nach unten gehen und selbst herausfinden, ob das womöglich ihr geheimnisvoller Stiefbruder Niels war. Ihre Koffer konnte sie später immer noch fertig auspacken.

3

Pippa hatte eigentlich einen legendär guten Orientierungssinn, ihre Freundinnen in Berlin sagten immer, dass man kein Navi brauchte, wenn man mit Pippa unterwegs war. Auch beim Bouldern entdeckte sie immer vor allen anderen den richtigen Weg. Aber auf Schloss Ravensholm verlief sie sich dreimal, bis sie dort ankam, wo sie den Eingang zum Labyrinth vermutete. Dabei war sie so sicher gewesen, dass es ganz einfach sein musste, Treppe runter und raus. Schloss Ravensholm war schließlich nur ein gerader lang gestreckter Bau und nicht so ein verwinkeltes Zuckerbäckerschloss wie Neuschwanstein.

Ihr Fehler war es anzunehmen, dass von unten alles so aussehen würde wie von oben. Doch nun erkannte sie, dass das Schloss und die Gartenanlage sehr viel trickreicher gestaltet waren, als es auf den ersten Blick den Anschein hatte.

Ihr war kalt, weil sie keine Jacke angezogen hatte, sie musste sich erst noch daran gewöhnen, dass es hier Anfang Juli immer noch so frisch war.

Schon wenige Meter nach den Blumenbeeten, die sich an die hintere Seite des Schlosses schmiegten und von denen ein starker Duft nach Rosen, Lavendel und feuchtem Torf aufstieg, wuchsen diese verkrüppelten Eichen und eben nicht nur auf dem Hain, so wie das von oben gewirkt hatte. In Berlin waren Anfang Juli schon viele Rosen verblüht, aber hier schienen sie gerade erst aufzugehen.

Der Eingang zum Labyrinth war offensichtlich hinter dem Eichenwäldchen versteckt. Unter den Eichen wucherten Holunderbüsche und Schlehen, Haselnüsse und Wildrosen. Zwischen dem dichten Unterholz schlängelten sich schmale Wege hindurch, von denen man nicht wusste, wo sie hinführen würden. Das Labyrinth konnte Pippa von hier gar nicht sehen, dazu musste sie erst das Eichenwäldchen durchqueren, und obwohl die Sonne gerade noch so am klaren Himmel stand, durchdrangen die kupfernen Strahlen kaum das Unterholz.

In dem Moment, als sie beschloss, den Besuch im Labyrinth auf morgen zu verschieben, sah sie wieder dieses silberne Blitzen, das Reflexe auf die Eichenblätter warf wie ein Stroboskop. Wenn der Rollstuhlfahrer Niels war, dann war er offensichtlich noch dadrin. Dann gebe ich jetzt nicht auf, dachte Pippa und fluchte, als sie einen Moment später über eine Wurzel stolperte.

Das Licht bewegte sich. Sie sollte sich beeilen, nicht, dass er das Labyrinth längst verlassen hatte, bevor sie richtig drin war. Das wäre ziemlich dumm, so kurz vorm Abendessen und ohne Handy. Na ja, meldete sich eine Stimme in ihrem Kopf, diese ganze Aktion war so oder so ziemlich dämlich. Sie wusste weder, ob der Mensch im Rollstuhl Niels war, noch hatte sie eine Ahnung von diesem Labyrinth. Aber, versuchte sie, ihre innere Stimme zu beruhigen, selbst wenn sie sich darin verirrte, würde man sie beim Abendessen vermissen und nach ihr suchen. Okay, sie schloss einen Kompromiss mit sich: Wenn das Labyrinth hinter der nächsten Biegung immer noch nicht auftauchte, würde sie zurückgehen.

Plötzlich blitzte das Licht wieder auf, warf helle Schlaglichter auf die Bäume und verwandelte alles für einen Moment in einen Wald aus silberkalten Eichenblättern. Dann sah sie im Abendlicht eine Skulptur aus orange schimmernden Rosen und auf den zweiten Blick erkannte sie den kleinen runden Pavillon aus Schmiedeeisen, der den Eingang zum Labyrinth markierte. Sie hatte es geschafft, kurz entschlossen betrat sie das Labyrinth und freute sich, als es etwas weiter vor ihr wieder blitzte. Sie lief hin zum Licht, nach zwei Gabelungen gelangte sie zu einem kleinen Platz mit einer weißen Bank und einer überlebensgroßen Skulptur, die einen Schatten auf alles um sie herum warf. Ein gigantischer Pinienzapfen, an dem sich außen zwei geflügelte Schlangen emporwanden. Von hier zweigten jeweils zwei Wege nach links und zwei nach rechts ab. Es grenzte an Wahnsinn, sich weiter vorzuwagen, sie wusste ja jetzt schon kaum mehr, ob sie es wieder zurückschaffen würde. Ein Räuspern hinter ihr ließ sie herumfahren.

»Das ist kein guter Ort für junge Frauen!« Wie aus dem Nichts waren Kill Bill Eins und Zwei vor ihr aufgetaucht.

Kein Knacksen oder Kiesknirschen hatte die beiden verraten, sie mussten geradezu geflogen sein.

»Miss Pippa, Ihr Vater hat sich Sorgen um Sie gemacht und uns gebeten, Sie ins Haus zu geleiten. Er wird Ihnen morgen gern den Garten zeigen, aber er hält es für zu gefährlich, das jetzt um diese Uhrzeit zu tun. Vor allem, wenn Sie noch nicht mit ihm vertraut sind«, sagte Kill Bill und Mads fügte hinzu: »Frau Thorgard möchte auch darauf hinweisen, dass man nur noch auf Sie wartet, um mit dem Abendessen beginnen zu können.«

Es war Pippa schleierhaft, warum die beiden immer so geschwollen und gleichzeitig so emotionslos klangen wie die Stimme aus einem Navigationsgerät. Völlig synchron kamen sie drei Schritte näher, was Pippas Puls etwas aus dem Takt brachte. Sie wich zurück und ließ die blonden Klone vorangehen. Geschmeidig und lautlos wie Raubkatzen auf der Jagd wichen sie jedem Ast und jeder Wurzel aus und brachten Pippa auf einem ganz anderen Weg wieder zurück zum Schloss und direkt in das Speisezimmer.

Nach dem Dämmerlicht des Wäldchens musste Pippa ein paar Mal blinzeln, um sich an das strahlende, flackernde Licht der unzähligen Kerzenleuchter und Kristalllüster zu gewöhnen.

Leider nahm sie als Erstes den enttäuschten Blick ihrer Mutter wahr, die sie von oben bis unten musterte und der kein Detail an ihrer speckigen Jeans und dem gammeligen T-Shirt entging. Missbilligend schüttelte sie den Kopf.

Neben ihrer Mutter saß Kirsten, nein falsch, dachte Pippa, Kirsten *thronte* da viel mehr. Sie war wie ihre Mom in ein langes schulterfreies Abendkleid aus einem seidigen ozeanfarbenen Stoff gekleidet, trug dazu eine Kette und Ohrringe aus blauen Saphiren und funkelnde Haarnadeln in ihren locker aufgesteckten Haaren. Ihre Mom erschien daneben fast ärmlich, denn sie hatte zu ihrem taubenblauen Kleid nur eine schlichte Goldkette mit einem winzigen Diamanten angelegt. Trotzdem wirkten die beiden viel mehr wie Mutter und Tochter als sie und ihre Mom. Sollen sie doch, dachte Pippa und ärgerte sich über den Stich, den sie in ihrer Brust fühlte, und für einen Moment wünschte sie sich, sie hätte eines der schönen neuen Kleider angezogen.

Als ob Kirsten das gespürt hätte, zwinkerte sie ihr zu, legte beschwichtigend die Hand auf den Arm von Pippas Mom und verkündete: »Ich freue mich, dass meine neue Schwester so neugierig auf alles ist, was es auf Schloss Ravensholm zu entdecken gibt, da ist es doch nur zu verständlich, dass sie die Zeit völlig aus den Augen verloren hat und sich nicht mehr umziehen konnte.« Kirsten tippte auf ihre Armbanduhr, dann flüsterte sie ihrer Stiefmutter etwas ins Ohr, die danach breit strahlte. Kirsten nickte Pippa zu, doch bevor Pippa ihr ein erleichtertes Lächeln schenken konnte, berührte der Graf bereits sachte ihre Schulter.

»Schön, dass du nun auch da bist, Pippa. Ich möchte dir meinen Vater vorstellen und ein paar Freunde, die heute schon angereist sind.« Graf Frederik war im Gegensatz zu ihrer Mutter kein bisschen verärgert, sondern nickte Thorgard freundlich zu, dass sie nun servieren lassen könne.

Er führte Pippa um die lange, mit weißen Damastdecken geschmückte Tafel, auf der die polierten Gläser mit dem

Silberbesteck um die Wette glänzten, und erst jetzt nahm Pippa auch die anderen Gäste war.

Vor einem alten Mann, der in seinem Rollstuhl eher hing als saß, blieb der Graf stehen und ermutigte Pippa, ihm die Hand zu geben. »Das ist mein Vater Henrik Frederik Niels von Raben. Er ist seit seinem Schlaganfall leider stumm, und kann seine linke Seite nicht mehr bewegen, aber er versteht jedes Wort, was du zu ihm sagst, und er ist immer noch der klügste Mann, den ich kenne!«

Pippa ergriff die feuchte runzlige Hand und war überrascht, wie stark der alte Graf dann zudrückte, und es kam ihr so vor, als ob er ihr unter den hängenden Lidern zuzwinkern würde. Er verwendete ein seifiges Rasierwasser mit einem völlig unpassenden süßlichen Unterton, der Pippa an das Aroma erinnerte, das einem entgegenkam, wenn man eine Tüte Gummibärchen öffnete. Der Gummigraf, dachte sie und verbat sich diesen respektlosen Gedanken sofort wieder.

Verstohlen sah sie sich nach einem anderen Rollstuhl um, konnte aber keinen entdecken. Also war es gar nicht Niels gewesen, sondern der Gummigraf, den sie da im Labyrinth gesehen hatte. Graf Henrik, korrigierte sie sich.

»Sehr erfreut«, sagte sie, während sie verzweifelt nach etwas Originellerem suchte, aber leider fiel ihr nichts ein, weil sie ihr Irrtum völlig durcheinandergebracht hatte. Der gebrechliche Graf wirkte definitiv nicht so, als ob er gerade erst hier angekommen wäre.

Frederik führte sie auf die andere Seite zu einem glatzköpfigen Mann, dessen extrem durchtrainierte Bizepse beinahe seine Uniform zu sprengen drohten und den er ihr als den Polizeichef von Nordjütland vorstellte. Rasmus Petersen umwaberten Weinschwaden und Pippa konnte nicht herausfinden, ob das daran lag, dass er schon so viel getrunken hatte, oder ob er immer so roch. Der Blick, mit dem er sie musterte, war jedenfalls so durchdringend und so wenig beschwipst, dass Pippa sofort alle Gesetzesübertretungen einfielen, die sie jemals begangen hatte: schwarzfahren, Joints, geklaute Zigaretten, Plakate ansprayen, aus Spaß die Notbremse ziehen …

»Das ist unser bester Mann!«, erklärte Frederik voll Inbrunst. »Diesem Polizeichef entgeht kein Verbrechen!«

»Unsinn, hier in Dänemark benehmen sich doch alle wie gesetzestreue Bürger«, schwadronierte Rasmus und ließ Pippa dabei nicht aus den Augen.

»Wohl eher nicht«, warf eine Dame ein, die Pippa freundlich anlächelte, »… sonst wäre dein Job ja auch überflüssig.«

Touché, dachte Pippa und musterte die Dame genauer. Sie war so alt wie ihre Mom, kleidete sich aber sehr viel konservativer, was sie älter machte. Ihr blondes Haar hatte sie mithilfe von reichlich Haarspray zu einer Grace-Kelly-Banane frisiert, wodurch man ihren gewaltigen goldenen Ohrschmuck mit türkisen Steinen gut bewundern konnte. Es waren abschreckend hässliche Medusenköpfe.

»Das ist Dr. Mette Södersen, die Innenministerin, die uns mit ihrer Anwesenheit beehrt«, sagte Graf Frederik und stellte Pippa dann noch Prof. Dr. Knut Hansen vor, der an der Universität Kopenhagen einen Lehrstuhl für

Forensische Psychologie innehatte, sowie den etwas muffig aussehenden finnischen Außenminister Samu Koskinnen, der wohl auch ein alter Freund ihres Stiefvaters war.

Dann begrüßte der Graf den Musiker am Klavier, der schon die ganze Zeit derart dezente Hintergrundmusik gespielt hatte, dass Pippa sie gar nicht wahrgenommen hatte. Danach brachte er sie zu ihrem Platz zwischen Kirsten und Graf Henrik.

»Wo ist eigentlich mein Bruder?«, fragte sie ihn.

»Matteo schläft schon längst und ich vermute, er liegt gegen alle Anordnungen deiner Mutter mit seiner neuen besten Freundin im Bett.« Der Graf schmunzelte, einige der Gäste kicherten. »Deine Willkommensgeschenke bekommst du dann morgen früh.«

»Willkommensgeschenke?« Überrumpelt versuchte Pippa, angemessen zu reagieren, um ihre Mutter nicht wieder zu verärgern. Sie rang nach Worten, es fielen ihr aber nur Phrasen ein, weil sie so überrascht war. »Aber ich habe doch schon all diese Kleider bekommen!«

Das Gesicht ihrer Mutter verdüsterte sich bei der Erwähnung der Kleider.

»Die habe ich dir nur besorgen lassen, damit du für jede Gelegenheit gerüstet bist. Nein, mit dem Willkommensgeschenk meine ich etwas anderes …« Er lächelte geheimnisvoll.

Was das wohl für Geschenke waren? Auch ein Haustier?

»Vielen Dank für alles«, beeilte sie sich zu sagen und versuchte, sehr glücklich zu wirken, damit ihre Mom nicht mehr so düster dreinsah.

Beschenkte er alle seine Kinder so großzügig? Was bekam denn Kirsten von ihm oder dieser »Niels-mit-dem-Betreuer«?

»Ähm ... wo ist eigentlich dein Sohn, wenn ich fragen darf?« Am Tisch war kein Platz mehr frei, also fehlte wohl auch niemand mehr.

Das freundliche Schmunzeln hörte abrupt auf.

»Er ist noch nicht hier, meine Liebe.« Frederik versuchte, den plötzlichen Stimmungswechsel zu überspielen, indem er schwungvoll sein Glas zum Toast hob, während er zu seinem Platz an der Stirnseite der Tafel ging. Dort angekommen, wünschte er allen einen schönen Abend und guten Appetit.

Genial, wie er sich aus der Affäre gezogen hatte. Eine Antwort, die keine war, und dann Themenwechsel für alle.

Während Pippa in den Guten-Appetit-Chor einstimmte, nahm sie sich vor, Kirsten nach ihrem Bruder zu löchern, und diesmal würde sie sich nicht einfach so abspeisen lassen. Immerhin waren sie doch jetzt eine Familie!

Pippa nippte an ihrem Champagnerglas, stellte es aber gleich wieder ab, weil sie den bitteren Geschmack nicht mochte, und drehte sich zu Kirsten. Doch die war völlig in ein Gespräch mit ihrer Mutter vertieft. Offensichtlich brachte sie Mom sogar zum Lachen, was Pippa anfing, auf die Nerven zu gehen. Sie hatte mit ihrer Mutter in den letzten Monaten kein einziges Mal gelacht, sondern nur noch Stress gehabt, weil sie plötzlich an allem, was Pippa sagte und machte, etwas auszusetzen hatte. Sogar an ihren Freunden hatte sie herumgemäkelt, sie würden Pippa »runterziehen«. Auf ihre Frage, wohin – in die U-Bahn? Die Drogenszene? Die Unterwelt? –, hatte ihre Mutter sich diese frechen Widerworte verbeten und das Gespräch beendet.

Pippa sah zur anderen Seite, wo Henrik gerade mundgerechte Häppchen serviert bekam, die er mit der rechten Hand essen konnte. Nachdenklich betrachtet sie den Rollstuhl. Es war kein elektrisch gesteuerter, sondern einer, den man nur mit Muskelkraft bewegen konnte. Unmöglich, dass er damit durch das Labyrinth gefahren war. Aber vielleicht hatte er mehrere Rollstuhlmodelle, so wie Graf Frederik einen Fuhrpark mit zehn Autos neben dem Schloss.

Seufzend wandte sie sich dem Essen zu, doch vorher mussten sie noch Thorgards ausführliche Erklärungen zu jedem einzelnen Gang anhören: Hummersalat auf roter Linsenvinaigrette, dann Kalbsfilet in Rotweinsoße mit Trüffelkartoffeln, danach Schokoladen- und Zitronentarte mit Himbeermus. Und zum Abschluss wurden Käse, Feigen und Trauben gereicht. Alles schmeckte hervorragend und Pippa war schon gespannt, was die Rabens dann erst bei der Hochzeit auffahren würden.

Kirsten unterhielt sich immer noch mit ihrer Mutter, ab und zu schnappte Pippa ein Wort auf: Shiaparelli, New York, Wikinger, Guerlain, Milano, Blahnik, Lars von Trier, Smörrebröd.

Der Gummigraf neben ihr war stumm und er tat ihr ziemlich leid, wie er da so in seinem Stuhl hing, gerade weil sich alle anderen so prächtig zu amüsieren schienen. Der Professor lamentierte unentwegt bei der Innenministerin, die er sehr vertraut immer nur mit »Mette-Darling« ansprach, darüber, dass die Studenten von heute alle so ungebildet waren. Er schien niemals Luft zu holen, und wann immer Mette-Darling etwas zum Thema beitragen wollte, redete er schon weiter. Die Innenministerin zwinkerte ihr zu, als sie bemerkte, dass Pippa sie beobachtete, und versuchte, sie mit ins Gespräch einzubinden, aber der Professor war nicht zu bremsen.

Ihr Stiefvater verstand sich offensichtlich blendend mit dem Polizeichef und dem Finnen. Als er von Kill Bill unterbrochen wurde, wirkte er sehr ungehalten, aber dann entschuldigte er sich, nicht ohne den Musiker zu ermutigen weiterzuspielen und folgte Bill nach draußen.

Ihre Mom sah ihm missbilligend hinterher, nur Kirsten schien sich über sein Weggehen zu freuen. Als ihr klar wurde, dass Pippa sie beobachtete, legte sie ihr die Hand auf den Arm und Pippas Blick fiel auf einen blauen Ring an Kirstens Mittelfinger. Der blaue Edelstein in der Mitte war umgeben von seltsamen dunklen, in sich schimmernden Steinen.

»Schön, nicht? Das ist ein Saphir und das daneben sind Glimmersteine. Die haben in unserer Familie eine lange Tradition. Früher waren sogar die Fenster auf Schloss Ravensholm aus Glimmer, das war schöner und billiger als Glas. Den Ring habe ich von meiner Großmutter, gefällt er dir?«

Pippa nickte. »Hast du deinen Namen auch von ihr bekommen? So wie den Ring?«, fragte sie.

Kirsten schüttelte den Kopf. »Nein, den hat meine Großmutter väterlicherseits ausgesucht. Sie durfte die

Mädchennamen aussuchen und Paps die Jungsnamen. Die zweiten Namen stammen von den Großeltern. Das ist so Tradition bei uns.«

»Und wie ist der zweite Name von Niels?«, fragte Pippa, weil sie unbedingt mehr über ihn wissen wollte.

»Henrik natürlich.«

»Und, ähm, warum braucht dein Bruder einen Betreuer? Irgendwie scheint hier keiner über ihn reden zu wollen.«

Auch Kirstens Gesicht verschloss sich sofort. Ihr eben noch so gelöstes Lächeln fror ein. »Wir sagen das nicht gern, das musst du mir glauben, aber Niels ist verrückt.«

»Wie, ›verrückt‹?« Pippa hatte sofort schreckliche Bilder aus Hollywoodfilmen vor ihrem inneren Auge. Menschen mit leblosen Augen und irrem Lachen, Menschen, die ihre Köpfe an der Wand blutig schlugen oder kreischten wie verletzte Tiere. Und dazu stieg ihr auch noch der Geruch von verschmorten Kabeln in die Nase. Oh Mann, dachte sie, du musst aufpassen, dass nicht auch noch bei dir eine Sicherung durchbrennt.

»Willst du wirklich allen den Abend verderben?«, mischte sich ihre Mutter in das Gespräch ein und Kirsten rückte nervös ihre Armbanduhr gerade.

»Nein, das will Pippa bestimmt nicht«, verteidigte Kirsten sie. »Sie ist doch nur neugierig, wäre das nicht jeder?«

Ihre Mutter murmelte etwas Unverständliches, aber der Blick, den sie ihr zuwarf, sprach Bände. *Etwas mehr Zurückhaltung,* warnten ihre Augen. Pippa nickte ihr schuldbewusst zu, nickte noch einmal, riss ihre Augen entsetzt weiter auf, dann schnappte sie nach Luft.

Die Augen ihrer Mutter … ja, das waren schon ihre Augen, aber sie befanden sich nicht mehr in ihrem Kopf! Denn ihre Mutter war nur noch von den Füßen bis zum Hals sie selbst. Gleich oberhalb ihrer üppigen Perlenkette war ihre Haut mit borstigem Fell bedeckt und ihr Kopf hatte sich in den eines Rehs verwandelt.

Unmöglich, Pippa schloss kurz ihre Augen, das passierte nur, weil sie gerade an all diese bescheuerten Filme über Irrenanstalten gedacht hatte. Sie musste sich wirklich zusammenreißen und aufhören, überall Rehe zu sehen.

Als sie die Augen wieder öffnete und sich beklommen umschaute, fing ihr Herz an zu rasen.

Nicht nur ihre Mutter, nein, alle Gäste am Tisch trugen vom Hals abwärts ihre eleganten Kleider und auch ihren Schmuck. Aber darüber sah Pippa nur Tierköpfe. Nein, schrie sie innerlich auf, das konnte nicht sein. Sie sah schnell weg, auf ihren Teller, atmete tief durch, nahm einen großen Schluck Wasser und hob dann hoffnungsvoll den Blick.

Auf Kirstens Habichtkopf thronte immer noch das Diadem, was lächerlich und furchterregend zugleich wirkte, der Professor züngelte beim Reden und zischte mit dem Kopf einer Kobra nervös hin und her, das Nackenschild zum Kampf aufgespreizt, während seine Krawatte immer noch perfekt geknotet am schimmernden Schlangenhals saß. Die Innenministerin war zu einer weißen Elefantin geworden, deren riesige Ohren so stark hin und her wedelten, dass Pippa den Luftzug bis zu sich spürte. Die Medusenohrringe wirkten nun winzig und schaukelten mit den

Ohren hin und her. Sie hielt ihren Rüssel elegant in das Weinglas vor sich und trank es laut schlürfend aus, ohne mit ihren Stoßzähnen jemanden zu verletzen. Pippa blickte sich am Tisch um, niemand außer ihr schien das zu bemerken.

Was war hier nur los? Lag sie schon im Bett, war das ein besonders echt wirkender Traum? Sie rieb sich die Augen, trank noch etwas Wasser und wandte sich dem alten Henrik zu. Sein Anblick beunruhigte sie besonders. Sie konnte zuerst nicht sagen, was für ein Tier derart bösartig lauernde schwarz-gelbe Augen hatte. Ihr Herz fing an, immer schneller und schneller zu klopfen. Als Henrik dann sein Maul öffnete und sie die spitzen Eckzähne sah, wurde ihr klar, dass sie eine Hyäne neben sich hatte.

Pippa schauderte, trank Wasser und wäre am liebsten aufgestanden und weggerannt, aber gleichzeitig war der Anblick dieser elegant gekleideten Tiere so unfassbar, dass sie wie angenagelt sitzen blieb.

Und als sie den finnischen Außenminister entdeckte, musste sie sogar ein Lächeln unterdrücken. Er hatte den mächtigen, fröhlich orangen Schnabel eines Tukans. Fasziniert wartete sie darauf, wie er aus seinem Glas trinken würde, ohne es zu zerbrechen. Neben ihm saß der Polizeichef Rasmus Petersen mit kleinen nackten dunkelrosa Ohren und einer spitzen Rattenschnauze. Er nagte mit seinen großen Schneidezähnen an seinem Weißbrot, als wäre er kurz vor dem Verhungern. Als ihr Stiefvater zurückkam, erkannte sie ihn nur an seinem schwarzen Anzug mit dem roten Einstecktuch. Seine Krawatte umschloss den Hals eines Schäferhundes, dachte Pippa, jedenfalls zuerst, aber dann wurde ihr klar, dass die Schnauze viel zu spitz für einen Hund war, genauso wie die Ohren. Und als er in ein Stück Käse biss und sie seine Reißzähne sehen konnte, kam sie sich vor wie ein sehr, sehr dummes Rotkäppchen. Frederik war kein Schäferhund, er war ein Wolf.

Das ist ein fürchterlicher Traum, dachte Pippa. All das hier war nicht die Wirklichkeit, nur ihre Fantasie, die vor lauter neuen Eindrücken explodiert war. Wahrscheinlich war sie übermüdet – vielleicht sogar eingeschlafen. Sie musste aufwachen, einfach nur aufwachen. Ich wache jetzt auf, nahm sie sich vor. Aber stattdessen atmete sie nur noch intensiver den Duft von Kirsten ein, das *Miss Dior*-Parfüm ihrer Mutter, den Gummigrafen, das Aroma der gestärkten Tischdecken und das von frisch gekochtem Kaffee, der gerade serviert wurde. Nein, sie schlief nicht. Sie war hier!

Plötzlich kam ihr ein schrecklicher Gedanke, sie befühlte ihren Hals und ihr Herz fing wieder an zu rasen. Unmöglich.

Ihr brach der Schweiß aus, noch mal langsamer, redete sie sich gut zu, sie war zu schnell gewesen. Doch wo eigentlich glatte Haut sein sollte, berührten ihre Fingerkuppen wieder nur kühle borstige Haare. Ihre Kehle schnürte sich zu. Sie griff nach einem der Gläser und versuchte, sich darin zu spiegeln.

Ja, das waren ihre braunen Augen, aber das waren nicht ihre lockigen braunen Haare – nicht ihre ein bisschen schief stehende Nase, nicht der blasse Mund mit der etwas zu dicken Unterlippe – nein, nein, nein. Nichts davon.

Das, was ihr da entgegensah, war nicht das Gesicht eines Menschen, sondern das eines Schimpansen.

Sie war verrückt. Ganz klar, eindeutig, sie war verrückt. Sie begann zu kichern, sie konnte nicht mehr. Einige Tiere blickten voller Besorgnis zu ihr, andere wirkten eher hungrig. Ihr wurde übel, Kobra, Elefant, Reh, Habicht, Wolf, Hyäne, Tukan und Ratte wirbelten um sie herum, lachten und kreischten wie Schimpansen bei der Fütterung im Zoo.

Ihr war heiß, ihr war schwindelig, ihr wurde schlecht, sie kippte vom Stuhl und versank endlich, endlich in herrlich stiller traumloser Dunkelheit.

4

Als Pippa wieder zu sich kam, wollte sie die Augen auf keinen Fall aufmachen, weil sie sich ganz genau an das Letzte erinnerte, was sie gesehen hatte.

»Was macht Philippa nur für Sachen«, sagte ihre Mutter und klang so überhaupt nicht nach einem Reh.

»Wahrscheinlich nur zu viel Aufregung.« Das war die Elefantin.

»Das ist die Pubertät, die Hormone und so.« Wieso konnte die Ratte da eigentlich mitreden, fragte sich Pippa.

»Vielleicht hat sie zu viel Wein erwischt?«, zischte die Kobra, die ihr gegenübergesessen hatte, obwohl sie genau wusste, dass Pippa keinen Tropfen getrunken hatte.

»Ich werde Bill und Mads bitten, sie ins Bett zu bringen!« Die Stimme des Wolfs brachte Pippa in Wallung. Nicht auszudenken, was für Tiere Kill Bill Eins und Zwei sein würden.

»Es geht mir gut«, murmelte sie, wollte die Augen aber immer noch nicht aufmachen. Sie befühlte ihre Kehle.

»Sie braucht Wasser!«, schlug ihre Rehmutter vor und jemand spurtete sofort los.

Pippas Fingerspitzen wanderten über ihren Hals.

Glatt. Keine Haare, keine Borsten, keine Federn, nur weiche Haut. Sie schielte durch ihre kaum geöffneten Lider und sah direkt in das Gesicht ihrer Mutter.

»Mama.« Seit Jahren hatte sie ihre Mom nicht mehr so genannt, aber sie war so erleichtert und glücklich, dass sie gar nicht anders konnte. »Mama, ich bin so müde.« Sie richtete sich auf und blickte sich mit weit offenen Augen um. Alle Gäste sahen wieder aus wie Menschen. Aber Pippa wusste, dass sie nie mehr vergessen würde, welche Tiere sie gewesen waren.

»Ich komme mit dir nach oben.« Ihre Mutter drückte sie an sich, als wäre Pippa dem Tode nahe gewesen, und irgendwie fühlte es sich auch genauso an.

Nachdem sie Pippa ins Zimmer begleitet hatte, wollte sich ihre Mutter auf die Bettkante setzen, aber die Wände des Alkovens waren zu niedrig. Kurzerhand schlüpfte sie aus den Schuhen, legte sich neben Pippa und nahm ihre Hand. Auch wenn Pippa sich darüber freute und sie sich wünschte, es könnte so sein wie früher, als ihre Mom noch nicht mit Frederik verlobt gewesen war, so wusste sie doch, dass es so nicht mehr werden würde.

Seit Monaten hatte ihre Mutter kein gutes Haar an ihr gelassen. Es war also sehr viel wahrscheinlicher, dass sie sich jetzt einen Vortrag über das richtige In-Ohnmacht-Fallen an gräflichen Tafeln anhören musste, als getröstet zu werden.

»Ich weiß, es ist schwer für dich, dass ich wieder heirate, und ich verstehe das. Du musst wissen, dass ich niemanden jemals wieder so lieben werde wie deinen Vater. Und ganz sicher wird niemand jemals Matteo und dich aus meinem Herzen verdrängen.«

Aber, dachte Pippa, jetzt kommt ein schlimmes Aber.

»Ich bin sicher, eines Tages wirst du mich besser verstehen. Es ist ein wunderbares Gefühl, verliebt zu sein, und ich bin noch zu jung, um eine verbitterte alte Frau zu werden. Frederik gibt mir das Gefühl, dass ich wichtig für ihn bin … und schön.«

Pippa bekam eine Gänsehaut. Zum einen wollte sie keine weiteren Details über ihre Mom und den Grafen hören, zum anderen hatte sie die Bilder von Elena Ruiz vor Augen und sie schämte sich, weil sie daran dachte, dass ihre Mutter nicht einmal annähernd so hübsch war wie sie.

»Ich weiß, dass du schon einmal verliebt warst, aber ich glaube, das hat nur kurz gedauert, und irgendwie hatte ich das Gefühl, dass Lukas dir nicht wirklich nahegekommen ist.«

Pippa spürte, wie ihr das Blut in die Wangen schoss. Es machte sie wütend, dass ihre Mom sich anmaßte zu wissen, wie sich ihre Beziehung mit Lukas angefühlt hatte. Und es machte sie noch viel wütender, weil sie tatsächlich schon von ähnlichen Gedanken heimgesucht worden war. Ja klar, sie war verletzt gewesen, als Lukas sie verlassen hatte, und sie hatte getrauert und sich von Alana bedauern lassen. Aber vielleicht war es tatsächlich mehr gekränkter Stolz über das Verlassenwerden als tiefe Trauer über den Verlust seiner Liebe.

»Pippa, hörst du mir überhaupt zu?«

Sie murmelte zustimmend, obwohl sie nicht wusste, ob sie wirklich noch weiter zuhören wollte.

»Auch wenn du noch nie verrückt vor lauter Liebe und Sehnsucht warst, du erinnerst dich doch bestimmt an den Sommer, als wir auf Kreta waren und du mit deinem Vater die ganze Nacht diese Schildkröteneier am Strand bewacht hast, oder?«

Natürlich, dachte Pippa und war total überrascht. Als ob sie das jemals hätte vergessen können. Aber wie kam ihre Mom denn jetzt auf so was? Mom war damals mit Matteo hochschwanger gewesen und deshalb im Hotel geblieben, während sie und Paps die heiße Augustnacht am Sandstrand auf ihren Matten verbracht, in die Sterne geschaut und sogar drei Sternschnuppen gesehen hatten, aber immer zu spät, um sich etwas zu wünschen. Beim Aufgehen des Vollmonds hatten sie dann nicht länger in die Sterne geschaut, sondern die fünf Schildkröteneier im Sand beobachtet und darauf gewartet, ob ein Ei aufbrechen und eine Babyschildkröte ihren Weg ins Meer finden würde. Und gerade als sie nach Stunden des Wartens schon enttäuscht und müde nach Hause gehen wollten, war es wirklich passiert: Eine winzige Schildkröte war geschlüpft und im Schein des Mondes langsam und taumelnd zum Meer gekrochen und dann losgeschwommen. Sogar ihr sonst so cooler Vater hatte Tränen in den Augen gehabt und danach hatten sie sich bis zur Morgendämmerung zusammen ausgemalt, was für ein wundervolles Leben diese Babyschildkröte einmal im Meer haben würde. Sie hatten sie Esmeralda genannt. Und seitdem hatte Pippa ihre glücklichen Momente heimlich Esmeralda-Momente getauft.

Damals war sie so glücklich gewesen. Alles schien möglich. Alles schien seinen Sinn zu haben. Alles war gut.

Aber das war lange her.

Denn Paps war elf Monate nach Matteos Geburt gestorben. Einfach beim Pizzaessen tot umgefallen. An diesen Moment konnte sie sich leider auch nur zu genau erinnern. Ihre Mutter war mit Matteo beim Arzt gewesen, deshalb hatte Paps sie vom Reiten abgeholt und dann mit ihr Mittag gegessen. Dabei hatten sie, obwohl Mom es streng verboten hatte, zusammen die *Simpsons* auf Video angeschaut. Der Geschmack von zerlaufenem Käse und Tomaten schnürte Pippa heute noch die Kehle zu und sie hatte seitdem nie wieder eine Pizza angerührt.

Wie immer hatte sie sich mit Paps um die letzte Salamischeibe gestritten und mit Knobeln darüber entschieden, wer sie bekommen würde. Meistens gewann Pippa, so auch dieses letzte, allerletzte Mal. Sie kaute noch an der fettigen Salamischeibe, als er plötzlich auf dem Sofa zusammensackte. Einfach so. Lautlos. Weg für immer. Und sie war eng an ihn geschmiegt sitzen geblieben und hatte wie gelähmt und mit von Tränen blinden Augen in den Fernseher gestarrt, bis Mom endlich mit Matteo nach Hause gekommen war.

Seit das passiert war, wurde sie ständig von dem Gedanken heimgesucht, dass jeder einfach so umfallen konnte. Ihre Mutter, ihr Bruder, ihre Freundinnen, alle, die sie gernhatte. Besser also man liebte sie gar nicht erst zu sehr, wenn der Tod nur darauf lauerte, einem ohne jede Vorwarnung die Liebsten wegzunehmen. Sie stellte sich den Tod auch nicht mehr als Sensenmann mit Kutte vor, sondern wie einen rot gekleideten Pizzaboten, der Stein, Schere, Papier – und Tod spielen wollte.

Pippa seufzte. Egal, wie sehr ihre Mutter sich bemühte … das hier war ganz klar kein Esmeralda-Moment.

»Ich weiß, es hat sich seitdem viel verändert«, sagte ihre Mom und strich ihr über die Stirn, »doch es wird in deinem Leben immer wieder solche Ereignisse geben, ganz sicher. Und meine Hochzeit mit Frederik ist so ein Erlebnis für mich, etwas, von dem ich nicht dachte, dass ich es jemals wieder erleben würde.

Doch wenn du mir jetzt sagst, dass du mich dafür hassen würdest oder dich das sehr unglücklich macht, dann verschieben wir die Hochzeit. Dann nehmen wir uns mehr Zeit. Ich möchte wirklich nichts tun, was dir Kummer bereitet.«

Überrascht spürte Pippa, dass ihre Mutter es ernst meinte, es war beinahe wie früher, als sie sich gegenseitig dabei geholfen hatten, ihren Alltag ohne Paps zu meistern. Ihre Mom würde wirklich die Hochzeit ihretwegen abblasen. Pippa dachte an Matteo und seine Lulu und seufzte noch einmal.

Es kam ihr fast so vor, als könnte sie das laute Zirpen der Grillen und das leise Klatschen der Wellen von damals wieder hören und die warme, mit wildem Rosmarin durchsetzte Nachtluft atmen.

Okay, das alles war vorbei, aber die Erinnerung daran

konnte ihr niemand mehr wegnehmen, auch nicht der Tod. Und es wäre doch furchtbar von ihr, wenn sie ihre Mutter wirklich beim Wort nehmen und bitten würde, die Hochzeit abzusagen. Was, wenn ihre Mutter auf Kreta auch aus Angst und Sorge um sie verboten hätte, die Nacht am Strand zu verbringen? Nein, sie musste Vertrauen haben, auch wenn sie völlig durcheinander war und langsam das Gefühl hatte, den Verstand zu verlieren.

»Es ist okay«, flüsterte Pippa, ignorierte das Nagen und Drücken in ihrem Bauch und gab sich alle Mühe, überzeugend zu klingen. »Mom, es ist alles gut. Es wird sicher die schönste Hochzeit, die Dänemark jemals gesehen hat.«

Sie spürte, wie ihre Mutter anfing zu lächeln. »Na, wenn du schon wieder so übertreiben kannst, scheint es dir wirklich besser zu gehen.« Ihr prüfender Blick wanderte über Pippas Gesicht, dann küsste sie sie auf die Wange und verließ das Zimmer.

5

Kaum hatte sich die Tür hinter ihrer Mutter geschlossen, war Pippa wieder hellwach und konnte nicht einschlafen. Sie wälzte sich im Bett hin und her und hatte das Gefühl, in dem Alkovenbett zu ersticken. Schließlich stand sie auf und zerrte die Matratze auf den Boden vor die geöffnete Balkontür, wo sie in einen unruhigen Schlaf fiel, den die Dämmerung dann endgültig vertrieb.

Zermürbt vom Schlafmangel schrieb sie eine lange Nachricht an Alana, obwohl sie ihre Freundin viel lieber angeskypt hätte. Aber eher würde sie trotz ihres Geruchsfimmels mit einem Stinktier das Bett teilen, als Alana in den Ferien um fünf Uhr morgens zu wecken.

Als sie das Fertiggeschriebene noch einmal durchlas, war sie entsetzt, wie verrückt sich das alles anhörte. Ein Unfall, der nicht passiert war, blutende Rehe und Menschen, die beim Abendessen mit Tierköpfen am Tisch sitzen. Es war vielleicht doch besser, ihr das persönlich zu erzählen, so aufgeschrieben klang es zu wahnsinnig.

Und deshalb weckte sie dann doch das Stinktier.

»Bist du irre?«, fragte Alana prompt, gähnte ausgiebig und klang extrem stinkig. »Weißt du, wie spät es ist, hast du sie noch alle?«

»Vielleicht nicht«, antwortete Pippa und erzählte ihr, was sie erlebt hatte, seit sie nach Dänemark gefahren war.

Alana schwieg so lange, dass Pippa schon dachte, sie wäre wieder eingeschlafen. »Wow«, sagte ihre Freundin schließlich. »Und ich dachte, wenn ich dir erzähle, dass Lukas die Eisprinzessin schon wieder abserviert hat und jetzt mit Mariana aus dieser Emo-Clique zusammen ist, würde sich das verrückt anhören.«

Bei Lukas' Namen zuckte ein feiner Nadelstich durch Pippas Herz, aber nur kurz. Es war fast so, als hätte es eine andere Pippa ertragen müssen, dass der Freund sie wochenlang angelogen hatte, nur weil er zu feige gewesen war, dazu zu stehen, dass er sich in eine bescheuerte Eiskunstläuferin verliebt hatte. Jungs konnten ihr mal den Schuh aufblasen. Wenn es eins gab, was Pippa hasste, dann waren das Lügner und Betrüger. Trotzdem hatte ihre Mutter vielleicht wirklich recht gehabt … Hätte sie mehr um Lukas gekämpft, wenn sie sich näher gewesen wären, sie ihn mehr geliebt hätte?

»Danke, das hilft mir sehr weiter!«, stöhnte sie.

»Entschuldige, ich bin noch nicht ganz wach. Bist du sicher, dass du keine Drogen genommen hast, die Geschichte hört sich für mich nach echt gutem Stoff an.«

»Du weißt also nicht, was du dazu sagen sollst.«

»Doch: Kann es sein, dass dir jemand was in den Tee gekippt hat?«

»Nein. Oder … warte, ich hab im Auto ’ne Cola getrunken, aber die war fest verschlossen.«

»Erinnerst du dich an den Kinofilm, wo sie mit Spritzen K.-o.-Tropfen in original verschlossene Flaschen geträufelt haben?«

»Aber warum sollte jemand so was Abgefahrenes tun?«

»Keine Ahnung. Ist Kirsten vielleicht eifersüchtig?«

»Nein, sie ist echt nett.«

»Aber wenn ich das richtig verstanden habe, war sie bei dem Dinner ein Habicht, ein Raubvogel, also das hört sich für mich nicht gerade ›nett‹ an.«

»Das war doch nur meine durchgeknallte Fantasie.«

»Stimmt.« Alana gähnte herzhaft. »Also ist alles in Ordnung und du hast mich nur zum Spaß geweckt?«

»Nein, irgendwas ist hier schon merkwürdig. Es riecht komisch.«

»Du wieder mit deiner Supernase, es ist Dänemark, also was kann man da erwarten?« Alana grinste. »Du weißt doch, es ist was faul im Staate Dänemark …«

»Echt lustig! Und was ist dein Tipp?«

»Schau dir mal wieder Hamlet an, bricht da nicht auch das Unheil los, weil jemand heiratet? Schon eine Ophelia entdeckt?« Sie kicherte und wurde dann wieder ernst. »Aber mal Spaß beiseite, ich denke, du musst beobachten, *wann* die komischen Sachen passieren, vielleicht gibt es da ein Muster. Ich überleg auch noch mal, nur muss ich jetzt schlafen, echt, Süße! Ich vermiss dich, aber mir fallen gleich die Augen zu. Ich melde mich gleich morgen früh, okay?«

Nachdem Pippa den Laptop zugeklappt hatte, fühlte sie sich noch einsamer als vorher. All ihre Freunde waren so weit weg. Und Lukas war noch viel weiter weg, hatte schon wieder eine andere und diesmal keine zukünftige Profisportlerin. Sie selbst war ihm ja von Anfang an nicht »fit« genug gewesen. Nur um ihm das Gegenteil zu beweisen, hatte sie eine viel zu schwere Kletterpartie gewagt und sich prompt dabei das Handgelenk gebrochen. Schön blöd. Ob er mit seiner Emo-Freundin klettern gehen konnte? Emo-Bouldern, Vampire im Fels ... ein Grinsen schlich sich in ihr Gesicht und jetzt wusste sie auch, warum Alana ihr das erzählt hatte, weil es wirklich ein Witz war. Das wäre ein Supercartoon, den sie vielleicht sogar malen könnte.

Auch wenn Alana ihr nicht wirklich geholfen hatte, war sie nun deutlich besser gelaunt. Sie steckte ihr Handy ans Ladekabel und versuchte, die Matratze ins Bett zurückzuhieven, bevor morgen früh noch jemand ins Zimmer kam. Leider konnte man die Tür nicht abschließen.

Als sie die Matratze endlich wieder halb im Alkoven hatte, bemerkte sie mit den Fingerspitzen merkwürdige Veränderungen am unteren Kopfteil, das normalerweise verdeckt wurde. Sie holte ihr Handy und beleuchtete das, was sie ertastet hatte. Es waren eine Menge merkwürdiger Zeichen – ähnlich wie dieses F aus dem Wappen der Rabens, dann ein schiefes X, ein Blitz, eine Art M mit geradem schief nach rechts unten abfallenden Mittelbalken und so etwas wie ein Pfeil. Pippa holte ein Blatt Papier und einen weichen Bleistift vom Schreibtisch und fing an, die Zeichen abzumalen, war sich aber nicht sicher, ob das so richtig war. Manche waren auch viel tiefer eingeritzt als andere. Ob das dann eine andere Bedeutung hatte? Schließlich kam ihr eine Idee: Sie fing an, über die Zeichen zu schraffieren, jetzt waren sie viel deutlicher zu erkennen.

Als sie das Papier wieder herunternahm, hörte sie ein leises Klicken.

Verblüfft stellte Pippa fest, dass sich in diesem Kopfteil eine magnetische Tür befand, die scheinbar auf Druck aufging.

Das so entstandene Loch war nur etwa fünfzehn mal fünfzehn Zentimeter groß und man konnte nicht hineinschauen, weil alles dunkel war. Sie holte ihr Handy von der Ladestation und leuchtete hinein. Immer noch nichts.

Todesmutig steckte sie ihre Hand in die schmale Öffnung und sie war überrascht, als ihre Fingerspitzen weit hinten gegen etwas stießen. Es schien glatt, metallisch und rund zu sein und daneben befand sich noch etwas, das sich irgendwie eklig anfühlte. Deshalb zog sie zuerst das Glatte heraus. Es war eine schwere silberne Kugel, die von der Öse in der Mitte ausgehend rundum mit vier Beschlägen versehen war. Sie war nicht sehr groß. Wenn Pippa den Zeigefinger mit dem Daumen zu einem Kreis zusammenlegte, passte die Kugel, die an einer altmodischen, sehr langen Silberkette aus gehämmerten großen Gliedern baumelte, locker hindurch. Das Silber war angelaufen und die Beschläge erinnerten sie irgendwie an Museum. Wem die

Kette wohl gehört hatte? Thorgard hatte gestern gesagt, das *Hrimfaxi*-Zimmer sei das ehemalige Kinderzimmer der Zwillinge. Aber wessen Bett war das hier, Maditas oder das von Niels?

Möglicherweise hatte jedes dieser Betten ein Geheimfach. Pippa lief zu dem Alkovenbett auf der anderen Seite, zerrte die Matratze etwas aus dem Rahmen und fing an zu suchen. Hier war nichts eingeritzt, und so sorgfältig sie auch gegen das Holz drückte, es bewegte sich nichts.

Sie schob die Matratze zurück und setzte sich wieder auf ihr Bett zu der Kette. Dank ihrer Entdeckungen und der voll ins Zimmer scheinenden Sonne war sie jetzt hellwach. Sie nahm die Kette in die Hand, legte sie sich um, stand auf und betrachtete sich im Spiegel, der auf der Rückseite der Zimmertür angebracht war. Die Kette war so lang, dass die Kugel etwas oberhalb ihres Bauchnabels baumelte. Das sah über ihrem Schlaf-T-Shirt ein bisschen albern aus, trotzdem gefiel ihr diese Kugel. Ob das ein Globus sein sollte? Wie lange die wohl schon in diesem Geheimfach gelegen hatte. Zehn Jahre, hundert?

Über all diesen Fragen hätte sie beinahe vergessen, dass sich in dem Geheimfach noch etwas anderes befand.

Diesmal griff sich beherzter in das dunkle Loch und holte den anderen Gegenstand ans Licht. Nachdem sie erkannt hatte, was es war, musste sie lachen, denn es war gar nichts Ekliges, sondern nur ein USB-Stick, der in einer dicken orangen Gummihülle steckte. Damit war die Frage, wie lange diese Dinge da schon drinlagen, ja wohl geklärt.

In jedem Fall musste darauf etwas ungemein Spannendes zu finden sein, warum sollte man den Stick sonst in so einem Fach aufbewahren? Sie lief zu dem kleinen Schreibtisch, schloss ihren Laptop an und steckte den Stick in ihren Computer.

Es befanden sich nur drei verschiedene Dateien darauf, eine Bilddatei und zwei Audios.

Schämst du dich eigentlich gar nicht, anderen Menschen nachzuschnüffeln, fragte eine allerdings nur schwach ausgeprägte Stimme in ihrem Kopf, die Pippa sofort ignorierte und stattdessen die Bilddateien anklickte.

Es waren Fotos, offensichtlich Familienfotos. Pippa hatte zwar bei ihrer Recherche über die Familie von Raben viele Bilder von Elena gefunden, aber bisher noch kein Bild von Madita gesehen. Jetzt war sie irgendwie enttäuscht, weil alle immer von ihrer Schönheit gesprochen hatten, aber neben der schönen Kirsten kam ihr die zierliche goldhaarige Madita fast unscheinbar vor. Auf dem Bild war sie viel älter als auf dem Gemälde im Treppenhaus, etwas älter als Kirsten jetzt, also sechzehn Jahre, dann musste es kurz vor ihrem Tod aufgenommen worden sein.

Dann gab es viele Bilder von einem Pferd, einem zugegeben wunderschönen Pferd, das Pippa daran erinnerte, wie gern sie früher geritten war, früher, bevor Paps tot umgefallen war. Danach hatten sie kein Geld mehr gehabt.

Überrascht betrachtete sie ein Foto des alten Grafen, als er noch gesund gewesen war. Was für ein eindrucksvoller Schrank von einem Mann. Er stand mit dem Gesicht zum Betrachter und stritt offensichtlich mit einem jungen Typen im roten Hoodie, von dem man nur die schwarzen Locken, die ihm über die Schulter reichten, erkennen konnte. Der Graf strahlte eine so kalte Wut aus, dass es Pippa Angst machte. Wie gut, dass sein Zorn jetzt niemandem mehr gefährlich werden konnte.

Auf den letzten Bildern war Elena Ruiz zu sehen, ganz offensichtlich auf der Bühne einer Greenpeace-Veranstaltung. Etwas am Rand erregte Pippas Aufmerksamkeit, und als sie näher hinsah, entdeckte sie, dass es derselbe Typ war wie der, mit dem sich der Graf gestritten hatte. Sie erkannte ihn nur an den ungewöhnlich langen Haaren und dem roten Hoodie. Man konnte wieder nichts von seinem Gesicht sehen, weil es zu Elena gedreht war, trotzdem wirkte es, als ob er lachen würde. Ob das Niels war?

Diese Bilder wirkten völlig harmlos. Dann musste der Grund, warum der Stick hier drin gelegen hatte, in einer der Audiodateien zu finden sein.

Sie klickte die Audiodatei, die *Schwanengesang* hieß, an. Was war das denn? Da wurde heftig geatmet, was sich seltsam anhörte, dann sangen männliche Stimmen einen Ton: *Fa,* der nach oben gezogen wurde und dann wieder abstieg, aber immer nur *Faa-a-a-a-a.* Sie spulte vor, nichts änderte sich, dann spulte sie bis fast zur Mitte, dort erklang dann ein anderer Ton, ein *Tho-o-o-o-o-o,* und dann, wenn die Stimmen keine Luft mehr hatten, wurde noch ein kaum mehr zu hörendes *N-n-n-n-n* gesummt. So etwas hatte Pippa noch nie gehört, es verursachte ihr eine Gänsehaut, so archaisch hörte sich das an. Verglichen damit waren diese gregorianischen Gesänge aus der Kirche reinste Popmusik. Aber warum sollte man das verstecken, es war doch nicht verboten, Buchstaben zu singen. Verboten waren nur Texte, die zu Gewalttaten aufriefen, rechtsradikal oder sonst wie abartig waren. Aber Buchstaben? Vielleicht war das nur zufällig auf dem Stick, genauso wie die Fotos, und wirklich wichtig war nur die letzte Datei. Auch eine Audiodatei, mit dem Namen *Rasputin*. Den Namen kannte Pippa von einem Song aus den späten Siebzigern. Sie war zusammen mit Alana für die Musik bei einer Oldieparty verantwortlich gewesen und Alana wollte den Song von *Boney M.* unbedingt dabeihaben. »Ra-Ra-Rasputin, lover of the Russian Queen« … Er war ein russischer Geistheiler oder, besser gesagt, ein Betrüger gewesen, aber der war lange tot und konnte hiermit nichts zu tun haben.

In diesem Augenblick hämmerte jemand an ihre Tür.

»Moment!«, rief Pippa und schubste die Matratze ganz zurück in den Rahmen, sodass man die Zeichen nicht mehr sehen konnte. Den Stick ließ sie einfach an ihrem Computer und legte die Kette in die Schublade des Schreibtisches, dann ging sie zur Tür und öffnete sie. Es war Kirsten, schon wieder angezogen und geschminkt wie für einen Galaauftritt bei den Oscars.

Ganz und gar nicht wie ein Habicht, schoss es durch Pippas Kopf. Trotzdem seltsam, dass sie sie so gesehen hatte.

»Ich soll im Auftrag deiner Mom nachschauen, wie es dir geht und ob du zum Frühstücken kommen wirst.«

»Gut, mir geht's gut, ich hab nur schlecht geträumt«, erklärte Pippa und fügte dann, ohne zu wissen, warum, noch an, »von einem Habicht.«

Kirstens blaue Augen weiteten sich überrascht. »Das ist ja großartig! Vielleicht war es *Vedrfölnir,* der dir eine Botschaft zukommen lassen wollte.«

»Vedrfölnir?« Pippa unterdrückte ein Grinsen. Kirsten hatte es aber wirklich diesen mythologischen Kram, das war ja fast so schlimm wie ihr eigener Geruchsfimmel.

»Genau. Der sitzt zwischen den Augen von *Orn,* dem Adler, der wiederum ganz oben in der Yggdrasil-Esche hockt und wie *Odin* die Welt beobachtet. Man sagt, der Habicht hat Federn aus Seide, Krallen aus Stahl und Augen wie Feuer. Das ist sicher ein sehr gutes Zeichen. Es heißt doch auch, was man in der ersten Nacht in einem fremden Bett träumt, das geht in Erfüllung!«

Verblüfft betrachtete sie ihre Stiefschwester, die sich geradezu in Rage geredet hatte, nie im Leben hätte Pippa gedacht, dass man einen Habicht so positiv sehen könnte.

»Und was war denn gestern Abend mit dir los?«, fragte Kirsten und ließ sich auf den Stuhl am Schreibtisch fallen. Sie warf Pippa einen prüfenden Blick zu. »Bist du vielleicht schwanger?«, sie kicherte. »Hey, das war ein Witz. Oder bist du bloß unglücklich verliebt?«

Pippa verdrehte die Augen. »Blödsinn, weder noch. Mir war zwar übel, aber ich muss wohl was Falsches gegessen haben. Vielleicht was Dänisches …« Jetzt grinste sie Kirsten an, die demonstrativ aufstöhnte und was über deutsche Weicheier und Schwächlinge murmelte.

»Jetzt geht's mir aber wieder gut.«

»Da bin ich wirklich froh!« Kirsten sprang auf, ging zu Pippa und nahm sie in die Arme. Erdrückte sie fast mit ihrem Geruch und ihrem Überschwang und brachte Pippa zum Lächeln. Alles fühlte sich plötzlich leicht an und die Gedanken der Nacht kamen ihr wie Gespenster vor. Kirsten trat wieder zurück und musterte sie prüfend.

»Du siehst noch blass aus, aber nichts, was man nicht mit etwas Make-up reparieren könnte, soll ich dir was zum Anziehen raussuchen?«

Auf keinen Fall, schoss es Pippa durch den Kopf, bloß nicht, aber dann dachte sie daran, dass es ihre Mom beruhigen würde, und sie erlaubte es Kirsten. Die suchte mit großer Begeisterung ein zartblaues Leinenkleid aus und legte einen breiten Hippiegürtel mit Fransen dazu, dessen Silberschnalle mit den gleichen Glimmersteinen besetzt war wie der Ring, den sie gestern Abend getragen hatte.

»Ist das nicht etwas übertrieben für einen normalen Tag?«, fragte Pippa angesichts dessen, wie die Steine im Sonnenlicht schimmerten.

»Unsinn, das nennt man Stil und es passt doch gut zu unserem Schloss und jetzt beeil dich, heute ist ein so schöner Tag, vielleicht unternehmen wir später etwas zusammen, was meinst du?«

»Klingt gut! Bin gleich nach der Dusche unten«, stimmte Pippa ihr zu, schob Kirsten zur Tür und beschloss, die letzte Datei dann nach dem Frühstück in aller Ruhe anzuhören.

6

Als Pippa mit noch feuchten Haaren die Treppe nach unten lief, berührten ihre Hände ständig die spiegelglatten Glimmersteine an der Gürtelschnalle. Das fühlte sich gut an, aber sie kam sich darin ein bisschen wie verkleidet vor.

Alle bis auf Matteo saßen schon auf der Terrasse am Rosengarten, obwohl es ziemlich kühl war. Ihre Mom hob begeistert beide Augenbrauen und nickte ihr anerkennend zu, als sie das neue Kleid mit dem Gürtel bemerkte, dessen Fransen im kühlen Wind hin und her tanzten. Sie winkte ihr fröhlich und stimmte mit ein in den Chor derer, die fanden, dass heute herrliches Wetter wäre.

Ja super, willkommen in Dänemark, dachte Pippa und lief fröstelnd zurück in ihr Zimmer, um sich eine Strickjacke zu holen.

»Und schau bitte mal, wo dein Bruder bleibt!«, rief ihre Mutter hinterher. »Wahrscheinlich spielt er mit Lulu, aber er sollte auch etwas essen.«

Gerade als sie hinüber zu Matteos *Ratatösk*-Zimmer gehen wollte, hörte sie ihren Bruder weiter oben irgendwo laut lachen. Unwillkürlich musste sie grinsen, aber dann knurrte Lulu plötzlich so laut, dass es Pippa die Nackenhaare aufstellte. Sie lief hoch in den zweiten Stock und suchte nach den beiden, um zu sehen, was los war.

Ihr Bruder stand in einer geöffneten Tür und redete mit jemandem. Weil alle schon unten waren, konnte das eigentlich nur Thorgard sein. Alles klar, dachte Pippa, die würde ich auch anknurren, wenn ich Lulu wäre.

Als sie näher kam, rannte Lulu mit eingezogenem Schwanz zu ihr und schmiegte sich so ängstlich an ihre Knöchel, dass Pippa sie auf den Arm nahm und streichelte, um sie zu beruhigen. Matteo aber lachte immer noch.

Sie schlich sich mit Lulu auf dem Arm zu dem Zimmer, um zu sehen, wer ihr solche Angst machte und dabei Matteo zum Lachen brachte.

Kurz bevor sie die Tür erreicht hatten, fing Lulu wieder an zu knurren, doch Pippa lief trotzdem weiter, betrat entschlossen das Zimmer und zuckte überrascht zurück.

Der ganze Raum war von kleinen, teilweise entstellten Menschen bevölkert. Eine ganze Invasion von Zwergen.

Sie musste zweimal hinschauen, bis sie erkannte, dass der Raum völlig leer war, leer bis auf ihren Bruder, der in dem komplett verspiegelten Zimmer endlos widergespiegelt wurde. Die merkwürdigen Entstellungen der Zwerge kamen davon, dass die Spiegel Flecken hatten und verzogen waren.

»Mit wem redest du da?«, fragte sie Matteo verblüfft.

»Mit Madita. Sie hat mir einen Witz über Pinocchio erzählt.«

Pippa schluckte zweimal. In dem Zimmer war niemand. Und es war auch niemand herausgekommen. Madita war tot.

»Ah, verstehe ... du meinst Pinocchio, den größten Lügner unter der Sonne«, sagte sie in der Hoffnung, dass Matteo gerade nur mit ihr gescherzt hatte. »Ich sehe schon, wie deine Nase gerade ein Stückchen gewachsen ist.«

»Sie hat mich gefragt, zu welchem Doktor Pinocchio gehen muss.«

»Und?« Offensichtlich war ihm nicht klar, dass niemand außer ihm Madita gesehen hatte. Wusste er überhaupt, dass Madita tot war?

»Er muss zum Holz-Nasen-Ohren-Arzt!« Matteo kicherte. »Das werde ich gleich Mama erzählen.«

Sie sollte ihn auf andere Gedanken bringen, denn wenn er beim Frühstück erzählen würde, dass er Madita gesehen hat, hielten ihn alle für verrückt. Für genauso verrückt, wie sie sich gestern Abend gefühlt hatte.

»Komm, lass uns runtergehen«, sagte Pippa und zerrte ihren Bruder geradezu aus dem Spiegelzimmer. »Und wie war Madita so?«, fragte sie ihn und kam sich total mies vor. »Wie hat sie ausgesehen?«

»Wie ein Engel!«, schwärmte Matteo.

Auch das noch! Sie halluzinierte Tierköpfe und ihr Bruder Engel. Was war das nur hier in dem Schloss, das ihnen allen so den Kopf vernebelte? Ihr Blick fiel auf das in der Sonne glitzernde Halsband von Lulu. Ob es das war, all dieser Luxus, dieses operettenhafte Schimmern und Glitzern an allen Ecken und Enden?

»Ein Engel, meinst du so wie ein Weihnachtsengel mit weißen Flügeln?«

Er schüttelte den Kopf. »Nee, nur mit so goldenen Haaren mit Locken und so schön. Pipps, gib mir Lulu wieder, ja?«

Pippa reichte sie ihm und hoffte, dass der Hund ihren Bruder auf andere Gedanken bringen würde.

Als sie unten ankamen, servierte Thorgard gerade frisch gebrühten Kaffee. Matteo setzte sich neben Mom, die ihn streng aufforderte, den Hund runterzulassen und auf keinen Fall zu füttern. Keine Spur mehr von der verständnisvollen Mutter von heute Nacht. Jetzt kam sie Pippa wieder so unnahbar vor wie die künftige Gräfin von Raben.

»Matteo, ich möchte es nicht noch einmal sagen!«, kommandierte sie. Matteo zuckte unter ihrem kühlen Ton zusammen und gab Lulu frei.

Der junge Cockerspaniel sprang sofort von Matteos Arm und warf dabei die Tasse vor sich um, was unschöne braune Flecken auf der weißen Damastdecke hinterließ. »Tut mir leid«, murmelte Matteo und ihre Mom stöhnte leise. Die anderen taten so, als ob nichts passiert wäre.

Pippa starrte wie gebannt auf die Flecken, die in ihrem Kopf irgendetwas ankurbelten, allerdings kam sie nicht darauf, was es war.

Bevor sie noch darüber nachdenken konnte, bombardierte sie der Graf, der heute wie ein englischer Landadeliger gekleidet war, mit Andeutungen, die sein Willkommensgeschenk betrafen. Thorgard brachte Servietten, die sie mit einem Seufzen über die Flecken auf der Decke legte.

Pippa zwang sich, nicht an die Tiere von gestern Abend zu denken, und tat es doch. Ständig musste sie sich vergewissern, dass alle am Tisch wie Menschen aussahen, und deshalb brachte sie kaum etwas von ihrem Frühstück herunter.

Trotz der Sonne und ihrer Strickjacke fröstelte sie, aber sie war die Einzige, die anderen fanden die Temperaturen und den frischen Wind angeblich total angenehm, nicht zu heiß und nicht zu kalt.

Matteo und sie wurden von dem gut gelaunten Grafen aufgefordert, sich mit der dänischen Küche vertraut zu machen und von allem zu probieren. Pippa spürte die forschenden Augen ihrer Mutter und lud sich den Teller voll, um sie davon zu überzeugen, dass alles völlig in Ordnung war. Wenn sie genug aß, konnte sie schnell wieder oben sein und die letzte Datei anhören.

Mit Feuereifer erklärte Kirsten ihnen die dänischen Spezialitäten, die unter den silbernen Hauben auf sie gewartet hatten: lauwarmer Haferbrei, regionale Würstchen, Kabeljau in Senfsoße, dänisches Roggenbrot und die süßen *kransekage* und *bagt æblekage*. Kirstens Augen leuchteten richtig, zumindest, bis der Graf seine Tochter unterbrach und meinte, sie solle Pippa nicht so nerven und selbst entscheiden lassen. Kirsten fiel geknickt in sich zusammen wie ein Käsesoufflé, das man zu früh aus dem Ofen geholt hatte. Pippa warf ihr einen aufmunternden Blick zu und beeilte sich, dem Grafen zu versichern, dass sie Kirstens Erklärungen sehr zu schätzen wüsste und ihr die Marzipan- und Apfelteilchen am besten schmecken würden. Daraufhin richtete sich Kirsten zwar wieder etwas auf, blieb jedoch den Rest des Frühstücks stumm.

Pippa war froh, als sich die Aufmerksamkeit der anderen auf die Schönheiten des Gartens verlagerte, denn sie schaffte es kaum, einen Bissen herunterzubringen. Nicht nur wegen des Abendessens, auch die Zeichen in ihrem Bett, das Geheimfach, die Dateien und die Sache mit ihrem Bruder und Madita beschäftigten sie.

Zum Glück gab Matteo ihre Reste heimlich Lulu zu fressen und alle freuten sich über Pippas vermeintlich guten Appetit.

Als ein Windstoß die Servietten hochwirbelte und die braunen Flecken wieder zum Vorschein brachte, wurde Pippa schlagartig klar, worauf ihr Hirn sie vorhin hatte hinweisen wollen. Natürlich ... sie musste dringend die weiße Limousine von gestern untersuchen. Immerhin hatte sie die halbe Cola darauf verschüttet und sie bezweifelte, dass man diese Flecken problemlos und völlig rückstandsfrei aus weißem Leder entfernen konnte. Schade, dass sie gestern Abend nicht schon daran gedacht hatte.

Doch bevor sie ihren Plan in die Tat umsetzen konnte, richtete der Graf das Wort an sie und alle starrten wieder zu ihr.

»Pippa, bist du fertig? Ich würde dir gern etwas zeigen«, sagte er, und als sie nickte, standen sie auf, der Graf bat die anderen, ruhig weiterzuessen, und führte Pippa weg von der Terrasse und versuchte, mit ihr Konversation zu machen. Er redete ohne Punkt und Komma über den schönen Tag, über Dänemark und wies sie auf die üppig blühenden

Rosen hin, sodass Pippa schon fürchtete, sie bekäme ein Beet zum Bepflanzen.

Erst als er begann, über den Irrgarten mit ihr zu reden, hörte sie ihm wieder richtig zu. Seine Vorfahren hatten ihn im achtzehnten Jahrhundert nach dem Vorbild von Schloss Louisenlund angelegt. Sein berühmter Ahnherr Ludvig-Wilhelm von Petersdorff hatte in England auf dem sagenumwobenen Schloss Luisencourt seine erste Frau Lady Montgomery Clifton Harris in einem solchen Irrgarten kennengelernt. Leider war es mit der Liebe schnell vorbei, fügte er breit grinsend hinzu, und man erzählte sich, dass der Geist dieser Lady heute noch im Irrgarten herumspuke. Weil sie sich immer wieder darüber beklagt hatte, dass ihr Mann so viele Geliebte hielt, wurde sie von ihm in einen Turm verbannt, dessen Reste man an der heutigen Ruine am See noch sehen konnte.

Falls Pippa also unruhiges Licht im Irrgarten entdecken würde, dann wäre das der Geist der armen Lady Montgomery Clifton Harris, die keine Ruhe fände. Und gerade als Pippa sich fragte, ob das Aufblitzen gestern Abend zu allem Übel auch noch einem Geist zugeschrieben werden musste, musterte sie der Graf sehr eindringlich und meinte, er könne sich beim besten Willen nicht vorstellen, dass eine so schöne und kluge Frau wie Pippa dermaßen albernes Zeug glauben würde.

»Ist ein Irrgarten etwas anderes als ein Labyrinth?«, fragte Pippa, weil ihr aufgefallen war, dass er immer von einem Irrgarten redete.

»Ja, der Irrgarten täuscht seine Besucher absichtlich, es

gibt unendlich viele verzweigte Wege, die zu immer anderen Plätzen führen, im Labyrinth hingegen führt nur ein einziger Weg ohne Abweichungen zum Ziel. Mir persönlich gefällt die Idee des Irrgartens besser, schließlich ist es im wirklichen Leben auch so, dass nie nur ein einziger Weg zum Ziel führt, und oft ist die Abweichung doch erst das eigentliche Vergnügen. Hier ... wir sind da.«

Der Graf öffnete die Tür zu den Stallungen. Pippa schlug der warme Geruch nach Pferden, Mist und Leder entgegen. Ein mehr als zehn Meter langer Gang lag vor ihr. Rechts und links gingen Boxen ab, einige Pferde streckten neugierig den Kopf aus ihren Verschlägen, als der Graf vorbeischritt. Frederik tätschelte manchen Pferden den Hals, begrüßte sie mit ihrem Namen und verteilte dabei Möhrenstücke, die er aus den Taschen seiner Tweedweste zog.

Am Ende des Ganges blieb er stehen und zeigte auf den rotbraunen Hengst, der die beiden mit einiger Skepsis ansah. So kam es Pippa jedenfalls vor.

Sie erkannte das wunderschöne Pferd sofort. Sie hatte es schon auf den Fotos in der Datei gesehen.

»Das hier ist Rasputin«, bestätigte der Graf ihren Gedanken. Pippa schnappte nach Luft. Rasputin! Der Name der Datei. Vielleicht war nur Pferdegewieher drauf.

»Lover of the Russian Queen«, murmelte Pippa, was den Graf zum Lachen brachte. Dann blickte er Pippa so unverwandt in die Augen, dass sie blinzeln musste.

»Rasputin kommt aus Portugal. Ich hatte ihn für meine Tochter Madita gekauft, aber sie ist kurz darauf gestorben.« Er schluckte schwer und wurde wieder sehr ernst. Pippa konnte sehen, wie sehr er immer noch um seine Tochter trauerte.

»Ich dachte, es wäre für euch beide leichter, wenn ihr Freunde werdet. Gefällt er dir? Madita wollte unbedingt einen *Altér Real*, das ist eine portugiesische Rasse.«

Ihr fehlten die Worte. Ein Pferd! Maditas Pferd. Rasputin sollte ihr gehören? Ihre Mutter hatte mit keiner Silbe erwähnt, dass es im Schloss überhaupt Pferde gab. Die Überraschung war den beiden wirklich gut gelungen. Seit dem Tod ihres Vaters war sie in keinem Stall mehr gewesen, denn auch wenn Mom immer schon als Dolmetscherin das Geld für die Familie verdient hatte, musste sie damals einen anderen Job annehmen, weil sie auf die Betreuungszeiten des Hortes angewiesen war. Deshalb war kein Geld mehr für solche Extravaganzen da gewesen.

Und jetzt ein Pferd ganz für sie allein! Fassungslos bestaunte Pippa den wunderschönen rotbraunen Hengst mit den schmalen Flanken und der schwarzen Mähne.

Der Graf reichte ihr einen kleinen viergeteilten rotbackigen Apfel und nickte ihr zu. Sie nahm ein Stück, legte es auf die flache Hand und hielt sie Rasputin hin. Der warf ihr einen Blick zu, bei dem Pippa am liebsten gelacht hätte, er schien zu sagen: »Was sind das denn für billige Tricks?«, und dann schnaubte er und schüttelte seine schwarze Mähne.

Der Graf grinste Pippa an. »Der Wilde hier hat eine ähnliche Persönlichkeit wie du und Madita. Sie konnte reiten wie die Göttin der Jagd höchstpersönlich. Und deine Mom hat behauptet, das kannst du auch. Deshalb hoffe ich, du nimmst mein Geschenk an. Damit würdest du mir eine große Freude machen.«

Ich müsste verrückt sein, wenn ich das ablehnen würde, dachte Pippa und wusste gar nicht, was sie sagen sollte.

»Wie ich dich beneide, Pippa! Dieses Pferd ist ein Traum«, Kirsten war überraschend hinter ihnen aufgetaucht und ihre Bemerkung ließ den Graf zusammenzucken, fast so als hätte man ihm eine Keule übergezogen, dabei hatte Kirsten ganz sanft geklungen. Sein Mund wurde schmal, offensichtlich verdarb Kirsten ihm gerade den Spaß.

Was lief da zwischen den beiden ab? Pippa fühlte sich plötzlich sehr unwohl. »Dann können wir ja zusammen ausreiten, oder?«, fragte sie Kirsten.

Ihre Stiefschwester zuckte mit den Schultern. Wie vorhin beim Frühstück wirkte sie, als hätte man sie geschlagen. »Zusammen ausreiten?« Sie wandte sich an ihren Vater. »Glaubst du, das ist eine gute Idee, Paps? Reite ich denn auch wie eine Göttin der Jagd?«

»Du reitest … ausgezeichnet«, antwortete er mit einiger Verzögerung.

»Die Wahrheit ist, dass mein geliebter Vater keine Ahnung hat, wie ich reite, weil er nie mit mir zusammen loszieht. Nur Madita war ihm gut genug.« Das sagte Kirsten so gleichgültig dahin, aber Pippa fing wieder an zu frieren.

»Daran solltest du dich gewöhnen, wir werden alle immer an ihr gemessen.«

Kirsten reichte Rasputin eine Möhre, die er sofort annahm. Dann tätschelte sie seinen Hals wie alte Bekannte.

»Mach dir nichts draus«, sie deutete auf das verschmähte

Apfelstück in Pippas Hand. »Er ist eine Primadonna, genau wie Madita. Ich hoffe, du reitest bald mit mir zusammen aus, ich kann dir die besten Strecken zeigen, wenn du willst.«

»Klingt super, danke«, sagte Pippa, und während sie das Wort aussprach, wurde ihr klar, dass sie sich noch immer nicht beim Grafen bedankt hatte. Ob er eine Umarmung erwartete? Aber Kirsten stand nun zwischen ihnen und das machte es Pippa schwerer, als wenn sie allein gewesen wären.

Trotzdem musste sie etwas tun, also drehte sie sich weg von Kirsten und Frederik und blickte zu Rasputin, reichte ihm noch einmal den Apfel, ging vorsichtig näher zu ihm hin und murmelte im liebevollsten Ton, zu dem sie fähig war, dass sie sich sehr über ihre Bekanntschaft freuen würde. Dabei strich sie mit der anderen Hand über seine Flanke.

Rasputin sah sie skeptisch an, aber dann, zack, schnappte er nach dem Apfel und verschlang auch die restlichen Stücke aus ihrer Hand. Erleichtert und triumphierend drehte Pippa sich zu Kirsten und Frederik um, aber die beiden waren schon gegangen.

Dabei wollte sie sich doch bedanken!

Sie rannte den Gang entlang nach draußen und konnte zum Glück noch den Grafen entdecken, der mit Mads heftig diskutierte.

Sie lief zu ihm hin und es war ihr egal, dass sie ihn mitten im Gespräch unterbrach, packte seine Hand und schüttelte sie kräftig auf und ab.

»Danke!«, und weil das wegen ihrer Atemlosigkeit kaum zu verstehen war, wiederholte sie noch mal lauter: »Danke! Rasputin hat den Apfel genommen«, und dann fügte sie hinzu: »Von mir!« Das brachte ein so erleichtertes Lachen auf Frederiks Gesicht, dass sie ihn nun doch umarmte, aber nur ganz schnell und flüchtig.

Dann rannte sie nach oben, weil sie jetzt wirklich einen guten Grund hatte, die butterweichen Lederreitstiefel anzuziehen. Das Kleid war zum Reiten völlig ungeeignet. Während sie in ihr Zimmer stürmte, dachte sie darüber nach, wie sie sich in Berlin geschworen hatte, es ihrem Stiefvater schwerzumachen. Und jetzt hatte sie sich schon am ersten Tag mit einem Geschenk kaufen lassen. Ach egal, endlich wieder reiten!

Sie hastete zum Kleiderschrank und zog die Reitstiefel heraus, fand eine Reithose und ein dazu passendes Jäckchen. Im Rausgehen fiel ihr Blick in den Spiegel an der Tür, sie sog überrascht die Luft ein und blieb stehen. Gott, sie sah tatsächlich aus, als wäre sie Lady Pippa von Carlisle auf dem Weg zur Fuchsjagd, und leider musste sie sich eingestehen, dass es ihr gefiel. Verdammt gut gefiel.

7

Sie nahm, nicht wirklich wie eine Lady, immer gleich zwei Stufen auf einmal, um schneller wieder im Stall zu sein, und war entzückt, dass ihr die Reitstiefel wirklich wie angegossen passten. Wer die wohl besorgt hatte? Auch Kirsten? War es wirklich okay, sich darin so gut zu fühlen? Nachdem sie bei Rasputin angekommen war, warf er ihr einen Blick zu, als wollte er sagen, dass sie sich reichlich lächerlich benahm, und er hatte eindeutig recht. Der Graf wollte ihr mit all diesen Geschenken eine Freude machen und nicht ihre Zuneigung kaufen.

In Matteos Augen war Frederik sowieso schon der größte, aber er hatte ja seinen Vater auch nie kennengelernt. Und wer auch immer den Hund für Matteo ausgesucht hatte, hatte damit voll ins Schwarze getroffen. Matteo und Lulu … der Gedanke an die beiden erinnerte sie an die braunen Flecken auf dem Tischtuch. Und damit auch an die Limousine und den Unfall. Und als sie das tote Reh vor ihrem inneren Auge sah, wurde alles andere völlig unwichtig und sie musste einfach wissen, ob der Unfall passiert war oder nicht.

»Ich bin gleich zurück«, versprach sie Rasputin und rannte zu den Garagen.

Dort angekommen, vergewisserte sie sich, dass weder Bill noch Mads hier herumlungerten, und entdeckte die weiße Limousine sofort. Die Scheiben waren dunkel getönt, es war unmöglich, nach innen zu sehen. Sie öffnete die hintere Tür, die nicht abgeschlossen war, aber wer sollte sie hier auch stehlen. Sie stieg ein. Auf den ersten Blick keine braunen Flecken. Alle Metallteile glänzten, das Lederpolster schimmerte weiß, wie mit Nivea eingerieben. Sie lehnte sich weit vor und nahm jeden Millimeter unter die Lupe. Nichts. Sie hob die Samtkissen mit den Wappen hoch, nichts.

Gerade als sie die Kissen zurücklegen wollte, stieg jemand vorne ein. Während sie noch überlegte, was sie tun sollte, hörte sie Stimmen, die aber nur so gedämpft an ihr Ohr drangen, dass sie nicht hätte sagen können, wer sich mit wem unterhielt.

»Nachher holt ihr ihn ab, aber ihr dürft ihn dann keine Sekunde mehr aus den Augen lassen. Das wäre zu gefährlich, ist das klar?«

Zustimmendes Gemurmel. Obwohl sich das anhörte, als ob die Rede von einem üblen Verbrecher wäre, war Pippa ganz sicher, dass sie über Niels redeten. Sie legte ihren Kopf gegen das dunkle Fenster, um besser hören zu können.

»Am besten wäre es, die Bewachung zu verstärken. Kann ich mich in der Hinsicht auf euch verlassen?«

Noch mehr Gemurmel.

Diese Unterhaltung war nicht für sie bestimmt. Was würde passieren, wenn sie sich jetzt bemerkbar machte?

Genau in diesem Moment fuhr das Auto leicht ruckelnd los, eins der Kissen fiel von der Bank. Sie hob es auf und legte es zurück. Da entdeckte sie etwas. Auf der Rückseite der Kissen, die sie vorhin nicht betrachtet hatte, waren winzige braune Flecken.

Sehr, sehr toll, Pippa, höhnte es durch ihren Kopf. Ganz großes Kino! Diese winzigen Flecken können schon seit einer Ewigkeit da sein, vielleicht ist es gar keine Cola, sondern Kaffee oder Tee. Trotzdem ermutigte sie dieser Fund und dann kam ihr noch ein Gedanke. Die Gurte! Ihre Mutter hatte darauf bestanden, dass sie sich anschnallten ... Um die Optik nicht zu verschandeln, wurden die Gurte zwischen den Polstern versenkt und nur bei Bedarf rausgeholt.

Sie suchte mit den Händen nach dem richtigen Knopf, und als sie ihn gefunden hatte, musste sie sich sehr beherrschen, um nicht laut loszujubeln.

Der cremefarbene Gurt hatte jede Menge Colaspritzer abbekommen! Die Kill Bills hatten nicht daran gedacht, ihn zu säubern, weil sich bestimmt niemand sonst in so einem Gefährt anschnallte und die Gurte automatisch eingezogen wurden, wenn man sich abschnallte.

Bingo! Sie hatte nicht geträumt. Es hatte diesen Unfall wirklich gegeben.

Pippa war so erleichtert, weil sie sich nicht länger fragen musste, ob sie verrückt war. Allerdings blieb die Frage, warum ihre Mutter und Matteo sich nicht an den Unfall erinnerten. Sie beugte sich vor, um an die Trennscheibe zu klopfen, doch da hielt die Limo schon wieder und die hintere Tür wurde aufgeklappt. Bill fuhr zusammen, als er sie entdeckte, fasste sich aber sofort. »Was machen Sie hier?«, fragte er. »Fahren Sie mit Ihrer Mutter mit?«

Pippa stieg aus und schüttelte den Kopf. Jetzt erkannte sie, dass sie nur bis zum Eingangsportal gefahren waren, aus dem gerade Kirsten und ihre Mutter, beide elegant angezogen, herauskamen. »Hallo mein Schatz«, freute sich ihre Mutter. »Oh du hast dich umgezogen, dieses Reitkostüm steht dir ja ausgezeichnet! Dein Vater wäre stolz auf dich, wenn er dich so sehen könnte. Fühlst du dich denn jetzt wieder gut?«

»Ja, und wie«, antwortete Pippa, und das war absolut wahr, immerhin hatte sie gerade herausgefunden, dass sie nicht dabei war, den Verstand zu verlieren.

»Wie schön.« Ihre Mutter drückte sie so fest an sich, dass Pippa ihr zartblumiges Parfüm riechen konnte. »Auch wenn du dich gerade umgezogen hast, willst du nicht mit uns mitkommen, mein Schatz?«

»Wohin fahrt ihr denn?«

»Nach Aalborg zum Flughafen und dann fliegen wir mit Frederiks Jet nach Kopenhagen. Kirsten wollte zwar eigentlich mit dir ausreiten, aber sie hat noch gar kein Kleid für den Polterabend. Wie sieht es mit dir aus?«

»Ich habe doch schon einen ganzen Schrank voller Kleider geschenkt bekommen!«

»Frederik ist einfach so großzügig.« Ihre Mutter strahlte vor Glück. »Und weißt du, was du heute Abend anziehst und morgen zur Hochzeit? Ich würde mich wirklich sehr freuen, wenn du mitkommst. Und Kirsten bestimmt auch, oder?«

»Oh ja! Das wäre toll, ich kenne da ein paar Läden, die könnten wir zusammen unsicher machen.« Kirsten sah sie hoffnungsvoll an, aber Pippa hatte wirklich keine Lust. Seit ihre Mutter mit dem Grafen verlobt war, machte das Shopping mit ihr keinen Spaß mehr. Neuerdings legte sie großen Wert darauf, dass alles von bester Qualität war und von namhaften Designern. Früher waren sie einfach losgezogen und hatten sich gefreut, wenn sie etwas Verrücktes günstig ergattert hatten.

»Ich möchte lieber hierbleiben«, sagte sie also. »Frederik hat mir das Pferd von Madita geschenkt, ich möchte etwas Zeit mit ihm verbringen.«

Ihre Mutter lächelte stolz. »Ich weiß, Frederik ist ein Schatz. Ausreiten ist sicher ein guter Plan!« Sie zwinkerte ihr zu. »Das soll keine Konkurrenz zu den Schildkröten sein, sondern dir ein bisschen Freude machen.«

Kirsten runzelte fragend die Stirn, zuckte dann aber nur mit den Schultern, ohne weiter nachzuhaken.

»Schade, dass du nicht mitkommst. Sollen wir dir etwas mitbringen? Ich könnte dir ein Kleid aussuchen«, schlug sie vor. »Du und ich, wir haben in etwa die gleiche Figur, oder nicht?«

Das war wirklich ein netter Zug von Kirsten, so zu tun, als würden sie beide in Größe 34/36 passen. Während ihre Stiefschwester superschlank war, hatte Pippa ein wenig mehr auf den Hüften. Damit fühlte sie sich völlig okay, auch wenn ihre Boulderkumpels gern Witze darüber machten, wie groß ihr Hintern von unten aussah.

»Na ja, wir haben nicht gerade die gleiche Figur, aber ich fände es wirklich super, wenn du etwas für mich aussuchen würdest. Du hast so einen guten Geschmack!«, sagte Pippa und war sicher, dass ihre Stiefschwester sich schwer ins Zeug legen würde, sie nicht zu enttäuschen. Ein bisschen schämte sie sich schon, Kirsten so zu manipulieren, nur weil sie nicht mit ihrer Mom shoppen gehen wollte. Aber als Kirsten in Begeisterungsstürme ausbrach, wusste sie, dass sie alles richtig gemacht hatte.

»Du bist echt toll.« Pippa warf ihrer Stiefschwester eine Kusshand zu. Kirsten kam daraufhin näher, legte einen Arm um ihre Schulter und Pippa wurde es ganz schwindelig von den Duftschwaden, die sie verströmte.

»Ich empfehle dir«, sie zeigte hinter das Schloss, »dort entlang mit Rasputin durch den Wald zu traben, danach führt ein Weg runter zum Meer. Von da aus kannst du dann den Sandstrand entlanggaloppieren. Das wird euch beiden bestimmt gefallen.«

Ja, dachte Pippa und fühlte sich mit einem Mal sehr erleichtert, weil sie jetzt wusste, wo sie hinsollte, das wird mir sicher gefallen. Ihr Blick folgte Kirstens ausgestrecktem Zeigefinger, dabei blitzte und funkelte deren Armbanduhr in der Sonne. Pippa seufzte und fühlte sich so wohl, als wäre sie schon am Meer und säße auf Rasputins Rücken.

»Was ist das eigentlich für eine schöne Uhr, die du da trägst?«, fragte ihre Mutter.

Kirsten löste sich von Pippa und trat näher zu ihrer Stiefmutter. »Eine Rolex, die mit Swarovskisteinen besetzt ist, das letzte Geschenk meiner Mutter. Madita hatte auch eine. Allerdings war ihre mit Diamanten besetzt, meine Mutter fand, ich wäre noch zu klein für echte Diamanten. Damals war ich ziemlich traurig, aber heute verstehe ich sie und jetzt liebe ich dieses Funkeln, auch wenn es unecht ist. Faszinierend nicht?« Kirsten drehte ihr Handgelenk mit der Uhr hin und her und alle starrten wie gebannt auf die tanzenden Lichtreflexe. »Sogar Rasputin liebt sie, vielleicht weil sie wie das Meer in der Sonne schimmert … aber das wirst du ja gleich selbst sehen, wenn ihr am Meer entlanggaloppiert!«

In diesem Moment räusperte sich Bill und wies daraufhin, dass der Jet schon bereitstünde, und hielt demonstrativ die Türen der Limousine auf. Die beiden verabschiedeten sich und stiegen ein.

Während Pippa zurück zu Rasputins Stall lief, fühlte sie sich, als würden Windböen aus verschiedenen Richtungen ihre Gedanken durch ihren Kopf treiben wie tote Blätter im Herbststurm. Da war Niels, der angeblich verrückt war, und ihre Entdeckung in der Limousine und Rasputin und das Meer, das schon auf sie wartete – und die Frage, warum sich ihre Mutter und Matteo nicht an den Unfall erinnerten. Doch das alles wurde überlagert von dem Wunsch, sich auf Rasputin zu schwingen und zu galoppieren, was das Zeug hielt.

Aber je mehr Schritte sie ging, desto mehr Gedankenblätter schwebten davon, verschwanden aus ihrem Kopf und sie wurde immer ruhiger.

Es würde ihr wirklich sehr guttun, mit Rasputin auszureiten. Sie sattelte ihn, stieg aber noch nicht auf, sondern führte ihn an den Zügeln von der Rückseite des Schlosses in das kleine Eichenwäldchen. *Ra-Ra-Rasputin,* kam es ihr wieder in den Sinn und das vermischte sich mit den seltsamen Buchstabengesängen. *Faaaaa.* Sie hatte das Gefühl, ihre Füße kannten den Weg schon lange, denn sie lief, ohne nachzudenken, lief und lief und lief, während die Sonne weiter- und weiterstieg, sie blendete, bis sie die Augen schloss, die Zügel losließ und weiterschritt immer weiter voran Richtung Meer.

Dieser Schmerz war der Preis für eine bessere Zukunft. Mamas Zeichen der Liebe, Mamas Geschenk für mich. Deshalb war der Schmerz etwas Gutes, denn sie wollte nur ihr Bestes für uns Kinder. Bestimmt ging das schnell wieder vorbei und wahrscheinlich wusste sie gar nicht, wie sehr es wehtat.

Aber ich war tapfer. Auch wenn es war, als würden Mäuse in meinem Bauch herumrennen, immer Stücke von innen abnagen und gleich aus meinem Nabel rauskommen. Und mir war ständig übel davon, wie es roch. Wie im Klo, wenn es frisch geputzt worden war. Doch auch das war sehr wichtig. Mama hat mir erklärt, dass alles picobello sauber sein musste. Und sie wollte, dass wir alles richtig und vernünftig machen, nur deshalb gab es kein Licht und nur deshalb hatte sie mir die Hände am Bett festgebunden. Um ganz sicherzugehen, dass ich mir im Schlaf nicht den Verband vom Kopf reißen würde.

Und auf gar keinen Fall durfte ich weinen. Das war auch nur was für dumme Schwächlinge, hatte Papa gesagt, als er kurz hier gewesen war. Und wer wollte schon dumm sein?

Meine Operation war jedenfalls sehr klug. Weil ich damit den richtigen Schritt in die richtige Richtung getan hatte. Und später würde es sich nicht mehr anfühlen, als wäre ich wie eine der kaputten Eichen im Garten, die gestern mit der Kettensäge gefällt worden sind. Es würde sich nicht mehr so anfühlen, als würden in meinem Bauch die Mäuse nagen und in meinem Kopf immer dann, wenn die Kettensäge mal still war, die Spechte nach Mücken picken. Tock, tock, tock. Es würde nicht mehr summen und hämmern und sägen und dann konnte ich endlich schlafen und gesund werden.

Eigentlich sollte jemand hier sein und mir so lange vorlesen, bis Mama von dem Fest wiederkam, aber dazu hatte niemand Lust. Sie waren nebenan und sahen fern, das war sicher lustiger, als hier bei mir herumzusitzen.

Ich war schon ein bisschen neidisch, nicht wegen dem Fernsehen, nein, darauf, dass sie in Ordnung waren, so wie sie waren. Keine Operation für sie. Andererseits wäre es für sie auch viel schlimmer, meine Schmerzen aushalten zu müssen, weil sie so viel schwächer waren als ich.

Mama wollte, dass ich viel trinke, und deshalb hat sie ein Glas Orangensaft mit einem Strohhalm neben mein Bett gestellt und gesagt, ich soll mich bemerkbar machen, wenn ich etwas brauche. Doch als ich nach ihnen gerufen habe, kam niemand, um mir dabei zu helfen.

Es wurde eben von mir erwartet, dass ich tapfer war. Sehr tapfer. Deshalb blinzelte ich auch die Tränen weg, die der Lärm im Schädel hervorpresste, niemand sollte sie sehen.

Nur Schwächlinge heulten und hatten Angst im Dunkeln. Ich war aber kein Schwächling, sondern ein Sieger.

8

Oh nein! Verdammt auch!« Eine sanfte dunkle Stimme drang an Pippas Ohr. Eine schöne Stimme, eine, von der sie gern mehr hören wollte. Sogar, wenn sie fluchte. »Immer wenn sie hübsch aussehen, haben sie nicht genug Grips in der Birne …«

Kräftige warme Hände packten Pippa und schleiften sie über einen steinigen Untergrund.

»Deutlich schwerer, als sie aussieht«, stöhnte die sanfte Stimme, die einem körperlosen Ich entstieg, das nach gebrannten Mandeln und Zitronen duftete.

Doch da ließ die Stimme sie schon wieder los und Pippa sackte auf den harten Untergrund. Gehörte das noch zu dem furchtbaren Traum von dem Kind, den sie gerade gehabt hatte, oder war das jetzt wieder Wirklichkeit?

Sie wollte ihre Augen aufschlagen, aber die waren wie zugeklebt. Trotzdem versuchte sie zu blinzeln.

»Schsch«, sagte die sanfte Stimme. »Alles ist gut.«

Die Stimme war zu ihr zurückgekommen, zusammen mit dem Geruch. Da war eine Hand, die sich auf ihren Arm legte und Pippa fühlte sich sofort viel wohler. Als ob von dort berauschende Schmerzmittel in ihren Körper gepumpt würden. Nun wollte sie erst recht sehen, wer zu dieser Stimme gehörte, aber es gelang ihr nicht.

»Schsch, du musst dich gar nicht so anstrengen. Atme tief ein und aus. Es ist ganz leicht. Du bist ganz leicht. Hör mir einfach zu.« Die sanfte Mandelzitronenstimme zählte leise bis fünf.

Pippa öffnete ihre Augen, mit einem Mal gelöst und voller Vorfreude wie nach einem ganz besonders schönen Traum und blickte in einen Himmel, der so blau war wie in Berlin höchstens die Plakatwerbung von Mundwasserreklame.

Genau, fiel ihr ein, sie war nicht in Berlin, sie war in Dänemark und das fühlte sich jetzt richtig gut an. Sie streckte ihre Arme aus, gähnte genüsslich und atmete dann tief ein. Alles war gut. Es roch salzig, nach Algen und Fisch und die Luft war feucht. Jede Menge Vögel zwitscherten emsig, so als ob in der Nähe eine große Kolonie davon wäre, weiter entfernt hörte sie das Geschrei von Möwen und ein beständiges Schlagen, Brechen und Schleifen von Wasser auf Sand.

Sie richtete sich auf und nun sah sie die Stimme, wie sie dasaß in Jeans und in einem schwarzen T-Shirt. Die Stimme gehörte zu einem Typen, der vor ihr auf den Knien hockte und der ein wenig älter war als sie. Sein hübscher Mund musterte sie streng, aber trotzdem lächelte alles an ihm. Sein Körper verströmte eine Energie, die selbst der Wind, der über die Klippen fegte, nicht wegtragen konnte. Er betrachtete sie so neugierig, als wäre sie das Interessanteste, Aufregendste, das er jemals gesehen hatte, doch dabei schüttelte er den Kopf und versetzte seine kurzen dunklen Locken in sanfte Bewegungen. Obwohl Pippa ihm gerade zum ersten Mal begegnet war, hatte sie das seltsame Gefühl, als würde sie ihn immer schon kennen. Seine Pupillen fixierten sie groß und dunkel aus meerschaumblaugrauen Augen, so als wäre sie ein Rätsel, das er lösen könnte, wenn er sie nur lange genug anstarren würde.

»Warum wolltest du das tun?«, fragte er und presste wieder missbilligend seine Lippen zusammen.

Pippa wusste nicht, was er meinte, sie hatte doch nur geträumt. Er zeigte wortlos hinter sich, wo das Land jäh abbrach, direkt an der mit Gras bewachsenen Kante befand sich ein etwa kniehohes eisernes Kreuz, auf dessen hässlichen Betonsockel jemand Blumen hingelegt hatte. Eine rote, eine rosafarbene und eine weiße Rose.

Tief unter ihnen war das Meer. Ihr Herz begann zu rasen, kalter Schweiß überzog ihre Stirn. Sie befanden sich auf einer steinigen Anhöhe, die nur einen Meter vor ihr steil zum Meer abfiel. Wie mit einem riesigen Beil von einem wütenden Gott abgehackt.

Die Schleifspuren auf der mit Steinchen durchsetzten Erde reichten von der Kante kurz vor dem Kreuz bis hin zu ihren Füßen. Was hatte sie dort vorn zu suchen gehabt?

Ihr Retter hielt sie für lebensmüde. Deshalb hatte er sie so angestarrt, hatte sich überlegt, warum sie wohl über die Klippen springen wollte.

»Ich habe nicht«, stotterte sie, »würde ich niemals.«

»Das ist die falsche Lösung«, sagte er und schüttelte den

Kopf. Seine schwarzen Haare schimmerten feucht, wirkten in der Sonne silbrig wie das Eis auf einem Moorsee. »Auch wenn man denkt, es gäbe keine andere. Es gibt bessere.«

»Und das ist totaler Psycho-Mist«, widersprach Pippa. »Und das weißt du auch.«

Er rang mit sich, Pippa sah jetzt, dass er tiefe Ringe unter den Augen hatte, wie jemand, der lange nicht geschlafen hat.

»Nein«, sagte er, »das ist die Wahrheit. Man wirft sein Leben nicht einfach so weg.«

»Und was hast du hier gemacht?«, fragte sie ihn, um endlich vom Thema abzulenken. »Gehst du hier spazieren?«

Endlich wich die missbilligende Anspannung aus seinem Körper.

»Nein, ich gehe nie spazieren, ich bin dein Schutzengel.«

Pippa erwartete ein Grinsen, aber er lächelte nicht mal.

»Es ist meine Aufgabe, verwirrte Seelen zu retten.«

»Ich bin nicht verwirrt.« Oh doch und wie du das bist, dachte Pippa und sie hätte nicht sagen können, ob es wegen der Klippe war oder wegen ihm. Diese hellen Augen machten irgendwas in ihrem Magen, als würde jemand mit einem Magneten alles nach unten ziehen. Vor allem, wenn er seinen Mund spöttisch nach links zog und sich in seinem Kinn ein Grübchen bildete.

»Dann erklär du mir doch, wieso du komatös am Rand der Klippe gelegen hast? Wegen einem Kerl? Kein Kerl der Welt ist es wert, glaub mir, ich weiß das, ich bin einer.« Jetzt endlich lächelte er, aber so wenig, so fast gar nicht und doch kam es Pippa echter vor als jedes Lachen, das sie je gesehen hatte.

»Oder ein schlechtes Zeugnis?«, fuhr er fort. »Das ist auch kein Grund, so viele Loser machen Einser-Abitur. Leute, die dann in ihrem ganzen Leben nichts mehr auf die Reihe kriegen.«

»Und zu welchen gehörst du, zu den Losern mit Abi oder bist du bloß ein Kerl, der es nicht wert ist?«

Er zuckte mit den Schultern. »Schutzengel brauchen kein Abi, aber sie sind auch keine wertlosen Kerle.«

Plötzlich hatte Pippa Angst, dieser Typ könnte nur für sie echt sein, so wie Madita für Matteo real gewesen war. So redete und benahm sich jedenfalls keiner der Jungs, die sie kannte ... Unwillkürlich griff sie nach seiner Hand, eine erstaunlich schmale warme Hand, goldbraun. Eine Hand mit Puls, sie zwickte einmal fest in seine Haut und lächelte, als er überrascht die Augenbrauen zusammenzog.

Ja, sie war wach. Sie konnte das Meer riechen, den leichten Wind in ihren Haaren fühlen und das fröhliche Tschilpen der Vögel, die in den Felsen nisteten.

»Au«, sagte er und wiederholte noch einmal lauter »Ah!«, obwohl es nicht wirklich so klang, als hätte sie ihm wehgetan. »Glaubst du, Schutzengel haben kein Herz und keine Nerven?«, fragte er kopfschüttelnd und rieb sich die Hand. Dann forschte er weiter. »Ist vielleicht jemand gestorben?«

Pippa nickte, bevor sie es verhindern konnte, und Bilder quälten sich den Weg in ihr Bewusstsein. Ihr Vater saß neben ihr auf dem Sofa, während sie Pizza aß. Sie starrte aufs Meer und rang nach Worten.

»Tut mir leid«, jetzt hatte seine Stimme wieder diesen verführerisch sanften Klang, »ich weiß, dieser Schmerz hört nie wirklich auf. Und die Zeit heilt nichts jemals ganz. Nicht den Tod, nicht den Verlust und nicht die Fehler, die du gemacht hast.« Jetzt wurde es Pippa zu viel, wer redete denn so mit einer Fremden? Also flüchtete sie sich ins Scherzhafte. »Für einen Schutzengel klingst du aber ganz schön düster.«

»Sagt eine, die gerade alles so schwarzgesehen hat, dass sie sich von der Klippe stürzen wollte.«

»Okay, du bist ganz klar kein Schutzengel. Sonst wüsstest du, dass ich das gar nicht wollte.« Aber wie war sie hierhergekommen, warum lag sie hier? Sie erinnerte sich noch gut daran, wie Kirsten und ihre Mutter vor dem Schloss in die weiße Limousine gestiegen waren, um zum Flughafen zu fahren. Dann war sie mit Rasputin losgezogen. Oh Gott!

Rasputin!

Ihr wurde schlecht. Wo war er? Sie sah zum Klippenrand hinüber, grauenhafte Bilder stiegen vor ihr inneres Auge.

Nein! Auf keinen Fall! Dieses Pferd war ihr so klug vorgekommen. Rasputin würde wissen, dass man hier vorsichtig sein musste. Sie versuchte aufzustehen, aber sie schaffte es nicht, weil ihre Knie so sehr zitterten.

»Hey, hey, hey, wo willst du denn hin?« Mr Schutzengel wollte sie aufhalten, sie schlug ihm mit den Fäusten auf seine Brust, aber er wich keinen Meter. »Schschsch.« Er legte seine Hand auf ihren Arm und hielt ihn fest, zwang sie, ihn anzusehen, dann lächelte er – zum ersten Mal richtig, ganz ehrlich und wunderschön – und plötzlich hatte sie keine Angst mehr.

»Ich bin mit einem Pferd hierhergekommen ... Ich muss nachschauen, ob ...« Sie brachte es nicht übers Herz, den Satz zu Ende zu bringen, aber er schien sie auch so zu verstehen.

Gemeinsam legten sie sich nebeneinander an die Kante, und obwohl sie sich immer noch große Sorgen um Rasputin machte, war die Angst um ihn weiter weg, nicht mehr so drängend. Sie spürte die Wärme, die von dem Jungen ausging, und das flutete ihren Bauch mit einer solchen Hitze, wie sie die noch nie zuvor gespürt hatte.

Sie schob den Kopf über den Rand ins Nichts und starrte nach unten. Fünfzig Meter tiefer befanden sich graue scharfkantige Felsbrocken, die dann zur Meerseite in einen breiten hellbraunen Sandstrand übergingen.

Außer ein paar angeschwemmten Plastikflaschen, Treibholz und Seegras war nichts zu sehen. Kein abgestürztes Pferd. Nirgends auch nur die Spuren eines menschlichen Wesens, der Strand wirkte so unberührt, als wäre noch niemals jemand dort gewesen.

»Sieht das hier immer so aus?«, fragte sie ihn, und als keine Antwort kam, merkte sie, dass er gar nicht mehr da war. Sie schob sich von der Klippe weg, rappelte sich hoch und sah sich um. Nichts.

Wie in Luft aufgelöst.

Wie ein echter Schutzengel.

Weit und breit war niemand zu sehen.

Ihr Herz fing an zu rasen. Aber sie weigerte sich zu

glauben, dass er nur ihrer Fantasie entsprungen war. Sie konnte sehr wohl zwischen Traum und Wirklichkeit unterscheiden. Er war real gewesen, das kranke Kind jedoch ein Traum. Ein komischer Traum, denn obwohl sie den Schmerz so intensiv gefühlt hatte, als wäre sie selbst dieses Kind, hätte sie nicht sagen können, ob es ein Junge oder ein Mädchen war. Und wann und wo hatte sie überhaupt angefangen zu schlafen? Das Letzte, woran sie sich erinnern konnte, war das Gefühl der Zügel von Rasputin in ihrer Hand, wie sie durch das Eichenwäldchen gelaufen war.

Sie betastete ihren Kopf. Hatte sie sich irgendwo verletzt und deshalb Halluzinationen? Nein, ihre widerspenstigen Locken fühlten sich an wie immer, natürlich war da keine Wunde, kein Verband, doch dann spürte sie an ihren Wangen die winzigen Krusten der salzigen Schlieren, die getrocknete Tränen hinterlassen hatten.

Vielleicht hatte Mr Schutzengel die auch gesehen und sich deshalb Sorgen um sie gemacht. Aber warum hatte er sie dann so plötzlich verlassen, sich in Luft aufgelöst wie Aschenputtel um Mitternacht?

Sie machte sich auf den Rückweg und stand mit jedem Schritt weiter weg vom Meer wieder sicherer auf ihren Beinen. Immer wieder hielt sie Ausschau nach dem Jungen. Warum hatte sie ihn nicht nach seinem richtigen Namen gefragt? Hoffentlich wusste Kirsten, wer er war, denn, und jetzt fing Pippa an zu lächeln, sie konnte ihren Prinzen nirgends suchen, schließlich hatte sie ja noch nicht mal einen Schuh von ihm.

Dann fiel ihr schlagartig Rasputin wieder ein, das Lachen verging ihr und sie beeilte sich voranzukommen.

Der Weg führte zu dem Eichenwald, leicht bergab durch eine Senke. Ständig drehte sie sich um und versuchte, sich daran zu erinnern, dass sie mit Rasputin hier entlanggegangen war, aber da war nichts.

Hatte man ihr doch auf den Kopf gehauen, war der Traum nur die Verarbeitung eines realen Schmerzes gewesen? Sie betastete erneut ihren Kopf, aber da war immer noch keine Beule.

Als hinter der nächsten Biegung endlich das strahlend weiß leuchtende Schloss in der Sonne auftauchte, fing sie erleichtert an zu rennen.

Außer Atem erreichte sie den Stall, dessen vertrauter Geruch sie etwas beruhigte. Sie lief den Gang mit den Boxen entlang und wurde langsamer. Nicht auszudenken, was der Graf und vor allem ihre Mutter davon halten würden, wenn sie gleich am ersten Tag ihr Pferd einfach verloren hätte.

Doch da stand Rasputin! Er sah sie über den Rand der Tür an, als wollte er sich über sie lustig machen, und wieherte freundlich. Pippa war so erleichtert, dass sie ihn am liebsten umarmt hätte.

Seltsam. Selbst wenn er allein den Weg zurück zum Schloss gefunden hatte, musste ihn jemand in die Box gebracht und die Zügel abgenommen haben. Pferde konnten weder eine Stalltür öffnen noch den Riegel der Box lösen. Schade, dass du nicht reden kannst, dachte Pippa. Dann könntest du mir verraten, was wirklich passiert ist. Sie holte sich den Putzkasten mit den Bürsten aus dem Schrank in der letzten Box und fing an, ihn zu striegeln. Ab und an klopfte sie leicht auf seine rotbraune Flanke, musste ihn befühlen, nur um ganz sicherzugehen, dass das hier real war. Dabei kam ihr Mr Schutzengel wieder in den Sinn, der Ausdruck in seinen Augen, als er sie angesehen hatte. Was, wenn er Rasputin zurückgebracht hatte?

Sie war so in das Striegeln und ihre Gedanken vertieft, dass sie die Schritte, die den Gang entlangkamen, gar nicht bemerkte und erschreckt zusammenzuckte, als sie barsch angesprochen wurde.

»Es wäre wirklich freundlich von Ihnen, Bescheid zu geben, wenn Sie zum Essen nicht da sind.« Thorgard stand kopfschüttelnd vor der Tür zur Box. »Wir haben ewig auf Sie gewartet. Dann hat Ihr kleiner Bruder es nicht mehr ausgehalten und ohne Sie angefangen.«

»Es-es tut mir leid«, stotterte Pippa. »Ich war mit Rasputin auf einem Ausflug …«

»Ach ja?« Thorgard betrachtete sie mit einem schiefen Lächeln. »Rasputin scheint es aber nicht so gut gefallen zu haben, er war lange vor Ihnen wieder hier.«

Das ist meine Chance, dachte Pippa, vielleicht hat sie gesehen, wer ihn gebracht hat. Sie setzte gerade an, Thorgard danach zu fragen, als sie erkannte, wie dumm das wäre. Die Haushälterin könnte gegenüber Graf Frederik durchblicken lassen, dass sie nicht in der Lage war, auf ihr Pferd aufzupassen. Wenn ich sie wäre und hätte Rasputin ohne Reiter herumstromern sehen, dann wäre mir das komisch vorgekommen, überlegte Pippa weiter. Die Pferde liefen doch für gewöhnlich nicht allein über den Hof? Hatte sie absichtlich nichts gesagt? Nein, Thorgard war nicht zu trauen, trotzdem sollte sie mit Rücksicht auf ihre Mom besser freundlich zu ihr sein.

»Es wird bestimmt nicht wieder vorkommen. Ich muss mich erst daran gewöhnen, dass ich auf einem Schloss wohne. Bitte entschuldigen Sie die Umstände.«

»Und wollen Sie wenigstens jetzt etwas essen?«, lenkte Thorgard ein, ohne ihren säuerlichen Blick abzulegen. »Oder haben Sie unterwegs etwas zu sich genommen?«

»Nein, und ja, ich habe großen Hunger!«

Thorgard nickte, drehte sich auf dem Absatz ihrer Holzclogs um und rief ihr über die Schulter zu, dass sie einen Imbiss im Frühstückszimmer finden würde, weil das Esszimmer schon für den Polterabend eingedeckt werden musste.

Als Pippa dem penetranten Klappern ihrer Schritte lauschte, war es ihr unbegreiflich, warum sie Thorgard nicht gehört hatte.

»Rasputin, ich glaube, du bist ein Zauberpferd, ich sollte mich vor dir in Acht nehmen«, murmelte sie mit einem Kopfschütteln und beeilte sich, ins Schloss zu kommen, wo sie in ihrem Zimmer nach einem kurzen Zögern den Reitdress wieder mit dem blauen Kleid und dem schönen Gürtel vertauschte und in ihrem Bad schnell die Hände und das Gesicht wusch.

Obwohl mir ständig merkwürdige Dinge passieren, schaue ich aus wie immer, dachte Pippa, als sie beim Abtrocknen ihr Spiegelbild sah. Was dem Schutzengel wohl durch den Kopf gegangen war, als er sie so intensiv betrachtet hatte? Eigentlich hatte sie ein ziemliches Durchschnittsgesicht. Das einzig Besondere waren ihre Zartbitteraugen, jedenfalls hatte ihr Vater sie immer so genannt und darüber gewitzelt, dass sie damit noch viele Männerherzen zum Schmelzen bringen würde. Natürlich nur das der Männer, die es an ihm, dem gnadenlosen Torwächter vorbeigeschafft hätten. Sie blinzelte. Männerherzen! Von wegen, da hatte er sich getäuscht, in jeder Hinsicht. Lukas' Herz hatte sie jedenfalls ganz sicher nicht gebrochen.

Was ihr Vater wohl von dem Jungen am Strand gehalten hätte? Eine Sekunde lang erlaubte sich Pippa den Gedanken, dass ihr Vater diesen Schutzengel zu ihr geschickt hatte, aber er wäre der Erste, der ihr jetzt fröhlich den Vogel zeigen würde. Immer wieder hatte er ihr eingebläut, dass sie nur an das glauben sollte, was man auch beweisen konnte. Okay, sagte sich Pippa und tupfte ihr Gesicht ab, ich weiß, dass ich diesen Jungen vom Strand mag. Er hat so echt gewirkt und so traurig. Als würden ihn Dinge wirklich berühren.

Genug gegrübelt. Energisch bürstete sie ihre braunen Locken und nahm sie zu einem Pferdeschwanz zusammen, sodass die grünen Glitzerohrringe, die ihr Vater ihr geschenkt hatte und die sie niemals auszog, besser zur Geltung kamen.

Das Klappern von Thorgards Schuhen draußen im Gang erinnerte sie daran, dass sie sich besser beeilen sollte. Sie lief zur Tür, dabei fiel ihr Blick auf den USB-Stick in ihrem Computer. Stimmt ja, die Rasputin-Datei. Jetzt, nachdem sie wusste, dass Rasputin nur Maditas Pferd war und keine Anspielung auf russische Verschwörer darstellen sollte, war sie sich ziemlich sicher, dass sie nichts finden würde, was wirklich hilfreich war. Trotzdem war es das Erste, was sie nach dem Essen anschauen würde.

9

Zu ihrem großen Erstaunen war Pippa nicht allein. Der Graf und der Psychologieprofessor von gestern Abend saßen auch noch beim Essen und unterhielten sich. Sie hatten ihre Jacketts ausgezogen, weshalb sie etwas weniger formell wirkten als sonst. Als Pippa eintrat, stand der Graf gut gelaunt auf, machte ihr ein Kompliment zu ihrem Kleid und wollte wissen, ob sie einen schönen Vormittag mit Rasputin verbracht hatte.

Er zeigte ihr, was es alles zu essen gab, vegetarische Lasagne, Fischfrikadellen mit Bratkartoffeln und Rehgulasch mit diversen Beilagen, und lud sie ein, sich zu ihnen an den Tisch zu setzen. Pippa konnte das Rehgulasch nicht mal ansehen, geschweige denn welches essen und nahm die Lasagne.

Der Graf erklärte ihr, dass der Professor wichtige Forschungsarbeit im Bereich der Hirnneurologie leistete und kurz vor bahnbrechenden Ergebnissen stand. Pippa fand das zwar sehr interessant, konnte den Professor aber nicht anschauen, ohne an seinen zischenden Schlangenkopf von gestern Abend zu denken. Vielleicht weil er so mager war, dass es ihr vorkam, als würde sich sein Hals wie der einer Schlange aus dem schlackernden Kragen winden. Und es fiel ihr noch etwas auf: Während der Graf nach seinem moosigen Rasierwasser duftete, roch der Professor nach nichts, was Pippa wirklich sehr ungewöhnlich fand. Unwillkürlich schnupperte sie in seine Richtung.

Nichts, nada, niente.

Das war unmöglich. Alles roch irgendwie nach irgendwas. Sogar neue Autos wurden mit speziell designtem Neuwagengeruch ausgestattet und man verkaufte Häuser besser, wenn es nach frisch gebackenem Kuchen duftete.

»Die Forschung wird sehr großzügig von den Rabens unterstützt, das ist sehr selten in der heutigen Zeit«, sagte der Professor gerade und zerhackte dabei seine Fischfrikadelle.

»In unserer Familie haben wir uns schon immer mit Forschung und Lehre beschäftigt«, erklärte Frederik. Und Pippa schoss gegen ihren Willen das Bild von der Ameisenforscherlady wieder in den Kopf, und um es zu vertreiben, sagte sie: »Ja hier muss schon früher mächtig viel los gewesen sein, Asta Nielsen und dieser berühmte Hypnotiseur Carl Hansen und so …«, was ihr ein anerkennendes Schnalzen des Professors eintrug.

»Das ist richtig!«, stimmte Graf Frederik geschmeichelt zu. »Man kann sagen, Schloss Ravensholm hat schon immer die Geschicke dieses Landes mitgelenkt. Und wenn dich das interessiert, Pippa, kannst du gern in der Bibliothek im Ostflügel stöbern.«

Pippa dachte, sie könnte die gute Stimmung nutzen, um

gleich noch mehr über die Zeichen zu erfahren, die sie heute Nacht im Alkovenbett entdeckt hatte.

»Was bedeutet eigentlich dieses F in dem schönen Wappen deiner Familie? Das mit den hängenden Querstrichen?«

»Freut mich, dass es dir gefällt, übrigens ist es von nun an auch dein Wappen, denn wir sind eine Familie«, sagte er und wich damit Pippas Frage ein wenig aus.

»Das ist eine Rune«, erklärte der Professor und erntete einen missbilligenden Blick vom Grafen.

»Eine Rune? Wurden die nicht nur von Nazis benutzt? Wir haben das mal im Geschichtsunterricht durchgenommen ... Aber wie kommt denn so eine Nazirune in dein Wappen?«, fragte Pippa und streute etwas Salz auf ihre Lasagne, die nach nichts schmeckte.

»So ein Unsinn!« Der Professor verschluckte sich fast vor lauter Empörung. Hektisch schob er Frikadellenstücke auf seinem Teller hin und her. »Die Nazis haben einige dieser jahrtausendalten Symbole missbraucht, so viel ist leider richtig. Aber die Runen sind ein wichtiges Kulturgut und sie gehören zu Dänemark wie die Gutenbergbibel zu Deutschland.«

»Na ja.« Der Graf gab sich betont entspannt und Pippa hatte das Gefühl, dass er damit den Professor etwas beruhigen wollte. »Runen sind ein Kulturgut, aber sie werden auch in der Esoterikszene verwendet, zusammen mit Tarotkarten, Kristallkugeln und Astrologie.«

»Warum denn nicht? Es sind schließlich auch magische Zeichen!«, insistierte der Professor und überraschte Pippa, die ihn für einen knallharten Wissenschaftler gehalten hatte, der sich eher mit der chemischen Analyse von Maggi als mit Magie befassen würde.

»Und was hat es dann mit der Rune im Wappen auf sich?« Pippa nahm die Pfeffermühle vom Beistelltisch und mahlte Pfeffer über ihre Lasagne.

»Es ist die Ansuz-Rune, sie bedeutet Atem, Hauch oder auch Mund. Vermutlich hat sie sich aus dem Bild eines Vogels entwickelt.«

Pippa hatte große Schwierigkeiten, in diesem schlappen F einen Vogel zu erkennen, doch da zog der Professor bereits ein schmales ledernes Notizbuch und einen Kuli aus der Brusttasche seines Jacketts, das über der Lehne seines Stuhles hing. Er schob seinen leeren Teller zur Seite und malte ihr kurzerhand auf, was er meinte.

»Schau her.« Er zeichnete das F so, dass die lange Linie am Boden lag und die beiden schrägen Querstriche schräg nach rechts oben zeigten, darunter skizzierte er einen Vogel, dessen zwei Flügel eine ähnliche Position einnahmen wie die Querstriche. Verblüfft verstand Pippa, was er gemeint hatte.

»Stell sie dir also auf dem Rücken liegend vor und die beiden Querstreifen als Flügel, dann wirst du sehen, es ist ein nach links fliegender Vogel. Man nimmt an, dass der Vogel der Ansuz-Rune nicht Odins Raben symbolisiert, sondern den Seelenvogel, der beim Tod des Menschen, also beim letzten Atemzug austritt.«

Unwillkürlich lief Pippa eine Gänsehaut über den Rücken und sie musste an ihren Vater denken, wie er tot neben ihr gesessen hatte. Irgendwie ein tröstlicher Gedanke, dass sie dabei war, als sein Seelenvogel losgeflogen war, auch wenn sie nichts davon gesehen hatte.

»Wie kommt ausgerechnet eine Rune mit dieser Bedeutung in euer Wappen?«, wunderte sie sich.

»Das weiß ich gar nicht so genau, aber der Professor …«, der Graf drehte sich zu ihm und Pippa spürte wieder, dass Frederik verärgert über seinen Freund war, »… hat auch nur *eine* Bedeutung der Rune erläutert, sei versichert, es gibt sehr viele Interpretationsmöglichkeiten. Aber warum willst du das überhaupt wissen?«

»Sie ist eben interessiert. Das ist ein guter Charakterzug«, der Professor zwinkerte Pippa zu, was ihr sehr unangenehm war. »… deine Madita war auch so eine Wissbegierige.«

»Sie war wirklich klug.« Der Graf wirkte glücklich und traurig zugleich. Pippa merkte wieder, wie sehr er seine Tochter geliebt haben musste, und das machte ihn plötzlich so sympathisch, dass sie beinahe zum Trost ihre Hand auf seinen Arm gelegt hätte. Ob es ihm schwergefallen war, ihr das Pferd von Madita zu schenken?

»Ich wünschte mir nur, ich könnte das von all meinen Kindern sagen«, fügte Frederik hinzu und lächelte reichlich gezwungen.

Pippa nutzte ihre Chance, mehr zu erfahren. »Madita und Niels sind ja Zwillinge, ist Niels denn auch so klug?«

Frederik tupfte sich mit der Stoffserviette die Lippen ab,

ohne dabei sein Wappen zu beschmutzen, und nahm einen Schluck Wein. Dann musterte er Pippa so intensiv, dass es ihr vorkam, als würde er sie bis ins Knochenmark durchdringen und abscannen, um dann zu entscheiden, welche Art von Antwort sie wert war.

Sie fing an zu blinzeln, ihre Lider zuckten, als hätte sie einen Kurzschluss.

»Es sind zweieiige Zwillinge.«

Er musste sie für ziemlich beschränkt halten, denn das war offensichtlich. Pippa nickte ihm auffordernd zu und legte ihr Besteck auf den nur halb leer gegessenen Teller.

»Zwillinge liegen bei uns in der Familie. Aber nicht jeder ist gleich begabt. Natürlich liebe ich alle meine Kinder, wie nun auch dich und Matteo. Allerdings halte ich nichts von diesen Lügenmärchen, die Eltern so gern auftischen. Ich leugne nicht, dass ich mich manchen Kindern mehr verbunden fühle als anderen. Kinder bedeuten in erster Linie Verantwortung und manchmal muss man sie vor sich selbst schützen.«

Was für eine blöde Antwort auf ihre Frage. Wischiwaschi, aus dem nur hervorging, dass er Niels nicht für besonders klug hielt und Madita offensichtlich sein einziger Liebling gewesen war. Pech für Kirsten, Pech für Niels. Unter gar keinen Umständen würde ihre Mom Matteo oder ihr das Gefühl geben, er oder sie wäre weniger wert. Welcher Vater machte so etwas?

»Warum braucht Niels dann einen Betreuer, wenn er doch so einen verantwortungsbewussten Vater hat? Warum kannst du dich nicht selbst um ihn kümmern?«

»Touché!« Der Professor hob sichtlich erfreut sein Glas und stieß mit Frederik an. »Deine Stieftochter hat eine sehr kämpferische und schlagfertige Natur.« Dann wandte er sich an Pippa. »Magst du Schach?«, fragte er.

»Ich hasse Schach. Das ist ein Spiel für Langweiler, die denken, man würde da Strategie lernen.« Pippa presste die Lippen aufeinander. Gut, dass Mom nicht hier war, *Langweiler* das war nicht nett von ihr. »Also warum braucht mein Stiefbruder einen Betreuer? Ist er sehr krank?«

»Ja.« Der Graf und der Professor wechselten einen Blick und Pippa entging es nicht, dass ihr Stiefvater seine linke Augenbraue hochzog und den Professor mit einem minimalen Kopfschütteln anfunkelte, als wollte er ihn davor warnen, mehr zu verraten. »Was ist eigentlich zwischen dir und Rasputin vorgefallen?«, setzte der Graf nach.

»Wie meinst du das?« Pippas Herz schlug schneller. Was, wenn er Rasputin irgendwo eingefangen hatte? Aber warum war er dann die ganze Zeit so freundlich und hatte sie nicht gleich zur Rede gestellt?

»Ich habe Rasputin im Labyrinth gefunden, ganz allein. Das wäre nicht so schlimm, wenn ich ihn nicht dabei erwischt hätte, wie er sich gerade über die Buchsbaumhecke hermachen wollte.«

Pippa spürte, dass sie blass wurde. Buchsblätter waren tödlich für Pferde! Doch vorhin beim Striegeln, beruhigte sie sich, hatte Rasputin keinerlei Anzeichen einer Vergiftung gezeigt. Keine Krämpfe, keine Koliken, kein Schaum vor dem Mund.

»Das tut mir sehr leid. Ich hätte ihn niemals auch nur in

die Nähe von dem Labyrinth gelassen! Ich kenne die Giftpflanzen, die gefährlich für Pferde sind.«

»Wie ist Rasputin dann dorthin gekommen? Als ich ihn das letzte Mal gesehen habe, war er im Stall.«

Pippa überlegte hin und her. Sie konnte doch unmöglich zugeben, dass sie keine Ahnung hatte, was eigentlich passiert war. Frederik würde glauben, dass sie verrückt oder zumindest grottendämlich war, und ihre Mom wäre nach dem gestrigen Gespräch sicher sehr enttäuscht von ihr. Deshalb rang sie sich zu einer Lüge durch. »Es ist mir sehr peinlich, aber ich glaube, ich hab mich etwas überschätzt, offensichtlich war Rasputin mit meinem Reitstil nicht ganz einverstanden. Er hat mich abgeworfen und ist auf und davon.«

Der Graf lachte schallend. »Ja, das klingt nach dem Teufel, den mir Madita immer beschrieben hat.«

»Teufel?«

»Temperament, ich meinte Temperament! Deine Mutter hat mir gesagt, dass du ein starkes Mädchen bist, und ich denke, sie hat recht, nicht jeder kann Rasputin reiten.«

Er schmeichelt mir, stellte Pippa verblüfft fest. Gibt er sich solche Mühe wegen Mom oder gefällt es ihm nur, Kirsten und Niels zu kränken?

»Pippa, ich habe noch ein Geschenk für dich. Aber das ist oben in meinem Zimmer. Willst du mitkommen? Dann zeige ich dir auch die Bibliothek.« Seine Stimme machte klar, dass er ein Nein nicht akzeptieren würde.

Gut, dachte Pippa, da gibt es sicher ein hilfreiches Buch über Runen.

Sie nickten dem Professor zu und verließen zusammen den Frühstücksraum. Pippa war erstaunt, dass der Graf nicht zu dem breiten Treppenaufgang lief, sondern ein kleines Zimmer neben der Garderobe betrat, dessen geblümte Tapetentüren sich kaum von der Wand abhoben und die Pippa deshalb nicht aufgefallen waren. Auf Knopfdruck schoben sich die beiden Türen auseinander und gaben den Blick auf den Aufzug frei. Frederik bückte sich und legte seinen Zeigefinger auf ein kleines Kästchen, woraufhin sich die Aufzugtüren leise öffneten.

Er erklärte ihr, dass nur Henrik und er eine Zugangsberechtigung zum Aufzug hatten, um sicherzustellen, dass der Aufzug nicht ständig von allen anderen benutzt wurde. So hätte sein Vater immer und jederzeit den Aufzug für sich.

Sie fuhren mit einem sanften *Pling* nach oben, wo die Türen in einem kammerartigen Zimmer wieder aufgingen.

Eine ganze Horde von Menschen trat ihnen entgegen, Pippa zuckte zusammen und kam sich in der gleichen Sekunde schon lächerlich vor, weil sie nicht sofort erkannt hatte, dass der Raum einfach nur vom Boden bis zur Decke verspiegelt war. Es war das Zimmer, in dem Lulu so geknurrt hatte. Das Zimmer, in dem ihr Bruder sich mit Madita über Pinocchio unterhalten hatte.

Der Graf blieb neben ihr stehen und warf ihr durch den Spiegel einen fragenden Blick zu. Pippa fand es schon schlimm genug, sich einmal im Spiegel zu sehen, geschweige denn hundert Mal.

»Das hier hat einer meiner etwas beschränkteren Vorfahren zu verantworten. Er war verrückt nach Spiegeln, glaubte, dass hinter den Spiegeln ein Eingang zu einer anderen Welt läge.« Der Graf lächelte schief. »Ich vermute eher, dass er sehr verliebt in sein Äußeres war, du weißt schon so eine Art *Dorian Gray*. Behandelt ihr das in der Schule noch? Ich meine den von Oscar Wilde, nicht *Fifty Shades of Grey.*«

Pippa hatte *Dorian Gray* als Film gesehen und versicherte ihm, sie wüsste, was er meinte.

Ein paar Minuten später waren sie an der Bibliothek angelangt. Der Graf hielt ihr eine der dicken, mit bordeauxrotem Leder gepolsterten Flügeltüren auf, zeigte hinein und schlug vor, sie solle sich umschauen, bis er mit dem Geschenk wieder zu ihr käme.

Die Bibliothek verschlug Pippa den Atem, und das nicht nur, weil die Luft hier anders als im restlichen Palast so kühl und trocken war. Es roch nach Schuhputzzeug und seifigem Papier, nach ausgelaufener Tinte und Möbelpolitur mit Bienenwachs. In Berlin war sie oft in der Stadtteilbibliothek gewesen, weil sie nach Paps' Tod kein Geld für Bücher und DVDs gehabt hatten. Doch das hier hatte damit so viel Ähnlichkeit wie ein dreistöckiger Hochzeitskuchen mit einem abgepackten Yes-Törtchen.

Der Raum war sicher fünf Meter hoch und so groß wie ein halbes Fußballfeld. Der Boden aus schwarzem Granit glänzte wie lackiert, sodass sich die Wände voller Holzregale darin spiegelten. Auf etwa drei Metern Höhe verlief eine Galerie mit einer geschwungenen Holzbrüstung. Pippa betrachtete staunend Bücherrücken, die teilweise aussahen, als wären sie schon Hunderte von Jahren alt. Dazwischen gab es auch Regale mit neuen Büchern, in denen Titel standen, die sie kannte, wie eine englische Prachtausgabe von Harry Potter. In der Mitte des Raumes befanden sich Holztische mit matt schimmernden grünen Lampen und Armlehnstühle wie in amerikanischen Bibliotheken, die Pippa bisher nur in Hollywoodfilmen gesehen hatte. Rechts an einer Wand voller Karteikästen standen ausladende Chesterfieldsofas aus kastanienbraunem Leder. Über den Sofas hing ein Bild, nur so groß wie ein Zeichenblock, doch es zog Pippa geradezu magisch an. Es war in einem schlichten silbernen Rahmen und wurde gut ausgeleuchtet. Es zeigte eine offene Tür, durch die man eine junge blonde Frau sehen konnte, die zusammen mit einem vielleicht dreijährigen Kind auf einer roten Chaiselongue lag. Das Kind lag in ihrem Arm und schlief. Die andere Hand streichelte die Haare des Kindes und die beiden wirkten so gelöst und durchdrungen von Glück, dass Pippa unwillkürlich anfing zu lächeln. Ein großer Esmeralda-Moment, dachte sie und trat näher zum Bild. Und doch machte sie etwas stutzig. Die Frau trug eine Kugelkette, die genau so aussah wie die, die sie in dem Alkovenbettversteck gefunden hatte. Sie las den Titel, der auf einem schmalen Schildchen in den Rahmen eingraviert war. »Die Frau im roten Salon« – aber der Name des Malers fehlte. Das kam Pippa komisch vor, dieses Bild war so lebendig, so schön. Jemand, der so malen konnte, musste in der ganzen Welt berühmt sein. Ein leises Geräusch brachte sie dazu, sich umzudrehen.

Sie war nicht allein hier, an einem der Tische saß der alte

Graf Henrik, den sie auf den ersten Blick gar nicht bemerkt hatte. Er schrieb mit einem goldenen Füller in ein dickes Buch und war so vertieft in seine Arbeit, dass er sie noch gar nicht entdeckt hatte. Neugierig lief sie zu ihm hin, auch um ihn über das Bild und die Kette auszufragen. Vielleicht war diese Kette ein Familienerbstück.

Als der Gummigraf sie bemerkte, wirkte er zuerst überrascht, aber schließlich winkte er sie doch näher zu sich, legte eine Hand auf ihren Arm, suchte ihren Blick. Sie war erstaunt über die Intensität seiner Augen, die genauso blau leuchteten wie die von Frederik und Kirsten. Dann zeigte er ihr, womit er beschäftigt war. Es war die Familienchronik der Rabens. Von dem kunstvollen Stammbaum zweigten Äste ab, die sich wiederum mit anderen verschränkten.

Henrik zeigte stumm auf die beiden Äste, an denen er gerade gearbeitet hatte und die sich nun vereinten. Auf dem einen stand der Name von Graf Frederik, der so lang war, dass man zwei Zeilen brauchte, um ihn korrekt zu schreiben, und dann folgten zwei ineinander verschränkte Ringe zum Zeichen der Eheschließung und danach kam der Name ihrer Mutter. Beide Namen hatte er in Anlehnung an das Familienwappen mit Eichenblättern und Raben verziert.

Als ihr Blick ein wenig nach oben rutschte, sah sie, dass es schon einen Ast gab, in dem die Eheschließung mit Elena Ruiz, der Mutter von Kirsten stand, daraus hatten sich drei Äste mit den Kindern Madita, Niels und Kirsten gebildet. Und weiter darüber entdeckte sie, dass Frederik davor auch schon zweimal verheiratet gewesen war. Pippa musste schlucken und zwang sich, ruhig zu bleiben, um zu verstehen, was sie da gerade gefunden hatte. Sie wusste nicht, was sie mehr beunruhigte: die Tatsache, dass hinter allen Frauen, die der Graf geheiratet hatte, ein dickes schwarzes Kreuz war, auf dem ein weinender Rabe saß, oder dass es einen Ast aus der ersten Ehe gab, dem die Geschwister Mads und Bill entsprungen waren.

Die Kill Bills waren die *Söhne* des Grafen? Pippa konnte es kaum fassen. Der Graf heiratete also schon zum vierten Mal und er ließ seine eigenen Kinder bei sich als Chauffeure arbeiten? Hatte er das gemeint, als er vorhin gesagt hatte, er würde nicht alle gleich lieben? Warum hatte er sie ihnen nicht trotzdem als seine Kinder vorgestellt, so wie Kirsten und Madita? Und noch viel wichtiger: Hatten wirklich alle seine Frauen einen Unfall gehabt? Ging es den Rabens womöglich schlecht und er schloss für seine Frauen hohe Lebensversicherungen ab, bevor sie einen Unfall erlitten?

Da betrat der Graf ein wenig außer Atem die Bibliothek. Als ihm klar wurde, was Henrik Pippa gezeigt hatte, schüttelte er ungehalten den Kopf.

»Vater, du weißt ganz genau, dass du dir nicht zu viel zumuten sollst. Das hätte doch noch Zeit gehabt. Warum gibst du Pippa nicht etwas, was für junge Damen wesentlich besser geeignet ist als dieser langweilige Familienkram. Wir haben die englische Originalausgabe von Dracula – ihr jungen Leute steht doch auf diesen ganzen Vampirkram, oder nicht?«

Er führte Pippa zu einem der breiten Ledersofas, holte eine Schatulle aus seinem Tweedjackett und klappte sie beim Überreichen mit dramatischer Geste auf. »Hier, dein zweites Geschenk.«

Dunkelrote Steine funkelten wie frische Blutstropfen auf einem weißen Seidensatinpolster. Eine Kette und ein Ring. Der Schmuck roch metallisch, als wäre er aus oxidiertem Kupfer. Pippa war so durcheinander, dass sie kein Wort herausbekam.

»Das sind Granate, die meine Ururgroßmutter von Königin Viktoria geschenkt bekommen hat, Granate waren ihre Lieblingssteine und diese hier sind mit den Lieblingssteinen der Familie Raben eingefasst, dem Glimmer. Gefallen sie dir?«

Pippa nickte völlig überwältigt von all dem, was sie gerade erfahren hatte. »Frederik …«, fing sie an. »Ich …«

»Pippa.« Er rutschte näher, sodass ihr wieder sein Rasierwasser in die Nase stieg. Er legte seine Hand auf ihren Arm und suchte ihren Blick, hielt ihn fest und nickte ihr ermutigend zu. »Du möchtest mich sicherlich bitten, dir die Kette umzulegen.«

»Ja, das möchte ich«, stimmte Pippa im Handumdrehen zu und war ganz erleichtert, dass er ihr so entgegenkam.

Frederik nickte wohlwollend. »Das ist wirklich schön, dass du dich auf diese Weise mit unseren Ahnen verbinden möchtest, warte, ich helfe dir.« Pippa drehte ihm den Nacken zu, damit er das Collier schließen konnte. Als es leise klickte, atmete sie tief ein, trotzdem bekam sie kaum Luft.

»Ich weiß, es fühlt sich so besonders an, dass man tief

atmen muss, das ist oft bei altem Familienschmuck so.« Er hatte recht, Pippa holte tief Luft und fühlte sich gleich besser.

»Du möchtest den Ring bestimmt auch gleich anprobieren. Und du wirst sehen, er wird dir wie angegossen passen, weshalb es dir unmöglich sein wird, ihn wieder auszuziehen.«

Nachdem sie auch den Ring angelegt hatte, kam sie sich vor wie auf einem Schiff, alles um sie herum schwankte ein wenig. Sie fand ihre Reaktion auf den alten Schmuck jetzt doch ein wenig übertrieben. Der Graf schlug vor, dass sie sich in einem Spiegel betrachten sollte, und weil sie leicht taumelte, nahm er sie an der Hand und lief zusammen mit ihr zurück in das Spiegelzimmer und hielt sie dort sanft an den Schultern, als sie vor den Spiegeln standen.

Ihr hundertfach gespiegelter Anblick wirkte wie eine kalte Dusche auf sie, das Schwanken hörte schlagartig auf und sie sah völlig klar. Eine Horde geklonter Frauen starrte sie an, gespenstisch bleich, jede mit einem Kranz von glänzenden Blutstropfen um den Hals. Überall dort, wo der Schmuck ihre Haut berührte, spürte Pippa ein brennendes Drücken und hätte ihn am liebsten sofort wieder abgenommen. Aber sie beherrschte sich und versicherte dem Grafen, das Collier sei wunderschön und sie würde es gern zur Hochzeit tragen.

Der Graf nickte erfreut und entschuldigte sich mit dringenden Arbeiten, die vor der Hochzeit noch zu erledigen wären, dann legte er seinen Zeigefinger wieder auf das Kästchen am Aufzug, stieg ein und fuhr kommentarlos davon.

10

Pippa beeilte sich, dem Spiegelzimmer zu entkommen und lief in ihr Zimmer zurück, wo sie die Kette im Bad sofort abnahm und einen kalten Waschlappen auf ihren Hals legte, um die Haut zu beruhigen.

Sie kontrollierte im Spiegel, ob sie irgendwelche Abdrücke von der Kette auf ihrer Haut zurückbehalten hatte. Es hätte sie nicht gewundert, Brandmale zu entdecken. Doch das Einzige, was sie sehen konnte, war der Abdruck des kalten Waschlappens. Jetzt musste sie noch den Ring loswerden. Sie versuchte, ihn abzuziehen, aber er steckte fest. Pippa probierte es mit Seife, aber vergeblich. Sie wusste selbst nicht, warum sie ihn so unbedingt herunterbekommen wollte. So übel war er auch wieder nicht. Sie drehte ihn hin und her, und je länger sie sein sanftes Funkeln ansah, desto mehr beruhigte sie sich und desto schöner fand sie den dicken dunkelroten Stein, der mit kleinen Glimmersplittern gefasst war. Wer den Ring wohl als Letztes getragen hatte? Ob er auch Madita gehört hatte? Aber aus welchem Grund hatte der Graf nach ihrem Tod nichts von ihren Sachen an Kirsten weitergegeben? Als ihr die richtige Antwort dämmerte, wollte sie es erst nicht glauben, schließlich war Kirsten doch zu allen freundlich und verströmte immer gute Laune. Trotzdem schien sie der Graf aus irgendeinem Grund dafür zu bestrafen, dass Madita gestorben war.

Der Gedanke brachte sie dazu, den Ring noch einmal einzuseifen, sie versuchte, ihn zu drehen, aber er saß bombenfest. Schließlich gab sie es zähneknirschend auf, trocknete ihre Hände ab, nahm die Kette mit und legte sie auf den kleinen Sekretär. Neben ihren Laptop. Dabei fiel ihr Blick wieder auf den USB-Stick.

Sie setzte sich an ihren Computer, klickte auf die Rasputin-Datei und war auf alles gefasst, auf den Uraltsong von *Boney M.* oder das Wiehern eines Pferdes. Doch stattdessen war es eine Mädchenstimme, die offensichtlich beim Spazierengehen am Strand die Diktierfunktion ihres Handys benutzte. Jedenfalls atmete sie so, als würde sie schnell gehen, und man konnte hören, wie der Wind am Mikro vorbeipfiff, und entfernt sogar Meeresrauschen.

Sie räusperte sich ein paar Mal.

»Sehr geehrte Damen und Herren und so weiter blabla, ich wende mich an Sie, weil mir das leichterfällt, als es meinen Eltern zu sagen, das verstehen Sie ja sicher. Auch wenn es nicht leicht für mich ist, Ihnen all diese Dinge über meinen Bruder anzuvertrauen. Wie Sie wissen, haben Zwillinge eine sehr enge Bindung.«

Eine kurze Pause, dann ein genervtes Seufzen.

»Nee, das ist ein bisschen zu dick aufgetragen, also das wieder raus. Oder nein, ich lasse es drin … schließlich stimmt es ja. Ich fühle mich nicht wohl, ihn hinter seinem Rücken anzuklagen, aber ich habe eben Angst. Er ist manchmal nicht mehr er selbst und neigt zu Gewaltausbrüchen. Dann hat er sich nicht mehr unter Kontrolle. Er ist sehr eifersüchtig geworden und möchte am liebsten den ganzen Tag nur mit mir zusammen sein, was natürlich nicht geht.«

Ein paar Schritte, dann ein nachdenkliches Räuspern. »Hmm, ob das reicht, können die zwischen den Zeilen lesen? Muss ich noch deutlicher werden? Oh, verdammt, wo kommt der denn jetzt her!«

Für Pippa hörte sich das Folgende so an, als ob das Mädchen ihr Handy in die Tasche getan hätte, ohne die Aufnahmefunktion zu stoppen, denn durch das Rascheln und Knarzen war es kaum zu verstehen. Es klang wie: »Nein, ich will das nicht. Auf gar keinen Fall. Du bist doch total verrückt! Lass mich in Ruhe!«

Was dann kam, klang nach einem Gerangel oder einer Rauferei, dann wieder das Räuspern.

»Verdammt, so wird das nichts, ich muss es doch aufschreiben.«

Rascheln, Krachen, Ende.

Das war's. Pippa starrte auf den USB-Stick und konnte sich nicht wirklich einen Reim darauf machen. Wahrscheinlich war es Madita, deren Stimme sie sich anders vorgestellt hatte, wärmer. Was Niels wohl getan hatte, um sie so zu nerven? Aber nach dem, was sie gerade gehört hatte, wurde Pippa den Verdacht nicht los, dass Madita nicht wirklich unter irgendetwas gelitten, sondern klammheimlich Freude dabei gehabt hatte.

Nachdenklich zog Pippa den Stick ab und fragte sich, welche dieser Dateien der Grund dafür war, warum Madita sie heimlich aufbewahrt hatte. Keine davon erschien Pippa der Mühe wert, außer vielleicht diese gruseligen Buchstabengesänge.

Frustriert legte sie den Stick in die Schreibtischschublade.

Dabei glitten ihre Finger über die Kugelkette. Sie nahm sie in die Hand und ließ die Kugel hin und her pendeln. Obwohl das Silber angelaufen war, blitzte es im Sonnenlicht leicht auf und erinnerte Pippa an ihren Schutzengel. Genauer gesagt an seine Haare, die so silbern gewirkt hatten, obwohl sie eigentlich schwarz gewesen waren. Unvermittelt schoss ihr die Frage durch den Kopf, wie sich seine Haare wohl anfühlen würden. Auf die Idee, ihn zu berühren, wäre sie am Strand nie gekommen, obwohl in seiner Gegenwart alles so einfach, so gut gewesen war. Das Reden. Das Zuhören. Das Pippa-Sein. Verblüfft dämmerte ihr, dass das etwas ganz anderes war, als verliebt zu sein. Zwischen ihnen war etwas, dass sie über die Worte hinaus verbunden hatte, und das war komplett anders als bei Lukas. In seiner Gegenwart waren immer nur Ob-Fragen in ihrem Bauch aufgeploppt wie Maiskörner zu Popcorn, die Frage, ob er dieses oder jenes lieber mochte, ob er sie hübsch fand, ob sie gut genug für ihn klettern konnte. Ihr Verliebtsein hatte jede Menge »Obs« gehabt und wenige Esmeralda-Momente. Mit dem Jungen an der Klippe gab's kein »Ob«, kein Popcorn, aber jede Menge »Wir«. Und das in so kurzer Zeit. Sie musste unbedingt herausfinden, wer er war.

Die Kugel hatte mittlerweile ein Eigenleben entwickelt, und schwang ohne Impuls von Pippa immer weiter hin und her.

Die Frau auf dem magischen Bild in der Bibliothek hatte genauso eine Kette getragen. Offensichtlich gehörte sie zum Familienbesitz. Und der gehörte mit der offiziellen Hochzeit auch ein bisschen zu ihr, es war also kein Diebstahl, dass sie diese Kette genommen hatte.

Pippas Augen folgten der Kugel und sie begann, sich langsam zu entspannen. Sie würde sie auf der Hochzeit tragen, die passte viel besser zu ihr als diese blutigen Granate. Der Gedanke gefiel ihr. Höchste Zeit, dass sie wieder anfing, selbst zu denken und eigene Entscheidungen zu treffen.

11

Einen Tag später rüttelte Kirsten Pippa so heftig an der Schulter, als ob sie Tote zum Leben erwecken wollte.

»Wo bleibst du denn? Wieso schläfst du ausgerechnet hier mit dem Kopf auf dem Schreibtisch? Der Ball hat schon angefangen, alle reden darüber, warum du noch nicht da bist. Also zieh dein Cocktailkleid aus und das Ballkleid an. Ich kann dir helfen, wenn du willst.«

»Na klar, mach ich sofort ...«, wollte Pippa sagen, aber es kam kein Wort über ihre Lippen. Es war so schwer, Kirsten zu verstehen, so schwer, hier im Licht zu sein, sie fühlte sich wie in einer anderen Welt, und je mehr sie aufwachte, desto müder war ihre rechte Hand, an der immer noch der schwere Granatring steckte, den ihr der Graf geschenkt hatte.

Völlig benebelt sah sie an sich herunter, über einem schwarz-silbernen Cocktailkleid trug sie ihren Bademantel. Vor ihr auf dem Schreibtisch lag ein halb fertig gemaltes Bild und ein Bleistift. Sie konnte sich nicht erinnern, dass sie es gezeichnet hatte. Dabei zeigte es genau das, was sie gerade im Schlaf erlebt hatte. Sie war wieder das Kind mit dem Kopfverband gewesen, diesmal hatte sie mit einem Messer wütend Zeichen in Holz geschnitzt. Hatte in einem Alkovenbett gesessen und Runen in das Holz geritzt, wie besessen immer und immer wieder. Und genau diese Zeichen hatte sie auch aufgemalt, ein ganzes Blatt voll davon, wirr durcheinander, übereinander, kaum zu erkennen und deshalb schwer zu sagen, ob es die gleichen waren wie die, die sie im Bett gefunden hatte. Kein Wunder, dass ihre rechte Hand so müde war.

Unwillkürlich legte sie ihre Ellbogen über das Bild, es war ihr peinlich, sie wollte nicht, dass es jemand zu Gesicht bekam, auch nicht Kirsten. Aber es war zu spät.

»Das ist ja krass. Hast du das gemalt?«, fragte Kirsten prompt, griff sich das Bild und scannte es überrascht ab, als würde sie nach etwas ganz Bestimmtem suchen. »Ich wusste gar nicht, dass du dich mit Runen so gut auskennst.«

»Tu ich auch gar nicht … Ich fühl mich ganz komisch. Als ob ich gar nicht wach werden würde.«

»Da weiß ich einen Trick, lass mich dir helfen.« Kirsten legte das Bild wieder hin und klatschte dreimal laut vor Pippa in die Hände.

Tatsächlich klärte sich beim letzten Klatschen Pippas Nebelhirn. Sie fühlte sich wie neugeboren, auch wenn ihr immer noch völlig schleierhaft war, warum sie im Bademantel herumsaß.

»Was war das?«, fragte sie perplex.

»Eine Entspannungsübung.«

»Aha.«

»Musste ich lernen, nach Mamas Tod, weil ich nicht mehr schlafen konnte.«

Pippa blickte auf das Bild vor sich. »Hast du vielleicht eine Ahnung, was das bedeutet?«

»Nein, aber ganz ehrlich, Schwesterherz, das ist jetzt so unwichtig wie der Sack Reis, der gerade irgendwo in China umfällt. Deine Mom stirbt wahrscheinlich gleich vor Ungeduld, wenn du nicht endlich zum Ball kommst, und ich möchte auch so gern wieder runter!«

Pippa wusste nicht, wovon Kirsten redete. Wieso sollte ihre Mutter ungeduldig sein?

»Hallo-o-o?« Kirstens Augen verdrehten sich demonstrativ. »Das gibt's doch gar nicht, wie kannst du denn das vergessen haben? Schau mich mal genau an, na, geht dir ein Licht auf?«

Kirsten drehte sich zweimal vor Pippa. Ihr eisblaues Taftkleid mit den drei voluminösen Unterröcken schimmerte im Licht. Der Ausschnitt war mit Perlen und Swarovskisteinen bestickt und verlieh ihrem Dekolleté einen strahlenden Glanz. In ihrem bauschig aufgetürmten Haar schimmerten dazu passende eisblaue Kunstblüten. Sie trug keinen Schmuck außer einem glitzernden überbreiten Armband aus Silber und Saphiren.

Natürlich! Oh Gott, endlich erinnerte sich Pippa. Der Ball. Es war ja der Hochzeitstag ihrer Mutter.

Ihr Blick fiel auf das Bett, auf dem ihr nudefarbenes Ballkleid mit der passenden Unterwäsche schon bereitlag. Kirsten hatte gestern ein Kleid im Zwanzigerjahre-Stil für sie ausgesucht und sogar die richtige Größe getroffen.

Pippa, der Kleiderfragen sonst eher lästig waren, hatte sich sofort in dieses Modell verliebt. Vor dem Bett standen die filigranen Sandaletten mit strassverzierten Schnallen und den unfassbar hohen Absätzen. Auf dem Toilettentischchen rechts vom Fenster lag die Granatkette, die sie ihrer Mutter zuliebe schon für die standesamtliche Trauung angelegt hatte, die heute Morgen im kleinen Kreis in Frederikshavn stattgefunden hatte. Langsam tauchten auch die Details wieder aus der Versenkung auf.

Der Graf hätte es gern gehabt, wenn der Standesbeamte aufs Schloss gekommen wäre, aber ihre Mutter wollte keine Extrawurst. Es hatte ihr schon überhaupt nicht gefallen, dass die Limousinen mit einer blinkenden Polizeieskorte, die vom Polizeichef höchstpersönlich angeführt wurde, zum Standesamt hin- und zurückbegleitet wurden. Der Graf hatte ihr gutmütig lachend erklärt, dass es mit ihrer falschen Bescheidenheit vorbei sein müsste, nachdem sie seine Frau geworden sei.

Ihre Mom hatte sehr glücklich ausgesehen in dem knallroten Kostüm aus chinesischer Seide, auch wenn es einigen Gästen ungläubiges Raunen entlockt hatte. Natürlich konnten sie nicht wissen, was es damit auf sich hatte. Ihre Mom hatte sich dieses Kostüm auf der Chinareise gekauft, bei der sie den Grafen kennengelernt hatte. Sie war als Dolmetscherin für die Delegation der EU bei einer Konferenz über Fischereirechte dabei, er im Auftrag der dänischen Regierung. Und ihre Mom war davon überzeugt, dass es allein dem Glück bringenden Kostüm zu verdanken war, dass der Graf sie an diesem Abend in Shanghai endlich geküsst hatte.

Allerdings war Rot, so hörte Pippa die Gäste tuscheln, in dänischen Adelskreisen für eine Eheschließung nicht angemessen. Sie hätte liebend gern alle zum Schweigen gebracht, aber ein Blick in die leuchtenden Augen ihrer Mom hatte ihr klargemacht, dass es ihr völlig egal war, was irgendwer über sie dachte.

Während Mom den Ehevertrag unterzeichnete, hatte Pippa die ganze Zeit wieder gegen dieses mulmige Gefühl in ihrem Bauch ankämpfen müssen, das sie auch schon bei dem Gespräch neulich abends nach dem Tierkopfdinner gehabt hatte.

Seit sie die weinenden Raben im Stammbuch gesehen hatte, fühlte sie sich von ihnen verfolgt. Sie hockten sich auf jeden Gedanken, kreisten im Hintergrund. Drei tote Ehefrauen. Wusste der Standesbeamte das oder hatte der Graf immer woanders geheiratet? Sie hatte noch am Polterabend versucht, mit ihrer Mutter darüber zu reden, aber wann immer sie damit anfing, kamen entweder der Graf oder Kirsten oder Thorgard hinzu und verhinderten jedes persönliche Gespräch.

»Hey, hallo Pippa.« Kirsten wedelte direkt vor ihren Augen herum: »Hii-iier spielt die Musik! Jetzt beeil dich doch. Ich hab versprochen, dass du gleich mit mir runterkommst.«

»Ist ja gut!«, sagte sie und stürmte ins Bad, wo sie ihr Make-up überprüfte. Sie schminkte sich nur zu ganz besonderen Anlässen. Leider hatte ihr Nickerchen alles ruiniert, sie schminkte sich ab, klatschte kaltes Wasser auf ihr Gesicht, was sie endgültig wach machte. Dann legte sie Grundierung auf, Concealer und Kajal und tuschte die Wimpern neu, was ihre braunen Augen zum Leuchten brachte.

»Pippa!« Kirsten klopfte energisch an die Badezimmertür. »Jetzt schwing dich endlich in dein Kleid und komm!«

Pippa überprüfte mit einem letzten Blick ihr Gesicht, puderte ihre Stirn und verließ das Badezimmer.

Kirsten beugte sich gerade über ihr Bett, nahm das Kleid, hielt es vor ihres und schwenkte es mit einem breiten Grinsen für Pippa hin und her. Es war aus Seidensatin in einem sehr hellen Rosé und geschnitten wie ein Charlestonkleid, über und über mit Strasssteinen und Perlen bestickt und mit einem dreifachen Fransensaum in Rosé und Schwarz versehen. Am originellsten aber war nach dem eher braven Dekolleté der unerwartet tiefe Rückenausschnitt.

»Ein original Titanic-Modell!«, hatte Kirsten strahlend verkündet, worauf der Graf trocken hinzugefügt hatte, wie erfreulich es sei, dass an dem Abend ihrer Hochzeit tödliche Kollisionen mit Eisbergen glücklicherweise nicht auf dem Programm stünden.

»Das Kleid ist wunderschön, das hast du wirklich perfekt ausgesucht.« Es saß bei Pippa zwar etwas eng über den Hüften, trotzdem gefiel es ihr viel besser als diese Baiserschaumspitzenkleider, in denen man wie ein übrig gebliebenes Tortendeckchen wirkte.

Kirsten lächelte geschmeichelt. »Ich hab deine Mutter auch so lange gequält, bis ich sicher war, das richtige gefunden zu haben. Ich glaube, sie war schon kurz davor, die Hochzeit abzusagen. Brauchst du Hilfe beim Anziehen?«

Pippa schüttelte den Kopf und bat Kirsten zu gehen. So vertraut war sie mit ihrer Stiefschwester noch nicht, dass sie sich vor ihr komplett ausziehen wollte.

»Gut, dann sage ich deiner Mom, dass du in ein paar Minuten unten bist, bis gleich!«

Pippa nickte ihr zu und beeilte sich dann, das Unterkleid und das Kleid überzustreifen und die glitzernden Schnallen der Sandaletten zu schließen. Nachdem sie alles angezogen hatte, lief sie vorsichtig, um nicht zu stolpern, zu dem großen Spiegel an der Rückseite der Tür.

Als sie sich darin sah, schlug sie unwillkürlich die Hand vor den Mund. Wow! Das war gar nicht mehr Pippa aus Berlin, das war eine Traumgestalt, ein Zauberwesen. Ein Schauer lief ihr über den Rücken. Nie im Leben hätte sie vermutet, dass sie jemals so schön aussehen könnte. Unwillkürlich dachte sie an Matteo und seine Frage, ob er von nun an ein Prinz wäre, und musste lächeln. In jedem Fall hatte er heute Abend eine Prinzessin zur Schwester.

Pippa breitete die Arme aus, als stünde sie vorne am Bug der Titanic, und erinnerte sich daran, wie sie mit Lukas gestritten hatte, weil er diese Filmszene komplett bescheuert fand. Seiner Meinung nach würde kein männliches Wesen auf diesem Planeten so etwas freiwillig tun.

Sie drehte sich ein bisschen hin und her, betrachtete das Schillern der Pailletten und plötzlich schoss ihr die Frage durch den Kopf, wie wohl ihr Schutzengel von der Klippe darüber denken würde.

Hoffentlich anders.

Bestimmt anders.

Ganz bestimmt anders.

Sie sah sein Gesicht so deutlich vor sich, als wäre er hier bei ihr. Unglaublich, wie sich ein kurzer Augenblick so in ihr Gedächtnis hatte brennen können.

Sie holte die Kugelkette aus der Schreibtischschublade, legte sie an und hoffte, dass der Graf nicht nach der Granatkette fragen würde. Als sie sich noch ein letztes Mal im Spiegel betrachtete, kam ihr der Gedanke, dass die lange Kette sich viel besser in ihrem tiefen Rückenausschnitt machen würde, und drehte sie auf den Rücken, wo sie am Ende ihrer Wirbelsäule auf ihrer nackten Haut hin und her schwang. Gott, sogar von hinten sah sie wundervoll aus. Selbst ihre Boulderfreunde wären jetzt von ihrer Rückseite hingerissen.

Sie drehte sich wieder nach vorne und nickte sich ein letztes Mal zu. Das darf ich nie vergessen, dachte sie, mein erster Ball. Und weil sie genau wusste, dass Alana sie umbringen würde, wenn sie ihr davon kein Bild schicken würde, machte sie noch ein Selfie. Aber eigentlich nicht nur für Alana, sondern auch für sich selbst, als Erinnerung und Trost für all die öden Tage in ihrem Leben, an denen es keine Esmeralda-Momente gab. Dann zupfte sie eine widerspenstige Locke hinter den Ohren zurecht, verließ ihr Zimmer und hoffte, ihre Mutter und der Rest des Clans würden genauso begeistert sein.

12

Schon von oben konnte Pippa die Musik der Swingband hören. Eigentlich war sie kein großer Fan von Swing, aber dieser Sound war allemal besser als das, was der Graf ursprünglich geplant hatte. Ihre Mom hatte mit Engelszungen auf den Grafen eingeredet und ihm schließlich erklärt, dass sein Streichorchester gern auf ihrer Beerdigung spielen könnte, weil sie es dann nicht mehr hören musste.

Unwillkürlich fing Pippa an, sich zu den Gute-Laune-Klängen der Saxofone und Trompeten in den Hüften zu wiegen, und freute sich darüber, wie die Fransen sogar bei der kleinsten Bewegung mittanzten. Je tiefer sie die Treppe nach unten ging, desto lauter wurde der fröhliche Klangteppich aus Gesprächsfetzen, Gelächter und Gläserklirren. Sie bewegte sich langsam, weil die Absätze ihrer zarten Spangenschuhe gefährlich hoch waren und eine sehr glatte Ledersohle hatten.

Der Ballsaal befand sich in einem sonst nicht benutzten Seitenflügel, dessen Türen heute zu einem Rosengarten hin geöffnet waren, den Pippa noch gar nicht bemerkt hatte.

Sie kam sich ein wenig verloren vor unter all den dänischen Promis, die sich offensichtlich kannten und viel zu erzählen hatten. Sie suchte nach Matteo und ihrer Mutter, entdeckte aber nur den Grafen, der in seinem Frack außerordentlich gut aussah. Viel besser als Mikkelsen damals als James-Bond-Gegenspieler, dachte Pippa. Ihr Stiefvater redete mit Mads, der ganz offensichtlich nicht mitfeiern durfte. Wie konnte man nur so fies zu seinen eigenen Kindern sein? Mads führte ihn zur Tür, wo jemand auf ihn wartete. Der Graf versteifte sich kurz, so wie ein Arachnophobiker, der unerwartet mit einer Spinne konfrontiert wird und nun mühsam um Fassung ringen muss. Als Pippa dann entdeckte, wen der Graf begrüßte, ging ein Ruck durch ihren Körper. Als hätte jemand ein Streichholz an ihren Rippen entzündet, Hitze verengte ihr die Brust, nahm ihr die Luft zum Atmen und ihr Gesicht stand in Flammen.

Das war er – der Junge vom Strand, ihr Schutzengel. Was wollte der denn hier? Sie musste ihn geradezu anstarren, weil er in dem Frack so verändert wirkte. Älter, männlicher, breiter und nicht mehr nur attraktiv, sondern *schön*. Dafür hatte sie an den Klippen gar kein Auge gehabt. Während die meisten Männer so ungelenk wie verkleidete Pinguine aussahen, bewegte er sich damit so elegant und selbstverständlich, als wäre er im Frack geboren worden.

Dieser Gedanke brachte etwas in Pippa zum Klingeln. Geboren im Frack! Obwohl der Graf ihn so distanziert begrüßt hatte, dämmerte ihr, dass ihr Retter Niels von Raben sein musste.

Jetzt legte der Graf trotz der kühlen Begrüßung seine Hand auf die Schulter ihres Schutzengels und tätschelte sie. Niels schien das nicht zu gefallen, unbehaglich zuckte er mit den Oberarmen, als säße dort ein ekliger Käfer, den er loswerden wollte.

Pippa konnte den Blick nicht von ihm lassen und wurde dabei immer sicherer: Das war ihr Stiefbruder, der geheimnisvolle Niels. Jetzt wusste sie auch, warum er ihr so vertraut vorgekommen war. Auch wenn er seinem Vater nicht wie aus dem Gesicht geschnitten war, bewegten sie sich doch ähnlich und verströmten beide ein unglaubliches Selbstbewusstsein. Niels wirkte allerdings kein bisschen verrückt, ganz im Gegenteil, von ihm ging, wie schon am Meer, eine große Ruhe aus.

Sie merkte, dass sie lächelte, lachte, nein, Unsinn, das war untertrieben, ihn zu sehen, machte sie glücklich. Sie erkannte sich selbst kaum wieder, aber alles in ihr strebte zu ihm hin, wollte ihn endlich richtig kennenlernen.

Wie in Trance lief sie zu ihm hin, touchierte dabei den Polizeichef, merkte es aber kaum. Niels' meerschaumblaue Augen nahmen sie völlig für ihn ein und doch entging ihr keines der anderen Details, weder die gerade schmale Nase noch der schön geschwungene Mund, herzförmig, voll und nicht zu mädchenhaft.

Es dauerte eine Ewigkeit, bis Pippa endlich direkt vor ihm stand. Ihre Blicke trafen sich für eine Sekunde und Pippa war sicher, dass seine Augen für einen Moment überrascht aufflackerten. Er hatte sie wiedererkannt.

»Du musst Niels sein, aber eigentlich kennen wir uns ja

schon.« Vor lauter Begeisterung ignorierte sie den Grafen, der immer noch neben ihm stand, und reichte Niels ihre Hand.

Doch ihr Schutzengel musterte sie auf einmal so abweisend, dass ihre Freude über seine Gegenwart augenblicklich in kaltem Wasser ertränkt wurde. Pippa bekam eine Gänsehaut.

»Ach wirklich«, sagte er völlig ungerührt.

Pippa sah ihre leere Hand wie einen fremden Körperteil lächerlich in der Luft hängen. Sie war wie gelähmt, wusste nicht, was sie jetzt tun sollte.

Gerade als sie ihre Hand endlich zurückziehen wollte, erlöste sie ein Mann im karierten Anzug, den sie bisher gar nicht wahrgenommen hatte. Er stand zwischen dem Grafen und Niels und schüttelte ihre Hand wie den Schwengel einer Wasserpumpe. Bei jedem Auf und Ab drang ein streng aseptischer Geruch an ihre Nase, der sich mit dem von Eukalyptusbonbons vermischte.

»Pippa, darf ich dir meinen Sohn Niels vorstellen?«, fragte endlich der Graf. Dann deutete er auf den anderen Mann im Anzug, »und das ist Ole, sein Betreuer. Entschuldigt mich, meine Frau wartet. Ich wünsche euch allen einen schönen Abend.« Der Graf nickte ihr zu und beeilte sich dann, von ihnen wegzukommen.

»Erinnerst du dich wirklich nicht?«, fragte sie ihren Retter und allein der Gedanke, er könnte es leugnen, fühlte sich an, als ob er sie jetzt doch noch von den Klippen ins Nichts stürzen würde.

Niels musterte sie eingehend, als wäre es ihm ein Rätsel, wovon sie sprach. »Nein, tut mir leid, keine Ahnung wovon du redest«, murmelte er schließlich mit dieser mandelsanften Stimme. Dabei schüttelte er den Kopf und zuckte mit den Schultern.

Pippa spürte, wie sie innerlich zusammensackte. Wie bescheuert zu glauben, ihre Begegnung hätte ihn ebenso beeindruckt wie sie. Für ihn war sie einfach nur ein dummes Mädchen gewesen, das er mal so eben zwischen Frühstück und Mittagessen vorm Selbstmord gerettet hatte.

»Okay. Ja dann, ich wünsche euch auch einen schönen Abend ...«, stotterte Pippa auf der Suche nach einem geeigneten Abgang. Sie wollte nur noch weg hier. Ihre zitternden Knie mussten sich setzen und ihr Gehirn brauchte dringend frische Luft.

Als sie sich nach einem Rettungsweg aus dieser Katastrophe umsah, entdeckte sie Kirsten, die gerade energisch auf sie zusteuerte. Sie war nicht allein, sondern schob den alten Grafen im Rollstuhl vor sich her. Erfreut winkte Pippa ihr zu, sie würde ihr Niels überlassen und dann unauffällig verschwinden. Am besten mit einer Flasche Champagner auf ihr Zimmer, irgendwie die Tür verbarrikadieren und niemals mehr herauskommen.

Aber Niels hatte seine Schwester und Graf Henrik auch gesehen, er packte Pippa geradezu panisch am Handgelenk und zerrte sie auf die Tanzfläche, wo gerade »My Way« von Frank Sinatra gespielt wurde. Sie sträubte sich, kam ins Stolpern und musste sich an ihm festhalten.

Was war das denn jetzt?! Offensichtlich war der Typ doch so verrückt, wie alle sagten.

Erst gab er vor, sie wäre ihm völlig fremd und dann zerrte er sie ohne Vorwarnung auf die Tanzfläche! Sie sahen sich direkt in die Augen, weil ihre schwindelerregend hohen Absätze den Größenunterschied ausglichen. Seine hellen Augen unter den dunklen Brauen wirkten amüsiert.

Amüsiert? Über sie? Nach dem, wie er sich eben benommen hatte?

»Arschloch!«, zischte sie und es war ihr egal, dass ein benachbartes Tanzpaar sie empört anstarrte.

»Ja, du hast recht. Es tut mir leid, aber es ging gerade nicht anders.«

So leicht würde er ihr nicht davonkommen. Aber er nickte nur, als hätte sie seine Entschuldigung angenommen und presste sie so fest an sich, dass sie seine Brustmuskeln durch das Frackhemd und ihr Kleid hindurch spüren konnte und von seinem Mandelduft geradezu eingenebelt wurde. Und Pippa, die ihn eben noch endgültig abgeschrieben hatte, hasste sich für ihren Wankelmut, denn leider gefiel es ihr viel zu gut, ihm so nahe zu sein.

Überrascht registrierte sie, wie sicher und geschickt er sie über die Tanzfläche steuerte. In seinen Armen kam es ihr ganz leicht vor, dabei hatte sie noch nie zuvor so getanzt.

»Verzeih mir, dass ich mich gerade wie ein Idiot benommen habe«, sagte er sanft. »Glaub mir, es war nur zu deinem Schutz.«

»Oh, jetzt machst du wieder einen auf Schutzengel …« Pippa hoffte, ihr Ton war beißend genug, um ihm klarzumachen, was genau sie von seinem Verhalten hielt.

»Hör zu, als ich dich an den Klippen gesehen habe, bin ich gar nicht auf die Idee gekommen, dass du meine neue Stiefschwester sein könntest.«

»Ach, und wenn, dann hättest du mich runterfallen lassen, oder was?«

»So habe ich das doch nicht gemeint. Ganz so ein Arsch bin ich dann doch nicht.«

Von wegen, dachte Pippa und schnaubte wütend.

»Willst du wissen, warum ich zu dir gegangen bin? Von Weitem hast du ausgesehen wie eine hübsche, aber unglückliche Meerjungfrau, die Hilfe braucht«, flüsterte Niels mit ruhiger Stimme und Pippas Augen weiteten sich. Sagte er das gerade wirklich?

»Dann beim Näherkommen dachte ich, dass du eine vom Himmel gefallene Sternschnuppe bist, die sich verirrt hat. Und nachdem ich deine Augen gesehen hatte, war ich sicher, du bist eine einsame melancholische Katze, die ein böser Zauberer in ein lebensmüdes Mädchen verwandelt hat.«

»Nur eins davon ist richtig«, murmelte sie wie benommen. Unglaublich, er konnte mit Worten so schöne Bilder zaubern, noch nie hatte sie so etwas gesagt bekommen. Gott, wenn ich nicht aufpasse, schmelze ich gleich völlig dahin.

Er schüttelte den Kopf und biss sich auf die Lippen.

»Aber jetzt weiß ich, dass du leider nichts von alldem bist. Vielleicht in einem anderen Leben, *Philippa*, aber in diesem Leben bist du meine Stiefschwester und deshalb ist es besser für dich, wenn niemand weiß, dass wir uns …«

Er zögerte und Pippa beendete in Gedanken für ihn den Satz ... *mögen?*

»... kennen. Dann käme raus, dass ich Ole entwischt bin, und der würde richtig Ärger kriegen. Mein Vater, der Herr Graf, hasst Fehler, weil er sich selbst für unfehlbar hält, also fall besser nicht bei ihm in Ungnade, so wie ich. Es kann fatale Folgen haben. Ich habe es nur deiner Mutter zu verdanken, dass ich überhaupt hier sein darf.«

Mit jeder seiner schwungvoll geführten Drehungen fiel es ihr schwerer, sich auf seine Worte zu konzentrieren, denn der sanfte Druck seiner starken Hände auf der nackten Haut ihres Rückens brachte ihren gesamten Körper zum Kribbeln und nur mit Mühe konnte sie sich davon abhalten, sich noch enger an ihn zu schmiegen. Ich werde nicht schlau aus ihm, aber das ist mir gerade vollkommen egal, dachte sie. In Ungnade fallen, was soll das denn bedeuten? Aber letztlich ist mir alles egal, wenn er nur niemals mehr aufhört, mit mir zu tanzen.

»Was hast du da?«, fragte er, als seine Hand die Kugel in ihrem Rücken plötzlich berührte.

»Eine Kette.«

Er nahm die Kugel, zog sie an der Kette nach vorne und betrachtete sie. Doch was er da sah, schien ihn aufzuregen. Er verlangsamte ihre Bewegungen, kam fast ganz zum Stehen und musterte sie mit zusammengezogenen Augenbrauen. »Woher hast du das?«

»Die hat mir dein Vater gegeben«, murmelte Pippa, weil sie nicht den Mumm hatte, ihm zu sagen, wo sie die gefunden hatte.

»Du lügst.«

»Woher willst du das wissen?«

»Verdammt! Ich weiß es eben!« Er ließ sie abrupt los und sie wäre beinahe gestürzt. In letzter Sekunde fing er sie wieder auf.

Sie drückte die Hände gegen seine Brust und wollte sich loswinden. »Hey, du spinnst wohl!«

»Tut mir leid, ich hab überreagiert. Hast du dir wehgetan?«, fragte er und klang wirklich zerknirscht.

»Nein, hab ich nicht, aber du benimmst dich total unmöglich! Du tust so, als wäre die Kette der Heilige Gral!«

»Na ja, nicht ganz, es ist eine Freimaurerkette und Frauen sollten sie auf keinen Fall tragen, das bringt Unglück. Bitte gib sie mir jetzt sofort.«

Sie sparte es sich, ihn darauf hinzuweisen, dass die Frau auf dem Bild in der Bibliothek genau die gleiche Kette trug. Und die sah sehr glücklich aus. »Bitte«, sagte er wieder. »Das ist nur zu deiner Sicherheit.«

»Meinetwegen«, lenkte Pippa schließlich ein. »Nach dem Tanzen, okay?«

»In Ordnung.« Er zog Pippa noch enger an sich, was ihr leider gefiel, doch gleichzeitig war sie völlig durcheinander von den heißkalten Wechselbädern, für die sein unmögliches Benehmen verantwortlich war.

»Du bist eindeutig die Schönste hier, weißt du das?«, sagte er. »Und das nicht mal, weil du das schönste Kleid anhast oder den schönsten Schmuck …«

Pippa spürte, wie ein Teil von ihr die Augen verdrehen

und kalt bleiben wollte. Aber dieser Teil schmolz unter dem Feuer seiner Schmeicheleien rasant dahin. »Sondern?«

Er suchte ihren Blick, während er sie in einer doppelten Drehung herumwirbelte, von der ihr schwindelig wurde.

»Es ist deine Ausstrahlung. Du wirkst so, als ob du jeden sofort durchschauen würdest, und andererseits hat man Angst, du könntest dich bei einem falschen Wort auflösen wie Nebel in der Sonne.«

»Niels …«, stieß Pippa fassungslos hervor. So redete doch niemand, jedenfalls niemand im echten Leben, niemand, den sie kannte, und schon gar keine Jungs!

Und eben gerade, sie tanzten jetzt auf der Stelle, ohne sich zu drehen, nahm er sie noch fester um die Taille, ließ dafür ihre Hand los und strich ihr liebevoll eine Haarsträhne aus dem Gesicht, griff sich dann mit einer blitzschnellen Bewegung ihre Kette und ließ sie in der Tasche seines Fracks verschwinden.

Pippa war sprachlos. Sie stemmte sich gegen seine Brust, aber er hatte sie fest im Griff, wirbelte mit ihr in die nächste Drehung, sodass sie nicht loslassen konnte, ohne einen Sturz zu riskieren. Seine Worte hatten sie nur einlullen sollen, und das war ihm verdammt noch mal gut gelungen.

»Glaub mir, es ist besser so«, flüsterte er. »Du tanzt übrigens großartig.« Er streifte mit seinen Lippen flüchtig ihr Ohr und flüsterte dann: »Es war wirklich schön, dich an den Klippen zu treffen, aber nachdem ich weiß, wer du bist, ist es besser, du verschwendest keinen weiteren Gedanken an mich. Hat dir denn noch keiner erzählt, dass ich verrückt bin?«

Er wies mit dem Kopf an das rechte Ende der Tanzfläche. »Der Kerl dort, in dem hässlichen karierten Anzug, der dir die Hand geschüttelt hat, das ist mein persönlicher Wachhund. Was glaubst du, warum er hier ist? Für den Fall, dass ich was richtig Irres tun sollte.«

In diesem Augenblick endete die Musik und die Band wollte eine Pause machen. Niels ließ Pippa los, sie standen nebeneinander und applaudierten. Danach legte er seine Hand auf ihren Ellenbogen und steuerte sie geschickt durch die Menschen, die plaudernd um die Tanzfläche herumstanden, hinaus in den Rosengarten, wo die Luft erfüllt war von dem betäubenden Duft alter englischer Rosen. Dort angekommen, ließ er ihren Arm wieder los.

Niels deutete auf seinen Betreuer, der ihnen gefolgt war. »Ich könnte ihn in große Schwierigkeiten bringen«, murmelte Niels. »Aber das wäre unfair.«

»Wie meinst du das?«

»Na, ich könnte dich zum Beispiel in den Irrgarten entführen, er würde uns niemals finden, ich hingegen kenne jeden Winkel. Nicht nur hier am Schloss, sondern an der ganzen Küste.«

Nach dem Erlebnis auf den Klippen hätte sie sich vielleicht sogar gern in das Labyrinth von ihm entführen lassen, aber jetzt nicht mehr. Er zog hier eine ziemliche Show ab, ohne wirklich mit ihr zu reden.

»Also wenn du nicht verrückt bist, warum bist du dann in ›Ungnade‹ gefallen? Vor was willst du mich denn überhaupt beschützen?«

Er seufzte, dann sah er ihr in die Augen. »Wenn ich dir das sage, dann hältst du mich wirklich für verrückt.«

»Das bist du doch sowieso, oder nicht?« Als sie bemerkte, dass er trotz seiner Coolness kurz zusammenzuckte, fügte sie noch hinzu: »Aber ich bilde mir meine Meinung erst, nachdem ich dich angehört habe.«

Niels holte tief Luft und kam näher, damit er nicht so laut sprechen musste. »Mein Vater ist ein gefährlicher Verbrecher ... Er ist schuld am Tod meiner Mutter und Schwester ... Und er will nicht, dass ich darüber rede, deshalb lässt er mich wegsperren.«

Okay, das klang echt wahnsinnig, aber dann erinnerte sich Pippa an die Stammbucheinträge. All die toten Ehefrauen des Grafen. Ihr mulmiges Gefühl, während ihre Mutter das Eheversprechen unterschrieben hatte.

»Und du solltest gut auf deine Mutter aufpassen«, fügte Niels hastig hinzu, als plötzlich aseptisches Hustinettenaroma den Rosenduft des Gartens überlagerte. Pippa sah auf und fand, dass Niels' Betreuer ihnen nun deutlich zu nahe gekommen war. »Wäre es möglich, dass Sie ein wenig mehr Abstand halten?«, fragte Pippa.

»Würd ich gern«, schniefte er und rieb seine ungewöhnlich breite Nase, »aber das könnte gefährlich sein für Sie, junge Lady, sehr gefährlich. Es stecken viele unberechenbare Persönlichkeiten in ihm.« Er zog ein Taschentuch aus der Brieftasche seines Sakkos und schnäuzte sich.

Augenblicklich zog Niels sie so eng an sich wie vorhin auf der Tanzfläche und Pippa spürte, dass sein Herz sehr viel heftiger schlug als beim Tanzen. Was war hier nur los?

»Hau endlich ab, verdammt!«, blaffte er den Betreuer plötzlich bösartig an.

Ole entfernte sich, zog kopfschüttelnd sein Handy aus dem Jackett und fing an zu telefonieren, dabei raufte er seine blonden Haare und brachte so seinen akkuraten Undercut durcheinander.

Pippa suchte wieder Niels' Augen, die sie jetzt unverwandt anstarrten und in eismeerblaue Tiefen zogen.

»Glaubst du Ole das?«, fragte er und sein Mund zuckte, als ob er noch etwas hinzufügen wollte, aber er schwieg und rieb sich das Grübchen in seinem Kinn. »Dass ich gefährlich bin?«

»Ich kenne dich noch nicht«, gab sie verunsichert zurück. Den eigenen Vater als Verbrecher zu bezeichnen, war schon sehr harter Tobak.

»Folgst du denn nie deiner Intuition?« Seine Enttäuschung tropfte aus jedem Wort, zog seine Schultern zu Boden und ließ seine Augen versteinern.

»Doch, doch«, widersprach sie hastig, »das tue ich sonst schon, aber …« Und während sie nach Worten suchte, raste wie im Schnelldurchlauf alles, was sie seit ihrer Ankunft erlebt hatte, durch ihren Kopf. Konnte sie ihrer Intuition überhaupt noch trauen? Sie sah blutende Rehe und wachte an Orten auf, ohne zu wissen, wie sie dorthin gekommen war, von diesen Träumen mal ganz zu schweigen. Als sie wieder hoch zu ihm sah, kam es ihr so vor, als wüsste er das alles, als hätte er gerade das Gleiche gesehen wie sie selbst.

»Aber was?« Er griff unvermittelt nach ihrer Hand, drehte sie sanft um und streichelte über ihre Handinnenfläche, jede seiner Fingerkuppen elektrisierte einen anderen Körperteil, versetzte sie in Hochspannung. Dann drehte er ihre Hand um und bemerkte den Ring. Seine Miene versteinerte.

»Du trägst Maditas Ring. Gratuliere, mein Vater muss dich ja sehr ins Herz geschlossen haben! Aber ich muss dich warnen, der Ring sagt mehr, als du ahnst, über unsere Familie aus. Du solltest ihn nicht tragen.«

»Wie meinst du das?« Unsicher neigte sie ihre Hand und betrachtete die Steine, die im Licht funkelten.

»Das ist alles nur Katzengold – Glimmersteine.« Er zeigte auf den Ring. »Das glänzt ganz hübsch, aber es ist nichts dahinter. Früher nannte man Blender auch so, Leute, die nicht halten, was sie versprechen.«

»Und du?«, fragte Pippa, ohne nachzudenken, sie konnte einfach nicht anders. »Bist du auch ein Blender?«

Er verzog den Mund zu einem belustigten Lächeln, doch in dem Moment kam Ole wieder angelaufen und jetzt bemerkte Pippa auch die Kill-Bill-Zwillinge und in ihrem Schlepptau tauchte Graf Frederik auf. Zusammen kreisten sie sie ein.

»Verdammt.« Niels ließ ihre Hand los. »Pippa, es ist besser, wenn du gehst, die sind hier, um mich einzufangen und wieder zurückzubringen, bevor ich ihnen zu viel Ärger mache.«

Er klang so ehrlich, überhaupt nicht irre, fand Pippa. Sie blieb wie angewurzelt bei ihm stehen und musterte seine Verfolger.

Der Graf wirkte kein bisschen wie ein gut gelaunter

frisch gebackener Ehemann, sondern finster entschlossen. Bill und Mads kamen Pippa mehr denn je wie seelenlose Maschinen vor.

»Niels, mein Sohn, es ist Zeit für deine Medikamente.«

»Von wegen. Ich werde gar nichts mehr von all dem Scheiß nehmen, mit dem ihr mich da füttert.«

»Du willst mir doch nicht die Hochzeit verderben, oder?«

»Oh … warum eigentlich nicht?« Niels wandte sich mit seinen nächsten Worten an Pippa. »Ich hab nichts gegen deine Mutter.« Dann drehte er sich zu seinem Vater. »Aber ich hasse dich für das, was du *meiner* Mutter und Madita angetan hast. Warum sollte ich dich glücklich sehen wollen?«

Der Graf hob beschwörend die Arme. »Mein lieber, lieber Niels …«

Niels tat so, als würde er auf den Boden spucken. Pippa zuckte zusammen.

»Vergiss es! Mich kannst du mit deinem pseudobesorgten Getue schon lange nicht mehr beeindrucken!«

»Diese Show ist jetzt zu Ende. Pippa, es tut mir leid, dass du das erleben musstest. Aber solange Niels von dem Wahn befallen ist, der ihn überall Verschwörungstheorien wittern lässt, müssen wir uns um ihn kümmern. Neulich wollte er vom Dach des Genesungsheims Kontakt mit den Außerirdischen aufnehmen und wäre beinahe herunter gestürzt.«

»Was für ein Unsinn, ich war auf dem Dach, um abzuhauen! Aber klar, dir hätte es gut in den Kram gepasst, wenn ich bei einem tragischen Unfall gestorben wäre, nicht wahr? Pass gut auf, Pippa, in der Nähe meines Vaters ist jeder ›unfallgefährdet‹!«

In diesem Moment hatten die vier Niels bereits eingekreist, der Graf zog Pippa weg von Niels, die Zwillinge hakten ihn zwischen sich ein und schleppten ihn zusammen mit Ole weg. Sie verschwanden so schnell in der Dunkelheit des Gartens, dass Pippa wie gelähmt stehen blieb, weil ihr das alles so unwirklich wie ein böser Traum vorkam. Als sie endlich realisierte, was hier gerade geschah, und hinter ihm herrennen wollte, hielt der Graf sie zurück. »Tu das deiner Mutter nicht an«, flüsterte er und sah ihr mahnend in die Augen. Dann zog er mit einem Ruck die Manschetten seines Frackhemdes stramm. »Es ist fürchterlich für mich, ihn so zu sehen, glaub mir. Er hat den Tod meiner Frau und den seiner Zwillingsschwester einfach nicht verkraftet. Seine Psyche hat sich gespalten. Jetzt wohnt nicht mehr nur ein Niels in seinem Kopf, sondern auch noch drei weitere. Wir haben zuerst versucht, ihn hierzubehalten, aber man weiß nie, welche seiner Persönlichkeiten die Oberhand behalten wird.«

»Auf mich hat er ganz normal gewirkt.« Das stimmte nicht ganz, er war wirklich sehr sprunghaft und die Anschuldigungen gegen seinen Vater waren hart. Wenn sie den Grafen so ansah, konnte sie sich nicht vorstellen, dass er wirklich ein Mörder sein sollte.

»Das ist genau die Krux daran, wenn Niels seine Medikamente nimmt und keinen Aufregungen ausgesetzt ist, dann verhält er sich nahezu normal. Doch das kann sich jederzeit ändern, gerade war sein Betreuer alarmiert, weil er eben alle Anzeichen dafür feststellen musste.«

»Was denn für Anzeichen?« Pippa merkte ganz genau, dass der Graf nichts lieber wollte, als das Thema abzuhaken und mit ihr wieder reinzugehen, aber sie konnte und wollte das nicht so stehen lassen.

»Es sind winzige Veränderungen, die erkennt man nur, wenn man geschult ist.« Er nahm sie am Ellenbogen und führte sie zurück Richtung Rosengarten und Ballsaal. Anders als mit Niels vorhin fühlte es sich nun an wie eine Strafexpedition.

»Ich will es aber wissen: Was für Veränderungen?«, beharrte Pippa.

Der Graf seufzte schwer. »Er geht plötzlich ins Dunkel, Licht irritiert ihn, er sucht sich jemanden, dem er seine Verschwörungstheorien erzählen kann, er stellt Körperkontakt mit Fremden her …«

Unsinn! Der Körperkontakt, den sie gehabt hatten, konnte doch auf keinen Fall einer Krankheit geschuldet sein. »Für einen Verrückten tanzt er aber sehr gut.«

Der Graf lächelte wehmütig. »Das hat er von seiner Mutter, die war eine begnadete Turniertänzerin und hat die Zwillinge von klein auf trainiert. Sie war sehr glücklich, weil sie so gut zusammengepasst haben. Das Drama beim Turniertanz ist ja in der Regel, dass es nicht genug attraktive Männer gibt. Niels hat zwar schon vor Maditas Tod damit aufgehört, weil ihn seine Freunde immer damit aufgezogen haben, dass Tanzen ein Weichei-Sport ist, aber gelernt ist eben gelernt. Apropos, die Musiker sind zurück?

Würdest du mir die Ehre erweisen? Wir haben noch gar nicht miteinander getanzt.« Er zeigte auf die Tanzfläche. »Und ich glaube, sie spielen ausnahmsweise sogar einen Walzer!«

Sein Gesicht hellte sich auf und er zog die widerstrebende Pippa aufs Parkett, wo ihre Mutter gerade vom Polizeipräsidenten herumgeschwenkt wurde. Als sie Pippa im Arm von Frederik sah, leuchtete ihr Gesicht glücklich auf. Es ist Moms Hochzeitstag, machte sich Pippa klar, trotz allem, was gerade im Garten passiert ist, soll sie dieses Fest in guter Erinnerung behalten.

Pippa gab ihren Widerstand auf und ließ sich vom Grafen im Dreivierteltakt herumwirbeln. Er war ein fast so guter Tänzer wie sein Sohn und führte sie zielsicher über das Parkett. Am Rand der Tanzfläche entdeckte Pippa Kirsten, die sie offensichtlich beobachtete. Obwohl sie Pippa zuwinkte, verdüsterte sich bei jeder Drehung, die der Graf lachend mit ihr meisterte, die Miene ihrer Stiefschwester mehr. Pippa erinnerte sich an die Geschichte mit der Uhr und den Diamanten. Keine Juwelen für Kirsten. Immer nur Madita.

Als Pippa wenig später wieder alleine an der Seite der Tanzfläche stand und Kirsten dabei beobachtete, wie sie sich tapfer lächelnd vom Professor auf die Füße treten ließ, kam ihre Mutter reichlich beschwingt mit zwei Gläsern Champagner auf sie zu.

»Meine große Tochter, du siehst so wundervoll aus! Wir haben noch gar nicht miteinander angestoßen. Ist das nicht die traumhafteste Hochzeit aller Zeiten, mit dem attraktivsten Mann aller Zeiten?« Übermütig zeigte ihre Mutter mit ihrem Champagnerglas auf den Grafen, dann stieß sie leise klirrend mit Pippa an.

»Woran erkennt man, ob man jemanden liebt?«, fragte Pippa und wunderte sich selbst über ihre Frage.

Ihre Mutter lächelte sie überrascht an und legte den Arm um ihre Tochter. »Man spürt es im Herzen, man weiß einfach, dass man zusammengehört.«

»Und wenn der andere nicht das Gleiche fühlt?«

»Dann ist man unglücklich verliebt. Aber mach dir keine Sorgen, schau doch mal, Frederik ist verrückt nach mir.« Sie deutete wieder mit ihrem Glas auf den Grafen, der ihrer Mom daraufhin einen verzehrenden Blick zuwarf. Dann nickte er Pippa zu, doch seine blauen Augen verdunkelten sich dabei und ihr wurde fast ein wenig kalt. Trotzdem lächelte sie zurück, auch wenn es ihr so vorkam, als ob all das Licht, der Glitzer und die Musik sich gerade in weinende Raben verwandelt hätten.

13

Es schüttete seit zwei Tagen, seit dem Morgen nach der Hochzeit. Kaum waren die Frischvermählten im Jet des Grafen in die Flitterwochen aufgebrochen, hatte es angefangen zu regnen. Feiner Sprühregen, der einen von allen Seiten erwischte.

Pippa beneidete ihre Mutter glühend. Zuerst waren sie in die USA geflogen, wo der Graf noch einen wichtigen chinesischen Minister treffen musste. Dort würde sie bei einem großen Deal für seine Reederei für ihn übersetzen. Danach ging es dann für acht Tage in die Sonne, auf eine kleine karibische Privatinsel, wo der Tag – laut Kirsten – fünfzigtausend Dollar kostete, Privatkoch und Bar inklusive. Vor dem Abflug hatte Matteo noch eine so herzzerreißende Szene hingelegt, dass ihre Mutter beinahe nicht in die Limousine zum Flughafen gestiegen wäre. Erst nachdem es Pippa gelungen war, ihren Bruder mit Lulu abzulenken, konnte ihre Mutter einigermaßen beruhigt losfahren.

Pippa beneidete Matteo, denn ihre Gedanken kreisten nur um Niels, weil er sie mit seiner Wechselbadbehandlung völlig durcheinandergebracht hatte. Erst hatte er sie mit

Worten eingelullt und mit seinem Duft und seinen Augen magisch angezogen, dann krass von sich geschubst, erst zum Lachen gebracht, dann verärgert, erst verblüfft, dann aufgeregt. Und trotzdem wünschte sie sich nur das eine Einzige: nämlich, ihn wiederzusehen. Alle Fragen zu klären. War das verrückt? Nein gar nicht. Sie musste das alles klären, allein schon, um wieder ruhig schlafen zu können. Statt nachts ins Dunkle zu starren und sein Gesicht vor sich zu sehen.

Natürlich hatte sie gleich am Tag nach der Hochzeit Alana angeskypt, um ihr von Niels zu erzählen. Doch bevor sie auch nur ein Wort loswerden konnte, hatte Alana schon die neuesten Ereignisse aus Berlin zum Besten gegeben: Von dem Indie-Konzert, auf dem sie gestern Abend mit Leonie gewesen war, und vorgestern war sie wegen der Hitze zusammen mit Fatima beim Open-Air-Kino im Mühlenbad gewesen …

Pippa war es plötzlich so vorgekommen, als befänden sie sich auf weit voneinander entfernten Planeten. Irgendwann hatte Alana gemerkt, dass Pippa ihr nicht mehr zuhörte. Sie legte eine Pause ein und fragte, was eigentlich mit ihr los wäre. Denn sie würde ziemlich komisch aussehen, ganz und gar nicht wie eine Prinzessin, eher wie ein Aschenbrödel, das niemals einen Prinzen fände. Da erst war Pippa mit den Neuigkeiten herausgeplatzt und hatte ihr alles erzählt und ihr das Foto ihres Ballkleides gezeigt, das Alana in Begeisterungsstürme versetzt hatte.

»Krass«, sagte Alana danach trocken und dann grinste sie Pippa vielsagend an. »Verliebt.« Als Pippa schwieg, wiederholte sie: »Du bist verliebt!«

Pippa schüttelte den Kopf. »Aber mit Lukas war das ganz anders.«

»Na klar, mit Lukas hattest du eine …«, Alana hob ihre Hände und malte übertrieben affige Anführungszeichen in die Luft, »… ›Beziehung‹. Ich glaube, der ist dir nie richtig unter die Haut gegangen. Oder hast du Lukas jemals angeschaut und dabei gedacht: *Ich liebe dich?* Wenn ich mich richtig erinnere, war nie die Rede von Liebe.«

Alana hatte nur fast recht. Pippa hatte schon geglaubt, dass sie verliebt in Lukas war, aber sie war nicht mehr dazu gekommen, es ihm zu sagen, denn da hatte er sich längst schon an die Eisprinzessin rangemacht.

Ihre Freundin täuschte sich, nur in einem hatte sie allerdings recht. Die Begegnung mit Niels war ihr unter die Haut gegangen, und zwar so wie ein Mückenstich, der unentwegt juckte!

»Okay, du bist also verliebt.«

»Bin ich nicht!«

»Das werden wir ja noch sehen.« Alana kicherte wissend. »Hat Niels wirklich über seinen Vater gesagt, er wäre ein Verbrecher? Das klingt schon sehr merkwürdig. Stell dir das doch mal vor. Ich meine, unsere Eltern haben ja alle irgendwie einen an der Klatsche, aber würdest du über deine Mom so was sagen? Beim Tanzen hat er dir deine Kette abgenommen, einfach so? Und mal ganz ehrlich, woher willst du wissen, ob seine Version von den Klippen stimmt? Du sagst ja, du erinnerst dich nicht, also was, wenn er dich gar nicht zurückgezerrt hat?«

»Das glaube ich nicht!«, widersprach Pippa und dachte an ihre Intuition. Nie und nimmer hatte er da gelogen.

»Aber Fakt ist, er hat einen Betreuer und Dänemark ist kein faschistisches Land, in dem man Menschen einfach so wegsperren darf. Und wo war eigentlich der Betreuer, als er an der Klippe aufgetaucht ist? Das gefällt mir alles gar nicht. Du musst diese merkwürdige Familie viel gründlicher checken, wieso hast du dir nicht längst noch einmal dieses Stammbuch in der Bibliothek angesehen? Vielleicht findest du so auch mehr Infos, dann könnten wir im Netz weiterrecherchieren.«

Pippa kam sich dämlich vor. In Berlin hatte sie immer so viele Ideen, aber seit sie auf Schloss Ravensholm war, schien ihr Gehirn nur noch mit halber Kraft zu laufen.

»Du musst endlich anfangen, etwas zu tun. Irgendwas! Und glaub nicht, dass mit dir was nicht stimmt, du bist okay – nur eben verliebt, deshalb kannst du nicht mehr klar denken.«

»Quatsch!«

»Wie auch immer, schwör mir, dass du Niels nur noch triffst, wenn auch andere dabei sind. Jedenfalls bis ich wieder da bin, okay. Kannst du das schaffen? Wir haben wegen der verdammten Hitze eine einwöchige Kanutour an die Müritz geplant und beschlossen, keine Handys mitzunehmen.«

Sie hatte es Alana versprochen und ihnen ziemlich halbherzig viel Spaß an der Müritz gewünscht und dann aus dem Fenster gestarrt, wo der Regen nur so an die Scheiben pladderte. Am liebsten wäre sie zu Fuß nach Berlin zu ihren Freundinnen aufgebrochen … wenn da nicht Niels gewesen wäre.

Danach hatte sie im Internet nach Niels gesucht und es bei Google mit Nuthouse probiert, dann mit Asyl – dänisch für Irrenanstalt, dann mit Psykiatrisk Hospital und Rekreationshjem, aber laut Google gab es nur eine solche Klinik in Aalborg. Als sie dort anrief und ihren Bruder sprechen wollte, wurde sie gebeten, einen schriftlichen Antrag zu stellen.

Kurz danach war und blieb ihr Internet tot. Das war fatal, denn Niels war ihr letzter Gedanke, wenn sie abends einschlief, und der erste, wenn sie aufwachte, und er geisterte durch ihre Träume, genauso wie diese Buchstabengesänge von dem Stick, die so wirr und so beängstigend waren, dass sie jede Nacht hochschreckte und mit rasendem Herzschlag zu sich kam.

Sie versuchte sogar, Thorgard und die Kill-Bill-Zwillinge auszufragen, die ständig um sie herumzuschwirren schienen, und schließlich sogar die männlichen Gäste, die noch auf dem Schloss geblieben waren, aber wann immer sie auf Niels zu sprechen kam, wechselten alle das Thema.

Sie hatte es auch bei dem Gummigrafen, Niels' Großvater versucht, aber statt einer Antwort hatte er sich von ihr in die Bibliothek fahren lassen und ihr dort mit traurigem Blick und einem leisen Stöhnen ein schweres Buch über Schizophrenie in die Hand gedrückt. Obwohl sie einfach nicht daran glauben wollte, dass Niels geisteskrank war, hatte sie darin herumgeblättert: Oft fing es damit an, dass die Patienten über zunehmende Geräusch- und Lärmempfindlichkeit klagten, andere litten unter Schlaflosigkeit und hatten wenig Appetit. Man unterschied Positiv-Symptome wie Erregung und Anspannung, Halluzinationen, wozu auch Geruchshalluzinationen gehörten, visuelle und Klanghalluzinationen, Wahnvorstellungen, Denkstörungen, Ich-Störungen und Fremdbeeinflussungserlebnisse und Verfolgungswahn. Und Negativ-Symptome wie Antriebsarmut, innere Leere, Niedergeschlagenheit, Mut- und Hoffnungslosigkeit, Rückzugsverhalten, Kontaktverarmung, Sprachverarmung, Konzentrationsmangel und sozialen Rückzug.

Na ganz toll, hatte Pippa gedacht, davon trifft ja sogar auch einiges auf mich zu. Vor allem die Passagen über Halluzinationen machten ihr zu schaffen. Als sie versuchte, mit dem Schlangenprofessor, der immerhin Psychoforensiker war, über Niels' Zustand zu reden, lachte der sie nur aus und winkte ab.

Er reiste genauso wenig ab wie die anderen Gäste, obwohl das Wetter nicht nur schlecht, sondern so katastrophal war, dass man das Schloss nicht verlassen konnte, ohne nach wenigen Metern bis auf die Haut nass zu sein. Wieso blieben die hier, wo doch der Graf gar nicht mehr da war?

Am Abend des fünften Tages hielt Pippa es einfach nicht mehr aus.

Sie hatte das Gefühl, das ganze Schloss war wie aufgeladen von etwas – wie einem Summen, aber einem bösartigen Summen, wie Hornissen in Kampfstimmung. Sogar Matteo war schlecht gelaunt und Lulu lief mit hängendem

Schwanz durch die Gänge. Sie hätte liebend gern mit Kirsten geredet, nicht nur um sie über ihren Bruder auszufragen, sondern einfach weil ihr das viel mehr Spaß gemacht hätte, als mit all diesen alten Besuchern zu reden, die sie behandelten, als wäre sie ein Kind. Aber ihre Stiefschwester war seit der Hochzeit wie vom Erdboden verschluckt. Wie in Luft aufgelöst. Auf ihre Nachfrage hin hatte Thorgard mit einem zynischen Lächeln erklärt, dass Kirsten krank sei und keinen Besuch wünsche, weil sie in diesem desolaten Zustand nicht gesehen werden wollte.

Pippa holte sich Gummistiefel, von denen in einem Schrank im Jagdzimmer eine ganze Auswahl herumstand, zog einen Regenmantel über, der in der Garderobe im Flur hing, und verließ das Schloss. Sie würde mit Rasputin ausreiten, auch wenn sie immer noch nicht herausgefunden hatte, was bei ihrem letzten Ausflug eigentlich passiert war. Sie musste einfach raus und Pferden machte das Wetter nicht so viel aus. Schon nach den wenigen Metern zum Stall hatte der unablässige Regen all ihre Kleider durchnässt. Als wäre sie in voller Montur im Meer baden gegangen. Aber sie wollte nicht aufgeben, sie wäre sich sonst wie eine Versagerin vorgekommen.

Im Stall war es ganz ruhig, hier war nichts von dieser aufgeladenen Stimmung zu spüren, die Pferde standen gleichmütig in ihren Boxen. Rasputin wieherte bei ihrer Ankunft so begeistert, als ob er es auch kaum erwarten könnte rauszukommen. Das ermutigte Pippa und vertrieb die letzten Ängste, die sie wegen des Vorfalls an den Klippen immer noch hatte, und sie beeilte sich, ihn zu satteln.

Sie führte ihn aus dem Stall, schwang sich auf seinen Rücken und trabte los, Richtung Meer.

Der Wind jaulte in ihren Ohren und der Regen war überall, sie konnte kaum etwas sehen. Es war, als ob sie ständig durch einen Vorhang aus grauem Nebel schauen müsste. Das waren also die langen hellen Sommerabende in Nordjütland, sinnierte Pippa, während sie sich über die glitschigen Wege quälten. Eine öde windumtoste Angelegenheit. Trotzdem fühlte es sich gut an, im Freien zu sein, endlich raus aus dem Schloss mit den merkwürdigen Spannungen.

Rasputin musste bei jedem Schritt schwer darum kämpfen, die Hufe aus dem Schlamm zu ziehen. Er schnaubte, gab nicht auf, als wollte er ihr zeigen, dass er bereit war, sein Bestes zu geben. Schließlich aber schämte sich Pippa. So hatte das alles keinen Sinn, das war Tierquälerei, sie sollten umdrehen. Ein Spaziergang wäre besser für sie beide, denn damit quälte sie wenigstens nur sich selbst.

Als sie am Stall ankamen, stieg Pippa ab und strich Rasputin aufmunternd über seine Flanken. Gerade als sie das Tor aufmachen wollte, hielt jemand sie am durchweichten Ärmel fest.

»Pippa!«, wisperte eine Stimme, die sie durch den heulenden Wind nur schwer erkennen konnte. Sie drehte sich um und erstarrte.

Es war Niels. Er sah fürchterlich aus, noch nasser und irgendwie zerrupfter als sie selbst, was daran lag, dass er nur ein zipfeliges Cape anhatte.

Gleichzeitig waren da diese großen leuchtenden Augen,

sein trauriges Lächeln und die sanfte Stimme. Plötzlich stand dieser graue Sommerabend in orangen Flammen.

Du spinnst, Pippa, ermahnte sie sich und hielt sich an Rasputin fest. Tausend Dinge gingen ihr durch den Kopf. Sie hatte sich lächerlich gemacht mit ihren Recherchen. Niels konnte offensichtlich gehen, wohin er wollte. Er war gar nicht in Gefahr! Vielleicht nie gewesen.

»Und ich dachte, du wirst in einer Klapsmühle gefangen gehalten«, sagte sie deshalb.

»Das wurde ich auch, aber ich bin von dort abgehauen. Ich wollte unbedingt zu dir, um dir zu erklären, warum ich mich bei der Hochzeit so unmöglich benommen habe.«

»Warum bist du nicht einfach ins Schloss gekommen?«

Er zuckte mit den Schultern, als wäre das eine dumme Frage. »Wegen Bill und Mads und Ole, du warst einfach nie allein.«

Allein … Pippa dachte an Alana, der sie versprochen hatte, Niels nicht allein zu treffen.

»Und warum wolltest du mich unbedingt allein treffen?«, fragte sie.

»Wenn die anderen mich sehen, bringen die mich sofort zurück. Ich hab mich auf der Hochzeit wie ein Arsch benommen, weil du mir nicht zu nahe kommen solltest, damit du nicht in Gefahr gerätst. Ich wollte, dass du mich verabscheust, aber ich habe es übertrieben, das sehe ich jetzt ein. Ich mochte es sehr, dich im Arm zu halten, mit dir zu reden … und deshalb bin ich abgehauen, um mich zu entschuldigen.«

Verabscheuen? Das nicht, aber eine Erklärung, die hätte sie schon gern. »Was soll das heißen, du bist abgehauen?«

»Die Privatklinik, in der sie mich untergebracht haben, liegt auf einer winzigen Insel vor der Küste, von der man nur mit einem Boot wegkommt. Also hab ich meine Medikamente nicht mehr genommen, mir ein Boot geklaut und bin weg, und das ist allein deine Schuld!« Er lächelte entschuldigend, mehr mit den Augen als mit dem Mund. Speichere dieses Lächeln, befahl sich Pippa, für die schlimmen Tage, merk dir, wie er dich angesehen hat.

»Nachdem wir auf dem Ball zusammen getanzt haben, ist mir klar geworden, was für eine elende Lusche ich die ganze Zeit gewesen bin. Ich konnte denen nicht erlauben, mich noch länger mit Medikamenten ruhigzustellen. Aber dazu muss ich mich verstecken und die nötigen Beweise finden, bevor sie mich erwischen. Glaub mir, nach dieser Flucht werden sie mich auf die geschlossene Station bringen und von dort entkomme ich denen dann nie mehr.«

Das klang genau nach den Verschwörungstheorien, vor denen der Graf Pippa gewarnt hatte und die auch in dem Schizophreniebuch erwähnt wurden. Allerdings wirkte Niels inmitten dieses Regensturms vollkommen ruhig und gar nicht verrückt. Doch was, wenn er plötzlich anfing zu glauben, *sie* wäre auch eine von *denen?*

»Wer soll das sein, diese ominösen *›sie‹?«*

»Mein Vater und seine Leute.«

»Warum sollte ausgerechnet dein Vater dir das antun?«

»Weil er weiß, was ich alles über ihn und seine kriminellen Machenschaften weiß.«

Niels kam noch einen Schritt auf sie zu, dann noch einen, bis er ganz dicht vor ihr stand, dabei fixierte er sie mit seinen Augen. »Verstehst du, *er* ist hier der Böse, nicht ich! Also na ja, um ehrlich zu sein, bin ich schon verrückt ...« Er verzog sein Gesicht zu einem breiten Lächeln. »Verrückt nach dir. Verdammt, das ist mir so noch nie passiert, aber ich hab mich in dich verliebt. Gleich auf den Klippen, als du schlafend dalagst wie Dornröschen, nur ohne Hecke drumherum.«

Pippa war sprachlos. Verliebt? Ihr Herz hämmerte. Verliebt! Was redete er denn da? Kein Typ bei Verstand würde einem Mädchen beim zweiten Treffen sagen, dass er verliebt in sie wäre. Nie! Never! Ever!

Verliebt in sie. Das Hämmern dröhnte in ihren Ohren. Er hatte sich in sie verliebt, während sie schlafend und womöglich sogar schnarchend herumgelegen hatte?

Nur mal angenommen, es würde stimmen, es wäre wahr, dann ... dann ... sie wagte kaum zu atmen, wagte es kaum, das zu Ende zu denken, aber wenn das wirklich stimmte, dann erlebte sie hier mitten im Regen gerade so etwas wie einen Esmeralda-Moment der Extraklasse.

»Glaub mir, Pippa, ich hab nicht darum gebeten, wollte dich blöd finden, schließlich habe ich gerade ganz andere Probleme am Hals. Aber ich musste in den letzten Tagen immerzu an dich denken, wollte dich sehen, mit dir reden.« Er fuhr sich durch seine klatschnassen Haare. »Es ist, wie es ist.«

Es ist, wie es ist, wiederholte Pippa in Gedanken. Das Wasser drang durch all ihre Kleider, stand kalt in ihren

Schuhen und trotzdem spürte sie nichts davon. Es war, als hätten seine Worte alles andere ausgeblendet, nur sie beide waren noch hier. Nur sie und das, was zwischen ihnen war.

Rasputin wieherte, als wollte er auf sich aufmerksam machen.

»Lass uns reingehen«, schlug Pippa vor, während ihre Gedanken sich überschlugen. Im Stall war es trocken und still und in der letzten Box wurden neben dem Schrank die Strohballen gelagert, da konnten sie viel besser reden. Sie merkte, dass sie rot wurde. Ja, nur reden!

»Geh du vor und schau nach, ob jemand im Stall ist.« Niels nickte in die Richtung des Eingangs. »Ich warte solange hier.«

Pippa konnte sich nicht vorstellen, dass irgendjemand außer ihr bei diesem Wetter das Schloss verlassen würde, doch sie akzeptierte seinen Vorschlag und öffnete die Stalltür.

Zu ihrer großen Verwunderung traf sie auf Kirsten, die dabei war, Heu und Wasser in die Tröge der Pferde zu verteilen. Sie war leider nicht allein, der Schlangenprofessor leistete ihr Gesellschaft. Er verschwand aber sofort nach Pippas Auftauchen in der letzten Box, wo er die Heuballen ignorierte und in dem Schrank mit Zubehör herumkramte. Aus irgendeinem Grund schien es ihm peinlich zu sein, hier mit Kirsten überrascht zu werden. Schade, dass Kirsten nicht alleine war, dann hätte sie ihr von Niels erzählt und sie bitten können zu gehen, aber der Schlangenprofessor war ihr unheimlich, dem konnte sie nicht vertrauen.

So ein Mist, sie wollte, dass die beiden verschwanden.

Sofort! Aber sie musste gute Miene zum bösen Spiel machen und so tun, als wäre alles in Ordnung, um Niels nicht zu verraten.

»Bin ich froh, dass es dir besser geht.«

Dafür, dass Kirsten angeblich krank gewesen war, wuchtete sie das Heu mit erstaunlich viel Elan herum, sodass sich einzelne Halme aus den Ballen lösten und durch die Luft schwebten.

»Ich hab dich vermisst und mir Sorgen um dich gemacht!«

Kirsten hielt inne und musterte Pippa, als wäre sie ein unerwartetes Mottenloch in ihrem Lieblingskleid. Pippa zuckte unter ihrem feindseligen Blick zusammen. Okay, sie war sauer, aber warum?

»War völlig unnötig. Hab mich erkältet, aber manchmal muss man sich eben zusammenreißen«, belehrte sie Kirsten. »Thorgard hat mich daran erinnert, dass es meine Aufgabe ist, die Pferde zu versorgen, und nicht die von Bill und Mads.«

Der Professor sagte gar nichts und schien genauso wenig erfreut über Pippas Anwesenheit. Er ignorierte Pippa, räumte weiter aufgerollte Voltigierleinen, Satteltaschen, Zaumzeug und Karabiner hin und her.

Pippa führte Rasputin zurück in seine Box, überlegte, wo sie mit Niels noch hingehen konnte, und rieb dabei Rasputin halbherzig mit Stroh ab.

»Ich bin nass bis auf die Knochen«, rief sie Kirsten und dem Professor zu, dabei interessierte sich niemand für sie, trotzdem schob sie noch »Und ich brauche dringend eine heiße Dusche!« hinterher und verließ hastig den Stall, wo der jetzt noch stärkere Wind ihr den Regen um die Ohren peitschte.

Aber sie war zu spät: Niels war verschwunden. Weg.

Sie hatte zu lange gebraucht, verdammt. Wie Säure fraß sich die Enttäuschung durch ihren Körper. Er war durch dieses Sauwetter hergekommen und hatte ihr von seinen Gefühlen erzählt. *Verliebt,* hatte er gesagt. Also lag ihm doch etwas an ihr. Warum hatte er dann nicht noch einen Moment gewartet? Oder war jemand hier aufgekreuzt, der ihm gefährlich werden konnte? Sie wischte über ihr Gesicht, und nein, das waren keine Tränen, sondern nur Regentropfen. Entschlossen stampfte sie die letzten Meter zum Schloss.

»Pippa!« Der Wind brauste so laut, dass sie nicht sicher sein konnte, ob das nur ihr Wunschdenken gewesen war. Ihre Fantasie war in letzter Zeit mehr als trügerisch.

Trotzdem drehte sie sich suchend um, scannte den grauen Regennebel ab, nichts. Oder doch? Bewegte sich da nur ein Ast oder war das ein Mensch?

Sie musste zweimal hinschauen, bis sie Niels im Schatten des Eichenwäldchens erkannte. Er wartete doch auf sie! Vielleicht handelte er wirklich übertrieben vorsichtig, aber er war noch da, und das war alles, was zählte. Triefend nass riskierte er es nicht nur, davongespült, sondern auch in die Klinik zurückgeschickt zu werden, und all das nur, um mit ihr zu reden.

Gott, das war schon ziemlich verrückt – aber auf eine gute Art! Sie musste lachen, etwas in ihrer Brust löste sich.

Ihre Füße flogen nur so über den Matsch, egal, alles egal, er wartete auf sie und ihr kam es so vor, als ob sie ihr ganzes Leben nur auf diesen einen Moment gewartet hätte. Sie rannte noch schneller, verschätzte sich und lief in ihn hinein. Er versuchte, den Aufprall auszubalancieren, schaffte es nicht und sie fielen beide in den Matsch.

Sofort drehte er Pippa nach oben, sodass sie auf ihm lag und sein Rücken dafür im Schlamm. Gleichzeitig hielt er sie fest und war ihr so nah, dass Pippa kaum atmen konnte. Regentropfen hingen in seinen schwarzen Wimpern und glitzerten über dem Meerhimmel seiner Augen, rollten über seine Wange und zerteilten sich in dem Grübchen in seinem Kinn. Sein Mund war leicht geöffnet und sein Duft überwältigte sie vollends. Es gab nur noch den Regen und sie beide und da war nur eine einzige Sache auf der Welt, die Pippa jetzt tun wollte. Das einzig Richtige, das einzig Sinnvolle.

Sie küsste ihn.

Er wirkte erstaunt, ihre Augen berührten sich mit einem innigen Blick, dann schloss er sie mit einem Seufzen. Pippa tat es ihm gleich. Nichts hatte sie darauf vorbereitet, was die Berührung seiner Lippen in ihrem Körper auslösen würde. Herzrasen, Bauchflattern, das kannte sie ja schon von den Klippen und dem Ball, aber jetzt wurde ihr Blut zu berauschtem Sprudel, der durch die Adern perlte. Sie wollte mehr, noch viel mehr.

Sie küssten sich so lange, bis Niels sich zurückzog. »Ich bin völlig durchweicht«, flüsterte er und räusperte sich trocken. »Macht es dir was aus, wenn wir aufstehen?«

Verlegen hielt Pippa inne, betrachtete die schlammige Pfütze, in der sie lagen, und half ihm hoch. Er nahm ihre Hände in seine. Sie waren nass und warm und Pippa wollte sie nie mehr loslassen.

»Du brauchst etwas Trockenes zum Anziehen«, stellte Pippa fest. »Ich hol dir ein paar Sachen aus dem Schloss.«

»Das ist zu riskant. Keine Sorge, ich hab einige Klamotten in … in meinem Versteck.«

In seinem Versteck? Klar, wenn er aus der Klinik abgehauen war, musste er sich irgendwo verstecken. Sie hoffte nur, dass er bei einem vertrauenswürdigen Freund untergekommen war.

»Okay? Dann … dann gehen wir dorthin.« Und bleiben zusammen, fügte Pippa in Gedanken an. Und trennen uns nie mehr.

»Das ist keine gute Idee. Es ist besser, wenn du jetzt zurückgehst, man wird dich schon vermissen.«

»Aber es gibt so vieles, über das wir reden müssen. Ich möchte dir gern helfen!« Er sollte nirgendwohin gehen, er sollte bei ihr bleiben, neben ihr liegen, sie wollte sehen, wie er schlief, und seine Träume beschützen.

»Ja, das müssen wir, aber nicht jetzt. Zuerst muss ich tun, was getan werden muss. Mach dir keine Sorgen, in meinem Versteck bin ich sicher.«

»Und wie kann ich dich dort erreichen?«

»Gar nicht, es ist in einer Höhle am Strand, die ich vor Jahren entdeckt habe, sie ist in der Nähe der Klippe, an der wir uns zum ersten Mal begegnet sind. Dort haben Dita und ich uns immer vor Mama versteckt, wenn wir keine Lust mehr auf das dämliche Tanztraining hatten.«

»Dann lass mich mitkommen!«

»Ich will ja, Pippa, aber das wäre keine gute Idee, glaub mir. Ich muss das alleine erledigen.« Er schüttelte den Kopf, dann beugte er sich vor und küsste Pippa so heftig, als sollten seine Lippen auch noch ihre allerletzten Bedenken ausräumen.

Danach drehte er ihre Hände nach oben und küsste auch ihre Handinnenflächen. »Lass mich erst alles in Ordnung bringen. Es wäre nicht richtig, dich in diese Dinge reinzuziehen.«

»Aber wir sind doch schon mittendrin, alle beide. Das kann ich fühlen.«

»Also ich für meinen Teil«, Niels grinste breit, »fühle gerade nur noch, dass ich nass bis auf die Knochen bin, und das ist nicht gut. Ich darf jetzt nicht krank werden. Ich verspreche dir, ich komme wieder, sobald es geht. Aber du musst mir auch etwas versprechen, ja?«

Pippa nickte, weil sie kein Wort herausbrachte.

»Bitte pass gut auf dich auf. Bleib am besten allein, da bist du am sichersten. Oder zusammen mit Matteo. Ich will dir keine Angst machen, und solange mein Vater in den Flitterwochen ist, wird auch sicher nichts passieren, aber du musst wissen, dass du im Schloss niemandem trauen kannst.«

»Niemandem? Übertreibst du nicht ein bisschen?«

»Nein. Ich weiß, es hört sich irre an, deshalb brauche ich ja auch so dringend die Beweise dafür, dass mein Vater meine Mutter und Madita auf dem Gewissen hat. Nur dann kann ich endlich handeln. Alle im Schloss stecken da mit drin.« Er wischte über sein nasses Gesicht.

»Du glaubst also, meine Mom hat einen Mörder geheiratet?« Pippa wurde es ganz flau, sie fühlte sich, als hätte man ihren Körper in seine Einzelteile zerlegt, in einen Mixer geworfen und angeschaltet. »Sie ist allein mit ihm in den Flitterwochen!«

»Ich denke nicht, dass sie jetzt in Gefahr ist, das wäre selbst für meinen Vater zu riskant.« Er küsste sie innig auf den Mund und Pippa klammerte sich an ihn, als würden sie sich nie wiedersehen. »Alles wird gut, Pippa, ich schwöre es dir.«

Er drehte sich um und eilte durch den immer noch unablässig vom Himmel strömenden Regen davon. Als ob der Teufel hinter ihm her wäre, dachte Pippa, die wie angewurzelt stehen blieb und ihm nachsah. Nie hätte sie gedacht, dass dieser Anblick so schmerzhaft sein könnte. Erst lange, nachdem sich der Regenvorhang hinter ihm geschlossen hatte, drehte sie sich um und ging zurück ins Schloss, um endlich heiß zu duschen.

14

Dieser elende Regen hielt sie weiterhin ohne Internet im Schloss gefangen und Pippa wünschte sich nichts mehr, als dass es aufhören würde zu schütten. Sie lief mehrmals am Tag zum Stall, immer in der Hoffnung, dort Niels zu treffen, aber vergeblich, er blieb weg.

Von wegen, hier in Nordjütland ändert sich das Wetter ständig und schnell! In Berlin konnte man bei Regen so vieles unternehmen, und wenn man zu Hause kein Netz hatte, besuchte man ein Internetcafé. Als sie sich nach einem Bus zur Stadt erkundigt hatte, war Thorgard in bellendes Lachen ausgebrochen. Natürlich gab es keine öffentliche Verkehrsanbindung, aber Bill würde sie gern überallhin bringen, wo sie hinwollte. Nur leider war Kill Bill schon die ganze Zeit damit beschäftigt, die anderen Gäste herumzufahren. Ob die wirklich alle zu denen gehörten, denen sie nicht vertrauen sollte?

Also vertrieb sie sich die Zeit. Sie spielte zwei Tage lang mit Matteo *Mensch ärgere dich nicht*, bis es sogar ihm zu langweilig wurde, sie ging mit Lulu und Matteo im Regen spazieren, aber es tat sich nichts, nicht die geringste Spur von Niels. Nachts lag sie wach in ihrem Alkovenbett und beschwor alle Gottheiten der Welt, sie möchten Niels wieder auftauchen lassen, aber vergeblich. Sie war auch zu Kirstens Zimmer gegangen und hatte an ihre Tür geklopft, aber ihre Stiefschwester reagierte nicht und Pippa traute sich nach der Szene im Stall nicht, einfach so bei ihr reinzuplatzen. Aber es beschäftigte sie immer wieder die Frage, warum Kirsten sie auf einmal so aus ihrem Leben ausschloss, wo sie doch bis zur Hochzeit so nett zu ihr gewesen war.

Dann wollte sie die Bibliothek nach Informationen über die Familie von Raben durchforsten, etwas über die Runen lernen und dabei noch mal das Stammbuch anschauen. Doch dort hatte sich der Gummigraf mit einer Gruppe der anderen Gäste breitgemacht, und obwohl niemand direkt unfreundlich zu ihr war, signalisierten sie ihr deutlich, dass sie störte. Und das, obwohl man in dieser Bibliothek leicht ein Einkaufszentrum unterbringen könnte.

Schließlich erkundigte sie sich bei Thorgard, warum sie tagelang kein Netz hatten. Die verwies sie an Mads, der für die Installationen im Schloss verantwortlich war und Pippa langatmig erklärte, dass das schlechte Wetter die Leitung zum Schloss fast völlig lahmgelegt hatte und die Techniker an der Lösung des Problems schon arbeiten würden.

Und als sie es gar nicht mehr aushielt, fragte sie sogar noch einmal bei Thorgard nach Kirsten, aber sie behauptete, Kirsten wäre immer noch krank.

Merkwürdig, dachte Pippa, offensichtlich wusste Thorgard nicht, dass Kirsten kreuzfidel im Stall gewesen war.

Und wenn das so war, dann hatte Kirsten sie belogen, denn die hatte ja behauptet, Thorgard hätte sie dorthin geschickt. Niels hatte recht, man konnte niemandem vertrauen.

Trotzdem beschloss sie, ihrer Stiefschwester einen Besuch abzustatten, sie vermisste sie einfach sehr. Sicher gab es einen Grund für ihr Verhalten, vielleicht war auf dem Ball etwas vorgefallen, von dem sie nichts wusste. Vielleicht war Kirsten unglücklich verliebt. Außerdem musste sie mit jemandem über Niels reden und womöglich wusste Kirsten, wo sich das Versteck der Zwillinge befand.

Nach dem Abendessen klopfte Pippa an Kirstens Tür und wartete, dann klopfte sie wieder, aber sie öffnete nicht.

Dabei war sie ganz sicher, dass sie Geräusche gehört hatte.

»Kirsten!«, sagte sie und hämmerte genervt an die Tür. »Lebst du noch?« Wieder Geräusche, war das etwa ein Schluchzen? Die Mauern und Türen waren so dick, dass man das nicht sicher sagen konnte.

Energisch drückte Pippa die Klinke, aber die Tür ging nicht auf. Sie war abgeschlossen. Sie rüttelte noch einmal und rief »Kirsten!«. Keine Reaktion.

Komisch, überlegte Pippa und gab auf. Sie lief zurück zu ihrem Zimmer und sah dabei aus jedem einzelnen Fenster, immer in der Hoffnung, dass dieser verdammte Regen endlich aufhören würde.

Das weit entfernte Klappern von Thorgards Holzclogs brachte sie zum Stehenbleiben. Was machte Thorgard so spät noch hier? Brachte sie Abendessen für Kirsten?

Pippa drehte sich um und sah, wie Thorgard tatsächlich mit einem Tablett in der Hand, von der anderen Seite des Flures kommend, auf dem Weg zu Kirstens Zimmer war.

Super, jetzt musste Kirsten die Tür aufmachen. Pippa setzte sich auf eine der breiten Fenstersimse und wartete auf das Holzklappern, das Thorgards Rückweg verkünden würde.

Doch stattdessen hörte sie Schlüssel klirren.

Pippa linste um die Ecke der dicken Fensterlaibung und sah, wie Thorgard den dicken Schlüsselbund, den sie immer am Leib trug, aus ihrer Schürzentasche holte und dann die Tür aufsperrte.

Hatte Kirsten sich gar nicht selbst eingeschlossen, sondern hielt Thorgard sie dadrin gefangen?

Pippa war so verblüfft, dass sie sitzen blieb, um sich klar zu werden, was das zu bedeuten hatte. Warum sollte man Kirsten einsperren?

Thorgard kam ohne Tablett wieder heraus, schloss ab und trabte davon. Ein Teil von Pippa wollte sofort zu Kirstens Zimmer rennen und gegen die Tür hämmern, der andere Teil wollte sich einfach nur auf Thorgard stürzen.

In diesem Moment hörte sie ein leises Geräusch aus Kirstens Zimmer, dann öffnete ihre Stiefschwester die Tür und spähte in den Flur.

Kirsten hatte also einen eigenen Schlüssel. Pippa grinste, es gefiel ihr, dass Kirsten sich von Thorgard nichts gefallen ließ. Sie wollte gerade zu ihr hinlaufen und sich bemerkbar machen, als Kirsten sich verstohlen umsah, ihre Tür schloss und über den Flur schlich. Sie war vollständig angezogen, lag also definitiv nicht krank im Bett, doch was hatte sie jetzt vor?

Pippa folgte ihr und war erstaunt, als sie Kirsten in dem Zimmer des Professors verschwinden sah. Neugierig schlich sie näher zu der Tür, in der Hoffnung, etwas zu hören. Sie ging in die Hocke, um durch die großen Schlüssellöcher zu spähen. Doch das entpuppte sich als schwerer Fehler. Bevor sie auch nur einen einzigen Blick hindurchwerfen konnte, knallte die Tür an ihre Stirn.

»Ahh!« Sie taumelte zurück und sah sich Kirsten gegenüber, die sie verblüfft anstarrte und schnell etwas hinter ihrem Rücken versteckte.

»Du spionierst mir nach!« Ihre blauen Augen verwandelten sich in polare Eisplatten. »Hoffentlich tut es wenigstens richtig weh!«, schnaubte Kirsten und schloss die Tür, ohne Pippa den Rücken zuzudrehen.

Von Pippas Stirn tropfte etwas auf den Boden. Blut.

»Was hast du dir denn dabei gedacht, hm?!«, schimpfte Kirsten, und dann etwas freundlicher: »Komm mit in mein Zimmer, ich verarzte dich. Tut mir leid, wenn ich etwas harsch war, aber ich kann es nun mal nicht leiden, wenn man mir nachstellt!«

Pippa fühlte sich von dem Schlag an die Stirn ein wenig benommen und folgte Kirsten. Aber sie war nicht so weggetreten, dass ihr entgangen wäre, was Kirsten da vor ihr verstecken wollte. Sie konnte es nicht ganz genau sehen, weil sie es zusammengeknüllt hatte, doch an den Ecken war etwas zu erkennen, das Pippa an eine Maske erinnerte und drumherum war ein leicht glänzender schwarzer Stoff wie für einen Vampirumhang. Plante sie vielleicht, sich für einen Maskenball zu verkleiden?

Der Anblick von Kirstens Zimmer stoppte ihre Vermutungen über die Maske und den Stoff abrupt, so überrascht war sie. Sie hatte es sich vorgestellt wie eine Edelboutique, in der man locker das Finale von *Shopping Queen* austragen könnte. Mit Kleiderständern und Vitrinen für High Heels, Handtaschen und Schmuck.

Was für ein Irrtum!

Hätte man ihr das Zimmer auf einem Foto gezeigt, niemals wäre sie darauf gekommen, dass es Kirsten gehörte. Nur der hallenbadartige Vanilleduft, der über allem schwebte, verriet, dass Kirsten wirklich hier drin lebte.

Die Wand hinter der Tür war weiß, die links war dunkelrot gestrichen, die mit den Fenstern war silbern und die vierte war vom Boden bis zur Decke bedeckt mit vielen verschiedenen surrealistischen Bildern, schwebende Menschen in merkwürdigen Räumen, tanzende Cellofrauen, weinende Fischmänner. Dazwischen erkannte sie die Ansuz-Rune aus dem Wappen der Rabens, das schlappe F und andere Runen, die sie auch in ihrem Bett entdeckt hatte.

Es gab keine Möbel, nur ein Bett, das so schlicht aussah, als wäre es einem mittelalterlichen Waisenhaus entsprungen. Daneben stand Thorgards Tablett auf dem Boden, unberührt. Kirsten war mit den Sachen aus dem Zimmer des Professors im Bad verschwunden und kam nur mit einem kleinen Notfallkästchen zurück. Sie drückte auf eine Stelle an der weißen Wand, eine magnetische Tür öffnete sich und gab den Blick auf einen Tisch und zwei Stühle frei, dorthin setzte sich Kirsten, winkte Pippa zu sich und machte sich daran, ihre Stirn abzutupfen.

»Warum schließt Thorgard dich ein?«

»Das solltest du besser meinen Vater fragen.«

»Er lässt dich einsperren?«

»Manchmal, er befürchtet …« Kirsten zögerte etwas zu lange, Pippa war ganz sicher, dass sie jetzt log. Warum nur? »… ich könnte mich an seine männlichen Gäste heranmachen. Ich glaube, er denkt, ich wäre so eine Art Lolita.« Sie tupfte Pippas Stirn mit einem Desinfektionsmittel ab.

Was für ein Unsinn, Kirsten war so viel Lolita wie Pippa ein Pinguin. Trotzdem ging sie auf diese Lüge ein, nur um zu sehen, wie sich Kirsten aus der Affäre ziehen würde.

»Eine Lolita mit Schlüssel, jedenfalls.«

Kirsten grinste. »Nur eine Vorsichtsmaßnahme!« Sie schnitt ein Pflaster zurecht und entfernte die Schutzstreifen.

»Und was hast du aus dem Zimmer des Professors geholt?«

Kirsten beugte sich zu ihr und drückte das Pflaster, das nicht nur aseptisch, sondern auch nach alten Kupfermünzen roch, viel fester auf Pippas Stirn, als es nötig gewesen wäre.

»Das geht dich gar nichts an, verstanden? Und jetzt solltest du ins Bett gehen.«

Pippa stutzte. Einen derartigen Befehlston verwendete Pippas Mutter nicht mal, wenn sie schlechte Laune hatte.

Kirsten erhob sich und räumte das Verbandszeug zusammen.

»Mach schon, geh jetzt!«

Pippa wollte sich nicht so herumkommandieren lassen, auch wenn es dumm von ihr gewesen war, ihrer Stiefschwester hinterherzuspionieren.

»Du wirst von deinem Vater eingesperrt und Niels tut er noch Schlimmeres an. Warum?«

Kirsten lächelte ironisch. »Willkommen bei der Familie von Raben.«

»Aber … *warum?«*

»Wie schon gesagt, das ist eine Familienangelegenheit.«

»Ich gehöre jetzt dazu, ob es dir passt oder nicht! Oder glaubst du etwa auch, dass dein Bruder verrückt ist?«

Kirsten räusperte sich. »Jedenfalls hatte Niels ein komisches Verhältnis zu seiner Schwester, so viel steht fest.«

»Was meinst du mit ›komisch‹?«

»Zu eng.« Kirsten biss sich auf die Lippen, als hätte sie schon zu viel gesagt. Pippa dachte an Maditas Diktat auf dem USB-Stick und fühlte, wie ihr schlecht wurde.

»Was willst du denn damit andeuten?«

»Gar nichts. Und jetzt möchte ich gern schlafen.« Sie wies zur Tür, aber Pippa ließ nicht locker, auch wenn es hinter ihrer Stirn immer stärker pochte.

»Die beiden waren doch Zwillinge, die sind sich doch immer sehr nah, oder nicht?«

Kirsten strich eine Strähne ihres blonden Haares hinter die Ohren und schwieg. Pippa hätte sie gern geschüttelt, aber ihr war klar, dass sie es anders versuchen musste.

»Und wie bist *du* mit deiner Schwester ausgekommen?«

»Madita war … speziell.«

»Speziell? Oh Mann, wieso lässt du dir alles einzeln aus der Nase ziehen?«

»Du magst Niels, oder? Schon klar – blaue Augen, schwarze Locken, breite Schultern, düsteres Gehabe, alle Mädchen lieben ihn. Aber er zieht eine Spur gebrochener Herzen hinter sich her und ich glaube eher nicht, dass du sein Typ bist. Mach dir nichts draus: Keine ist je sein Typ. Madita war sehr zart und blond und ein Genie. Ihr Tod hat ihn fast umgebracht.« Kirsten deutete mit ihrer Hand ein paar »Verrückt«-Kreise vor ihrem Gesicht an.

Pippa merkte, dass sie rot wurde und wütend. Beinahe wäre sie damit rausgeplatzt, dass Niels und sie sich längst geküsst hatten, weil sie sehr wohl sein Typ war. Er war *verliebt* in sie! Doch sie atmete tief durch, um sich nicht von ihren Gefühlen überwältigen zu lassen. Es war eine Sache zu behaupten, Pippa wäre nicht dünn, nicht blond und nicht klug genug für Niels, aber es war eine ganz andere Nummer anzudeuten, dass Niels seine Schwester zu sehr, vielleicht sogar unanständig geliebt hatte und nur deshalb aus Trauer verrückt geworden war.

Aber egal, sie musste es jetzt wissen: »Soll das heißen, er war in seine eigene Schwester verliebt?«

Kirsten zuckte mit den Schultern. Und das machte Pippa vollends rasend.

»Vermutlich warst du immer nur eifersüchtig auf sie!«

»Du hast keine Ahnung, weil hier niemand ehrlich zu dir ist.« Kirsten schob Pippa resolut aus dem Zimmer und funkelte sie dabei an. »Madita war eine miese kleine Hexe und Niels war auch nur eins ihrer Opfer und jetzt lass mich endlich in Ruhe!«

Verblüfft blieb Pippa einen Moment stehen, zum ersten Mal an diesem Abend hatte sie das Gefühl, dass Kirsten etwas Ehrliches rausgerutscht war, und leider stimmte das irgendwie mit dem merkwürdigen Gefühl überein, dass sie selbst beim Anhören von Maditas USB-Stick gehabt hatte.

Sie eilte zurück in ihr Zimmer, sie musste die Rasputin-Datei noch mal anhören. Noch einmal die Stimme Maditas hören, die Bilder anschauen. Plötzlich war sie ganz sicher, dass sie etwas übersehen haben musste. Etwas Wichtiges. Sie fing an zu rennen.

15

Das mit dem Rennen war keine gute Idee, denn nachdem sie ihr Zimmer erreicht hatte, fing die Wunde auf Pippas Stirn an zu pochen. Sie lief zum Schreibtisch, schaltete den Computer ein, öffnete die Schreibtischschublade und griff hinein. Nichts.

Sie zog die Lade ganz heraus und suchte alles ab. Nichts. Auf dem Boden. Fehlanzeige. Der USB-Stick war nicht mehr da.

Verdammt! Dann war doch etwas Wichtiges drauf gewesen!

Jeder konnte in ihr Zimmer, es gab keinen Schlüssel und das hatte sie bisher auch nicht gestört, denn schließlich war Schloss Ravensholm keine billige Absteige, in der man Angst um seine Wertsachen haben musste.

Es war ein unangenehmer Gedanke, dass jemand ihr Zimmer wirklich durchsucht hatte. War gezielt nach dem Stick gesucht worden oder hatte jemand ihr Zimmer einfach nur so durchwühlt und war dann zufällig darauf gestoßen? Wann konnte das passiert sein? Womöglich nachts, während sie einen dieser schrecklichen Träume gehabt hatte?

Ihre Nackenhaare stellten sich auf. Der Gedanke, hier heute Nacht allein zu schlafen, erschien ihr auf einmal völlig unmöglich. Sie würde zu dem einzigen Menschen im Schloss gehen, dem sie wirklich vertrauen konnte. Niels fände das sicher auch gut.

Sie lief zu Matteos Zimmer, öffnete leise seine Tür und setzte sich zu ihm. Er kam ihr winzig vor in dem großen Himmelbett. Wie zu Hause schlief er auf dem Rücken. Seine verstrubbelten Haare wirkten feucht, das Shirt seines *Spongebob*-Schlafanzugs war hochgerutscht und Lulu lag quer über dem nackten Bauch. Die Hündin hob ihren Kopf und wedelte mit dem Schwanz, als sie Pippa erkannte. Sie hatte wieder dieses alberne rosa Halsband um, das Matteo ihr eigentlich abgenommen hatte. Pippa schmunzelte, als die Lichtreflexe der schillernden Steine über ihr Gesicht tanzten. Bei den beiden fühlte sie sich gleich viel wohler, hier würde sie keine Albträume haben. Und vor allem würde hier niemand nachts hereinkommen, ohne dass Lulu Laut geben würde.

Pippa legte sich neben ihren Bruder und schob Lulu ein bisschen zur Seite. Aber die platzierte sich sofort wieder genauso breit wie vorher über Matteos Bauch und klopfte mit dem Schwanz gegen Pippas Hüfte, was sie jedoch kaum noch merkte, denn sie schlief sofort ein.

In ihrem Traum tanzte sie mit Niels bei einem Gartenfest in dem Rosengarten hinter dem Schloss. Es spielte die gleiche Musik wie bei der Hochzeit, das Licht war wie beim Hochzeitsball, allerdings war eine einzige Sache ganz anders. Sie waren beide nackt. Splitterfasernackt, bis auf die Schuhe. Und ihre Haut berührte sich, seine Haut war glatt und fest und heiß.

Während sie sich umeinander drehten, wieder und wieder und schneller und schneller, legte er eine Hand unter ihr Kinn, hob es an, sodass sich ihre Augen begegneten, ineinander versanken, abtauchten in einem Abgrund, der ihr Herz zum Rasen brachte und ihren Mund zum Lächeln. Sie wollte ihn so gern küssen, wollte das Grübchen im Kinn berühren, auch wenn es ganz anders aussah als sonst. Es war geformt wie die Ansuz-Rune, das schlappe F aus dem Wappen. Egal, sie wollte ihn küssen, seine Lippen, seine Stirn, aber er hielt sie mit nur einem Arm fest umklammert, während sie eine Pirouette nach der anderen drehten.

Er strich ihre Haare hinter das Ohr und dann küsste er sie auf den Mund, aber nur so kurz, so verdammt kurz. Sie wollte mehr, verzehrte sich nach ihm, doch sein Mund war schon zum Hals gewandert, den er liebevoll anknabberte. Das entlockte Pippa ein leises Stöhnen, dann küsste er sie aufs Ohr und plötzlich biss er zu, *biss* in ihr Ohr, wieder und wieder.

Sie wachte mit einem lauten Schrei auf, wusste erst nicht, wo sie war, sah in die weit aufgerissenen Augen ihres Bruders, der sie starr vor Schreck ansah. Lulu war aufgesprungen, stand auf dem Bett und bellte sie wie verrückt an.

Aber das alles war gar nichts im Vergleich zu dem grauenhaften Schmerz, den sie in ihrem Ohren fühlte.

Sie versuchte, Lulu zu beruhigen, dann ihren Bruder, der zwar überrascht war, dass sie in seinem Bett lag, es aber ausgesprochen cool fand und darauf bestand, dass sie ihm eine Geschichte erzählen musste. Schließlich hatte sie ihn aufgeweckt. Dann wollte er wissen, warum sie ein Pflaster auf der Stirn hatte. Pippa murmelte etwas von einem Sturz und behauptete, vor der Geschichte müsste sie noch aufs Klo. Wie alle anderen hatte auch Matteo ein eigenes Badezimmer, in dem sie schnell verschwand. Sie wollte unbedingt herausfinden, was mit ihren Ohren los war.

Sie starrte sich im Spiegel an. Das bin ich also, dachte sie, und strich ihre verstrubbelten Locken zur Seite. Meine Ohren sehen aus wie immer, keine Wunde, nichts. Nur die auf der Stirn. Aber trotzdem stimmt etwas nicht mit mir, etwas sieht anders aus. Sie musterte sich noch einmal ganz genau, und als sie erkannte, was es war, brach ihr der kalte Schweiß aus und ihr Herzschlag kam ins Stolpern.

Ihre Augen waren nicht mehr zartbitterbraun, sondern strahlend Blau.

Nein, das musste eine optische Täuschung sein, eine Halluzination! Okay, okay, okay, murmelte sie beschwörend vor sich hin. Das war sicher nur das Licht in Matteos Bad. Sie schaltete jede Lampe im Zimmer ein, straffte die Schultern und ging so nah an den Spiegel heran, wie es nur möglich war.

»Jetzt gleich wirst du erkennen«, sie redete laut mit sich selbst, »dass du dir das nur eingebildet hast, so wie das Blut im Vier-D-Zimmer. Alles ist gut.« Unablässig weitermurmelnd versuchte sie, sich zu beruhigen, zu atmen, schloss die Augen, hielt die Luft an und öffnete sie wieder. So nah war es noch unerträglicher.

Blau, immer noch strahlend blau. Reflexhaft griff sie sich in die Augen. Es gab nur eine logische Erklärung, während sie geschlafen hatte, musste ihr jemand farbige Kontaktlinsen eingesetzt haben. Vorsichtig betastete sie ihre Augäpfel, aber da war nichts.

Ihr Hals war wie zugeschnürt. Sie erinnerte sich genau an ihren Traum, an die Küsse von Niels und dann der plötzliche Schmerz in den Ohren. Aber die sahen aus wie immer. Sogar ihre grünen Glitzerohrstecker waren noch da und schimmerten. Hatten also dieselbe Farbe wie sonst auch, genauso ihre Haare.

Ich muss mich dem stellen, dachte sie, ich sollte mit jemandem darüber reden, bevor das alles noch schlimmer wird.

Und genau in diesem Moment bemerkte sie es.

Hinter ihr.

Hinter ihr im Spiegel war nicht die weiße Fliesenwand des Badezimmers zu sehen, sondern …

Hektisch drehte sie sich um. Jetzt war da nur die weiß geflieste Wand, die hell schimmerte. Schnell trat sie zur Wand und betastete sie, ja, klopfte dagegen. Dann blickte sie wieder in den Spiegel.

Sie sah sich selbst, mit den blauen Augen … und dahinter: eine offene Tür, die den Blick auf eine junge Frau freigab, die zusammen mit einem Kind auf einer roten Chaiselongue lag. Das war das Bild aus der Bibliothek.

Als ihr das klar wurde, wusste sie, dass sie sofort dorthin gehen und nachsehen musste, ob es noch dort war, ob es wirklich so aussah wie hier im Spiegel, verdammt auch, dass sie ihr Handy nicht dabeihatte. Dann könnte sie das fotografieren, jemandem zeigen und sehen, ob es wirklich auf dem Bild war oder ob sie langsam verrückt wurde.

»Es gibt für alles eine Erklärung, für alles, alles, alles«, murmelte sie. »Es existieren weder Geister noch Außerirdische noch Zombies oder Geisterspiegel.«

Deshalb versuchte sie, ruhig zu atmen. Pippa spritzte sich Wasser ins Gesicht, dabei kam ihr eine Idee. Sie betrachtete im Spiegel das Pflaster auf ihrer Stirn – was, wenn es ein Drogenpflaster war, etwas, das über die Haut Halluzinationen auslösen konnte? Sie nahm es ab und untersuchte es ganz genau. Nur ein ganz gewöhnliches Heftpflaster. Die Wunde sah aus wie ein breiter Kratzer und fing schon an, Schorf zu bilden.

Frustriert warf sie es in den Müll.

Sachte drückte sie die Klinke und öffnete in der Hoffnung, dass Matteo nicht immer noch auf eine Geschichte wartete, sehr leise die Badezimmertür.

Er schlief schon wieder fest, lediglich Lulu öffnete sofort die Augen. Nachdem sie Pippa erkannt hatte, schloss sie die wieder und gab leise Schnarchgeräusche von sich.

Pippa schlüpfte in ihre Flipflops und machte sich auf den Weg in die Bibliothek. In ihrer Brust hämmerte ihr Herz immer noch *Blau, Blau, Blau* und trieb sie voran.

Der Weg durch das nächtliche Schloss machte ihr keine Angst, es war schließlich kein verfallenes Vampirschloss und überall gab es funktionierende Lichtschalter. Außerdem wurde es in diesen Sommernächten scheinbar nie ganz dunkel.

Sie erinnerte sich nicht mehr genau daran, welchen Weg sie zur Bibliothek einschlagen musste. Letztes Mal war sie zusammen mit dem Grafen Aufzug gefahren, aber zu dem Fingerabdruckscanner besaß sie ja keinen Zugang. In jedem Fall war die Bibliothek nicht im selben Flügel wie Matteos Zimmer, sie musste auf die andere Seite. Während sie durch die Flure eilte, fühlte sie sich wie von helleren Nebeln verfolgt. Lichtinseln, die sie begleiteten. Um sich zu beruhigen, fing sie an, langsam zu zählen, als sie bei dreiunddreißig angekommen war, stolperte sie mit ihren Flipflops über eine verknotete Teppichfranse, dabei fiel ihr Blick zum Fenster.

Diese Lichtnebel hatte sie sich gar nicht eingebildet, die waren wirklich dort draußen. Sie schleppte sich zum Fenster, um besser sehen zu können. Es regnete immer noch. Alles war dunkel, nur vom Irrgarten stiegen feine Lichtspuren auf, in merkwürdigen Schwaden, die trotz des Regens wie Rauch wirkten.

Das erinnerte sie an das, was der Graf ihr erzählt hatte. Über den Geist der unglücklichen Lady Montgomery Clifton Harris, die nachts im Labyrinth herumspukte.

Klar, dachte Pippa und in der Ruine wohnte ein Zombie. Sie kniff entschlossen die Augen zusammen und konzentrierte sich auf die Lichtschwaden. Sie bewegten sich schnell und von hier oben hatte es den Anschein, als würden die Lichter ein Ziel anstreben und dort verlöschen.

Morgen werde ich den Irrgarten unter die Lupe nehmen, dachte sie, während sie dann zur Bibliothek weiterlief. Es musste einen Grund geben, warum sie das Bild in Matteos Badezimmer gesehen hatte.

Pippa schaffte den Weg ohne weitere Hindernisse, doch gerade als sie die dicken gepolsterten Flügeltüren aufmachen wollte, wurden sie wie von Zauberhand geöffnet und der Geruch nach seifigem Papier, Tinte und Möbelpolitur mit Bienenwachs strömte in den Flur.

Sie erschrak, erinnerte sich aber sofort daran, dass Geister keine Türen benutzten, denn die konnten ja bekanntlich durch Wände gehen. Trotzdem versteckte sie sich instinktiv hinter der nächsten Säule. Sie hätte nicht sagen können, warum sie das tat, es war schließlich nicht verboten, nachts hier reinzugehen. Der Graf selbst hatte ihr gesagt, dass ihr die Bibliothek jederzeit offenstünde.

Obwohl sie niemanden sehen konnte, spürte sie, dass jemand da sein musste. Doch erst, als plötzlich Lichtpunkte aufblitzten, die wie Glühwürmchen um eine Gestalt herumschwebten, war sie sicher. Sie folgte den Lichtpunkten in den Flur, wo sie erkannte, dass auf einer Kutte glitzernde Sterne und Symbole aufgenäht waren. Unter der Kutte könnte ein kleiner schlanker Mann oder eine Frau stecken, überlegte Pippa. Der Kopf der Gestalt war vollständig mit einer schwarzen Holzmaske bedeckt, die reich verziert war. Auf dem oberen Hinterkopf waren rote Symbole eingeritzt, die Pippa an die erinnerte, die sie in ihrem Alkovenbett gefunden hatte. Die Ansuz-Rune aus dem Wappen der Rabens erschien ihr besonders groß.

Offensichtlich spürte der Mensch, dass er nicht allein war, denn er blieb abrupt stehen und drehte sich um. Pippa zwang sich, die Luft anzuhalten, und presste sich eng an die Säule. Trotzdem riskierte sie einen Blick auf die Vorderseite der Maske und zuckte zusammen, als sie erkannte, was die Muster darstellten. Sie symbolisierten ein Tier, eine grün geringelte Schlange wand sich über das Gesicht. Offensichtlich eine Kobra, denn die Maske war so bemalt, dass die Augen in der Mitte des aufgerichteten Abwehrschildes lagen und sich der Mund nahe der gespaltenen Zunge befand. Der Anblick war faszinierend und abstoßend zugleich. Und sie erinnerte sich ganz genau daran, wann sie das letzte Mal eine Kobra gesehen hatte. Bei ihrem ersten Abendessen. Der Kopf des Professors hatte sich allerdings nicht in eine Maske verwandelt, sondern in eine echte, atmende Kobra.

Sie klammerte sich an die Säule, um wieder klar denken zu können. Steckte also der Professor unter der Kutte und wenn ja, warum geisterte er in diesem Aufzug nachts durch das Schloss? Karneval war lange vorbei und insgeheim wusste Pippa ganz genau, dass das hier kein Faschingskostüm war.

Und was, wenn es diese Verkleidung war, die Kirsten aus dem Zimmer des Professors geholt hatte, und Kirsten daruntersteckte?

Die einzige Möglichkeit, das herauszufinden, war die, der Person zu folgen. Sie bewegte sich vollkommen lautlos. Als hätte sie eine Spezialausbildung beim Geheimdienst gemacht. Verwundert bemerkte Pippa, dass sie das Spiegelzimmer ansteuerte. Sie dachte mit Schaudern daran, wie Matteo hier mit Madita gesprochen hatte, und daran, wie sie vor ihrem eigenen Spiegelbild erschrocken war.

Die Gestalt ging zielstrebig auf den Raum zu und Pippa konnte es nicht riskieren, in einem der Spiegel entdeckt zu werden, also blieb sie zurück und spähte trotz der schmerzhaften Erfahrung vom frühen Abend durch das Schlüsselloch. Sie konnte kaum etwas erkennen, bis die Person ihren Finger auf den Scanner des Aufzugs legte. Dabei verrutschte die Kutte und Pippa war nun ganz sicher, wer unter der Maske steckte, denn sie erkannte Kirstens Armbanduhr, die sogar noch im Dunklen alles Licht bündelte.

Nie im Leben hätte Pippa gedacht, dass ihre Stiefschwester so eine seltsame Kluft auch nur anrühren würde. Ganz offensichtlich führte sie alle an der Nase herum.

Ein leises *Pling* machte ihr klar, dass sie sich beeilen musste, wenn sie Kirsten nicht verlieren wollte. Und überhaupt, wie hatte sie den Scanner überlistet? Hatte der Graf nur vergessen zu erwähnen, dass Kirsten auch Zugang zum Aufzug hatte?

Pippa rannte zum Treppenhaus, in der Hoffnung, sie unten an der Tapetentür zu erwischen. Doch als sie völlig außer Atem im Erdgeschoss ankam, war weit und breit niemand zu sehen.

Natürlich war Kirsten mit dem Aufzug schneller als sie selbst, aber sie hätte doch irgendwo noch einen Zipfel von ihr erhaschen müssen, denn die Tapetentür hatte nur diesen Ausgang zum Flur, von dem aus man wiederum nur nach rechts oder links gehen konnte. Sie konnte sich unmöglich in Luft aufgelöst haben!

Die Haustür war fest verschlossen und mit zahlreichen

Schlössern gesichert, die hätte Kirsten auf gar keinen Fall in der kurzen Zeit alle auf- und wieder zubekommen. Dann musste ihre Stiefschwester in einem der vielen Zimmer, die vom Flur abgingen, verschwunden sein. Aber das waren Esszimmer, Wohnzimmer, Frühstückszimmer, Jagdzimmer, Salons, was könnte sie dort mitten in der Nacht wollen? Einige der Salons hatten einen Ausgang nach draußen zu den Gärten, dem Stall … und zum Labyrinth.

Pippa rannte wieder hoch in den ersten Stock zu einem der Flurfenster und starrte nach draußen, in der Hoffnung zu sehen, wie Kirsten zum Labyrinth lief.

Nichts. Kein Mond, keine Sterne, nur ein dunkles, alles verschlingendes Loch, in das der Regen unablässig hineinströmte. Auch keine Lichtschwaden mehr.

Pippa setzte sich in die Fensterlaibung. Also hatte Niels recht, jeder hier hatte eine Seite, der man nicht trauen konnte, sogar Kirsten. Sie umschlang ihre Beine unterhalb der Knie mit den Armen und wünschte sich, Niels wäre hier. Hatte man ihn auf dem gleichen Weg in den Wahnsinn getrieben? Aber wer könnte ein Interesse daran haben, sie lächerlich oder verrückt zu machen? Niemand würde davon profitieren, auch nicht davon, ihre Mutter oder Matteo zu vertreiben, es sei denn, der Graf hatte das Leben ihrer Mutter hoch versichert. Sie umklammerte ihre Knie fester und dachte an seine toten Ehefrauen. Am einfachsten wäre das natürlich auf der einsamen Insel zu bewerkstelligen. Ein tragischer Unfall auf der Hochzeitsreise und die Sympathien wären dem Grafen sicher. Pippa schüttelte den

Kopf, Unsinn, er liebte ihre Mom und ihre Mutter war erwachsen und konnte sehr gut auf sich selbst aufpassen.

Trotzdem würde sie morgen in eine unabhängige Bibliothek fahren, reiten oder im schlimmsten Fall zu Fuß in ein Internetcafé gehen und versuchen, noch mehr über den Grafen und das Schloss und über diese Runen herauszufinden.

Sie stand auf und lief zurück zu Matteos Zimmer, wo Lulu bei ihrer Ankunft diesmal nur noch träge ein Auge öffnete und dann fröhlich weiterschnarchte.

Die Verfolgung der Kuttenschlange hatte Pippa durstig gemacht. Sie ging ins Badezimmer, ohne in den Spiegel zu sehen, und trank Wasser aus dem Hahn. Dann kämpfte sie mit sich, ob sie nicht doch einen Blick wagen sollte. Aber sie traute sich nicht, also schlüpfte sie zu Matteo und Lulu ins Bett, wo sie erst einschlief, als sie an die Regentropfen in Niels Wimpern zu denken begann und sich vorstellte, wie ein Tropfen nach dem anderen in seinem Grübchen landete.

16

Am nächsten Morgen wurde Pippa von ihrem Bruder wach gerüttelt.

»Pipps, schau mal, die Sonne scheint endlich wieder!«, trötete er und zeigte so selbstherrlich auf das weit geöffnete Fenster, als ob er persönlich dafür verantwortlich wäre.

Lulu hüpfte bellend um ihn herum, als wäre sie genauso begeistert, und ihr rosa Halsband funkelte so stark in der Sonne, dass das ganze Zimmer von den tanzenden Lichtreflexen erfüllt war.

Schlagartig erinnerte sich Pippa an die Ereignisse der Nacht.

»Matteo, sehe ich irgendwie komisch aus?«, fragte sie, weil sie sich nicht traute, ins Bad zu gehen.

Matteo setzte sich neben sie ans Bett und betrachtete sie mit großem Ernst. »Ja, total komisch.«

Ihr Herz schlug schneller. »Und warum?«

»Du hast da was am Kopf und Mama würde dich schimpfen, so liegt man nicht im Bett. Du bist so schmutzig.«

»Soll das ein Witz sein?«

»Nein. Schau dich doch mal an.«

Pippa schlug die Decke weg und sah an sich herunter. Er hatte recht. Ihre Beine hatten genauso Schlammspritzer, wie ihre Shorts, dabei war sie doch nur durchs Haus gegangen und nicht draußen gewesen. »Und findest du sonst etwas anders an mir?«

Matteo musterte sie wieder gründlich. »Nöö.«

Pippa sprang aus dem Bett und rannte ins Badezimmer, Matteo und Lulu folgten ihr. Sie betrachtete sich im Spiegel. Ihre Haare waren sehr verstrubbelt, die kleine Wunde auf der Stirn heilte schon und ihre Augen waren braun und nicht blau. Die weiße Fliesenwand hinter ihr sah aus wie eine weiße Fliesenwand.

Sie drehte das kalte Wasser auf und spritzte reichlich in ihr Gesicht, um sich daran zu erinnern, wie diese Schlammspritzer an ihre Beine gekommen waren, aber es half nichts.

»Du hast recht«, stammelte sie, »ich muss dringend duschen. Das mach ich lieber in meinem Badezimmer, geht ihr schon frühstücken.«

Matteo und Lulu ließen sich das nicht zweimal sagen und tobten davon. Pippa machte sich auf den Weg in ihr Zimmer.

Die Sonne schien so hell durch die Flurfenster, als wollte sie sich für den vielen Regen entschuldigen. Staubkörner tanzten in den Lichtstrahlen und es war jetzt schon richtig heiß.

Super, dachte Pippa, wenn das WLAN heute nicht funktioniert, dann reite ich mit Rasputin bis ans Ende der Welt, wenn es sein muss.

Unter der Dusche dachte sie über all das nach, was passiert

war. Paps hatte immer gesagt, man muss das Unmögliche denken, um eine Erklärung für das scheinbar Unmögliche zu finden, und landet dann beim erklärbar Möglichen.

Also Punkt eins, sie wurde nicht verrückt, sonst hätte es schon vor Dänemark Anzeichen dafür geben müssen. Punkt zwei, sie hatte keine Halluzinationen, siehe Punkt eins. Punkt drei, es gab immer einen Grund, für das, was jemand tat, auch für die kleinsten Dinge. Während Pippa unter dem heißen Wasser das Shampoo zu sahnigem, duftendem Schaum in ihre Haare knetete, wurde sie allmählich ruhiger. Doch dann drang ein Geräusch an ihre Ohren. Sie hielt kurz inne. »Matteo, bist du das?«, rief sie. Sie hatte die Badezimmertür sperrangelweit offen stehen lassen, damit etwas Sonnenlicht hereinkam, denn die Bäder waren erst nachträglich in das alte Schloss eingebaut worden und hatten keine Fenster.

Jetzt klang es, als würde ein Schlüssel umgedreht. Ein *Schlüssel?* Es gab doch gar keinen in ihrem Zimmer.

»Matteo, was machst du denn da?«

Schweigen. Sie musste sich verhört haben.

Pippa drehte das Wasser ab, um sich zu vergewissern. Die Bodendielen knarzten wie unter vorsichtigen Schritten.

Jemand war in ihrem Zimmer. Eindeutig. Thorgard klopfte sonst demonstrativ laut an, ihre Mutter war nicht da, Matteo hätte Lulu dabei und die zwei würden einen Höllenkrach machen. Kirsten vielleicht?

Nein, dämmerte es ihr, Gott, manchmal war sie einfach

dämlich, das war derjenige, der auch den USB-Stick genommen hatte. Vielleicht suchte er nach noch etwas?

Obwohl sie noch den ganzen Schaum in den Haaren hatte, stieg Pippa leise aus der Dusche, griff sich ein Handtuch, schlich in ihr Zimmer und schnappte überrascht nach Luft.

Niels stand vor ihrem Schreibtisch und starrte das Bild der Runen an, das sie neulich gemalt hatte. In der rechten Hand hielt er die Kette, die er ihr auf dem Ball abgenommen hatte. Er sah noch viel schöner aus als in ihrer Erinnerung, aber das lag sicher daran, dass er jetzt trocken war.

»Niels?« Für einen Moment hatte sie Angst, dass sie sich das gerade nur einbildete, es war einfach zu schön, um wahr zu sein.

Auch wenn er sehr müde wirkte, blitzten seine Augen auf, als er sie ansah, und sie wurde sich sofort der Tatsache bewusst, dass sie unter dem Handtuch nackt war, und fühlte sich gleich noch viel nackter.

Vorsichtig ging sie auf ihn zu, stellte sich so nah vor ihn, dass sie den Kopf in den Nacken legen musste, um ihm in die besorgten Augen zu schauen. Er berührte mit seiner Hand ihre linke nackte Schulter. »Pippa, ich muss für eine Weile verschwinden.«

Ihr Gehirn kämpfte gegen die Sensationen an, die seine Hand an ihrem Körper gerade ausgelöst hatte. »Aber … warum?«

Statt einer Antwort umfasste er ihre Schultern mit beiden Händen. Das fühlte sich an, als würde man ihren Kopf mit frischem Quellwasser umspülen, als würde sie Pfefferminzöl einatmen.

»Warum musst du schon wieder weg?«, wiederholte sie. »Du warst doch schon vier lange Tage wie vom Erdboden verschluckt!« Er neigte sein Gesicht tiefer zu ihr, sie schob ihm ihren Mund entgegen, musste ihn küssen. Sofort.

Seine Pupillen wurden zu dunklen Seen, sein Mund suchte ihren, zärtlich, erst fragend, und als sie ihn nicht wegstieß, drängender. Pippa öffnete ihre Lippen und wünschte sich, dieser Kuss würde niemals aufhören.

Doch er beendete ihn viel zu früh. »Verdammt. Eigentlich wollte ich nur kurz mit dir reden, aber du bringst mich immer ganz aus dem Konzept.« Er legte ihr die Kette um den Hals, die Kugel schwang über dem Badetuch hin und her. »Ich möchte, dass du sie ab sofort immer trägst.«

»Ich dachte, sie bringt Unglück?«

Er grinste sie entwaffnend an. »Nein, sie wird dich beschützen, ich hab dich belogen, tut mir leid. Ich hab sie dir auf dem Ball nur weggenommen, weil ich gehofft habe, dass du mich dann endgültig für einen gefühllosen Idioten hältst. Und mich einfach stehen lässt. Das hätte meinen Vater sehr beruhigt. Außerdem hat diese Kette mal mir gehört. Eines Tages war sie verschwunden. Ich habe immer gedacht, Madita hätte sie sich gemopst, aber sie hat behauptet, es war Kirsten, und die hat logischerweise alles abgestritten.«

Madita. Pippas Knie wurden weich. Sie wollte nicht an Madita denken.

»Aber wenn du die Kette trägst«, Niels deutete auf den Ring, »solltest du den hier ausziehen, er passt nicht zu dir.«

Maditas Ring, dachte Pippa und biss sich auf die Lippen.

»Ich kriege ihn nicht runter.«

»Doch du wirst sehen, er geht ganz leicht ab. Dieses Katzengold passt nicht zu dir.« Er nickte ihr zu, griff nach ihrer Hand und zog zu Pippas großem Erstaunen wirklich den Ring ab. Den Ring, den sie mit keiner Kraft der Welt auch nur einen Millimeter hatte bewegen können. Er legte ihn auf den Schreibtisch.

Verblüfft starrte sie ihn an. »Was bist du? Ein Magier?«

»So was in der Art.«

»Aber wozu brauchen Magier Schlüssel?«

Niels zwinkerte ihr zu. »Manchmal sind wir altmodisch. Übrigens passt bei den alten Schlössern jeder Schlüssel in jede Tür.«

Aha, dachte Pippa, dann konnte Kirsten mit ihrem Schlüssel also in jedes Zimmer, in das sie wollte. Sie überlegte, ob sie ihm die Erlebnisse von letzter Nacht erzählen sollte, aber viel lieber wollte sie wissen, warum Niels hier war. Mit diesem Schlüssel. Flüchtig dachte sie daran, dass auch er den USB-Stick genommen haben könnte.

Er musterte sie derart intensiv, dass es Pippa so vorkam, als könnte er durch ihr Badetuch hindurchsehen. Ihr wurde unangenehm bewusst, dass ihre Haare wie ein zerrupftes schaumiges Nest an ihrem Kopf klebten, von dem es ständig auf den Boden tropfte. Außerdem war er angezogen und sie nicht. Er griff nach der Kette rechts und links von ihrem Hals und zog sie damit an sich heran.

»Ob es etwas zu bedeuten hat, dass immer wenigstens einer von uns beiden klatschnass ist, wenn wir uns sehen?«

Er ließ die Kette los, umfasste mit beiden Händen ihre Wangen, beugte sich zu ihr und rieb sachte mit seiner Nase an ihrer.

Ihre Knie wurden ganz weich.

Jemand rüttelte an der Tür, gleichzeitig bellte Lulu.

Sie zuckten zusammen und fuhren so schnell auseinander, als hätte man sie bei etwas Ungesetzlichem erwischt. Pippas Handtuch löste sich – *Oh Gott!* –, sie schaffte es gerade noch, einen Zipfel festzuhalten, aber im Grunde war es längst zu spät. Alles Blut schoss ihr in den Kopf, obwohl Niels sich sofort danach bückte und es ihr fürsorglich wieder umlegte und dabei so tat, als hätte sie nicht gerade halb nackt vor ihm gestanden. Seine Wangen verfärbten sich, wenn auch nur eine Nuance, und sicherlich kein Vergleich zu der Hitze, die Pippa selbst ins Gesicht gestiegen war.

Sie hasste sich ein bisschen dafür, dass sie sich sofort fragte, ob er sie schön fand, oder war sie vielleicht nicht so schön wie Madita?

Er legte einen Finger beschwörend auf seinen Mund.

Matteo rüttelte wieder an der Tür. »Pipppppssss!«

Wie gut, dass Niels den Schlüssel mitgebracht hatte. Den würde sie behalten.

»Du sollst endlich zum Frühstück kommen. Thorgard hat geschimpft, ständig bist du die Letzte!«

Niels nickte ihr beschwörend zu. Pippa verstand ihn sofort. Sie sollte ihren Bruder abwimmeln.

»Ich komme gleich, muss mich nur noch anziehen, geh du schon vor.«

»Beeil dich. Mama hat gesagt, wir sollen ihr keine Schande machen!«

»Bin schon unterwegs.«

»Warum hast du dich eingeschlossen?«

»Mädchenkram!«

»Iiehhhh!« Matteo trollte sich, was man am leiser werdenden Hundegebell erkennen konnte.

Niels legte seine Arme um sie. »Ich bin sehr froh, dass dein Bruder gekommen ist.« Er trat einen Schritt zurück und betrachtete sie aufmerksam.

Was wollte er damit sagen? Dass er froh war, beim Küssen gestört zu werden?

Er grinste sie verschlagen an und fuhr mit einer Hand ihre Kurven über dem Handtuch nach. »Ich hab schon vorher geahnt, dass du schön bist, aber jetzt weiß ich es ganz genau.«

Pippa wurde rot – noch röter, weil sie ihm gerade unterstellt hatte, er hätte sie mit Madita verglichen. Jetzt oder nie, dachte sie. Ich kann mich nicht die ganze Zeit mit all diesen Fragen plagen, ich muss Antworten haben.

»Niels. Hast du Madita geliebt?«

Sein Gesicht versteinerte. »Das ist eine komplizierte Geschichte.«

»Noch komplizierter, als den Absturz eines Flugzeugs zu bewerkstelligen, das Hunderte von Kilometern von hier entfernt passiert ist? Wie soll dein Vater das geschafft haben?«

Seine Augen verdüsterten sich, nichts mehr von Meerschaumblaugrün, sie waren nur noch stürmisches Schwarz.

Er räusperte sich. »Klingt irre, ich weiß. Aber genau das versuche ich zu beweisen. Ich verspreche dir, alles aufzuklären. Nur jetzt kann ich dich noch nicht einweihen, weil es dein Leben gefährden würde.«

»Du klingst wie der Held in einem drittklassigen Agentenfilm.«

Er rang sich ein Lächeln ab. »Und dabei habe ich dir noch gar nicht verraten, dass die Mondlandung nie stattgefunden hat und Elvis lebt …«

»Solange du nicht von Außerirdischen in Ufos entführt wirst, ist mir alles egal«, sagte Pippa und meinte es in diesem Moment auch so, weil sie spürte, dass er wirklich ziemlich am Ende war. Er brauchte ihre Hilfe, nicht noch mehr Prügel zwischen den Füßen.

»Ich hätte nicht schon wieder herkommen sollen! Aber ich hatte Angst, du könntest mir nicht mehr vertrauen und würdest dann der Anti-Niels-Propaganda zum Opfer fallen.«

»Unsinn«, Pippa stellte sich auf die Zehenspitzen und verschloss ihm den Mund mit einem Kuss, aber er wehrte ab.

»Du musst jetzt runtergehen. Sonst schöpft noch jemand Verdacht.«

»Ich gehe nur, wenn ich weiß, wann und wo ich dich wiedersehen kann. Ich bin diese geheimnisvollen Andeutungen so leid, du musst mir endlich alles erzählen.«

Niels kaute nervös auf seiner Unterlippe herum.

»Bleib doch und versteck dich hier bei mir.«

Er schüttelte den Kopf. »Das geht auf gar keinen Fall.

Man würde mich hier finden. Außerdem muss ich noch etwas erledigen.«

»Niels … bitte!«

»Na gut.« Er verzog den Mund und lächelte dann. »Aber nicht hier, das Risiko ist zu groß. Komm heute Nacht mit Rasputin ans Meer. An den Strand, zu dem Denkmal von Yggdrasil etwa einen halben Kilometer nördlich von der Selbstmörderklippe, von der ich dich weggezerrt habe.«

»Der Selbstmörderklippe?«

»Ja, so heißt sie, es ist die einzige in Nordjütland, die hoch genug ist. Vor ein paar Sommern hat sich dort eine Gruppe Teenager umgebracht. Hast du denn das Eisenkreuz gar nicht gesehen? Das hat mein Großvater dort angebracht, in der Hoffnung, dass es Menschen davon abhält zu springen. Pippa … was wolltest du eigentlich dort?« Er betrachtete sie forschend.

»Ich weiß es nicht mehr.«

Das Lächeln verschwand, er presste seine Lippen zu einem Strich zusammen, nahm ihre Hand und drückte sie fest.

»Vielleicht kann ich dir heute Abend schon alles erklären. Bis dahin solltest du niemandem zu nahe kommen. Im Jagdzimmer ist ein Plan von der Gegend, da ist das Denkmal von Yggdrasil eingezeichnet, das findest du leicht. Jetzt musst du los, sonst steht dein Bruder gleich wieder auf der Matte!«

Er beugte sich zu ihr, küsste die kleine Narbe auf ihrer Stirn und schob sie dann belustigt von sich. »Vielleicht solltest du dir vorher noch den Schaum aus den Haaren spülen. Wenn ich nicht wegmüsste, würde ich das wirklich unglaublich gern selbst machen.«

Bevor Pippa noch etwas sagen konnte, drehte er den Schlüssel um, steckte ihn ein, spähte in den Flur und rief ihr über die Schulter noch zu, dass sie die Kette wirklich immer tragen sollte wie ein Amulett. Dann war er verschwunden.

Alles in ihr wollte hinter ihm herrennen, ihn festhalten, weil es ihr vorkam, als hätte er etwas von ihr mitgenommen, sie fühlte sich plötzlich so allein, so anders. Sogar die Sonne war nicht mehr so schön wie gerade eben noch, als sie auf seinem Haar Reflexe gemalt hatte.

Sie seufzte, fühlte sich wacklig, fühlte sich berauscht, klein und groß gleichzeitig. Leer und halb und ganz und hell und dunkel und durch ihren Körper wirbelten Strudel, die sie schwindelig machten und mit Angst erfüllten.

Wenn das Liebe war, dann fühlte es sich wirklich verrückt an.

Sie fing an zu lachen und lief beschwingt ins Bad, kontrollierte dann aus einem Impuls heraus ihre Augen, braun wie immer. Nein, nicht wie immer, korrigierte sie sich, glücklich. Sie schimmerten ganz anders als sonst.

Erleichtert stieg sie wieder in die Dusche, fragte sich, wie es wäre, zusammen mit ihm zu duschen. Überlegte, wie sich seine Hände in ihrem Haar anfühlen würden, stellte sich vor, er würde den Schaum aus ihren Haaren spülen, und musste sich kraftlos gegen die Duschwand lehnen, weil ihre Gefühle sie überwältigten.

17

Immer noch beseelt von der Begegnung mit Niels machte Pippa sich auf zum Frühstücksraum. Auf dem Weg dorthin wanderten ihre Gedanken immer wieder zu Niels und dann zu Lukas. Alles fühlte sich ganz anders an als damals. Sie hatte Lukas vermisst, wenn er nicht bei ihr gewesen war, und immer hatte sie Angst gehabt, er würde sie wegen einer Schöneren, Sportlicheren, Klügeren, Lustigeren, Dünneren, Blonderen verlassen. Hatte ständig überlegt, wie sie noch interessanter für ihn werden könnte, hatte sich beim Klettern übernommen, nur um ihm zu imponieren, und sich prompt dabei das Handgelenk gebrochen. Aber jetzt war alles anders. Ja, sie war aufgeregt, wenn sie zusammen waren, und sie wollte Niels gefallen, aber das Zusammensein mit ihm machte sie groß und nicht so klein.

Lächelnd betrat sie den Frühstücksraum, wo sie entgegen Matteos Behauptungen doch nicht die Letzte war. Der Polizeichef und der Kobraprofessor saßen noch an einem Tisch und winkten sie zu sich.

»Gut, dass du kommst, wir hätten gern mal die Meinung

von jemandem gehört, der da noch ganz unbefangen ist!«, sagte der Professor und schob ihr einen Stuhl hin, damit sie sich zu ihnen setzte.

»Wir haben gerade über die Forschungen des Professors geredet«, sagte Rasmus, »und fragen uns, wie es wohl wäre, wenn es Möglichkeiten gäbe, mit einer Maschine Verbrecher zu erkennen, bevor sie ein Verbrechen begehen würden.«

Schlagartig wurde Pippa aus ihren romantischen Gedanken zurück in die Gegenwart katapultiert.

»Einen schönen guten Morgen auch Ihnen«, sagte Pippa und nahm sich einen Berg Pfannkuchen. Die beiden wollten über Verbrecher reden, gut, dann musste sie das Gespräch ja nur noch von Verbrechern auf vermeintlich Verrückte und schaurige Tiermasken bringen. Denn sie wollte zum einen unbedingt mehr darüber wissen, warum Niels als verrückt galt, und zum anderen mehr darüber, was es mit den Masken auf sich hatte.

»Es wäre in jedem Fall ein übles Verbrechen, wenn Sie mich nicht erst etwas essen ließen …« Pippa lächelte, setzte sich zu ihnen, kippte Ahornsirup über die Pfannkuchen, vertilgte mit großem Appetit die ersten Bissen und überlegte, wie sie die beiden am besten zum Reden bringen konnte.

Rasmus und der Professor starrten sie so durchdringend an, als wüssten sie von kriminellen Dingen, die sie insgeheim geplant hatte. Ahnten sie, dass Niels bei ihr gewesen war?

»Also was hältst du davon?«, fragte Rasmus und beugte

sich so nah über den Tisch zu ihr hin, dass er sie mit seinem weinseligen Rasierwasser einnebelte.

»Verbrecher zu verhaften, bevor sie ein Verbrechen begehen? Nichts!«

»Warum nicht?«, fragte der Professor.

»Ich glaube nicht, dass es jemals legal sein wird, Menschen zu verhaften, bevor sie eine Tat begangen haben. Egal, was so eine Maschine herausfindet, ganz gleich, welche Faktoren ihn zum Verbrecher machen würden, man kann sich immer dagegen entscheiden. Mit so einem Vorgehen würde man den freien Willen leugnen.«

»Gar nicht so dumm, die Kleine!«, gratulierte ihr die Kobra und grinste den Polizeichef an.

Der Polizeichef reagierte nur mit einem Schulterzucken. »Miss Pippa redet Blödsinn, denn solange genug Faktoren auf jemanden anwendbar sind …«

Ganz schön herablassend, dachte Pippa und überlegte, ob sich das als Überleitung eignete, um über Menschen zu reden, die gar nicht verrückt waren, aber trotzdem eingesperrt wurden.

»Was denn für Faktoren?«, fragte Pippa und hoffte, einer davon könnte ihr Stichwort sein.

»Unsichere Mutter-Kind-Bindung, zerrüttete Familienverhältnisse«, kam es wie aus der Pistole geschossen, »psychischer, körperlicher oder sexueller Missbrauch, abwesende Väter, abartiges sexuelles Verhalten, Tierquälerei, Alkoholismus, um nur mal einige davon zu nennen.«

»Aber es gibt doch bestimmt viele Menschen, die so etwas durchmachen mussten und niemals kriminell wurden.« Darüber hatte Pippa schon oft mit Alana diskutiert.

»Man muss es mal ganz nüchtern sehen«, sagte der Professor statt einer Antwort auf ihre Frage, »es ist wie bei Krankheiten. Man kann Krankheiten, auch psychische Krankheiten so definieren, dass man sie einwandfrei diagnostizieren kann, warum sollte das mit verbrecherischen Neigungen nicht auch möglich sein?«

»Krankheiten werden erst festgestellt, nachdem sie schon ausgebrochen sind«, konterte Pippa und da war endlich ihre Chance. »Mich würde zum Beispiel sehr interessieren, welche Krankheits-Faktoren dazu geführt haben, dass man Niels weggesperrt hat.«

Rasmus' Glatze verfärbte sich rosa. Er tauschte mit dem Professor einen Blick und Pippa entging es nicht, dass er dabei dezent den Kopf schüttelte.

»Trauertraumata sind immer sehr schlimm und können bei einer entsprechenden Veranlagung verheerend sein.«

»Und was soll das heißen?«

»Man sucht einen Schuldigen, in Niels' Fall ist das aber noch komplizierter.«

Pippa hätte geschworen, dass Rasmus den Professor gerade ans Schienbein getreten hatte. Aber der ließ sich nicht stören und redete munter weiter.

»Niels ist daran zerbrochen, weil das mit seiner Zwillingsschwester, na ja, so eine Eros- und Thanatos-Sache war.«

Pippas Herz fing an zu rasen. Eros, das bedeutete Liebe und Thanatos war der Tod.

»Wollen Sie damit sagen, dass Niels in seine Schwester verliebt war und deshalb noch unglücklicher ist als alle anderen?« Sie hatte plötzlich seinen Duft wieder in der Nase, Tränen stiegen in ihre Augen. Der USB-Stick. Und wenn Niels ihn doch weggenommen hatte, weil er wusste, was da drauf war, und Angst hatte, was sie von ihm denken würde?

Immerhin trauerte sogar Graf Frederik dermaßen um Maditas Schönheit und Klugheit, dass er Kirsten lieber völlig ignorierte, als Maditas Platz in seinem Herzen freizugeben.

»Nein, das hast du falsch verstanden.« Die Kobra ruderte zurück.

»Warum hat man ihn dann eingesperrt?«

»Es ist wirklich nur zu seinem eigenen Schutz. Ich denke, das solltest du nicht mit uns, sondern mit deinem Stiefvater besprechen.«

»Aber der ist nicht da.«

»Dann rede doch mit Henrik, er hilft dir sicherlich gern.«

»Wie, reden?« Pippa runzelte die Stirn. »Der kann doch nicht sprechen.«

»Aber lesen und schreiben.« Der Professor grinste und wirkte dadurch mehr denn je wie eine Schlange, was sie wieder an die Maske erinnerte. Und weil sie sich so darüber ärgerte, dass man sie hier ständig wie ein kleines dummes Mädchen behandelte, wagte sie noch einen Vorstoß.

»Professor Hansen, wo haben Sie eigentlich Ihre Schlangenmaske anfertigen lassen?«

Dem Professor wäre es beinahe gelungen, sein Pokerface beizubehalten, aber Pippa hatte das kurze Aufflackern in seinen Augen bemerkt.

»Eine Schlangenmaske?« Der Professor kräuselte bemüht amüsiert seine schmalen Lippen. »Das ist interessant. Wieso glaubst du, dass ich so etwas mein eigen nenne?«

»Ich habe Sie heute Nacht gesehen.«

Bestürzt blickten sich die beiden an. »Das ist unmöglich!«, rutschte es ihnen heraus. Pippa frohlockte, aha, es war also wirklich seine Maske.

»Unmöglich, weil ich so etwas nicht besitze«, beeilte sich der Professor zu versichern.

Pippa hatte genug. Mehr würden ihr die beiden nicht verraten, immerhin wusste sie jetzt, dass ihre Erlebnisse von letzter Nacht keine Einbildung gewesen waren.

Sie stand auf und deutete einen tiefen Knicks an. Dabei schenkte sie ihnen ein triumphierendes Lächeln. »Meine Herren … bei dem schönen Wetter sollten junge Ladys einen Ausritt machen. Wir sehen uns.«

Als sie die Tür hinter sich schloss, hörte sie, dass die beiden leise miteinander stritten. Sosehr sie sich auch anstrengte, erhaschte sie doch nur ein paar Bruchstücke. Es war die Rede von Graden und Proben und von Licht. Darauf konnte sie sich überhaupt keinen Reim machen, aber das würde sie schon noch herausfinden, gleich nachdem sie im Jagdzimmer nachgesehen hatte, wo sich der Treffpunkt mit Niels befand.

18

Das Jagdzimmer mit den unzähligen ausgestopften Tiertrophäen an den Wänden brachte Pippa leicht durcheinander. Die vielen Glasaugen, die sie unvermittelt anglitzerten, erinnerten sie wieder an den Rehunfall. Es war ihr immer noch völlig schleierhaft, warum sich Matteo nicht daran erinnern konnte.

Suchend sah sie sich nach den Karten um und war erleichtert, als sie bemerkte, dass es einen tierfreien Nebenraum gab, in dem alle vier Wände mit Karten und Landschaften bemalt waren.

Überrascht stellte sie fest, dass sie nicht alleine hier war.

Ihre Stiefschwester starrte eine Seite der Wand an, als wäre dort der Sinn des Lebens plakatiert. Sie sah blass aus, die sonst so schimmernden Goldhaare klebten strähnig an ihrem Kopf und sie trug ausgebeulte Yogahosen, darüber eine viel zu große Strickjacke. Offensichtlich hatte sie das, was sie heute Nacht in der Kluft der Schlange getan hatte, sehr mitgenommen.

»Was machst du hier?«, fragte Kirsten müde.

»Guten Morgen!«, sagte Pippa. »Ich freue mich, dich zu sehen.«

Kirsten versuchte zu lächeln, aber es fiel reichlich dünn aus.

»Tut's noch weh?«, fragte sie und zeigte auf Pippas Stirn.

Pippa schüttelte den Kopf. »Der Polizeichef hat gesagt, ich sollte mal das Denkmal von Yggdrasil anschauen, das wäre interessant. Kannst du mir sagen, wo ich das finde?«

»Klar … Schau, wir sind hier.« Kirsten deutete auf das Miniaturschloss auf der Karte. »Hier drüben ist der Eichenwald, da der Irrgarten. Wenn du genau hinsiehst, kannst du auch sehen, wie er aufgebaut ist. Die ganze Karte zeigt ein detailgenaues Abbild aller Ländereien meines Vaters. Zu dem Denkmal kann man höchstens reiten, das ist viel zu weit für einen Spaziergang.«

Kirsten zeigte ihr das Denkmal auf der Karte.

»Und warum hat man das gerade dort gebaut?«

Kirsten lächelte geheimnisvoll. »Es hat mit dem Zweiten Weltkrieg zu tun, am besten fragst du Opa Henrik.«

Pippa deutete auf die Wandseite, die Kirsten angestarrt hatte. »Ein paar der Zeichen kenne ich schon, aber nicht alle, oben sind Runen, aber die anderen?«

»Stimmt und hier drüben, das sind Freimaurerzeichen.«

»Freimaurer, das hab ich schon mal gehört, sind das nicht geheime Bruderschaften?«

»Stimmt genau und sie treffen sich, um bessere Menschen zu werden.« Kirstens Stimme triefte vor Spott. »Sie gehen davon aus, dass wir alle wie unbehauene Steine sind, und wenn du in eine Freimaurer-Loge eintrittst, kannst du dich durch die Hilfe dieser Gemeinschaft zu einem polierten Stein beziehungsweise in ein besseres Ich verwandelt werden.«

Kirsten wusste nicht, warum man das Denkmal gebaut hatte, aber sie wusste offensichtlich sehr viel über Freimaurer.

»Gibt es denn heute noch welche hier im Schloss?«

Kirsten schüttelte den Kopf. »Nein, das ist alles schon lange her. Aber du und ich, wir hätten da sowieso nicht reingedurft, das war nur für Männer. Offensichtlich hatten wir Frauen immer schon ein besseres Selbst.« Sie versuchte wieder zu lächeln, aber es kam reichlich halbherzig, was nicht nur müde, sondern traurig wirkte.

Pippa ging einen Schritt auf sie zu, um sie in den Arm zu nehmen, aber da erstarrte Kirsten und Pippa blieb stehen. Was war heute nur mit ihr los?

»Zurück zum Garten«, beeilte sich Kirsten, auch prompt zu sagen, um die Stille zwischen ihnen zu beenden, »der ist nach dem Vorbild von Louisenlund in Schleswig angelegt. Den wiederum hat …« Kirsten hielt inne. »Willst du das überhaupt in so epischer Breite wissen?«

»Unbedingt!« Je mehr sie über die Familie und das Schloss erfahren konnte, desto besser.

»… okay, also den Garten hatte der Freimaurer Fürst Carl von Hessen anlegen lassen. Der war übrigens mal dänischer Feldmarschall, bevor er Luise, die Schwester von Christian, dem VII. heiratete. Louisenlund liegt, wenn man Esoterikern glauben will, an einer großen europäischen Herzlinie, die aus energetischen Kraftpunkten besteht und die von Karthago und Tunis über Mailand, die Insel Reichenau und Jütland bis nach Norwegen führt.« Obwohl Kirsten so leierte, blitzten ihre Augen jetzt wieder und sie wirkte viel wacher als vorhin.

»Und was hat das mit Schloss Ravensholm zu tun?«

»Wir haben einen ähnlichen Freimaurergarten und auch so einen geordneten französischen und den wilden englischen Teil.«

»Und eine echte Spukruine, in der diese Lady eingemauert wurde, oder?«

Kirsten wirkte verblüfft. »Wer hat dir denn diesen Unsinn erzählt? Was heute Ruine ist, ist gar keine Ruine. Es war früher mal ein dreistöckiger, achteckiger Turm, der jetzt eben nur noch zwei Geschosse hat. Soll ich wirklich noch mehr erzählen?«

Pippa nickte auffordernd. »Ja, das hört sich alles sehr spannend an.«

Kirsten verdrehte die Augen. »Na ja, wie man's nimmt. Ein Haufen alter Männer, die Weltverschwörung spielen. Das ist eher nicht so mein Ding.«

Unwillkürlich dachte Pippa an Kirstens nächtlichen Ausflug und beschloss, ihr ab sofort kein Wort mehr zu glauben.

»Also in der Mitte vom Turm befand sich damals der Versammlungsraum der Loge. Die Symbole der Freimaurer sind dort überall, du weißt schon, den Kram kennst du doch sicher aus dem *Da Vinci Code,* oder?«

Pippa hatte den Film zwar gesehen, erinnerte sich aber nur dunkel. Weshalb hatte ihr Stiefvater sie über diese Lady angelogen? Oder war es Kirsten, die sie gerade anschwindelte? Jedenfalls war ihre Stiefschwester wieder sehr in ihrem Element.

»Das allsehende Auge kenne ich von Dollarscheinen.«

Pippa zeigte auf ein Auge in einem Dreieck, von dem Strahlen ausgesendet wurden.

Kirsten nickte anerkennend. »Und wusstest du, dass die Freimaurer das bei den Ägyptern geklaut haben? Die haben es das Auge der Vorsehung genannt.«

»Nein. Aber den Zirkel und das Lot der Freimaurer kenne ich auch. Und was soll das da drüben bedeuten?« Pippa zeigte auf drei Rosen, die ihr bekannt vorkamen, aber sie wusste nicht mehr, wo sie die gesehen hatte.

»Die drei Rosen legen sie bei der Beerdigung eines Logenbruders aufs Grab; eine rosafarbene für das Leben, eine weiße für das Licht und eine rote für die Bruderliebe.«

Jetzt oder nie, dachte Pippa, das war ihre Chance.

»Apropos Bruderliebe, wie stehst du eigentlich zu Niels?«

»Sagen wir mal, ich würde keine Rosen auf sein Grab legen. Er ist schuld daran, dass meine Mutter tot ist.«

Pippa blieb vor lauter Staunen der Mund offen stehen. Niels dachte, sein Vater wäre ein Mörder – und Kirsten dachte das Gleiche über ihren Bruder. Aber beide mussten sich täuschen!

»Was? Wie soll er das denn bitte gemacht haben? Wie kann man einen Flugzeugabsturz in der Nähe von Island planen und durchführen? Und warum sollte er das tun, soweit ich weiß, haben sich doch alle sehr gerngehabt?«

Kirsten zuckte mit den Schultern und wendete sich wieder zur Wand, was Pippa rasend machte.

»Nein, antworte mir!«, kommandierte sie. »Warum glaubst du das? Wie kommst du darauf?«

»Schrei mich nicht an, ja?« Kirsten klang, als hätte sie einen Eiszapfen verschluckt. Pippa verschränkte ihre Arme und trat einen Schritt auf ihre Stiefschwester zu. Sie hatte dieses ständige Ausweichen so satt. Und wirklich, diesmal gab Kirsten nach.

»Niels hat meine Mutter so unglücklich gemacht, dass ihr beim Fliegen ein Fehler unterlaufen ist.«

»Aber das ist doch reinste Spekulation oder gibt es dafür Beweise auf der Blackbox?«

Kirsten lachte kurz auf. »Spekulation, ja?« Sie wandte sich wieder der Karte zu und redete weiter, als ob Pippa eine Touristin wäre.

»Wie auch immer: Hier auf der Landkarte erkennst du die Turmruine hinter dem See mit dem Wasserfall. Dorthin gelangt man nur, wenn man den Weg durch den Irrgarten kennt. Das Glasdach des Turms hast du bestimmt schon von deinem Zimmer gesehen.«

Pippa platzte gleich. Sie stellte sich ganz nah vor Kirsten, sodass sie ihr nicht mehr ausweichen konnte, und ging frontal zum Angriff über: »Warum läufst du nachts mit einer Kutte und Holzmaske durchs Schloss?«

»Was?« Verblüfft hielt Kirsten inne. »Oh, ach so das. Du weißt doch, dass du heute Nacht geschlafwandelt hast?« Sie legte ihre Hand behutsam auf Pippas Arm, der es die Sprache völlig verschlagen hatte. »Das tut mir leid. Ich dachte, du hättest es mitbekommen«, säuselte Kirsten, »aber du träumst offensichtlich sehr stark. Ich habe dich heute Nacht draußen im Labyrinth gefunden, allerdings hatte ich weder eine Kutte noch eine Maske an, sondern nur mein Nachthemd. Ich habe dich von oben gesehen, wie du durch den Matsch gelaufen bist. Erst dachte ich, du machst einen Spaziergang, weil du nicht schlafen kannst, aber dann hast mit den Rosenbüschen gesprochen, das kam mir komisch vor. Deshalb bin ich runter zu dir und habe dich zurück in dein Zimmer gebracht. Schlafwandeln kann sehr gefährlich sein, du solltest dich nachts lieber einschließen.«

Kirsten kam noch näher und tätschelte ihre Schulter. Auf einmal fühlte sich Pippa so schwach, dass sie sich am liebsten hingesetzt hätte.

Doch etwas in ihr trieb sie dazu an, Kirsten stehen zu lassen, obwohl es sie so viel Kraft kostete, als ob sie gegen unsichtbare Fesseln ankämpfen müsste.

»Hey, nimm das doch nicht so tragisch. Ich finde schlafwandeln sehr cool, das macht dich zu etwas Besonderem. Und besondere Menschen tun merkwürdige Dinge und sehen manchmal Dinge einfach im falschen Licht, ja manchmal sieht man sogar Bilder, die gar nicht da sind. Ich glaube, du solltest akzeptieren, dass das Gehirn uns allen mehr Streiche spielt, als uns bewusst ist. Denk doch nur mal an eine Fata Morgana!«

Pippa nickte ihr zu, während eine bleierne Müdigkeit sich in ihren Gliedern breitmachte. Was redet sie da nur, dachte sie und spürte trotz Kirstens wohlwollender Besorgnis, den Impuls wegzugehen.

Sie murmelte eine Entschuldigung und schleppte sich auf ihr Zimmer. Dabei kam es ihr immer mehr so vor, als ob Kirsten recht hätte, auch wenn sie ihr nicht die ganze Wahrheit gesagt haben konnte, denn sie war heute Morgen nicht in ihrem Zimmer, sondern bei Matteo und Lulu aufgewacht. Aber was, wenn das mit Kirsten vorher passiert war, was, wenn die blauen Augen nur ein intensiver Schlafwandeltraum gewesen waren?

Im Treppenhaus begegnete ihr Mads und riss sie aus ihren Gedanken. Schon von Weitem winkte er ihr mit hocherhobenem Daumen zu, um ihr zu signalisieren, dass endlich das Internet repariert war und das WLAN überall im Schloss wieder funktionierte.

Das glaube ich erst, wenn ich eine Verbindung mit Alana oder Mom habe. Immerhin beflügelte sie die Aussicht, mit jemandem zu reden, der nicht zu den Rabens gehörte, und sie fühlte sich wieder etwas wacher.

In ihrem Zimmer stand die Luft, in der sie noch winzige Spuren von Niels erschnuppern konnte. Sie öffnete die Balkontüren, und nachdem sie ein paar Mal die nach Meer und Rosen duftende Luft eingeatmet hatte, fühlte sie sich völlig wiederhergestellt. Sie setzte sich mit ihrem Laptop nach draußen und wählte sich ein. Nach allem, was Niels angedeutet hatte, musste sie als Erstes wissen, ob es ihrer Mom gut ging.

In der Karibik war es jetzt fünf Stunden früher, also Viertel vor sieben. Ihre Mutter war eine Frühaufsteherin, doch sie reagierte nicht, was natürlich daran liegen konnte, dass sie in den Flitterwochen war.

Deshalb versuchte Pippa es dann bei Alana, danach bei Leonie und schließlich bei Fatima, aber erst als sie niemanden erreichte, fiel ihr wieder ein, dass die drei zu einer Kanutour an die Müritz aufgebrochen waren. Ohne Handy. Mist! Dann versuchte sie es noch mal bei ihrer Mutter und dieses Mal erwischte sie die sofort.

Braun gebrannt strahlte ihre Mom sie an. Pippa konnte sich nicht erinnern, sie jemals so glücklich gesehen zu haben. Ihre Mutter schwärmte von Frederik und von der Insel, auf der sie waren, von dem Essen und dem Hotel. Auf der Nachbarinsel würde angeblich gerade Johnny Depp Urlaub machen. Weil Frederik immer noch ständig Geschäftstermine hatte, war sie auf die Idee gekommen zu malen und Frederik hatte ihr alles Nötige besorgt.

Das versetzte Pippa einen Stich. Malen, das war das Revier ihres Vaters gewesen. Ihre Eltern hatten sich auf einer Party der Kunstakademie kennengelernt. Aber ihre pragmatische Mutter hatte nach zwei Semestern beschlossen, dass ihr Talent nicht für eine Karriere als Künstlerin ausreichte. Sie sattelte komplett um und wurde Dolmetscherin für Mandarin. Damit hatte sie dann auch die Familie ernährt, während ihr Vater zu Hause bei Pippa und Matteo geblieben war. Seine abstrakten Bilder hatten zu seinen Lebzeiten leider nie viel Geld eingebracht. Erst als nach seinem Tod die Brandhorststiftung in München seinen *Lichtzyklus* kaufte, gab es für kurze Zeit sogar einen kleinen Hype um ihn. Und in all den Jahren hatte ihre Mutter nie auch nur einen Pinsel angerührt. »Du hast gemalt?«, wunderte sich Pippa also.

»Ich zeige es dir, es ist ziemlich Blau.« Ihre Mutter lächelte schüchtern und ging weg von der Kamera. Pippa sah nur noch den hellen Raum mit riesigen Fenstern, durch die man drei Palmen und das Meer erkennen konnte.

Ihre Mutter redete aus dem Off immer weiter. »Muss dieses karibische Blau sein, das jede Ritze durchdringt. Wie geht es dir, kommst du gut mit Kirsten zurecht? So, warte, hier ist es.«

Das Bild der Kamera wackelte und schwankte, dann sah Pippa, was ihre Mutter gemalt hatte: Das Bild war etwa doppelt so groß wie eine Postkarte und zeigte eine offene Tür, die den Blick auf eine junge blonde Frau freigab, die zusammen mit einem vielleicht dreijährigen Kind auf einer blauen Chaiselongue lag. Die Wände im Hintergrund waren blau. Das Kind lag in ihrem rechten Arm und schlief. Die linke Hand streichelte die Haare des Kindes. Die beiden wirkten gelöst und durchdrungen von Glück.

Pippa verspürte den Impuls, sich die Augen zu reiben, Gänsehaut prickelte von ihrem Nacken über den Rücken und ihr Puls wurde schneller. Es war das gleiche Bild wie das in der Bibliothek, das sie heute Nacht im Spiegel gesehen hatte. Nur dass alles, was dort rot war, hier blau schimmerte. Sie schluckte. Offensichtlich hatte ihre Mutter sich davon inspirieren lassen und es einfach in Blau abgemalt. Nur warum gab sie dann nicht einfach zu, dass sie sich davon hatte inspirieren lassen?

»Es kommt mir so bekannt vor …«, murmelte Pippa, um ihr die Möglichkeit zu geben, es selbst zu sagen.

»Wirklich? Wie meinst du das? Ich hab einfach etwas auf die Leinwand gekleckst und war selbst überrascht, was dann daraus geworden ist.«

Ihre Mutter musste das Bild in der Bibliothek doch kennen. Allerdings hatten sie sich mit Frederik aus Zeitgründen bis zur Hochzeit immer nur in der Villa in Kopenhagen getroffen, weshalb Pippa anfangs geglaubt hatte, sie würde Berlin mit Kopenhagen tauschen und nicht mit dem Ende der Welt. Vielleicht war Mom wirklich noch nie in der Bibliothek gewesen, denn nach ihrer Ankunft im Schloss hatte sie von morgens bis abends mit Hochzeitsvorbereitungen und den Gästen zu tun gehabt.

»Jetzt sag schon, meine Große, wie findest du es?« Ihre Mutter nahm das Bild von der Kamera weg, setzte sich wieder davor und lächelte sie unsicher an. »Als ich es Kirsten gestern gezeigt habe, hat es ihr gefallen.«

Das versetzte Pippa einen Hieb in den Magen.

»Aber du musst nichts sagen, es hat mir einfach solchen Spaß gemacht und Frederik gefiel es auch so gut, dass er davon gesprochen hat, es in der Bibliothek aufzuhängen.«

»Aber … dort hängt doch schon eins …«, stotterte Pippa.

Ihre Mutter lachte. »Da findet sich bestimmt noch ein Plätzchen. Oder ist es zu stümperhaft?« Ihre Mutter hielt sie für eine Expertin in Sachen Kunst, trotzdem hatte sie es Kirsten zuerst gezeigt. Gestern – dann hatte Kirsten also sehr wohl Internet gehabt.

»Pippa, sag doch was …«

»Nein, nein, es ist nicht stümperhaft, sondern wunderschön«, Pippa rang nach Worten. »Mom, schick mir bitte 'ne Mail mit einem Foto von dem Bild, dann kann ich es mir noch besser ansehen, ja?« Und es dann mit zur Bibliothek nehmen und vergleichen, dachte sie und fragte sich, wann Mom mit Kirsten geredet hatte und wie ihre Stiefschwester das Bild kommentiert hatte.

»Mach ich, mein Schatz, und jetzt müssen wir los, wir gehen heute tauchen.«

»Seit wann kannst du tauchen?«

»Frederik hat einen Tauchlehrer engagiert, der sagt, ich mache mich ganz gut.« Ihre Mutter führte ihr diverse Zeichen vor, die Pippa schon in Tauchfilmen gesehen hatte. Sie versuchte, ihre Mom anzulächeln, aber alles, woran sie denken konnte, war, dass beim Tauchen oft Unfälle geschahen. Was, wenn ihre Mutter aus den Flitterwochen niemals zurückkäme?

»Pippa, ist bei euch alles in Ordnung? Wie geht es Matteo?«

»Bestens«, sagte Pippa. Im Hintergrund hörte sie Frederik, der nach ihrer Mom rief.

»Die Liebe verlangt nach ihrem Recht!«, sagte sie, zwinkerte Pippa zu, trug ihr Küsse für Matteo auf und schaltete aus.

Zehn Minuten später stand Pippa in der Bibliothek und verglich das Bild, das ihre Mutter gemalt hatte, mit dem, das vor ihr an der Wand hing. Es war identisch, der einzige Unterschied war die Farbe. Sogar die Kette war die gleiche. Die Kette, die Niels zurückgebracht hatte.

»Was machst du denn da?«

Pippa fuhr zusammen, als hätte man sie bei etwas Illegalem erwischt. Sie ließ das Handy in ihre Jeans gleiten und hoffte, dass Kirsten es nicht gesehen hatte.

Pippa drehte sich zu ihrer Stiefschwester um und war verblüfft, wie sehr Kirsten sich seit vorhin verändert hatte. Ihr Haar glänzte wieder wie goldener Seidensatin, sie war geschminkt und hatte den Yogaanzug gegen enge Caprijeans, Booties und ein Wickeltop aus Spitze getauscht.

»Warum fotografierst du das Bild?«, fragte Kirsten so lässig und unbefangen, als hätte Pippa sie nicht vorhin einfach so unhöflich stehen lassen, und Pippa beschloss, das als Friedensangebot zu verstehen.

»Ich habe eben mit meinen Freundinnen geskypt und gemerkt, dass ich es nicht schaffe, ihnen zu erklären, was das Besondere an dem Bild ist.«

»Das kann niemand. Aber wenn du willst, erzähle ich dir etwas über seine Geschichte.«

Ah, es war wirklich ein Friedensangebot. Gut.

»Gerne.«

»Wir sollten uns dazu hinsetzen, das dauert länger.« Kirsten ließ sich neben Pippa auf dem Chesterfieldsofa unter dem Bild nieder, blickte dann aber nervös auf ihre sogar in der dämmrigen Bibliothek noch funkelnde Armbanduhr. »Das schaffen wir noch, ich muss nachher in die Stadt.« Sie sah Pippa aufmerksam an und legte die Hand auf ihren Arm. »Bist du bereit? Fühlst du dich wohl?«

Pippa nickte und konnte es kaum erwarten, endlich mehr über das Bild zu erfahren.

Zuerst war sie immer nur zu ihrem Geheimplatz in der Bibliothek gegangen, um das Bild über dem Sofa zu betrachten. Es hatte sie beruhigt und getröstet. Sie hatte sich ausgemalt, dass die Frau auf dem Bild auch so vom Pech verfolgt war wie sie und trotzdem alles erreicht hatte, was sie wollte. Deshalb hatte sie sich zum Geburtstag gewünscht, dass man dieses Bild in ihr Zimmer hängen würde, aber Vater hatte ihr lieber ein Pferd geschenkt. Deshalb ging sie immer noch, wenn sie nachts nicht schlafen konnte, in die Bibliothek, um die Frau anzuschauen.

Einmal hätte man sie beinahe erwischt und es war ihr gerade noch gelungen, sich hier in der Nische hinter den Regalen zu verstecken. Damals hatte sie zum ersten Mal gehört, worüber ihr Vater und der Großvater redeten, wenn sonst niemand dabei war, und das hatte ihr gut gefallen.

Geheime Dinge. Große Dinge. Gefährliche Dinge. Über die Zauberzeichen des Nordens und deren Kraft.

Seit sie entdeckt hatte, dass ihr Vater Geheimnisse vor ihrer Mutter hatte, störte es sie nicht länger, dass die immer nur damit beschäftigt war, ihrem Bruder das Tanzen beizubringen. Im Gegenteil, das verschaffte ihr mehr Zeit, die Bücher zu studieren, die in den Gesprächen der Männer so eine große Rolle spielten. Sie wollte klüger werden und mehr verstehen und in diese Welt vordringen. Und ein paar Mal war es ihr sogar schon gelungen, ihren Vater zu verblüffen.

Jemand betrat die Bibliothek. Das war ungewöhnlich, die Männer waren verreist und sonst interessierte sich niemand für Bücher. Vorsichtshalber machte sie sich trotzdem noch kleiner, nur um sicherzugehen, dass sie nicht entdeckt wurde.

»Also, mein lieber Sohn, weil du heute so gute Fortschritte gemacht hast und du mich nach dem Bild gefragt hast, das deiner Schwester so gut gefällt, werde ich dir zuallererst etwas darüber erzählen.« Ihre Mutter zeigte auf ihr Lieblingsbild.

Niemals hätte sie ihm verraten dürfen, dass es ihr Lieblingsbild war, er benutzte immer alles zu seinem Vorteil.

»Es ist ein magisches Bild, das den Mädchen dieser Familie das wahre Glück in der Liebe bringen soll.«

Unwillkürlich fing sie an zu lächeln, das geschah ihm recht, es war ein Bild für Mädchen! Deshalb fühlte sie sich so glücklich, wenn sie es ansah.

»Es wird immer nur von der erstgeborenen Tochter zur nächsten weitergegeben, im Notfall auch der zweitgeborenen. Es tut mir leid, dir das sagen zu müssen, aber der Sohn darf es niemals erben, das bringt großes Unglück. Und jetzt, wo du das weißt, wirst du sicher nicht dein Herz daran hängen. Es gibt so viel anderes, was du später einmal erben wirst!«

»Mama, das mag ich nicht!«

»Das Bild?«

Ihr Bruder schüttelte den Kopf. »Nein, das Bild ist schön, aber ich mag nicht, wenn du über das Erben redest. Erben bedeutet doch, dass ihr dann tot seid ...«

Ihre Mutter lachte, legte den Arm um ihn und schüttelte den Kopf. »Gut, dass Frederik dich nicht gehört hat. Manchmal benimmst du dich wirklich wie ein Schwächling. Es wird noch lange dauern, bis einer von uns stirbt! Du solltest dir ein Beispiel an dem Mann nehmen, der das Bild gemalt hat.«

Noch nie hatte ihre Mutter ihn getadelt, jedenfalls nicht, wenn sie dabei war. Gott, wie sie dieses Bild liebte!

»Warum, was hat der Maler denn getan?«, fragte ihr Bruder und sie konnte genau hören, wie er versuchte, den starken Mann zu mimen.

»Das werde ich dir sagen, dazu muss ich aber etwas ausholen. Das Gemälde zeigt deine Urahnin Luisa-Viktoria Markgräfin von Eckernförde. Jedes ihrer fünf Kinder ist früh gestorben, nur dieses eine nicht. Es handelt sich um ihre jüngste Tochter Astrid. Das einzige Kind, so erzählt es jedenfalls unsere Familienchronik, das nicht von ihrem grausamen Ehemann war, der seine Frau nie geliebt hat und der mit einer seiner zahlreichen Geliebten in wilder Ehe lebte.

Astrid ist die Tochter von dem Mann, der dieses Bild gemalt hat. Hinnerk von Raven. Er war Freimaurer und wurde wegen Verrat zum Tode verurteilt.«

Ihre Mutter hielt inne. »Verrat ist wirklich das Allerschlimmste, was ein Mann seiner Familie antun kann, ist dir das klar?«

Ihr Bruder nickte, wie er immer zu allem nickte, was ihre Mutter sagte. Am liebsten wäre sie aus ihrem Versteck herausgekommen und hätte ihn geschüttelt. Kein Wunder, dass ihre Mutter immer nur Augen für ihn hatte und für sie nichts übrig blieb.

»In der Zelle begann er, dieses Bild aus seiner Erinnerung heraus zu malen. Man erzählte sich, er habe das Bild mit seinem eigenen Blut gemalt, weil man ihm Farben verweigerte.«

Unter ihrem Verband fing es an zu prickeln, alle Härchen an ihrem Körper stellten sich auf. Wie verzweifelt musste man sein, um ein Bild mit Blut zu malen. Und wie schlau.

»Aber warum gilt denn ein Bild, das mit Herzblut gemalt ist, als Glücksbringer?«, fragte er. »Und wieso hat sich das Rot nicht verfärbt? Getrocknetes Blut wird doch dunkelbraun?«

»Das sind wirklich kluge Fragen.« Ihre Mutter tätschelte ihm die Schulter und sie wünschte sich so, es wäre einmal ihre Schulter. »Man erlaubte Hinnerk von Raven, das Bild zu vollenden, und verschob deshalb seine Hinrichtung. Vielleicht weil er adliger Abstammung war. Vielleicht aber auch, weil einer seiner Logenbrüder für ihn alle Hebel in Bewegung gesetzt hat. Nachdem das Bild fertig war, bekam es Gräfin Clara-Magdalena von Schleswig und Lauenstein aus Lübeck zu Gesicht. Sie war so beeindruckt von seiner Kunst, dass sie unbedingt von ihm porträtiert werden wollte. Und weil sie so einflussreich war, gelang es ihr, dafür seine Hinrichtung noch weiter aufzuschieben. In der Zwischenzeit tauchten immer mehr Beweise dafür auf, dass nicht der Künstler, sondern Luises Ehemann der wahre Verräter an König Christian gewesen war und man Hinnerk nur als Sündenbock benutzt hatte. Seine Hinrichtung wurde aufgehoben, er wurde ehrenhaft entlassen und konnte die Frau, die er liebte, endlich heiraten, nachdem der böse Graf gehenkt worden war.«

»Und das Blut?«, fragte er.

»Das ist das Allermagischste an dem Bild, die Farben wirken immer so frisch, als wären sie noch nicht ganz trocken. Niemand weiß, warum das so ist, und deshalb ist es auch so wertvoll. Es waren schon Kunstexperten aus der ganzen Welt hier, aber alle stehen vor einem Rätsel.«

Na klar, dachte sie, dazu brauchte man doch keinen Kunstexperten, dieses Bild war magisch und hatte Zauberkräfte, und dass es die gab, das wusste sie, seit sie den Geheimnissen ihres Vaters auf die Spur gekommen war.

Ihre Mutter seufzte tief und strich ihrem Bruder ein paar Locken hinter die Ohren.

»Aber meiner Meinung nach ist dieses Bild nur aus einem Grund kostbar, denn es steht für das Wichtigste im Leben eins jeden Menschen: Man soll immer für oder um das kämpfen, woran man glaubt. Es kann Wunder bewirken! Apropos Wunder, jetzt wollen wir mal sehen, ob wir deine ungelenke Schwester irgendwo finden, ihr solltet noch einmal die Schrittkombination für den Cha-Cha-Cha üben.« Sie legte den Arm um Niels und verließ zusammen mit ihm die Bibliothek.

Wann hatte ihre Mutter sie das letzte Mal in den Arm genommen? Ja, im Krankenhaus nach der letzten Operation, aber da waren auch Ärzte und Krankenschwestern dabei gewesen, da musste sie so tun, als würde sie die wirklich lieben. Aber das tat sie nicht, denn sie war nicht gut genug, ihr Bruder war der Maßstab, egal, was sie auch tat und wie sehr sie sich anstrengte.

Deshalb war sie die Einzige in diesem Schloss, die wirklich ein Wunder brauchte. Sie schluckte ein paar Mal, bevor sie sich aus ihrer Starre löste, schlich zu dem Bild, das Wunder vollbringen konnte, und betrachtete die schöne Frau mit dem Kind in dem roten Salon. Wenn man so schön war, dann liebten einen alle. Sie betastete ihren Kopf, spürte, wie es unter dem Verband juckte, und fing an zu weinen.

19

Der Geruch nach Leder und Möbelpolitur mit Bienenwachs kitzelte in Pippas Nase. Verwirrt gähnte und streckte sie sich, als hätte sie lange geschlafen, und als sie sich blinzelnd umsah, fand sie sich zu ihrer großen Überraschung wirklich auf dem Chesterfieldsofa in der Bibliothek wieder. Hier, sie hatte *hier* geschlafen? Sie setzte sich auf und betrachtete den hohen Raum mit der Galerie und den Glasschränken und versuchte, klarer im Kopf zu werden. Nach einer Weile erinnerte sie sich, dass sie mit Kirsten hergekommen war, die ihr etwas über das Bild erzählen wollte, aber dann war sie offensichtlich eingeschlafen. Na, hoffentlich nicht schon – sie musste lachen –, während Kirsten mit ihr gesprochen hatte.

Wieder hatte sie von dem Kind geträumt, allerdings war es nun viel älter gewesen, hatte aber immer noch einen Verband um den Kopf, und nachdem sie letztes Mal auf einen Jungen getippt hätte, war sie jetzt doch ganz sicher, dass es ein Mädchen war. Nein, verbesserte sie sich, sie hatte nicht geträumt, es war wieder so gewesen, als wäre sie selbst dieses Mädchen hier in der Bibliothek. Aber wer war sie?

Wusste das Mädchen es vielleicht selbst nicht mehr, weil es Operationen am Kopf überstanden hatte?

Pippa stand auf und betrachtete das Bild über dem Sofa. Ob das alles stimmte, was sie nun darüber wusste? War es wirklich ein magisches Bild, das mit dem Herzblut eines Freimaurers gemalt worden war?

Wenn das mit dem Mädchen eben kein Traum gewesen war, sondern irgendeine Form von Wirklichkeit, dann musste es dieses Versteck auch irgendwo geben. Pippa lief über den Boden aus schwarzem Granit, der so stark glänzte, dass sie ihren Schatten darin sehen konnte, und musterte die Regale. Dabei fiel ihr das Stammbuch wieder ein. Sie unterbrach ihre Suche und lief zum Tisch, wo sie es zum letzten Mal gesehen hatte. Es lagen eine Menge Bücher herum, vor allem moderne Bücher zu so langweiligen Themen wie Börsencrash und Gewinnmaximierung. Weit und breit war kein Stammbuch zu entdecken.

Okay, dann finde ich wenigstens diese Nische, nahm sie sich vor. Um genau den gleichen Blick auf das Bild zu haben wie das Mädchen im Traum, musste sie schräg rechts suchen. Hier standen die Regale in zwei Reihen auf Rollen, sie schob die vordere Reihe weg und tatsächlich: Weiter unten waren keine Regalbretter, die waren nur oberhalb ihres Kopfes angebracht.

Auf dem untersten lagen zwei Bücherstapel nebeneinander, als ob sie jemand zu einem Hocker zweckentfremdet hätte. Einem Impuls folgend kauerte sie sich in die Nische, hockte sich auf den Buchstapel und zog das vordere Regal davor.

Sie hatte kaum Platz, aber wenn sie die Luft anhielt und nicht atmete, dann konnte es gehen und von hier konnte sie das Bild sehen.

Pippa rollte das Regal wieder zurück, bückte sich nach den Büchern, auf denen sie gesessen hatte, und nahm eins nach dem anderen in die Hand.

Die Geschichte der Freimaurerei, las sie, *Andersens Märchen, Carl Hansen und seine Zeit, Geschichte der dänischen Reede* und der andere Stapel bestand nur aus Büchern über Runen.

Großartig! Darüber wollte sie unbedingt mehr wissen, vielleicht konnte sie damit sogar die Inschrift in ihrem Bett entziffern und noch mehr über die Ansuz-Rune erfahren. Sie entschied sich für das Buch, das *Nordische Zauberzeichen* hieß, und schlüpfte aus der Nische.

Genau in diesem Moment schob Kirsten den alten Grafen in die Bibliothek, und als sie Pippa dort am Regal stehen sah, erstarrte das Lächeln, das sie eben noch im Gesicht gehabt hatte.

»Ich suche das Stammbuch.« Pippa fragte sich, warum sie überhaupt eine Erklärung von sich gab, es war ihr gutes Recht, hier zu sein und sich alles anzuschauen.

Graf Henrik zwinkerte ihr zu und bedeutete Kirsten, ihn an den Tisch zu fahren. *Das Stammbuch ist zurück auf dem Standesamt*, schrieb er mit zittriger Handschrift auf einen der Notizzettel, die auf dem Tisch in Metallkästchen bereitstanden.

»Gott sei Dank bist du endlich aufgewacht!« Kirsten hatte sich offensichtlich wieder unter Kontrolle und schüttelte den Kopf. »Als du beim Mittagessen nicht aufgekreuzt bist, haben wir dich überall gesucht.«

Mittagessen? So lange hatte sie geschlafen?

»Dein Bruder hat dich hier gefunden, aber du hast so fest geschlummert, dass wir dich nicht wach gekriegt haben. Dabei hat Lulu gebellt wie der Teufel.« Kirsten lachte, als wäre das witzig. Pippa fand die Vorstellung, dass sie davon nicht das Mindeste mitbekommen hatte, weniger erheiternd.

»Matteo hatte schon Angst, du wärst tot, aber wir konnten ihn beruhigen. Zum Glück ist ihm dann auch eingefallen, dass du heute Nacht viel wach warst. Finde ich ja echt sehr süß von dir, wie du dich um deinen Bruder kümmerst, wenn er Sehnsucht nach seiner Mutter hat.«

Matteo hatte Kirsten also nicht auf die Nase gebunden, dass es umgekehrt gewesen war und sie vielmehr Zuflucht bei ihm gesucht hatte. Zum Glück hatte er ihr nichts von ihrem verstörten Zustand verraten.

»Es ist schon spät«, stellte Kirsten fest, »hast du denn gar keinen Hunger?«

Pippa griff nach ihrem Handy, das einundzwanzig Uhr anzeigte. Sie musste zweimal hinsehen. Verdammt, sie hatte also fast den ganzen Tag hier verschlafen, das war doch nicht normal!

»Komm wir gehen in die Küche, Thorgard hat ein paar Reste für dich in den Kühlschrank gestellt.«

Pippa merkte, dass sie tatsächlich hungrig war, aber in weniger als einer Stunde war sie mit Niels am Yggdrasil-Denkmal verabredet.

Was, wenn sie jetzt etwas zu sich nahm, dann wieder komische Dinge geschahen und Niels dort vergeblich auf sie warten würde? Sie hätte ihm ihr Handy geben sollen!

Sie betrachtete ihre Stiefschwester und überlegte, wie sie etwas essen konnte, ohne ein Risiko einzugehen.

»Ich habe wirklich Hunger, aber du musst mir Gesellschaft leisten, allein essen macht keinen Spaß.«

Unvermittelt klatschte Kirsten in die Hände. »Okay, und wer zuerst unten ist, hat gewonnen!«, rief sie und rannte davon, als wäre sie höchstens so alt wie Matteo. Verblüfft sah Pippa ihr hinterher und beeilte sich, ihre Stiefschwester einzuholen.

»Dein Buch!«, rief eine Stimme hinter ihr her, was sie mitten im Laufen erstarren ließ. Hatte der alte Graf gerade gesprochen? Sie ging zurück, betrachtete Graf Henrik, aber der saß nur unbeteiligt an seinem Tisch und blätterte in einem der Wirtschaftsbücher.

Pippa griff sich das Runenbuch, das am Ende des Tisches lag, brachte es in ihr Zimmer und rannte dann nach unten zur Küche.

Als sie in dem riesigen weiß-blau gefliesten Raum anlangte, war sie überrascht, wie viel hier los war. Thorgard stand an dem gewaltigen Herd in der Mitte, rührte eine Soße, von der aromatischer Duft nach Steinpilzen und Sahne aufstieg. Kirsten stand neben ihr und probierte gerade davon. »Lecker!«, befand sie und über Thorgards grimmiges Gesicht zuckte ein kleines Leuchten. Mads zerlegte mit einem riesigen, im Neonlicht aufblitzenden Messer eine Gans. Kill Bill, mit weißen Stöpseln im Ohr, knetete einen

Teig, summte leise vor sich hin und schwang die Hüften dazu im Takt.

Angesichts dieser friedlich entspannten Arbeitsatmosphäre kam Pippa sich mit ihren Theorien darüber, dass man ihr etwas ins Essen oder Trinken kippen könnte, völlig bescheuert vor. Aber dann erinnerte sie sich an das Telefonat mit Alana: Sie war keineswegs irre, vielmehr sollte sie endlich die Muster erkennen, nach denen das alles geschah.

Sie ermahnte sich, wachsamer zu sein, und musterte Thorgard und ihre Truppe genauer. Was wusste sie schon über die Haushälterin? Eben beugte sich Thorgard vor, dabei fiel die Kette mit dem merkwürdigen Zeichen aus ihrem Ausschnitt. Zum ersten Mal konnte Pippa sie richtig erkennen. Es waren zwei Dreiecke, die mit der Spitze aneinanderstießen. Thorgard zog aus ihrer Schürzentasche eine Phiole und gab verstohlen ein paar Tropfen davon in die Soße. Mads strich mit dem Zeigefinger über die blutige Klinge des Messers, um sie sauber zu wischen, und leckte den roten Finger gierig ab wie ein ausgehungerter Vampir. Und was war das für abgefahrene Musik, die Kill Bill da hörte? Pippa spitzte die Ohren, es war nichts, zu dem Pippa die Hüften geschwungen hätte, es klang sehr feierlich, nach Kirchenmusik oder nach Chorälen?

»Was haben Sie da gerade in die Soße getan?«, fragte Pippa.

Kirsten runzelte die Stirn und stellte die Tupperdosen mit dem Raben-Wappen, die sie aus dem Kühlraum geholt hatte, neben der Mikrowelle ab. »Was meinst du?«

»Ich habe nicht dich, sondern Thorgard gefragt.«

Thorgard zuckte gelassen mit den Schultern und zog die Phiole wieder aus ihrer Schürzentasche. »Das ist ein selbst gemachtes Steinpilzöl. Willst du es mal probieren?«

Alle hielten mit ihrer Arbeit inne und starrten Pippa an, als hätte sie gerade laut gerülpst oder etwas völlig Unangebrachtes von sich gegeben. Sie wurde rot und murmelte: »Nein danke ...«

Thorgard wackelte missbilligend mit dem Kopf, daraufhin machten sich die anderen wieder an die Arbeit.

»Willst du lieber Zucchiniauflauf oder Gulasch?«, fragte Kirsten.

Pippa hatte überhaupt keinen Hunger mehr. Sie wollte nur noch weg zu Niels, raus hier. Aber sie konnte jetzt schlecht wegrennen.

Kirsten zuckte mit den Schultern. »Dann kriegst du eben die Nudeln mit Gulasch!« Sie kippte den Inhalt der Tupperdose auf einen großen Teller, stellte ihn kurz in die Mikrowelle und trug ihn dann zu Pippa.

Pippa bedankte sich bei Thorgard und Kirsten, nahm ihr den Teller ab, erklärte, sie würde in ihrem Zimmer essen, und verließ hastig die Küche mit dem Plan, das Essen im Bad zu entsorgen. Ein Blick durch die Flurfenster verriet ihr, dass es noch immer hell genug war für ihren Ausritt, sie würde das Yggdrasil-Denkmal schon finden.

Als sie die Türklinke zu ihrem Zimmer herunterdrückte, tippte ihr jemand auf die Schulter, und weil sie niemanden gehört hatte, erschrak sie so sehr, dass sie beinahe den Teller hätte fallen lassen.

Kirsten reichte ihr mit einem breiten Grinsen Messer und Gabel, die in eine Serviette eingewickelt waren.

»Die hast du vergessen oder wolltest du mit den Händen essen? Außerdem dachte ich, du wolltest Gesellschaft und voilà, hier bin ich.«

So viel zu dem Plan, das Gulasch ins Klo zu kippen. Sie wusste nicht, wie sie Kirsten schnell loswerden sollte, stellte alles auf den Tisch und öffnete die Balkontür. Erstaunlich warme Luft strömte herein und sie setzten sich nach draußen.

Das Gulasch duftete aromatisch und Pippa nahm nun doch ein paar Bissen.

»Sag mal, gibt es ein Buch über die Geschichte des Schlosses, über seine Vergangenheit und seine Bewohner?«, fragte sie in Gedanken an das Mädchen mit dem Kopfverband.

Kirsten schüttelte den Kopf. »Wieso interessiert dich das jetzt? Als ich dir heute Mittag von dem Bild erzählt habe, hat es dich nach zwei Minuten gelangweilt. Du bist dann weg, um mit deiner Mutter zu telefonieren.«

Pippa hätte schwören können, dass das gelogen war. Und das war leicht zu überprüfen. Sie zog ihr Handy raus, sah wieder, dass sie sich wirklich beeilen musste, und suchte nach der Anrufliste. Sie hatte ihre Mutter nicht angerufen und die letzte Mail von ihr war von heute Morgen, als sie das Bild geschickt hatte. Sie klickte darauf, nur um ganz sicherzugehen, und konnte kaum glauben, was sie da sah: Auf dem abfotografierten Bild war weder der Salon noch die Frau mit dem Kind. Stattdessen glitzerte ihr blaugrün das Karibische Meer entgegen, gesehen durch eine große geöffnete Terrassentür, von der rechts und links zarte weiße Vorhänge ins Bild wehten.

Pippa straffte die Schultern. Logisch bleiben. Muster finden. Aber wenn sie nicht anfangen wollte, an ihrem Verstand zu zweifeln, dann gab es nur eine einzige Erklärung dafür: Jemand hatte ihr Handy manipuliert und das Bild ihrer Mutter ausgetauscht, während sie fest geschlafen und wieder in der Welt des Mädchens gewesen war. Sie sollte einfach gar nichts mehr essen.

Sie betrachtete das Gulasch, der Appetit war ihr gründlich vergangen. Wer wusste schon, was für Phiolen Thorgard noch in ihrer Schürzentasche hatte. Valium, Salzsäure, K.-o.-Tropfen … Sie musste Kirsten endlich loswerden.

»Mir ist ein bisschen übel.« Sie stand auf und legte sich demonstrativ auf ihr Bett.

»Soll ich dir einen Kamillentee bringen?« Kirsten klang nicht wirklich besorgt, sondern leicht belustigt.

»Bloß nicht«, entfuhr es Pippa, Kirsten ging ihr jetzt wirklich auf die Nerven, sie sollte endlich gehen und nicht wiederkommen. »Ich glaube, ich muss jetzt schlafen.«

Seufzend wandte sich Kirsten zur Tür. »Komisch, eigentlich hattest du 'ne Menge Schlaf heute, aber gut, vielleicht ist schlafwandeln ja so anstrengend. Soll ich dich einschließen, damit du heute Nacht nicht wieder herumlaufen kannst – du weißt ja, ich habe einen Schlüssel?«

»Nein!« Auf gar keinen Fall, dachte Pippa und gähnte demonstrativ, um sie endlich aus dem Zimmer zu bekommen.

Kirsten wirkte skeptisch. »Na gut, ganz wie du willst. Dann gute Nacht!« Sanft schloss sie die Tür hinter sich.

Pippa wartete einen Moment, bevor sie wieder aufstand. Unschlüssig starrte sie auf ihr Handy. Ob Niels auf sie warten würde? Konnte sie jetzt schon das Risiko eingehen, Rasputin zu satteln, oder würde sie dann prompt wieder auf Kirsten treffen?

Ich muss es versuchen, beschloss sie und schlüpfte in ihre Reitstiefel.

20

Endlich. Der Himmel über ihr war von einem metallischen Dunkelblau, an dem die Sterne so schwach glitzerten wie eine Lichterkette, der langsam der Strom ausging. Aber es war hell genug, um zu reiten. Pippa fühlte sich auf Rasputin, als ob sie fliegen würde. Die viele Zeit, die sie während des Regens mit ihm im Stall verbracht hatte, schien sich auszuzahlen. Er reagierte schon auf den zartesten Druck ihrer Fersen und sie trabten so schwerelos dahin, als ob sie mit Pegasus selbst unterwegs wäre. Je näher sie zum Meer kamen, desto schneller wurde Rasputin, als ob es auch auf ihn eine magnetische Anziehungskraft hätte.

Der Wind raubte Pippa den Atem und peitschte die heranbrandenden Wellen so laut klatschend an das Ufer, dass alle anderen Geräusche darin untergingen, das Getrappel der Hufe, das Geschrei der Möwen, das Schnauben ihres Pferdes. Sie wusste noch vage, dass sie sich nach links wenden musste, wenn sie zu dem Yggdrasil-Denkmal kommen wollte.

Während sie am Strand mit Rasputin nur so dahinschwebte, kreisten ihre Gedanken um Niels. Sie konnte es kaum erwarten, ihn zu sehen, aber es gelang ihr nicht, all das zu vergessen, was Kirsten, der Professor und die Stimme in der Audio-Datei angedeutet hatten. Und obwohl sie nicht wusste, ob Kirsten ehrlich zu ihr gewesen war, dachte sie darüber nach, welche Beziehung Niels wohl wirklich zu seiner Zwillingsschwester gehabt hatte.

Als sie an der Selbstmörderklippe vorbeikam, die in der langsam einfallenden Dunkelheit noch bedrohlicher aussah als am Tag, überfiel sie eine Gänsehaut und sie war froh, dass sie sich nicht dort verabredet hatten.

Sie atmete die salzige Luft tief ein, schmiegte sich an Rasputin und trieb ihn zu noch größerer Eile an.

Von Weitem sah der Treffpunkt einfach nur aus wie ein beängstigender riesiger Schatten. Ein heiliger Platz, hatte Niels gesagt. Ein Denkmal für Yggdrasil. Daran konnte eigentlich nichts Unheimliches sein. Der Gedanke, dass es einen Baum gab, der alle Welten miteinander verband, war doch eher tröstlich.

Sie entdeckte einen kleinen Pfad, der hoch zu der kleinen Anhöhe führte, wo die Statue von Yggdrasil stand. Sie stieg von Rasputin ab und nahm ihn an den Zügeln, um die letzten Meter zu Fuß zu gehen. Doch plötzlich verweigerte Rasputin den Gehorsam. Er schnaubte, blieb regungslos stehen und zwang Pippa, es ihm gleichzutun.

Vor ihnen ragte die in Stein gehauene Weltesche fast fünf Meter in den Himmel auf. Der Baum war aus einem hellen Stein gearbeitet, der im schwindenden Licht so aufleuchtete, als ob er von innen beleuchtet wäre.

Direkt vor ihr im Sand waren schon die in Stein gearbeiteten ersten Ausläufer von gewaltigen Wurzeln, so fein, als wären sie echt. Wahrscheinlich hatte Rasputin deshalb gezögert.

Als sie noch genauer hinsah, erkannte sie einen Schlangenkopf, der sich links aus den Wurzeln herauswand. *Midgard*. Dann, weiter rechts, schmiegte sich *Ratatösk* an den Stamm, das intrigante Eichhörnchen, nach dem Matteos Zimmer benannt war.

Sie trat einen Schritt zurück, um besser zu sehen. Darüber erhoben sich mächtige Äste, doch von hier konnte sie die nicht genauer betrachten. Aber ganz oben an der Spitze des Baumes erkannte sie den Adler ohne Namen, zwischen dessen Augen der Habicht *Verdrfölnir* saß.

Auf dieser Seite des Denkmals war Niels nicht zu sehen. Sie mussten drumherum gehen. Es hatte den gewaltigen Umfang eines tausend Jahre alten Olivenbaumes. Sie nahm Rasputins Zügel fester, weil sie zusammen mit ihm um die Steinskulptur herumlaufen wollte, aber er schnaubte und bewegte sich keinen Millimeter.

»Komm schon, Rasputin«, ermunterte sie ihn und noch viel mehr sich selbst. »Du wirst doch keine Angst vor so einem lächerlichen Steinbaum haben.« Es widerstrebte ihr, noch stärker an den Zügeln zu zerren, aber sie wollte auf keinen Fall allein weitergehen.

»Niels!«, rief sie, dann noch lauter: »Niels, wo bist du?«

Erst dachte sie, dass es nur ein Echo wäre, aber nein, jemand rief nach ihr. Es kam von der anderen Seite des Denkmals.

»Rasputin, da müssen wir jetzt hin!« Sie klopfte ihm ermutigend auf die Flanke und machte einen Schritt, aber Rasputin stand wie angewachsen und rührte sich keinen Millimeter.

»Pippa! Ich bin hier!« Obwohl das Jaulen des Windes die Worte verzerrte, klopfte Pippas Herz in freudiger Erwartung, als sie Niels Stimme sicher erkannte.

»Dann bleib eben hier«, fluchte sie. »Aber rühr dich nicht von der Stelle.« Auf keinen Fall wollte sie, dass er wieder ohne sie nach Hause galoppierte wie am Tag vor der Hochzeit.

Sie ließ die Zügel los, was Rasputin mit einem leisen Wiehern kommentierte. So schnell sie konnte, lief sie um die dicken Wurzeln herum, auf die andere, dem Meer abgewandte Seite.

Hier war man vor dem Wind etwas geschützter, aber es war auch dunkler und ihre Augen mussten sich erst daran gewöhnen. Sie sah einen Umriss am Boden, dann hörte sie Niels, der ihren Namen rief, aber er klang nicht glücklich, sondern fassungslos.

Sie rannte zu ihm und blieb dann schockiert stehen.

Niels T-Shirt war blutüberströmt und er wirkte ganz benommen. Er musste verletzt sein! Sie bückte sich zu ihm, um nachzuschauen, wo er sich verletzt hatte.

»Niels«, flüsterte sie, »Niels, was ist passiert?«

Er deutete neben sich auf den Boden und erst jetzt, als sie ihren Blick von ihm abwandte, bemerkte sie den Mann, der mit weit offenen Augen völlig reglos auf dem Boden lag. Sein Kopf war ebenfalls voller Blut, das vor dem hellen

Stein des Denkmals fast schwarz wirkte. Und so, wie er dalag, musste er tot sein.

Das war ein Albtraum, einer dieser fürchterlichen Träume, die sie im Schloss Ravensholm immer hatte. All ihre Hoffnungen, die sie auf diesen Abend gesetzt hatte, auf ihr Treffen, auf ihr Zusammensein, zerplatzten und für eine Sekunde hasste sie alle Götter, das Schicksal und das Leben an sich, weil man ihr das angetan hatte. Warum konnte nie irgendwas einfach nur schön sein? Dann hasste sie sich selbst, weil sie derart egozentrische Gefühle hatte, angesichts einer solchen Katastrophe.

»Niels, was hast du getan, was ist passiert?« Sie kniete sich neben ihn. Sein vertrauter Duft wurde fast völlig von dem metallischen Gestank nach Blut und Schweiß und Angst überlagert.

Er ist verrückt, wisperte eine fiese Stimme in ihrem Kopf, er ist aus einer Irrenanstalt abgehauen, Mr Hyde ist gerade rausgekommen, du solltest schleunigst von hier verschwinden. War es also das, »was er noch so unbedingt erledigen wollte«?

Aber eigentlich wollte sie das alles nicht hören und legte zögerlich ihren Arm um Niels.

»Ich habe versucht, ihn wiederzubeleben, aber er ist tot«, flüsterte er und rutschte ein Stück weg von ihr.

Das konnte sie selbst erkennen. Sie wusste, wie Tote aussahen.

»Was ist passiert?«, fragte sie. »Wer ist das? Kennst du ihn?«

»Es tut mir so leid, Pippa.« Niels schniefte und sah

ihr dann direkt ins Gesicht. Seine Augen flackerten dunkel und sogen Pippas Blick ein wie gefährliche Strudel. »Er lag schon so da, als ich hier angekommen bin. Und alles, was ich versucht habe, kam zu spät. Ich fürchte, er ist abgestürzt. Wir können nichts mehr für ihn tun. Gott, Pippa, unser Treffen hab ich mir wirklich anders vorgestellt.«

Das war nicht wirklich eine Antwort auf ihre Frage. Obwohl es Pippa viel Überwindung kostete, wandte sie den Blick von Niels ab und musterte den Toten noch genauer. Irgendwas an ihm kam ihr bekannt vor. Diese breite Nase hatte sie schon mal irgendwo gesehen. Sie beugte sich über ihn. Neben dem Geruch von Blut und Schweiß bemerkte sie einen Hauch von Hustenbonbons. Das war Ole!

»Niels, was ist mit deinem Betreuer passiert?«

Niels stöhnte. »Versprich mir, dass du mir dann trotzdem noch zuhörst, ja?«

Sein Betreuer. Ein kleines bisschen viel Zufall, wisperte die hässliche Stimme in ihrem Kopf wieder, ihr trefft euch hier, dieses Denkmal hat schließlich Niels ausgesucht und zufällig bringt sich hier sein Betreuer um? Oder warum sonst hat Niels gesagt, er wäre abgestürzt? Was, wenn es ganz anders gewesen ist?

»Pippa, es ist nicht, wie du denkst.« Da war sie wieder, seine warme Stimme, die von der Klippe. »Ich bin nicht verrückt und ich bringe auch niemanden um. Ich hab damit nichts zu tun, auch wenn …« Er stockte, dann klang er bestimmter. »Das musst du mir glauben.«

Immerhin hatte er versucht, den Mann wiederzubeleben, das würde die roten Flecken auf seinem Shirt erklären. Und trotzdem: Etwas stimmte hier ganz und gar nicht. Niels hielt etwas zurück, das spürte sie deutlich. Vielleicht log er doch. Aber warum?

»Wir müssen die Polizei holen«, sagte Pippa mit einem letzten Rest von Vernunft. Sie stand auf, um ihren Worten mehr Kraft zu verleihen. »Sofort!«

Niels schwieg.

Pippa zitterte innerlich und betete, dass er das Richtige sagen würde. Das einzig Richtige. Schließlich beugte er sich über den leblosen Körper und schloss mit einem tiefen Seufzer die Augen von Ole.

»Ja, du glaubst, dass es das Richtige ist, deshalb sollten wir das tun.«

Erleichtert seufzte Pippa, auch wenn sie nicht ganz verstanden hatte, was er ihr damit sagen wollte. Hielt er das denn nicht für das Beste?

»Ich finde, einer von uns sollte hier bei ihm bleiben. Es wäre nicht in Ordnung, Ole allein zu lassen, oder?«

»Nein.«

»Willst du hierbleiben?«, fragte Niels. »Soll ich zum Schloss reiten und die Polizei rufen?«

Pippa schüttelte den Kopf. »Nein.« Was für ein schrecklicher Gedanke, allein mit einer Männerleiche an diesem merkwürdigen Denkmal zu bleiben, irgendwo am Ende der Welt, mit nichts als Sand, Wind und Meer, Himmel und Nacht um sich herum.

»Ich werde mich beeilen. Rasputin ist schnell!«, versprach sie.

»Pippa, es tut mir alles so leid. Wir hätten uns hier nicht treffen sollen, das war eine vollkommen schwachsinnige Idee von mir. Aber ich dachte, wir wären hier sicher. Und ich wollte dir so viel erklären, so viel zeigen …«

»Das kannst du immer noch. Ich beeil mich«, beteuerte Pippa und hoffte, dass Rasputin wirklich noch dort auf sie wartete, wo sie ihn das letzte Mal gesehen hatte. Sie lief los, stolperte über eine der steinernen Wurzeln und konnte sich gerade noch fangen.

»Warte!« Niels stand auf, ging auf Pippa zu und ergriff ihre Hand. »Pippa, es ist falsch, dass ich das hier und unter diesen Umständen sagen muss, aber du bedeutest mir wirklich viel. Deshalb wünsche ich mir so sehr, dass du mir trotz allem vertraust.« Er zögerte, dann kam er ganz an sie heran. »Ich weiß, das ist jetzt unpassend, aber ich hab Angst, dich zu verlieren, bevor wir überhaupt eine Chance hatten.« Er beugte sich zu ihr, als ob er sie küssen wollte, hielt aber mitten in der Bewegung inne und schüttelte den Kopf über sich selbst. »Entschuldige, du musst mich für einen unsensiblen Klotz halten, dass ich ausgerechnet jetzt nur an mich denke. Beeil dich bitte, je schneller Oles Tod aufgeklärt wird, desto besser.«

Er hatte recht, es ging hier nicht nur um sie beide. Pippa nickte ihm zu, rannte um das Denkmal, lief weiter Richtung Strand und war sehr erleichtert, als sie Rasputins Umrisse erkannte. Sie stürmte zu ihm, packte die Zügel und führte ihn über den restlichen Pfad nach unten ans Meer. Am Strand schwang sie sich in den Sattel und galoppierte wie um ihr Leben zurück zum Schloss.

21

Es kam Pippa so vor, als hätte sie Lichtjahre gebraucht, um zum Schloss zu gelangen. Endlich hatte es einmal Vorteile, dass der Polizeichef persönlich im Haus wohnte, dann konnten sie sofort an den Strand fahren und sich um die Leiche kümmern.

Sie band Rasputin an einen Zaun, rannte ins Schloss und suchte nach Thorgard, denn sie hatte keine Ahnung, in welchem Zimmer Rasmus wohnte. Am liebsten hätte sie das ganze Schloss mit einem Donnerschlag in Alarmbereitschaft versetzt.

Sie brüllte Thorgards Namen und als Erstes tauchten Mads und Kill Bill auf und wollten wissen, warum sie hier so herumkrakeelte. Als sie ihnen von der Leiche erzählte und davon, dass es sich dabei um Niels' Betreuer Ole handelte, wechselten die beiden schockierte Blicke und wurden derart blass, dass ihre Gesichter fast so hell wurden wie ihre Haare.

»Verdammte Scheiße.« Kill Bill schüttelte den Kopf. »Der Graf wird ausrasten!«

»Wo ist der Polizeichef?«, insistierte sie.

»Ich hole ihn«, bot Mads an und rannte davon.

Nach einer Ewigkeit, in der Pippa zu dem Schluss kam, dass es doch besser gewesen wäre, gleich den Notruf zu wählen, erschien Mads mit Rasmus im Schlepptau und wollte ganz genau wissen, was passiert war. Während Rasmus gemächlich seine Uniformjacke über seine breiten Arme zog, ließ er sich dreimal von ihr erzählen, wen sie »glaubte«, gefunden zu haben.

Pippa war außer sich. Sie fand, er müsste sofort etwas unternehmen, statt sie immer und immer wieder das Gleiche zu fragen. Wollte er vielleicht erst noch einen Drogentest mit ihr machen, bevor er endlich seinen Hintern bewegte?

Aber das war noch nicht das Schlimmste, Kirsten tauchte in diesem Moment mit sexy verwuschelten Haaren in einem durchsichtigen Morgenmantel auf, der den Blick auf ihr hauchzartes Seidennachthemdchen lenkte.

»Oh Gott, der arme Ole, was hat Niels ihm nur angetan!«, wehklagte Kirsten und wirkte dabei irgendwie schockiert und glücklich zugleich. »Es war nur eine Frage der Zeit, bis er völlig durchdreht!«

Pippas Herz fing an zu rasen vor Zorn, am liebsten hätte sie Kirsten geohrfeigt, um sie zum Schweigen zu bringen. Niemals würde sie über ihren Bruder so reden, nicht mal dann, wenn sie Matteo mit einem Beil in der Hand bei der Tat beobachten würde. Außerdem wusste man doch noch gar nicht, was genau passiert war, vielleicht war Ole wirklich ein Selbstmörder. Vielleicht hatte er es nicht länger verkraftet, gesunde Menschen wie kranke Irre zu behandeln. Selbstmörder schien es hier viele zu geben und es wunderte Pippa auch nicht wirklich. In dieser windigen Einöde musste man ja alle Hoffnung verlieren.

»Na, na, na, wir wollen doch die Kirche mal im Dorf lassen«, brummte Rasmus, ohne den Blick von Kirstens nackten Beinen zu wenden. »Kirsten, wir wissen bisher nur, dass dein Bruder eine Leiche gefunden hat, du solltest dir kein so vorschnelles Urteil erlauben.«

Schnell?, dachte Pippa, wie »schnell«? Der Mann laberte und laberte und laberte. In jedem Fernsehkrimi gaben die Ermittler Gas, wenn irgendwo eine Leiche gefunden wurde. Angeblich wurde doch mit jeder Stunde die Spur zum Mörder oder zur Aufklärung kälter.

Kirsten gab Rasmus recht, entschuldigte sich und fragte, ob jemand einen Kaffee wollte. Als der Polizeichef tatsächlich nickte, rastete Pippa völlig aus.

»Es kann doch nicht Ihr Ernst sein, dass Sie auch noch Kaffee trinken wollen, während Niels seit einer Ewigkeit da draußen neben einem Toten sitzt und auf uns wartet?«

Rasmus zuckte mit den Schultern und murmelte etwas von Kaffee to go, den er selbstverständlich gemeint hätte, doch immerhin rief er endlich seine Kollegen an und verabredete mit ihnen, sich am Denkmal zu treffen. »Ich hole nur noch die Autoschlüssel«, sagte er und verschwand im Treppenaufgang.

Kirsten zwinkerte Pippa hinter seinem Rücken zu, was sie noch mehr aufbrachte.

»Was soll das, glaubst du, es ist lustig, eine Leiche zu finden? Ja?« Pippa hatte plötzlich Tränen in den Augen, weil sie ihren Vater wieder vor sich sah, wie er mit toten

Augen neben ihr auf dem Sofa gesessen hatte. Gleichzeitig wurde ihr klar, dass Ole auch eine Familie gehabt haben musste und jemand um ihn trauern würde. Und sie hatte die ganze Zeit nur an Niels und an sich selbst gedacht. Sie schniefte und schaffte es nicht länger, vor Kirsten ihre Tränen zu verbergen.

»Es tut mir leid«, murmelte Kirsten und raffte ihren Morgenmantel vorne zusammen, als würde ihr gerade erst bewusst, wie sie hier herumlief. Zerknirscht trat sie näher zu ihr, Pippa hatte fast den Eindruck, ihre Stiefschwester wollte sie umarmen, aber dazu kam es nicht, denn genau in diesem Moment kam der Polizeichef endlich mit dem Autoschlüssel zu seinem Streifenwagen, der seit dem Hochzeitstag hier auf dem Schloss geparkt war. Er nickte Kirsten und Pippa zu.

»Dann mal los, du führst uns zu der Stelle, wo du Niels und den Toten gefunden hast, ja?«

Der Polizeichef schaltete die Sirene und das Blaulicht ein, als sie losfuhren, und obwohl Pippa das angesichts der menschenleeren Straße und des einsamen Strandes ziemlich lächerlich fand, war sie erleichtert darüber, endlich ernst genommen zu werden, erleichtert, dass Niels nicht noch länger allein bei der Leiche bleiben musste.

22

Nach einer Ewigkeit erreichten sie das Yggdrasil-Denkmal. Rasmus stoppte den Wagen, ließ aber die Sirene weiterlaufen und sprang aus dem Auto. »Wo?«, fragte er. »Wo genau?«

Pippa lief voraus, um das Denkmal herum auf die andere Seite.

Rasmus blieb ihr dicht auf den Fersen. Aus der Ferne hörte sie weitere Sirenen, die bestimmt den Notarztwagen ankündigten.

Sie erreichte die Stelle, an der sie vorhin Niels gefunden hatte, aber es war niemand da. Weder Niels noch die Leiche seines Betreuers.

»Hier!«, stieß Pippa hervor, während ihr Herz anfing zu rasen. Wo verdammt war Niels?

»Genau hier hab ich Niels und seinen toten Betreuer das letzte Mal gesehen.«

Rasmus leuchtete die Stelle mit seiner Taschenlampe ab.

»Bist du sicher?« Im Lichtstrahl sah man ein paar Kaugummipapierchen zwischen kleinen Sandhaufen, aufblitzende Kronkorken und eine zusammengeknüllte, rostige Bierdose. Sonst nichts. »Aber das ist völlig unmöglich …«, murmelte Pippa. »Die beiden waren hier! Definitiv!« Ich hab mir das doch nicht nur eingebildet, wollte sie noch sagen, biss sich dann aber auf die Zunge. Wie sicher konnte sie denn sein? Nach allem, was sie hier schon erlebt hatte, erschien es ihr plötzlich doch möglich, dass sie sich getäuscht hatte. Nein, logisch denken! Sie war mit Rasputin hierhergeritten, es musste Spuren im Sand geben, dort, wo sie auf dem Pfad abgestiegen war und Rasputin an den Zügeln genommen hatte.

»Im Dunkeln kann man leicht die Orientierung verlieren«, sagte Rasmus und schlug vor, das ganze Denkmal abzusuchen. Pippa war ihm dankbar, dass er ihre Glaubwürdigkeit nicht weiter anzweifelte, und folgte ihm.

Ein Ambulanzwagen näherte sich mit laut jaulender Sirene. Der Lärm machte Pippa nur noch nervöser. Sie mussten Niels und die Leiche dringend finden. Mit gezückter Taschenlampe leuchtete Rasmus jeden Millimeter unter dem Denkmal ab. Weil der Umfang des heiligen Baumes so groß war, dauerte das quälend lange und bei jedem Schritt hoffte Pippa wieder aufs Neue. Vielleicht hatte Niels aus guten Gründen seine Position verändert, aber nirgends war jemand, nur ein paar Mäuse, die blitzschnell davonhuschten, als sie vom Lichtstrahl getroffen wurden.

Rasmus blieb stehen und wandte sich Pippa zu.

»Ich halte dich für ein kluges Mädchen. Kannst du mir also erklären, was hier los ist?« Er leuchtete ihr direkt ins Gesicht. »Weit und breit ist nichts und niemand zu sehen.

Wie soll ich die Kosten für diesen Einsatz meinem Verwaltungsrat erklären?«

»Niels war hier! Und eine Leiche!«

»Das glaube ich dir gern, Niels hat gesunde Beine und verschwindet gerne mal. Zuletzt aus einer psychiatrischen Einrichtung, ich möchte, dass du das immer im Hinterkopf behältst. Aber wohin ist deiner Meinung nach die Leiche verschwunden? Wenn wir mal davon ausgehen, dass du wirklich einen Toten und nicht nur einen Verletzten gesehen hast.«

»Aber warum sollte ich mir denn so etwas Grauenhaftes ausdenken?«

Rasmus stöhnte laut auf. »Ich habe keine Ahnung, aber vielleicht wolltest du mehr Aufmerksamkeit, mal im Mittelpunkt stehen?«

Was für ein Idiot! Sie hasste ihn für diesen Schwachsinn, verbot sich aber einen bissigen Kommentar.

Die Sanitäter, ein Mann und eine Frau, trabten herbei und riefen Rasmus schon von Weitem aufgeregte Fragen auf Dänisch zu, die Pippa nicht verstand. Die Antwort von Rasmus hatte reichlich ironische Untertöne, und als die Sanitäter anfingen zu lachen, war Pippa sicher, dass der Polizeichef sich über sie lustig gemacht hatte.

»Kann ich bitte mal Ihre Taschenlampe haben?«, fragte Pippa und trat vor. Sie nahm ihm die Lampe aus der Hand, rannte trotz seiner Proteste zu der Stelle, wo sie von Rasputin abgestiegen war und leuchtete den Sand ab. Erleichtert sah sie die Spuren von Hufen und kleine Fußabdrücke, die von ihren Schuhen sein könnten. Sie trat neben einen der Sohlenabdrücke und verglich die Form. Definitiv, das waren ihre Abdrücke. Älter konnten sie auch nicht sein, denn der ständige starke Wind verwehte alles innerhalb von Stunden. Das beruhigte sie für einen Moment, aber dann wurde ihr klar, dass damit viel schlimmere Fragen aufgeworfen wurden. Wo war Niels und was war mit der Leiche passiert? Hatte er doch etwas damit zu tun, war er schuld an diesem Unfall und hatte sie nur die Polizei holen lassen, um sich schleunigst aus dem Staub zu machen?

Sie erinnerte sich daran, wie er sie am Tag vor der Hochzeit, von dem Abgrund zurückgezerrt hatte. Obwohl er so stark war, hatte er trotzdem sehr gestöhnt. Es war nicht leicht, einen regungslosen Menschen zu bewegen. Wenn er das auch mit Ole gemacht hatte, der ja viel schwerer war als sie, dann musste es Spuren im Sand geben. Doch sie konnte sich nicht vorstellen, dass er allein mit der Leiche weit gekommen wäre. Außer … sie starrte zum Meer, dahin hätte er es vielleicht geschafft. Aber warum sollte er das tun? Jeder, der mal einen Krimi angeschaut hatte, wusste doch: Um eine Leiche im Meer verschwinden zu lassen, musste man sie vom Schiff aus hineinwerfen, sonst wurde sie wieder an den Strand getrieben.

Pippa sah hinüber zu Rasmus, der mit der Sanitäterin schäkerte, während ihr Kollege eine Zigarette rauchte. Mit der Taschenlampe in der Hand umkreiste sie noch einmal suchend das Denkmal. Als sie hinter der Midgard-Schlange wieder über die steinerne Wurzel stolperte, an der Niels sie beinahe geküsst hatte, stiegen ihr die Tränen in die Augen. Wütend wischte sie die weg. Dabei fiel der Lichtstrahl der

Lampe weiter vorne auf den Sand, weiter zum Landesinneren hin. Sie stutzte, etwas dort vorne kam ihr komisch vor. Schniefend leuchtete sie noch einmal genauer hin. Alles konnte wichtig sein. Sie lief ein paar Schritte, um sich zu vergewissern. Tatsächlich, da waren Spuren im Sand. Sie ging noch näher hin, vorsichtig, um nicht etwas mit ihren Füßen zu verwischen. Sie schnappte nach Luft, das waren keine gewöhnlichen Fußspuren, das waren Zeichen, und sie waren weniger verweht als die Fußspuren von ihr und Rasputin. Das musste – konnte – also nur eine Nachricht von Niels sein! Sie drehte sich nach Rasmus um, aber der war noch ins Gespräch mit den Sanitätern vertieft, sodass sie Niels' Botschaft zuerst lesen konnte. Aber als sie endlich genau davorstand, war sie tief enttäuscht, sie konnte das nicht lesen. Er hatte keine Buchstaben verwendet, sondern Runen! Verdammt! War diese Nachricht gar nicht für sie bestimmt, sondern für jemanden, der Runen lesen konnte? Oder hatte er gehofft, dass man sie leicht übersehen würde? Denn sie fügten sich viel unauffälliger in den Sand als lateinische Schrift. Sie hätte sie ja auch beinahe übersehen. Pippa versuchte, sich die Zeichen einzuprägen, und ärgerte sich, dass sie keinen Stift dabeihatte, mit dem sie sich die Runen auf ihre Hand malen konnte.

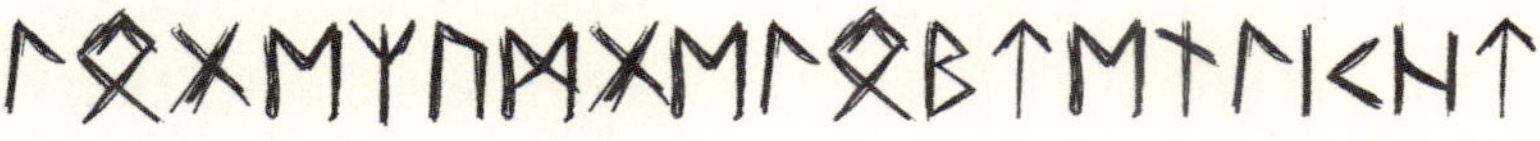

Dann hielt sie abrupt inne. Sie musste wirklich verrückt sein! Es hatte eine Leiche gegeben, und solange man nicht wusste, was passiert war, war das hier ein Tatort. Sie musste die Zeichen dem Polizeichef zeigen, auch wenn sie ihm nicht wirklich traute. Vielleicht waren die Runen etwas, was hier in Dänemark jedes Schulkind kannte. Außerdem konnte er sie abfotografieren. Sie rief nach Rasmus, der sich, wie schon den ganzen Abend, unendlich viel Zeit ließ. Ein Wunder, dass er noch bei ihr ankam, bevor der Wind alles unkenntlich gemacht hatte.

»Was ist denn los?«, fragte er. Pippa kniete sich hin und leuchtete den Sand ab.

»Was soll da sein?«, fragte er und ließ sich dicht neben Pippa in der Hocke nieder, dabei legte er seine Hand auf ihren Arm. Und trotz des Windes stieg ihr sein Rasierwasser in die Nase, aber etwas war anders als sonst, erinnerte sie an etwas, das ihr partout nicht einfallen wollte.

»Sand, Pippa, hier ist doch nichts als Sand.« Er schüttelte den Kopf und erhob sich wieder.

Von wegen. »Hier sind Zeichen, sehen Sie doch.« Pippa leuchtete die verschiedenen Symbole ab, aber er schüttelte nur genervt den Kopf und nahm ihr die Taschenlampe aus der Hand.

»Du hast wirklich eine lebhafte Fantasie! Zeichen! Wir sollten uns auf die Suche nach echten Beweisen machen.«

Er lief trotz Pippas lauten Protesten zurück zum Denkmal und unterhielt sich wieder mit den Sanitätern. Zähneknirschend nahm Pippa ihm die Lampe aus der Hand, was die Sanitäter mit herzhaftem Gelächter kommentierten. Sie ignorierte sie und versuchte, sich an jedes Wort von Niels zu erinnern. Er hatte vermutet, Ole könnte gestürzt sein.

Wie war er auf diese Idee gekommen? Obwohl sie wirklich gut klettern konnte, erschien es ihr fast unmöglich, an dem glatt polierten weißen Stein des Denkmals hochzusteigen. Das würde vielleicht der Weltmeister im Bouldern schaffen, aber jemand wie Ole? Sie leuchtete nach oben in die mächtigen Äste der etwa fünf Meter hohen Weltesche, bis an die Spitze des Baumes, wo der Adler ohne Namen saß. Dort bewegte sich etwas. Pippa leuchtete genauer hin und kniff die Augen zusammen, um besser zu sehen. Keine Tiere. Da flatterten Schnüre im Wind.

Schnüre. Wie waren die dorthin gekommen? Jemand musste sie angebracht haben, also war doch jemand dorthin geklettert.

Aufgeregt holte sie Rasmus, um ihm die Schnüre zu zeigen. Der kam nur widerwillig mit.

»Also erst Sandspuren, jetzt Schnüre? Das wird ja immer besser!«

»Doch!«, beharrte Pippa. »Schauen Sie doch mal genau hin.« Sie richtete die Lampe auf die oberen Äste.

»Ach so, na, da hat sich wahrscheinlich nur der Schwanz eines Drachens verfangen …« Rasmus' Erklärung klang in Pippas Ohren wie ein Witz, aber sie merkte, dass er plötzlich sehr viel angespannter war als vorher.

»Klar«, sagte sie genervt, »der Schwanz eines Feuer speienden Drachens natürlich …«

Rasmus stutzte, dann lachte er reichlich gezwungen. »Nicht *so* ein Drache. Das passiert ständig, die Leute lassen am Strand Drachen steigen und unterschätzen die Kraft des Windes. Eine Böe und schon heult wieder ein Kind.«

Entschlossen nahm er ihr die Lampe aus der Hand, leuchtete kurz nach oben und nickte dann, als wäre damit alles geklärt.

Nicht für Pippa. Pippa war mit ihrem Vater oft Drachen steigen gewesen und sie kannte Drachen mit bunten Fransen oder Schleifchen. Graubraune dicke Paketschnüre hatte sie nicht mal an veganen Ökodrachen gesehen.

»Also dann. Viel Zeit und Geld vergeudet, für nichts.«

Er bedeutete ihr, in den Wagen zu steigen, und dann fuhren sie, diesmal ohne Blaulicht, wieder zurück.

Pippa war ganz sicher, dass Niels und die Leiche nur verschwunden waren, weil er so lange getrödelt hatte. Dieser Polizeichef benahm sich überhaupt vollkommen anders, als sie sich das vorgestellt hatte. Musste er nicht jeder Spur nachgehen oder war er insgeheim davon überzeugt, dass sie ihn belogen hatte? Ich werde die Runen in dem Buch nachschlagen, nahm sie sich vor. Und nicht eher Ruhe geben, bis ich weiß, was sie zu bedeuten haben.

Das Schloss lag zwar im Dunkeln, als sie zurückkamen, trotzdem hatte Pippa den Eindruck, dass es hellwach war und … summte.

Thorgard erwartete sie am Eingang und teilte Rasmus mit einem säuerlichen Blick auf Pippa mit, dass der Graf nach diesen Vorkommnissen seine Flitterwochen abbrechen und schon früher nach Hause kommen würde.

Der Professor stürzte heran und wollte Näheres wissen, wahrscheinlich lechzte er nach Material für seine Forschungen.

»Spurlos verschwundene Leiche?«, witzelte er. »Uuups,

das klingt fast nach einer Folge von *Sherlock Holmes.«* Er klopfte Rasmus auf die Schulter. »Aber die frische Nachtluft hat dir sicher gutgetan.«

Zu allem Übel kam auch Kirsten wieder die Treppe herunter, diesmal allerdings komplett angezogen.

Pippa fühlte sich noch elender, als sie in das irgendwie amüsiert wirkende Gesicht ihrer Stiefschwester sah.

»Ich versteh nicht, was daran so lustig sein soll!«, brach es aus Pippa heraus. »Ich hab eine Leiche gesehen und die kann sich wohl nicht von allein in Luft auflösen.«

»Alle haben dir gesagt, dass Niels gefährlich ist.«

»Darum geht es doch gar nicht.« Pippa wurde immer lauter. »Warum ist der Mann gestorben? Wohin ist seine Leiche verschwunden, interessiert das denn gar niemanden außer mir?«

»Du selbst hast gesagt«, beschwichtigte Rasmus, »es sei Ole gewesen, Niels' Betreuer, da liegt es doch auf der Hand, was passiert ist. Er wollte ihn eben um jeden Preis loswerden. Vielleicht war Niels gerade dabei, die Leiche zu entsorgen, und du hast ihn gestört. Was hattest du überhaupt um diese Uhrzeit dort zu suchen?«

»Ja, du warst doch so müde und wolltest so dringend schlafen?« Kirsten wandte sich Rasmus zu. »Vielleicht hat sie wieder geschlafwandelt und dabei fantasiert.«

»Du schlafwandelst?«, fragte der Professor und musterte Pippa mit neu erwachtem Interesse.

Alle starrten Pippa an, die ganz genau wusste, was für ein Unsinn das war. Sie war genauso wenig krank oder verrückt wie Niels, und das würde sie auch beweisen. Und dazu würde sie als Erstes das Runenbuch in ihrem Zimmer studieren.

»Ich bin müde.« Sie lief zur Treppe und schob sich an Kirsten vorbei.

»Aber –«, protestierte Kirsten.

»Lass mich in Ruhe, mir ist schlecht, ich muss mich hinlegen.«

Als Kirsten darauf etwas einwenden wollte, legte Rasmus ihr die Hand beschwichtigend auf den Arm.

»Pippa hat recht, wir sollten alle erst mal schlafen. Heute Nacht können wir sowieso nichts mehr tun.«

Von wegen, dachte Pippa, ich finde jetzt raus, welche Botschaft mir Niels hinterlassen hat, und dann Gnade euch Gott.

23

In ihrem Zimmer angekommen, setzte Pippa sich sofort an den Schreibtisch und malte die Zeichen vom Strand, an die sie sich erinnern konnte, auf ein Blatt Papier. So sahen sie merkwürdig aus, unvollständig. Hoffentlich hatte sie sich wenigstens einige richtig gemerkt. Gerade als sie damit beginnen wollte, in dem altertümlichen Buch nachzuschauen, durchzuckte eine sehr viel bessere Idee ihren Kopf. Sie fotografierte die Zeichen, um mit der umgekehrten Bildersuche bei Google nach ähnlichen Bildern zu suchen, in der Hoffnung, dass sie auf einen Schlag gleich alles herausfinden würde.

Das WLAN funktionierte ziemlich schwach, und nachdem sie ihr Bild eingegeben hatte, brach die Verbindung komplett zusammen. Verdammt!

Aber ich breche jetzt nicht zusammen, beruhigte sich Pippa, auch wenn es spät ist und meine Augen dauernd zufallen. Es gab schließlich viele Wege ans Ziel. Pippa lief ins Bad, hielt ihren Kopf unter den Wasserhahn und trank so lange kaltes Wasser, bis sie sich wieder ruhiger und wacher fühlte.

Danach war sie bereit, es mit dem Buch zu versuchen. Leider war es völlig undurchschaubar gegliedert, es gab keine Übersicht über die Runen, nach denen man hätte suchen können, sondern nur kryptische Kapitel, wie zum Beispiel »Urd« oder »Werdandi«. Sie versuchte ständig wieder, ob das WLAN funktionierte, aber Fehlanzeige, jedes Mal wurde es zwar angezeigt, aber genau dann, wenn sie aktiv wurde, brach die Verbindung zusammen.

Sie biss die Zähne zusammen und versuchte, das Buch querzulesen. Nach einem gefühlten Vierteljahrhundert hatte sie es geschafft, zwei der Runen vom Strand in dem Buch zu identifizieren, und zwar die Rune, die wie ein X aussah, und die andere, die an ein M erinnerte. Leider verriet der Autor nicht, ob und welchen Buchstaben das entsprach, sondern er schwafelte endlos darüber, woher die Runen vielleicht stammen könnten und warum sie im neueren Futhark nicht mehr existent waren. Was zur Hölle war überhaupt ein *Futhark?*

Super! So würde sie keinen einzigen Schritt weiterkommen, und je länger sie in dem Buch blätterte, desto verzweifelter wurde sie. Pippa war so sicher, dass Niels ihr diese Zeichen als Botschaft hinterlassen hatte. Sie brauchte etwas Besseres, etwas wie ein Lexikon. Es half alles nichts, sie musste in die Bibliothek, in der Nische hinter dem Regal waren noch viel mehr Bücher über Runen gewesen.

Hastig zog sie Sneaker an, um nicht wieder über Teppiche zu stolpern, spähte aus ihrem Zimmer in den Flur, es war niemand zu sehen. Sie eilte durchs Treppenhaus in die Bibliothek und warf trotz allem, was passiert war, einen Blick auf das Bild und fühlte sich wieder wie getröstet. Dann lief sie rasch zu der Nische, griff sich alle Bücher über Runen, die sie finden konnte, und schleppte sie zu den Tischen. Sie holte das Blatt Papier, auf das sie die Runen gemalt hatte, heraus und machte sich an die Arbeit.

Nach sorgfältigem Lesen, zu dem sie sich immer wieder zwingen musste, weil ihr das alles viel zu langsam ging, begriff Pippa, dass das Futhark das Runenalphabet war. Wie das ABC nannte man es Futhark ganz einfach nach den ersten Buchstaben dieses Alphabets: F-ehu, U-ruz, Th-urisaz, A-nsuz, R-aidho, K-enaz. Die Runen konnten als Buchstaben verwendet werden, aber auch als Symbole. Jede Rune hatte eine magische Bedeutung.

Eher nebenbei hatte sie herausgefunden, dass der Anhänger mit den zwei Dreiecken an Thorgards Hals auch eine Rune war, *Dagaz*. Eine sehr starke Schutzrune. Wovor musste sich Thorgard schützen?

Der Gott der Runen war der sehr mächtige Odin. Und als Pippa las, wie Odin zu seinem Wissen über die magischen Runen gekommen war, lief es Pippa kalt den Rücken herunter. Er hatte sich geopfert und neun Tage in den Baum der Weltesche Yggdrasil gehängt, um alles über die Zeichen der Götter zu erfahren. Gehängt. Pippa erinnerte sich sofort an die flatternden Schnüre in dem Denkmal, von denen der Polizeichef behauptet hatte, sie stammten von Drachen. Hatte sich Ole, der tote Betreuer, etwa auch in den Baum gehängt? Warum sollte er das tun? So, wie sie ihn auf dem Ball kennengelernt hatte, kam es ihr höchst unwahrscheinlich vor, dass er sich für Odin gehalten hatte. Außerdem löste nichts von ihren neu gewonnenen Erkenntnissen die Frage danach, wo Niels war: Ansuz war demnach die Rune Odins und sie konnte angeblich die magischen Kräfte eines Menschen verstärken.

Auch hatte sie jetzt verstanden, was *Urd* und *Werdandi* bedeutete, es hing alles mit Yggdrasil zusammen. An ihrem Fuße befand sich eine Quelle, der Urd-Brunnen, dessen Wasser so heilig war, dass alles, was damit in Berührung kam, weiß wurde. Dort wurde Gericht gehalten und dort saßen die drei Schicksalsgöttinnen *Urd, Werdandi* und *Skuld*. Urd stand für die Vergangenheit, Werdandi für die Gegenwart und Skuld für die Zukunft. Die Göttinnen warfen jeden Tag feuchten Quellsand auf die Wurzeln der Esche, damit sie nicht zu welken begann. Denn wenn Yggdrasil verging, dann stand das Ende der Welt bevor.

Das Ende der Welt, fand Pippa, war nicht weit von dem entfernt, was sie gerade durchmachte. Sie nahm einen Zettel aus einem der Zettelkästchen und malte neben jede Rune den deutschen Buchstaben.

LO GEZ UMGEL OBT ENLICHT.

Als sie fertig war, musste sie es zweimal lesen, dann kam sie zu dem Schluss, dass sie die Leerstellen falsch gesetzt hatte, las die Worte und hatte trotzdem keine Ahnung, was zur Hölle das bedeuten sollte: »Loge zum gelobten Licht.«

Das Einzige, was für sie Sinn ergab, war, dass diese Loge hinter dem Verschwinden der Leiche und dem von Niels stecken musste. Natürlich war es eher unwahrscheinlich, dass diese »Loge« ihre Untaten mit einem Autogramm signierte, also musste diese Nachricht von Niels sein.

Loge, das hörte sich nach Freimaurern an, von denen sie leider nicht viel wusste. Verdammt, sie brauchte Internet. Bis sie hier in der Bibliothek auch nur ein einziges Buch über Freimaurer, geschweige denn das richtige gefunden hatte, vergingen weitere Lichtjahre.

Kirsten wusste ja sehr viel über nordische Mythologie und sie hatte ihr erzählt, dass der Garten nach Freimaurerprinzipien angelegt worden war. Sie musste ihr helfen.

Pippa verließ die Bibliothek. Niels war schließlich ihr Bruder, sie waren jetzt Stiefgeschwister, und Lügen hin oder her, Kirsten musste doch verstehen, dass man nicht einfach schlafen konnte, wenn jemand verschwunden war.

Auf dem Weg zum Treppenhaus bemerkte sie Licht. Die Fenster wurden von dem schwachen, sich bewegenden Licht erhellt, so ähnlich wie das, was sie neulich in der Regennacht gesehen hatte. Jetzt wirkte es längst nicht mehr so unheimlich, eher so, als würde man Wunderkerzen durch den Garten tragen.

Sie eilte zum Fenster. Es waren natürlich keine Wunderkerzen, sondern eher kleine LED-Lampen, wie auch Matteo sie an seinem Schlüsselbund hatte. In kurzen Abständen schimmerte das Licht immer mal wieder auf und bewegte sich vom Eingang des Labyrinths links am äußeren Rand entlang zum See am anderen Ende, wo es dann völlig verlosch.

Das geschah nicht nur einmal, sondern mehrmals. Ganz offensichtlich schlichen da draußen eine Menge Menschen herum, alle mit einem Ziel. Eine Versammlung also.

Der ganze Lichtaufmarsch wirkte sehr viel hektischer

als in der Regennacht und verlieh Pippa neue Energie. Bingo, dieses Leute waren nervös und ihr Treffen musste einfach etwas mit Niels zu tun haben, mit der Leiche am Strand. Obwohl sie am liebsten sofort losgespurtet wäre, nahm sie sich die Zeit, sich einzuprägen, welchen Weg die Lichter nahmen, sie hielten sich alle links, immer und immer wieder. Nachdem sie das erkannt hatte, rannte Pippa nach unten.

24

In dem windgeschützten Garten schlug ihr der Duft nach Honig und Jasmin entgegen, den einige orange blühende Kübelpflanzen so intensiv verströmten, als wollten sie Pippa beruhigen.

Es war eine schöne Nacht, eine für Verliebte, eine Nacht, um sich zu küssen. Niels zu küssen, dachte sie, während sie keine Sekunde stehen blieb und so lautlos wie möglich zum Irrgarten hastete. Sie wollte auf keinen Fall eine Begegnung mit Kill Bill und seinem Bruder riskieren.

Dumm nur, dass sie nicht an ihrem Zimmer vorbeigegangen war, um ihr Handy mitzunehmen, nun war sie ohne Licht, doch ihre Augen gewöhnten sich schnell an die nur von wenigen Sternen gesprenkelte Dunkelheit.

Völlig außer Atem blieb sie stehen, bis jetzt war sie mit »sich links halten« sehr gut vorangekommen, aber hier an dem kleinen Platz gab es plötzlich zwei Abzweigungen, die nach links, und zwei, die nach rechts führten. Auf dem Platz stand neben der weißen Bank die Pinienzapfenskulptur mit den beiden Schlangen. Genau hier hatten die Kill-Bill-Zwillinge sie an ihrem ersten Abend im Schloss gestoppt.

Welchen der beiden Wege nach links sollte sie nehmen? Sie kletterte auf die Bank, um zu sehen, ob irgendwo noch Lichter zu sehen waren.

Nichts.

Sie lauschte auf Schritte.

Nichts.

Verdammt, sie hatte es vermasselt, hatte doch zu lange gezögert und kostbare Zeit verschenkt! Mutlos stieg sie von der Bank und setzte sich. Was konnte sie jetzt noch machen? Doch zurück ins Schloss und Kirsten um Hilfe bitten?

Sie seufzte. Das war wohl das Beste. Aber was war das? Ein Geräusch? War sie das selbst gewesen? Sie hielt den Atem an. Ja, da knirschte jemand über den Kies, offensichtlich sehr in Eile. Sie versteckte sich gerade noch rechtzeitig hinter der Skulptur, als auch schon ein Lichtstrahl auf sie zukam. Als derjenige an ihr vorbeilief, in einer schwarzen Kutte und auf dem Kopf eine Holzmaske mit eingeritzten roten Runen, versuchte sie, etwas zu erkennen, aber es war zu dunkel.

Dafür war ihr etwas anderes aufgefallen. Etwas, das gefehlt hatte. Diese Kutte hatte ihre Nase nicht mal mit dem Hauch eines Aromas versorgt und es gab nur einen einzigen Menschen auf Ravensholm, auf den das zutraf. Den Kobraprofessor!

Ein Plan nahm in Sekundenschnelle in ihrem Kopf Gestalt an. Kirsten hatte sich die Montur des Professors neulich geschnappt und getragen, das bedeutete, ihr würde sie auch passen und sie könnte vielleicht damit durchkommen.

Und weil auch der typische Hallenbadduftkerzenschwall gefehlt hatte, war Pippa sicher, dass es nicht Kirsten war, die unter der Kutte gesteckt hatte. Aber wie sollte sie dem Professor die Verkleidung abnehmen? Ihn überwältigen? Niederschlagen?

Sie schlich hinter ihm her, traute sich kaum zu atmen, während ihr Herz so laut pochte, dass es in ihren Ohren widerhallte. Plötzlich blieb er abrupt stehen und drehte sich um. Pippa schaffte es nicht, sich zu verstecken, blieb wie erstarrt stehen und hoffte, dass er seine Stablampe nicht auf sie richten würde. Die Kutte setzte sich wieder in Bewegung, nun noch schneller als vorher schon, und Pippa musste sich sehr beeilen, um sie nicht zu verlieren.

Eine Stablampe.

Endlich stoppte der Professor an der Hecke und Pippa erkannte, dass dahinter eine Tür versteckt war, die sie allein niemals gefunden hätte. Er öffnete sie einen Spalt und Pippa konnte das Schimmern des Sees und den achteckigen Turm dahinter erkennen. Über den See führte ein schmaler Holzsteg zu einem großen Tor im Turm, das weit offen stand.

Der Professor ging durch die Tür, Pippa folgte ihm und prallte dann direkt mit ihm zusammen, seine Arme umklammerten sie wie Schraubstöcke.

»Ich war mir sicher, dass mir jemand folgt«, zischte er und versuchte dann, ihr ins Gesicht zu leuchten. Pippa wehrte sich aus Leibeskräften, trat wahllos um sich und brachte ihn damit so aus dem Konzept, dass ihm die Taschenlampe aus den Händen fiel.

Pippa bückte sich danach und schaffte es nur Sekunden vor ihm, sie zu erwischen. Sie beleuchtete seine Maske und zuckte angewidert zurück, die Schlangenmaske glotzte sie an, dann warf er sich auf sie und umschlang ihren Hals mit seinen Händen.

»Gib mir sofort die Lampe oder ich drücke fester zu. Glaub mir, ich mache keinen Spaß. Geh zurück ins Schloss, du hast hier nichts zu suchen!«

Er drückte wirklich fester zu, Pippa musste würgen, ihre Gedanken rasten. Wenn ich ihn schlage, kann nicht viel passieren, immerhin trägt er eine Holzmaske, dachte Pippa. Dann könnte sie seine Sachen anziehen und endlich herausfinden, was hier gespielt wurde. Sie hatte noch nicht zu Ende gedacht, da versetzte ihre Faust ihm schon mit der Lampe einen schweren Hieb seitlich auf die Maske.

Die Hände des Professors lösten sich von ihrem Hals, sie konnte endlich wieder schlucken, aber ihr Angreifer sackte plötzlich in sich zusammen. Oh Gott, hoffentlich hatte sie nicht zu stark zugeschlagen. Er war doch nicht etwa tot?

Mit zitternden Händen griff sie nach seiner Maske und löste sie panisch von seinem Gesicht.

Blut, da war Blut. Pippas Herz raste so stark, dass ihr ganzer Körper nur noch ein einziger hämmernder Puls war. Der Professor blutete rechts oberhalb der Schläfe. Hoffentlich war das kein Schädelbasisbruch. Der war lebensgefährlich, das hatte sie in dem Erste-Hilfe-Kurs für Kletterer gelernt. Sie versuchte, seinen Puls zu fühlen, zu hören, ob er noch atmete, aber das Einzige, was an ihr Ohr drang, war das Dröhnen ihres eigenen Herzschlages und das Keuchen ihrer Lungen. Schließlich beleuchtete sie die Wunde noch einmal genauer und war ein wenig erleichtert, denn es sah mehr nach einem tiefen Kratzer aus, den er von der Innenseite der Holzmaske abbekommen hatte, als nach einer Platzwunde.

Du musst dich beruhigen, befahl sie sich. Und gleichzeitig musst du dich beeilen, wenn du heute noch irgendwohin willst! Sie zog ihm vorsichtig die Kutte aus, wozu sie ihre letzten Kräfte mobilisieren musste. Dann legte sie ihn in die stabile Seitenlage. Sosehr sie auch hoffte, dass sie ihn nicht schlimm verletzt hatte, so sehr wünschte sie sich auch, dass er für ihre Pläne lange genug bewusstlos bleiben würde.

Sie schlüpfte in die Kutte und zog voller Ekel diese bösartige Schlangenmaske über, dann machte sie sich auf zu der geöffneten Tür in dem achteckigen Turm.

25

Das wurde aber auch Zeit, Bruder, wie lange wolltest du uns noch warten lassen?«, begrüßte sie die Kutte am Eingang zum Turm. Pippa murmelte etwas, bemühte sich um eine tiefe Stimme, vermied es, dem anderen ins Gesicht zu sehen. Dann ging sie an dem Wächter vorbei, der das Holztor des achteckigen Turms mit einem unwirschen Knall hinter ihr zuschlug und mit einem großen Schlüssel absperrte.

»Los, los, los!«, sagte er und stürmte dann hektisch weiter.

Sie war in einem dunklen Raum voll flackernder Kerzen. An der rechten Wand stand ein altmodischer Schreibtisch, auf dem sich neben den Kerzen Schreibgeräte und ein Totenschädel befanden. Überrascht registrierte Pippa den eleganten Marmorfußboden mit einem Mosaik, das einen ägyptischen Tempel darstellte. Auch die Wände waren über und über mit dreidimensional wirkenden Fresken bemalt. Außer ihr war niemand hier, also schlussfolgerte Pippa, dass sie weitergehen musste. Das Atmen unter der Maske fiel ihr schwer und sie bekam mit jedem Schritt mehr Angst vor ihrer eigenen Courage. Was würde passieren, wenn der Professor zu sich kam und sie enttarnte?

Sie gelangte zu einem schwarzen schmiedeeisernen Rosengitter, das geöffnet war und eine Wendeltreppe nach oben freigab. Die Treppe endete in einem leeren, nur von Kerzenkronleuchtern erhellten Saal mit Säulen und Mauervorsprüngen ganz ohne Fenster, der nur durch eine Luke im Dach belüftet wurde. Sie durchquerte den Raum und lief in die Richtung, aus der sie aufgeregtes Geflüster hörte. Unentwegt sagte sie sich, dass sie in der Maske und der Kutte sicher war und keine Angst zu haben brauchte. Alles wird gut, betete sie sich vor, alles wird gut.

Das Gemurmel kam aus einem sehr viel kleineren, ovalen Raum mit einer hohen gewölbten Decke, durch deren Mitte man in den Nachthimmel sehen konnte. Sie versuchte, sich schnell über die Situation einen Überblick zu verschaffen, weil sie Angst hatte, Fehler zu machen, doch das war schwer, denn so viele Eindrücke strömten auf sie ein.

Hier war alles sehr schlicht gehalten, wirkte dadurch aber noch viel beeindruckender. Die roten Ziegelsteine der Wände lagen frei, nur an der schmalen Wandseite gegenüber der Tür befand sich eine Nische aus glänzendem Marmor mit gemeißelten Säulen rechts und links. Darin stand ein reich geschnitzter und gepolsterter Armlehnstuhl.

Jeweils neben den Säulen waren große Flügeltüren. Über dem Stuhl war ein goldener Stern an der Wand angebracht und davor stand ein schmales Tischchen, auf dem ein aufgeschlagenes Buch lag. Doch dann wurde ihr Blick magisch angezogen von einem sich leicht hin und her bewegenden kindskopfgroßen Pendel aus Kristall, das die Kerzenflammen unendlich vervielfachte und den Raum mit einem prickelnden Licht erfüllte.

Vor dem Tischchen waren rechts und links in je einer Reihe gegenüber jeweils drei Stühle aufgebaut, gegenüber standen zwei Stühle. In der Mitte zwischen den Stuhlreihen lag ein schwarz-weißer Teppich mit Symbolen auf dem Parkett, die Pippa sofort erkannte. Es waren Runen, besonders groß im Mittelpunkt war die Ansuz-Rune, sie entdeckte aber auch andere Symbole wie das allsehende Auge.

Hinter den Stühlen standen weitere Kerzenständer, die so hoch reichten, wie Pippa lang war, und auf denen dicke weiße Kerzen brannten. Die ganze Wandseite gegenüber dem Armlehnstuhl wurde von einem Yggdrasil-Bild eingenommen.

Alle Stühle waren schon besetzt, bis auf einen. Als sie den Raum betrat, hörte das Gemurmel schlagartig auf. Die Masken der Vermummten drehten sich zu dem, der in der Nische saß. Sie schienen zu erwarten, dass er Pippa maßregeln würde, doch er winkte nur besänftigend mit der Hand. Pippa setzte sich auf den einzigen freien Stuhl, der gleich rechts neben der Nische stand, und hoffte, niemand würde ihr Zittern bemerken. Sie versteckte die Füße unter der Kutte, denn solche Sneaker würde keiner der Logenbrüder tragen.

Sie musste dringend aufhören, auf ihre Füße zu starren, vielmehr sollte sie den anderen endlich ins Gesicht sehen. Du hast eine Maske auf, ermahnte sie sich. Du bist sicher.

Sie hob den Kopf und erstarrte sofort, musste sich beherrschen, um nicht nach Luft zu schnappen. Nicht weil alle eine Tiermaske trugen, sondern weil die Gestalt in der marmornen Nische direkt neben ihr die Maske einer Hyäne zeigte. Und sie erinnerte sich genau, wann sie zuletzt eine Hyäne gesehen hatte: an ihrem ersten Abend auf Ravensholm, nachdem alle sich in Tiere verwandelt hatten. Der Kopf der Hyäne hatte auf dem Hals des gebrechlichen halbseitig gelähmten Grafen gesessen. Aber war das möglich? Der Kuttenträger hier saß sehr aufrecht auf seinem Stuhl, ganz anders als Henrik im Rollstuhl. Außerdem war nichts von seinem seifigen Rasierwasser zu spüren, das ihn sonst immer umgab. Da war nur dieser andere Geruch, der ihr im Schloss schon ein paar Mal aufgefallen war, der nach nassen Kupfermünzen und alten Elektrokabeln. Wo kam das her, hier flackerten doch nur Kerzen? Nirgends eine Spur von Computern oder anderer Elektronik.

Das Licht, das von dem Kristallpendel ausging, brachte sie noch mehr durcheinander als die Tiermasken, die sie unbeweglich und hässlich anstarrten.

In der Reihe ihr gegenüber, also links von der Nische saßen ein Pferd und eine Ratte. Eine Ratte – wenn ihre Vision bei dem Abendessen wirklich einen tieferen Sinn gehabt hatte, dann verbarg sich darunter womöglich Rasmus. Schade, dass sie nicht neben ihm saß, dann hätte ihre Nase gewusst, ob sie mit ihrer Vermutung recht hatte. Neben der Ratte saß jemand mit einer einfachen Maske ohne Tiersymbolik.

Der Bär neben Pippa atmete schwer, daneben, weiter außen, saß auch eine viel schlichtere Maske. Es gab also wohl verschiedene Grade in dieser Loge.

Das Licht des Kristallpendels irritierte sie nun so, dass sie am liebsten ihre Augen zugemacht hätte. Aber das war gut, denn genau das machte sie so sicher, dass es kein Traum war, sondern Wirklichkeit.

Die Hyäne hob den Arm, daraufhin wurde es noch stiller, als würde keiner mehr atmen. Sogar der Bär hielt die Luft an und es kam Pippa so vor, als stünde auch das Pendel plötzlich ganz still.

»Licht ist Wahrheit«, sagte der Meister mit rauer Stimme, die Pippa stutzig machte, auch wenn sie nicht sagen konnte, warum. Sie hatte den alten Grafen ja noch nie laut reden hören.

»Wahrheit macht frei«, antworteten alle.

»Licht ist Freiheit«, sagte er.

»Freiheit ist Liebe«, antworteten alle.

»Liebe ist Licht«, sagte er.

Gott, wo bin ich hier nur gelandet?, dachte Pippa und bemühte sich, auch etwas zu murmeln, damit der Bär neben ihr keinen Verdacht schöpfte.

Die Hyäne hob wieder den Arm, konzentrierte Stille breitete sich aus. »Brüder, schwere Zeiten erfordern besondere Maßnahmen.«

Irgendetwas irritierte sie an dieser Stimme, aber was? Schwere Zeiten? Was denn für schwere Zeiten, es war doch kein Krieg! Pippa musste all ihre Kraft aufbieten, um das Zittern in ihrem Körper zu unterdrücken.

»Das Versagen eines Bruders, sogar wenn es nur ein

Neophyt war, ist immer schmerzlich. Am Ende hat er sich jedoch noch als wahrer Krieger erwiesen. Odin hat ihn nach Walhall geholt.«

»Gelobt sei Odin, Quell des Wissens und der Weisheit«, murmelten alle.

Die Hyäne räusperte sich wieder, als hätte sie eine Erkältung. »Weitaus schmerzlicher ist jedoch das, was uns bevorsteht. Wir müssen alles tun, um eine Seele von der Saat des Zweifels zu bereinigen. Es wird nicht leicht, denn unser Ipsissimus in spe ist selbst schon ein wahrer Meister. Wir sollten dem amtierenden Ipsissimus das Prozedere ersparen, also müssen wir handeln. Denn ihr alle kennt unsere Losung: *Odins heil'ger Bund gilt für entehrt, wenn ihm ein Verräter angehört. Wer sein Wort bricht, wird gebrochen.*«

Neophyt, Ipsissimus. In Pippas Kopf wütete ein Sandsturm aus Vermutungen und Fragen. Und Walhalla, das war doch das Wikingerparadies, in dem es jede Menge Jungfrauen gab – dann war also jemand tot und ein anderer sollte gebrochen werden. War der Bruder, der nach Walhalla gegangen war, etwa Niels?

»Aber das ist unmöglich!«, sagte die Ratte. »Den Ipsissimus darf man nicht …«

Die Hyäne hob den Arm, die Ratte verstummte sofort.

»Du vergisst dich, Bruder. Nichts ist uns unmöglich. Wer sind wir?«

»Die Brüder des Lichts.« Alle bis auf die Hyäne standen auf, Pippa beeilte sich, es den anderen nachzutun. Die malten nun mit den Händen und Armen einen großen Kreis vor ihren Körpern und verharrten dann mit zusammengepressten gestreckten Handflächen vor der Brust. Nur die Hyäne saß noch und es kam Pippa so vor, als würde der Mann dahinter sie durchdringend anstarren, als wüsste er, wer sie war.

»Was wollen wir?«

»Das Licht der Erkenntnis!« Jetzt öffneten sie die Handflächen bis zu den Gelenken auseinander, sodass sich ein Kelch bildete, den sie nach oben, der Sonne entgegen, streckten und dort mit gen Himmel gehobenen Armen verharrten. Pippa schaffte es gerade noch so, dem Bewegungsablauf zu folgen.

»Wie erreichen wir das?«, fragte der Meister.

Alle legten ihre flach ausgestreckten Hände auf ihren Kopf und blieben so stehen. »Mit unserer Energie!«

»Wo finden wir die?«

»Im Universum des Leibes«, dröhnte die Ratte.

»Im Universum der Seele«, schmetterte der Bär.

»Im Universum des Lichtes«, trötete das Pferd und Pippa schnürte die Angst die Kehle zu – was, wenn auch sie nun etwas sagen sollte?

»Odin sei gelobt, dann wollen wir beginnen.«

Alle nickten und blieben stehen. Pippas Herz raste. *Aber was soll denn schon passieren, wenn ich auffliege,* versuchte sie, sich zu beruhigen, die würden sie doch nicht töten, oder? Sie war doch hier in keinem schlechten Horrorfilm.

Eine Kutte mit unverzierter Holzmaske trat in die Mitte auf den Teppich, stellte sich sehr aufrecht hin, sodass Kopf und Körper eine Linie bildeten, spreizte die Füße, die Arme hingen herunter.

Die anderen folgten seinem Beispiel.

Die Gestalt in der Mitte atmete konzentriert ein und aus, das Ausatmen dauerte etwa drei Mal so lange wie das Einatmen, dann plötzlich fing sie an, leise den Ton I von sich zu geben, steigerte dann ständig die Lautstärke, das I wurde voller und voller, und gerade als Pippa dachte, das wäre alles, fingen die Masken an, das I in ein *Issss* übergehen zu lassen, das wiederholten sie neun Mal. Durch das Singen begann das Kristallpendel hin und her zu schwingen, Pippa konnte ihren Blick nicht davon abwenden, und obwohl ihr kalter Angstschweiß den Rücken herunterrann, merkte sie, dass sie auf einmal viel freier atmete.

Die Maske ging zurück vor seinen Stuhl und das Pferd trat in die Mitte. Wenn alle nur ein I singen müssen, dann kann ich das schaffen, versuchte Pippa, sich zu beruhigen. Klar, meldete sich hysterisch ihre Vernunft, sie musste einfach nur dafür sorgen, dass ihre Stimme hundert Oktaven tiefer wurde, und dann klappte das auch mit dem Vorsingen.

Das Pferd stellte seine Füße eng geschlossen hin, und als Pippa das sah, wurde ihr klar, dass sie es auf keinen Fall schaffen würde, in der Mitte zu bestehen, denn wenn jemand ihre türkisen Sneaker sah, flog ihre Tarnung auf, bevor sie noch den Mund aufmachen konnte.

Das Pferd nahm beide Arme im Fünfundvierzig-Grad-Winkel hoch, senkte die rechte Schulter wieder leicht, erhöhte die linke, was die Arme in eine Art F verwandelte, hielt den Kopf dabei sehr gerade. Dann schloss es seine Augen, atmete gleich lange ein und aus und fing ebenfalls an zu singen. Erst ein einzelnes O, dann ein sehr lang gezogenes O, das wie das I dann in ein Os überging. Wieder folgten alle seinem Beispiel.

Daher also stammten die Töne von dem Stick, folgerte Pippa, die fasziniert bemerkte, dass das Pendel jetzt kleine Os aus Licht zu schreiben schien, gleichzeitig merkte sie, wie beim Atmen und Singen ihr Kopf klarer wurde. Ihre Gedanken hörten auf, chaotisch um sie herumzuwirbeln.

Als Nächstes trat die Ratte in die Mitte, stellte die Füße nebeneinander, ging dann in die Hocke, umfasste mit den Händen die Knie, sodass der Kopf, die Schienbeine und Füße eine Linie bildeten und der gebogene Körper wie ein Dreieck daran klebte.

Nach den Gesetzen der Logik wäre Pippa die Nächste. Ihr Herz, das sich gerade beruhigt hatte, wurde wieder schneller.

Auch die Ratte atmete in einem besonderen Rhythmus, dann stieß sie unvermittelt die Silbe *Tho* aus, das Pendel wurde zu einem Lichtpfeil, der dann, als die Gruppe übernahm und zu einem summenden *Thon* überging, zu einer liegenden Acht wurde.

Während auch das neun Mal exerziert wurde, fühlte Pippa sich mehr und mehr wie elektrisiert, denn sie wusste jetzt, was in der Ratte vor sich ging. Es war, als könnte sie seine Gedanken lesen. Nein, es war nicht nur so, Pippa hörte wirklich, was sie dachte: *Ein Glück, dass ich heute hier bin, das wird mir endlich die Aufstiegsmöglichkeiten bringen, auf die ich seit Jahren warte. Es war ein gutes Gefühl, einen Verräter mundtot zu machen. Verrat ist schlimmer als alles andere.*

Mundtot. Tot. Ich muss hier weg, dachte Pippa entsetzt. Ich will nicht wissen, was in dem kranken Hirn von Rasmus vor sich geht. Jetzt wurde ihr so einiges klar. Dieser korrupte Polizeichef hatte absichtlich so lange herumgetrödelt, nachdem sie die Leiche gefunden hatte.

Die Ratte ging zurück zu ihrem Platz und erlöste Pippa von ihren widerlichen Gedanken.

»Seid ihr bereit?«, fragte die heisere Hyäne und alle erwiderten ein lautes Ja.

Pippa bekam kaum noch Luft, jetzt musste sie vor, jetzt war sie dran. Aber was wurde von ihr erwartet? Verzweifelt sah sie sich nach Fluchtmöglichkeiten um. Es gab keine.

Die Hyäne klatschte dreimal in die Hände, woraufhin die rechte Tür neben der Säulennische aufging. Zwei Kutenträger mit sehr einfachen Masken schleppten jemanden mit der Maske eines Löwen herein und legten ihn auf den schwarz-weißen Teppich. Seine Arme waren vor dem Körper zusammengebunden, genauso wie seine Füße.

Die Hyäne forderte die Gruppe auf, sich um den Teppich zu stellen. Mit Beinen, die weicher waren als gegrillte Marshmallows, ging Pippa mit den anderen vor. Die Hyäne kam ebenfalls zu dem Teppich und alle legten ihre Hände auf einen Arm des Löwen.

Pippa folgte ihrem Beispiel und wurde zunehmend verwirrter. Sie konnte wieder hören, was in der Ratte vorging. Rasmus dachte, dass sich Niels unter der Löwenmaske befand, und hatte plötzlich doch Zweifel, ob das richtig war, was sie ihm jetzt antun würden.

Niels war unter der Maske? Dann musste sie dem Spuk ein Ende machen, bevor es zu spät war. Zu zweit würden sie es irgendwie hier rausschaffen, aber dazu musste sie sicher sein, dass wirklich Niels unter der Maske steckte.

Ohne weiter nachzudenken, riss Pippa dem Löwen die Maske herunter.

»Nein!«, entfuhr es ihr, während alle anderen kollektiv nach Luft schnappten, dann schienen sie zu erstarren.

Entsetzt trat sie einen Schritt zurück. Es war nicht Niels, sondern Graf Henrik, der geknebelt vor ihnen lag. Pippa war schockiert. Schreckten diese Logenbrüder denn vor gar nichts zurück? Hatten sie nicht mal vor einem alten und kranken Mann Respekt?

»Nein! Nicht!«, schrie die Hyäne und ihre Stimme klang jetzt vollkommen anders als vorher.

Die ganze Gruppe erwachte aus ihrer Erstarrung, die Ratte stürzte sich auf die Hyäne und riss ihr ebenfalls die Maske ab.

Fassungslos starrte Pippa den Menschen an, den sie am allerwenigsten darunter vermutet hätte.

Es war Niels.

Er hatte sie von vorne bis hinten belogen, denn er war der Meister dieser Loge.

26

Pippa glaubte, sie würde in Ohnmacht fallen, alle Formen lösten sich auf, verschwammen, wurden zu Pünktchen, aber ein letzter Rest Verstand kämpfte dagegen an. Denn etwas stimmte hier ganz und gar nicht. Wenn Niels der Kopf der Loge war, warum hatte er den Namen im Sand für sie hinterlassen, warum wollte er dann, dass sie hier aufkreuzte? Die letzten Stunden liefen wie im Zeitraffer durch ihr Hirn. Vielleicht war er nie verschwunden gewesen, sondern hatte alles im Griff.

Aber in diesem Moment hatte Rasmus den Grafen von seinem Knebel befreit. Henrik richtete sich auf und zeigte auf Niels. »Brüder, ergreift diesen Verräter. Er will uns auslöschen. Das müssen wir verhindern!«

Pippa schluckte, dann war also auch dieser angeblich so kranke Mann nur ein Lügner, ein Blender wie fast alles in diesem Schloss! Und doch war sie froh, dass er geredet hatte, denn wenn Niels der Verräter war, dann hatte er sie doch nicht belogen.

Tumult brach aus. Alle stürzten sich auf Niels. Pippa war immer noch wie gelähmt, ihre Augen trafen sich, erkannten sich, und wenn sie die Botschaft darin richtig verstand, dann wollte er, dass sie sich in Sicherheit bringen sollte. Dann lagen alle Logenbrüder auf ihm und er wurde von ihr weggedreht.

Pippa wusste, dass er recht hatte, aber sie wollte hier nicht ohne ihn weg. Und doch: Sie konnte ihm nur helfen, wenn sie von hier entkam. Die Loge würde wissen, dass sie alles gehört hatte, und solange sie mit diesem Wissen fliehen konnte, war Niels in Sicherheit.

Sie sah sich im Raum um und ihr Blick fiel auf die flackernden Kerzen. Ein Feuer würde vielleicht eine Panik auslösen, aber was sollte sie in Brand stecken? Eine Kutte – oder die Holzmaske des Löwen, die vor ihr am Boden lag! Hastig griff sie danach, aber in diesem Moment durchbrach die Stimme des alten Grafen den Tumult und forderte seine Brüder auf, sich zurückzuhalten.

Trotzdem musste sie hier raus, um Hilfe zu holen. Viel Zeit blieb ihr nicht, denn in dem Augenblick, in dem sich alle wieder etwas beruhigt hatten, würden sie sich fragen, warum die Schlange Niels die Maske heruntergerissen hatte. Sie brauchte ein Ablenkungsmanöver!

Sie hielt die Maske in die Flamme. Sofort, nachdem sie Feuer gefangen hatte, ließ Pippa sie fallen und rannte so schnell aus dem Raum, durch den Saal zur Treppe nach unten, dass sie beinahe an das schwarze Gitter am Treppenende geprallt wäre, das jetzt geschlossen war. Verdammt!

Sie hastete die Stufen wieder hoch, aber der Saal hatte keine Fenster.

Während Pippa nach einem Ausweg suchte, hörte sie,

wie der alte Graf mit dünner Stimme anordnete, dass man Niels in Gewahrsam nehmen müsse, und er selbst würde seine Bestrafung vornehmen, damit bei der Rückkehr des amtierenden Ipsissimus alles wieder im »Licht« sei.

Und davor musste sie unbedingt Niels retten.

»Wer war so klug, ihm die Maske vom Kopf zu ziehen?«, fragte der Graf in die Runde.

Pippa hielt die Luft an, jetzt würden sie merken, dass die Schlange nicht mehr da war. Man würde nach ihr suchen, sie musste dringend verschwinden.

Keine Fenster, aber da oben war eine Luke. Früher hätte sie es dort hochgeschafft, vor ihrem Sturz hatte sie auch nie Angst gehabt. Aber seit sie sich das Handgelenk gebrochen hatte, war sie erst wieder ein paar Mal beim Bouldern gewesen und natürlich nie so hochgeklettert. Und schon gar nicht ohne Matte und Magnesium gab es hier auch keins, aber wenn sie noch länger über ihr Leben nachdachte, anstatt endlich zu handeln, flog ihre Tarnung auf.

Sie stopfte sich den Umhang hinten in ihre Caprijeans und schob sich die Maske in den Nacken, um besser zu sehen und Luft zu bekommen. Dann stieg sie auf das Konsoltischchen. Dort verharrte sie einen Moment, suchte die Wand nach Haltepunkten ab, entdeckte eine waaghalsige Route über die Säulenkapitelle und kletterte los.

»Wo ist er?«, fragte der Graf barsch. Gemurmel. Schneller, ich muss viel schneller sein. Aber sie war aus der Übung und die Wand hatte einen Schwierigkeitsgrad von mindestens fünf auf der Skala. Gerade als sie keuchend an der Luke angekommen war, hörte sie, wie die Kutten ausschwärmten und anfingen, nach ihr zu suchen. Es gelang ihr, sich hochzuschwingen, einen Fuß durch die Luke zu schieben und ihn einzuhaken. Sie ruckelte an der Luke. Es quietschte, aber nicht so laut, wie sie befürchtet hatte. Mit einer einzigen Bewegung hob sie die Glasscheibe hoch, schlüpfte nach draußen und sog die warme Nachtluft tief ein. Es war geschafft, sie war auf dem Turm, über ihr nur noch ein schwach blinkender Sternenhimmel.

Super Pippa, großes Kino. Und wie kommst du hier wieder runter? Sie schob sich auf allen vieren an der Kante des Daches entlang. Dabei fiel ihr das gewölbte Glas auf, das zu dem Versammlungsraum gehören musste, mehr Räume hatte es in dem Turm nicht gegeben. Vielleicht konnte sie von hier oben erkennen, was die mit Niels anstellten.

Die Ziegel waren locker und nach dem vielen Regen schmierig, aber sie schaffte es, sich der Glasdecke zu nähern. Das Feuer hatte man gelöscht, Niels lag gefesselt in der Mitte auf dem Teppich, der jetzt ein paar Brandlöcher aufwies. Einige standen um ihn herum, und wenn sie die Luft anhielt, konnte sie ganz leise hören, was gesungen wurde: Ansuz. Sie versuchte, sich zu erinnern. Was genau hatte in dem Buch alles gestanden? Ansuz war die Rune von Odin, durch sie verband man sich mit dem göttlichen Wissen und konnte die magischen, hellseherischen Kräfte eines Menschen verstärken.

Das Kristallpendel bewegte sich sehr unruhig und selbst hier oben merkte Pippa, wie sehr es ihre Augen von allem anderen ablenkte. Wie es ihr Hirn durcheinanderbrachte, sie wacher und heller wurde.

Pippa blickte um sich und entschied, an der Seite des Turms abzusteigen, die dem See abgewandt war. Hier befand sich das Rohr einer Regenrinne und war so in eine Ecke des achteckigen Turms eingebaut, dass sie sich an ihr und den Unregelmäßigkeiten der Ziegelsteine hinunterwagen konnte.

Sie versuchte, sich konsequent nur auf das, was sie gerade tat, zu konzentrieren, doch es fiel ihr schwer. Das Abflussrohr, an dem Pippa mit dem linken Fuß Halt suchte, gab knirschend unter ihr nach. Es war völlig verrostet. Sie rutschte ein großes Stück, ratschte mit dem Knie und der rechten Hand über die bemooste Ziegelwand, bevor ihre Hände an einer kleinen Skulptur wieder Halt fanden. Wenn ich abstürze, bin ich zu nichts zu gebrauchen, dachte Pippa und konzentrierte sich auf die restlichen Meter. Als sie unten ankam, nahm sie die Maske aus ihrem Hosenbund und blieb einen Moment auf dem Kies liegen. Jeder Muskel an ihrem Körper zitterte und gleichzeitig war ihr Kopf tonnenschwer. Sie rappelte sich auf, zog die Kutte aus. Die Kugelkette hatte sich darin verheddert, sie entwirrte sie, nahm die Kutte und wickelte die Maske darin ein.

Sie schlich vorsichtig weiter, um nur ja niemandem in die Arme zu laufen. Aber alles war totenstill. Wo war der Professor? Wenn er noch von ihrem Schlag betäubt war, müsste er hier vor der Tür zur Hecke des Labyrinths liegen, aber es war niemand zu sehen. Warum hatte er keinen Alarm geschlagen? Das kam ihr merkwürdig vor. Oder hatte ihn jemand gefunden und ins Krankenhaus gebracht? Nein, so schlimm hatte sie ihn nicht verletzt!

Sie betrat das Labyrinth. Nun musste sie sich logischerweise rechts halten, immer nur rechts. Weil ihre Muskeln so sehr zitterten, stolperte sie und fiel auf das verletzte Knie, spürte es aber kaum. Als sie sich dazu zwang, aufzustehen und weiterzugehen, erkannte sie die Pinienskulptur, hinter der sie sich vorhin versteckt hatte. Sehr gut, jetzt weiter rechts, das musste richtig sein, auch wenn es ihr so vorkam, als ob sie noch nie hier gewesen wäre. Doch dann landete sie nach einer Ewigkeit wieder bei der steinernen Pinie.

Tränen traten ihr in die Augen, sie war erschöpft und verzweifelt. Einfach alles hatte sie falsch angepackt, nur ihretwegen war Niels in der Lage, in der er jetzt war, und trotzdem schaffte sie es nicht, noch länger ihre Augen offen zu halten. Aber sie musste es noch einmal versuchen. Sie mobilisierte alle Kraftreserven und nahm den anderen rechten Weg.

Aber auch der führte sie in die Irre, wieder landete sie an der Pinienskulptur mit der Schlange. Sie musste zurück und Niels helfen, durfte nicht ausruhen, auf keinen Fall. Sie setzte sich auf die Bank, nur um noch einmal ihre Energien zu bündeln. Ihre Augenlider sanken herab, aber sie riss sie sofort wieder hoch, sie durfte auf keinen Fall einschlafen und schon gar nicht hier. Sie stand auf, taumelte und rettete sich an die Skulptur. Nur ein paar Minuten ausruhen, ihre Knie knickten ein, sie landete auf dem Kies und kroch instinktiv unter die schützende Buchsbaumhecke. Nur fünf Minuten ausruhen, dann frisch weitermachen und Niels suchen. Nicht schlafen, auf keinen Fall …

27

Etwas Feuchtes schlabberte an ihrer Wange. Pippa zuckte zusammen, wachte auf und sah direkt in die braunen Augen von Lulu, die hingebungsvoll ihre Wange ableckte.

»Lass das!«, murmelte sie immer noch schlaftrunken, dann erst wurde ihr blinzelnd klar, dass sie unter der Buchsbaumhecke lag. Die Sonne war schon aufgegangen und verwandelte die Tautropfen auf den Blättern der Hecke gerade in eine rosa schimmernde Glitzerdecke. Auf dem Pinienzapfen hatte sich eine fette Elster zwischen den zwei Schlangen niedergelassen, die sich auch von Lulus kräftigem Gebell nicht verscheuchen ließ.

»Ruhig, Lulu!«, tadelte ihr Bruder Lulu mit dem Rückgrat einer zu weich gekochten Nudel. Er saß auf der Bank und beobachtete neugierig, wie Pippa unter der Hecke hervorkroch. Sie streckte sich, gähnte und setzte sich dann neben ihn auf die Bank.

»Matteo!« Pippa legte ihren Arm um ihn, atmete seinen Jungsgeruch nach Erde und Schokolade tief ein, das tat so gut, nach allem, was heute Nacht geschehen war. Sie zog ihn näher an sich heran. Er sträubte sich weniger als sonst, setzte sich sogar kurzerhand auf ihren Schoß und schlang seine Arme um ihren Hals. Das machte er sonst nur bei ihrer Mutter und auch nur, wenn er sehr müde war.

»Geht's dir gut?«, fragte Pippa, die sich völlig erschlagen fühlte.

»Ich weiß nicht. Pipps, ich möchte, dass Mama wiederkommt. Ich habe geträumt, sie wäre mit dem Flugzeug abgestürzt.«

Pippa wurde mit einem Schlag hellwach.

Sie streichelte seine dunkelblonden verwuschelten Haare, die er sicher seit Moms Abreise nicht mehr gekämmt hatte. Von wegen Halbprinz! Sie hätte sich besser um ihn kümmern müssen.

»Ich glaube, wir beide könnten ein Bad vertragen«, sagte sie, um ihn abzulenken.

»Nur wenn Lulu mitmachen darf!«

»Ich weiß nicht, ob sie das mag.«

»Klar mag sie baden, wir waren gestern, als du geschlafen hast, mit Kirsten am Strand, bei so einem komischen Baum aus Stein. Da ist Lulu wie eine Irre immer in die Wellen gerannt. Ich hab ihr sogar Stöckchen reingeworfen, die sie wieder rausgeholt hat.«

Das Denkmal am Strand.

Yggdrasil.

Der Tote am Strand.

Niels. Die Loge. Diese Zeremonie. Sie hatten Niels.

Schlagartig war alles wieder da und jetzt im strahlenden Tageslicht fand Pippa es noch verwirrender, noch abscheulicher als heute Nacht. Und sie wusste noch weniger, was sie tun sollte.

»Waren Leute mit Drachen am Strand?«, fragte sie Matteo, weil sie sich an die Schnüre erinnerte, für die sie noch immer keine Erklärung hatte.

»Nee, aber wir hatten einen dabei, den hat Kirsten mit Mama in Kopenhagen für mich gekauft. Der Drachen war so groß«, er zeigte es ihr mit ausgebreiteten Armen, »und hatte einen so langen grünen Schwanz.« Er streckte seine Arme noch weiter auseinander.

Lulu hatte endlich die fette Elster von der Statue vertrieben, sprang auf die Bank und hüpfte auf Matteos Schoß, was sie alle ins Wackeln brachte.

»Ist es okay, dass man Hunger hat, auch wenn man traurig ist?«, fragte Matteo, während er versuchte, Lulu zu beruhigen.

»Warum bist du denn traurig?«

»Wegen Mama.«

»Aber sie ist sicher nicht abgestürzt. Das war nur ein Traum.«

»Madita sagt, Träume können wahr werden.«

Pippa lief es kalt den Rücken runter, versuchte aber, sich nichts anmerken zu lassen. »Du hast Madita wiedergesehen?«

»Sie hat mich besucht, in meinem Zimmer, und mir gesagt, ich soll dich holen, weil du den Weg zurück aus dem Labyrinth nicht wüsstest.«

Pippas Kehle wurde eng. Nur mal eine Sekunde angenommen, diese Madita war gar nicht tot, sondern lebte noch und trieb hier ihr Unwesen? Und war irgendwie schuld an all dem, was passierte?

»Und wie hat sie ausgesehen?«

Matteo zuckte mit den Schultern und seufzte. »So schön wie neulich, aber heute war sie gar nicht lustig, sondern ziemlich böse, weil du hier im Labyrinth bist.«

Pippa drückte ihn noch fester an sich. Es war eine Sache, dass jemand ihr übel mitspielte, aber doch nicht ihrem kleinen Bruder. Höchste Zeit, Matteo auf andere Gedanken zu bringen.

»Es ist völlig okay, wenn man Hunger hat, das ist immer okay, auch wenn man traurig ist. Und weißt du, was, ich habe auch Hunger, sogar riesigen!« Sie schob ihn sachte von ihrem Schoß und streckte sich.

»Aber ich habe noch viel mehr Hunger als du.«

»Nie im Leben!« Pippa stand auf und schüttelte ihre Beine, die völlig steif waren. »Ich könnte zehn Ochsen verdrücken und eine Schokotorte und sogar eine Tonne Spinatsalat.«

»Und ich zehn Schokotorten und zehn Käseteilchen und hundert Würstchen.« Matteo lachte, nahm sie an der Hand und rannte los.

Offensichtlich wusste er ganz genau, wie man aus dem Labyrinth herauskam. Ob Madita ihm das auch verraten hatte? Lulu rannte fröhlich kläffend neben ihnen her, sprang an ihren Beinen hoch und versuchte, einen der gelbroten Schmetterlinge zu fangen, die die letzten Tautropfen von den Blättern tranken. Die Vögel zwitscherten um die Wette und die üppig wachsenden Rosen verströmten ihren intensiven Duft.

Doch nichts von alldem berührte Pippa, denn je wacher sie wurde, desto größer wurde ihre Angst um Niels. Nachdem sie mit Matteo etwas gegessen hatte, würde sie sich alles noch mal gründlich vornehmen und nicht eher ruhen, als bis sie Niels gefunden hatte.

28

Beim Frühstück hatte sich Pippa ihrem Bruder zuliebe angestrengt, lustig zu sein, mit ihm herumgeblödelt und sich jeden Gedanken an Niels und die Loge verboten. Zum Glück tauchte niemand sonst auf. Pippa hätte keinen Bissen in der Gegenwart von einem der Maskenmänner heruntergebracht. Sie war erleichtert, als Matteo, dann satt und gar nicht mehr traurig, mit Lulu zu einem Spaziergang aufbrechen wollte. Leider gelang es ihr nicht, ihn zu einer Dusche zu überreden, denn als sie die ins Spiel brachte, rannte er kichernd mit Lulu davon. Damit fiel wenigstens eine Last von Pippas Schultern. Aber sie fühlte sich immer noch wie zerschlagen von all dem, was heute Nacht geschehen war, und von ihren Sorgen um Niels. Um wieder klarer denken zu können, ging sie duschen.

Klar war, dass alle Männer, die im Schloss zu Gast waren, zu dieser Loge gehörten. Professoren, Polizeichefs. Klar war auch, dass Niels etwas hatte tun wollen, das dieser Loge nicht passte, und nur deshalb hatten sie ihn als verrückt abgestempelt. Wahrscheinlich war der Leiter des

»Genesungsheims« auch Mitglied. Deshalb konnte sie es sich definitiv sparen, zur Polizei zu gehen, weil alle unter einer Decke steckten. Das war es, was Niels mit seinem kryptischen Kommentar am Strand gemeint hatte: *Ja, du denkst, dass es das Richtige ist, deshalb sollten wir das tun.* Nur ihr zuliebe hatte er zugestimmt, die Polizei zu holen, obwohl er wusste, dass alle da mit drin hingen.

Die Polizei kam also nicht infrage, ihre Mutter war nicht da, ihre Freundinnen waren immer noch auf Kanutour an der Müritz. Sie war völlig auf sich allein gestellt.

Allerdings war da noch Kirsten, immerhin ihre Stiefschwester. Sie gehörte nicht zur Loge, aber sie hatte davon gewusst und sie mit keinem Sterbenswort erwähnt. Aber sie wurde nicht recht schlau aus ihrer Stiefschwester – einerseits hatte sie ihr ein wunderschönes Ballkleid ausgesucht und mit ihr herumgealbert, andererseits war sie nicht immer ehrlich zu ihr. Doch wenn sie das im Hinterkopf behielt, konnte sie mit Kirstens Hilfe in jedem Fall schneller weiterkommen als allein.

Pippa zog sich an, machte sich auf zu Kirstens Zimmer und klopfte an deren Tür. Ihre Stiefschwester öffnete sofort und musterte Pippa von oben bis unten.

»Es tut mir wirklich leid, das sagen zu müssen, aber du siehst schrecklich müde und zerknittert aus!«, sagte sie und strich selbstgefällig mit ihren Händen den hautengen Bleistiftrock ihres cremeweißen Leinenkostüms glatt. Sie sah umwerfend aus und wirkte, als wollte sie zur Verleihung der Golden Globes gehen.

»Ich brauche deine Hilfe!«, sagte Pippa.

»Du weißt, ich helfe dir immer gern. Ich bin in drei Stunden wieder zurück, dann stehe ich dir zur Verfügung.«

»Das ist zu spät. Ich brauche deine Hilfe jetzt.«

Kirsten seufzte. »Das ist schlecht. Einen Termin bei René lässt man nicht einfach so sausen! Er ist immerhin der beste Friseur in Nordjütland.«

»Ich bitte dich als deine Schwester.«

»Stiefschwester!«, korrigierte Kirsten. Sie musterte Pippa noch einmal genauer, ein Schatten huschte über ihr Gesicht, dann bat sie Pippa in ihr Zimmer.

»Wobei brauchst du meine Hilfe?« Sie blickte forschend in Pippas Augen und beantwortete sich die Frage dann gleich selbst. »Es geht um Niels! Ich hab dich doch vor ihm gewarnt.«

»Bitte.« Hoffentlich werde ich nie zu so einer Zicke, die man zehnmal um Hilfe anbetteln muss, dachte Pippa gereizt und hörte in ihrem Kopf die Uhr ticken. Sie überlegte, ob es Kirsten gefiele, wenn sie sich auch noch theatralisch vor ihr auf die Knie werfen würde.

»Okay. Warte hier, ich sage den Termin ab. Und gebe Bill Bescheid, dass ich die Limo nicht brauche.« Sie nahm ihr Smartphone aus einer nudefarbenen Ledertasche mit Fransen, verschwand in ihrem Bad und kam überraschend schnell zurück.

»Also?«, fragte sie.

Pippa rang mit sich – wie viel sollte sie ihr verraten? Aber dann wurde ihr klar, sie musste ehrlich sein, sie brauchte eine Verbündete. Sie hatte Kirsten in der Kutte des Professors gesehen, Kirsten wusste also sehr viel mehr als sie selbst. Zuerst musste sie ihr Vertrauen wecken, dazu erzählte Pippa im Schnelldurchlauf alles, was passiert war. Kirsten hörte aufmerksam zu und gab nur einen einzigen Kommentar von sich. »Echt, du kannst bouldern? Das ist ja krass. Hätte ich dir gar nicht zugetraut. Deine Arme sehen gar nicht so kräftig aus.«

Kirsten seufzte, knetete ihre Oberarme, als wären ihre Arme das Problem und nicht Niels, der wirklich in Gefahr war, dann fragte sie: »Okay, und was genau erwartest du jetzt von mir?«

»Hilf mir, ihn zu retten.«

»Zu retten, du dramatisierst ziemlich, findest du nicht?«

»Er ist in Gefahr, das weiß ich, genauso, wie ich weiß, dass du dich in die Loge eingeschlichen hast, weil ich dich neulich nachts beobachtet habe. Offensichtlich kennst du auch den Weg durch das Labyrinth.«

Kirsten schüttelte den Kopf.

»Oh doch, ich habe dich gesehen mit der Schlangenmaske über deinem Kopf.«

Jetzt lächelte Kirsten süffisant. »Ach, ich mit der Maske im Labyrinth? Interessant und völlig unmöglich.«

»Dann lass es einfach.« Pippa reichte es jetzt, sie drehte sich um und lief davon.

Kirsten rannte hinter ihr her, nahm Pippa an der Hand und zog sie zurück in ihr Zimmer. »Warte hier!«, befahl sie, schnappte sich ein paar Klamotten und verschwand wieder im Bad.

Pippa setzte sich auf das mittelalterliche Waisenhaus-Bett und betrachtete die Bilder an der Wand, die schwebenden Menschen, die tanzenden Cellofrauen und weinenden Fischmänner.

Endlich tauchte Kirsten wieder auf, jetzt in Jeans und T-Shirt und Sportschuhen, die Haare zu einem lockeren Pferdeschwanz gebunden. Nur die Armbanduhr passte nicht zum Rest, aber offensichtlich legte Kirsten die niemals ab.

»Du musst mir schwören, dass du mein Geheimnis niemandem verrätst!« Kirsten musterte Pippa prüfend und hielt drei Schwurfinger hoch.

»Ich schwöre!« Pippa hob ebenfalls ihre Hand und nickte ihr zu. »Ich werde dem Professor nicht auf die Nase binden, dass du seine Klamotten ›ausgeliehen hast‹.«

»Dazu wirst du auch kaum Gelegenheit haben, denn der ist heute Nacht noch abgereist.«

»Weil er zum Arzt musste?«, fragte Pippa mit sehr schlechtem Gewissen. Nicht ein einziges Mal hatte sie an seine Verletzung gedacht, seit sie heute Morgen im Labyrinth aufgewacht war.

Kisten schüttelte den Kopf, während sie einen Safe öffnete, der in der bordeauxroten Wand versteckt war.

»Nein, er brauchte keinen Arzt, er ist wegen der Schande weggefahren.«

»Schande?«

»Na, was glaubst du denn? Diese Loge ist nur für Eingeweihte und ganz sicher nicht für Frauen. Du hast ihn quasi entehrt.«

»Du warst doch schon vor mir dabei.«

»Von mir weiß aber keiner.«

Pippa erinnerte sich plötzlich daran, wie Kirsten und der Professor in der Regennacht zusammen im Stall die Pferde gefüttert hatten. Irgendwas hatten die im Schilde geführt.

»Und wie bist du an die Maske gekommen? Hast du ihn auch niedergeschlagen?«

»Mit den Waffen der Frauen …« Kirsten kicherte in sich hinein. »Aber du solltest gar nicht wegen dem Professor schwören. Sondern wegen dem hier, meinem wirklichen Geheimnis.«

Sie drehte sich vom Safe zu Pippa und zeigte auf etwas Wurmartiges, das auf ihrer ausgestreckten Hand lag.

»Schau es dir genau an. Es ist das, was dir fehlt.« Sie wedelte damit vor Pippas Augen herum. »Ohne wirst du es niemals schaffen.«

Neugierig kam Pippa näher, ihre innere Spannung ließ ein bisschen nach. Wenn Kirsten ihr ein echtes Geheimnis anvertraute, dann waren sie wirklich Verbündete.

Kirsten grinste sardonisch. »Betrachte es ruhig ganz genau. Nimm dir so viel Zeit, wie du brauchst.«

Der hautfarbene wurmartige Gegenstand auf Kirstens Handteller entpuppte sich als Finger. Pippa schauderte.

»Ist der echt?«

»Was denkst du denn, dass ich eine Perverse bin und Leuten Finger abhacke?« Kirsten lachte schallend. »Du hast vielleicht eine krass blühende Fantasie.«

»Was ist es dann? Dekoration für die nächste Halloweenparty?«

»Dieser Finger ist aus Gelatine und er wird uns in die Welt bringen, in der wir vielleicht Niels finden.«

Langsam dämmerte Pippa, wozu der Finger gut sein konnte.

Gott, hatte sie manchmal eine lange Leitung! Der Fingerabdruckscanner im Aufzug. So hatte Kirsten ihn neulich nachts überlistet.

»Komm! Wir sollten uns von niemandem dabei erwischen lassen.«

Kirsten lief voraus und legte ein so schnelles Tempo vor, dass Pippa ihr kaum folgen konnte. Sie rannte hoch in den zweiten Stock, ließ jedoch das Spiegelzimmer, wo der Eingang zum Aufzug war, links liegen und steuerte die Bibliothek an.

»Nur mal nachschauen, ob die anderen auch genügend abgelenkt sind.«

Sie öffnete die Bibliothekstür. »Hallo-o-o«, rief sie, winkte und fragte, ob jemand Pippa gesehen hatte. Als das verneint wurde, kam sie mit blitzenden Augen zurück zu Pippa. »Die frühstücken dort und haben sich zum Kriegsrat versammelt, es sieht so aus, als hättest du sie heute Nacht ganz schön aufgeschreckt. Umso besser, dann haben wir freie Bahn.« Sie ging zum Spiegelzimmer, legte den falschen Finger auf den Abdruckscanner und der Aufzug öffnete sich.

»Aber ins Erdgeschoss hätten wir doch auch zu Fuß gehen können!«

»Tztzzzz, und ich dachte, du wärst ein kluges Mädchen. Wer sagt, dass wir ins Erdgeschoss fahren?«

Und dann erkannte Pippa, was ihr bei der Aufzugfahrt mit Graf Frederik entgangen war. Der Aufzug fuhr nicht nur in den Keller, sondern sogar noch eine Etage tiefer. Jetzt war ihr auch klar, warum sie Kirsten neulich nachts verloren hatte. Als sie aus dem Aufzug traten, umfing Pippa zwar der muffigfeuchte und erdige Geruch von uralten Kellern, doch es sah anders aus: Der Gang war so breit, dass ein Rollstuhl darin herumfahren konnte. Der Boden und die Wände waren mit beigegelben Fliesen gekachelt. An der Decke flackerten starke Neonröhren, was dem Ganzen den Charme eines Schlachthauses verlieh.

»Wo sind wir hier? Wohin führt dieser Gang?«

»Das stammt aus dem Zweiten Weltkrieg, als Dänemark von den Nazis besetzt war, haben sich hier Widerstandskämpfer getroffen und Juden mit Booten übers Meer nach Schweden in Sicherheit gebracht. Der Tunnel endet am Yggdrasil-Denkmal. Und es gibt auch eine Abzweigung quer rüber zu dem Turm, in dem du gestern warst.«

»Wissen alle im Schloss davon?«

Kirsten schüttelte den Kopf. »Nur die Mitglieder der Loge. Es ist streng geheim. Ausschließlich Henrik und Frederik haben hier unten Zugang.«

»Und wie hast du das alles herausgefunden?«

»Ich war immer schon sehr aufmerksam und neugierig.«

»Warum glaubst du, dass Niels hier irgendwo steckt?«

»Die Loge hat hier einen Raum, wo sie Querulanten und Neulinge einsperren. Die schaffen sie über einen Quergang direkt vom Turm dorthin. Mach dir keine Sorgen, bestimmt ist Niels dort.« Kirsten legte ihre Hand auf Pippas Arm und lief neben ihr weiter. Die Gummisohlen ihrer Sneaker quietschten leise auf dem kalten Fliesenboden.

»Und wie soll es dann mit euch weitergehen?«, fragte Kirsten unvermittelt. »Denkst du wirklich, dass mein Bruder dich liebt?«

»Das hat er gesagt.« Jedenfalls fast, dachte Pippa. Sie griff nach der Kette, die sie unter ihrem T-Shirt trug, und umklammerte die Kugel, die er zurückgebracht hatte. Nicht mal zum Duschen hatte sie die abgenommen.

»Liebe ist schlimmer als der Tod«, murmelte Kirsten und für einen Moment wirkte sie in sich zusammengesunken, als hätte man ihre Spannkraft und Energie einfach weggesogen.

Pippa schluckte, hatte sie genau dasselbe nicht bis vor Kurzem auch gedacht? Aber das war, bevor sie Niels getroffen hatte. Sie sah die silbernen Regentropfen in seinen Wimpern vor sich, wie sie über seine Wange in das Grübchen im Kinn rollten. Wie Tränen, und doch anders. Sie fühlte seine Lippen auf ihrem Mund. Würde sie das jemals vergessen, würde sie das bereuen? Nein.

»Wie meinst du das: Liebe ist schlimmer als der Tod?«

Kirsten hatte sich schon wieder aufgerichtet und zuckte mit den Schultern. »Wenn man liebt, wird man zum Opfer. Es kann sein, dass du nicht wiedergeliebt wirst. Oder noch schlimmer, jemand, den du liebst, stirbt. Oder richtig schlimm«, Kirsten holte tief Luft, als müsste sie eine Gefühlsregung unterdrücken, »jemand, den du liebst, stirbt und es ist allein deine Schuld.«

Sie zog die Nase hoch und rang sich ein Lächeln ab. »Glaub mir, es ist viel einfacher, wenn man nicht liebt. Und es ist eigentlich ganz einfach, denn wenn man anfängt, genau hinzuschauen, sieht man, wie abscheulich die allermeisten Menschen sind.« Sie massierte ihr linkes Ohrläppchen und lachte so, als hätte sie gerade einen Witz gemacht. Doch das war nur ein Ablenkungsmanöver. Sie verstand, dass es Kirsten schon wieder leidtat, Pippa an sich herangelassen zu haben. Allerdings konnte sie nicht einfach so darüber hinweggehen.

»Nicht alle sind abscheulich. Wie kommst du überhaupt auf so traurige Gedanken?«

»Und wie nennst du das, was in dieser Loge geschieht?«

»Merkwürdig. Vielleicht sogar verrückt, aber ich hatte nicht gerade den Eindruck, dass sie Blutopfer auf mittelalterlichen Altären darbringen. Außerdem ist nicht die ganze Welt in dieser Loge.«

Kirsten sah Pippa an, als hielte sie sie für reichlich naiv. »Und warum denkst du dann, dass Niels in Gefahr ist? Du glaubst doch wohl nicht, dass es nur darum geht, ein bisschen Runenyoga zu machen oder Runen zu singen?«

Pippa schluckte. »Dann erklär es mir!«

Kirsten blieb stehen. »Du erinnerst dich vielleicht daran, dass unser letzter Außenminister zurücktreten musste?«

»Vage. Gab es da nicht irgendwelche Bestechungsskandale?«

Kirsten lächelte herablassend. »Er war vollkommen unbestechlich und genau das war das Problem. Die Loge hat ihn dann erledigt. Oder das Enthüllungsbuch über die dänische Königsfamilie, das dann komischerweise doch nie gedruckt wurde. Das haben sie verhindert und sich damit viele Freunde an den richtigen Stellen gemacht. Die haben ihre Finger überall drin. Und nicht nur in Dänemark.«

Kirsten zeigte auf eine Abzweigung. »Hier geht es zum Turm.« Sie musterte Pippa und sah dann auf ihre Uhr. »Wir sollten uns beeilen. Was die Machenschaften der ach so harmlosen Loge angeht, was denkst du denn, warum Ole plötzlich tot war oder wohin seine Leiche verschwunden ist?«

»Sie essen sie auf?« Pippa versuchte einen lahmen Scherz, weil ihr Kirsten plötzlich so verändert vorkam und ihre Sorge um Niels immer noch größer wurde.

»Sehr lustig. Ich verstehe nicht, wie du nach allem, was du gestern erlebt hast, darüber noch Witze machen kannst.« Kirsten legte ihre linke Hand auf Pippas Arm. »Du hast doch Angst um Niels, sehr große Angst oder nicht?«

Pippa nickte. »Und du nicht?«

Kirsten zuckte mit den Schultern. »Die Zwillinge haben nie viel für mich übriggehabt.«

Plötzlich wirkte der Gang heller.

»Wir sind da.«

»Wo sind wir hier?«

»Unterhalb des Yggdrasil-Denkmals. Schau mal, dort oben sind Glasbausteine, auf denen Sand liegt. Zwei kann man bewegen, so wird der Tunnel belüftet. Wenn man in diese Richtung weitergeht, dann kommt der Ausgang zum Denkmal, er ist im Steinsockel, aber dazu braucht man einen Schlüssel, den ich leider nicht habe.« Kirsten nahm die Hand von Pippas Arm und zeigte nach oben – das einfallende Licht brachte ihre Uhr wieder zum Glitzern und Pippa musste unwillkürlich hinschauen.

»Siehst du, wie schön es hier ist?«

Pippa fand es komisch, dass Kirsten es hier unten schön fand, aber um des lieben Friedens willen nickte sie.

»Hier ist es schön, hier fühlst du dich sehr wohl.« Kirsten sah Pippa an und Pippa nickte wieder, obwohl sie ihr eigentlich widersprechen wollte. »Sehr, sehr wohl. Du möchtest nie mehr weg. Und selbst wenn du es wollen würdest, ginge es nicht.«

»Nein, das ginge nicht«, bestätigte Pippa, die eigentlich nach Niels hatte fragen wollen.

»Wir müssen noch um eine Ecke.« Kirsten nahm sie an der Hand und zog sie weiter, immer weiter dorthin, wo es nach Kupfermünzen und alten Kabeln roch.

Pippa bemerkte zuerst gar nicht, dass sie vor einer Tür standen, aber dann legte Kirsten ihren Gelatinefinger auf eine unauffällige Vorrichtung an der Wand. Und die Tür schob sich zur Seite wie ein japanischer Paravent.

»Siehst du den Teppich?«, fragte Kirsten und deutete auf den Boden vor der kahlen Wand, auf dem Lichtflecken durch die Glasluken tanzten.

»Hier siehst du die Symbole, sie sind alle da: Ansuz, das allsehende Auge, der Zirkel, Odins Raben.«

Pippa rieb sich die Augen und folgte mit dem Blick Kirstens Hand, die ihr alles zeigte. Zuerst sah sie nichts, dann, sehr verschwommen, waren da Flecke, aber als Kirsten ihr mit sanfter Stimme das magische Auge zeigte, entdeckte sie es endlich auch – und den Zirkel und den Stein und ja, da war der Teppich.

»Gleich werde ich dir Niels herbringen und solange kannst du dich auf diesem Teppich entspannen. Du wartest hier, bis er kommt, und es gefällt dir sehr, sehr gut. Denn du kannst ohne meinen besonderen Finger auch gar nicht weg, selbst wenn du es wolltest. Den muss ich nämlich leider mitnehmen.« Kirsten zeigte ihr den Gelatinefinger. Pippa betrachtete ihn und fühlte sich ein bisschen schwach, ja geradezu müde. Sie setzte sich auf den Teppich.

»Mach es dir bequem, entspann dich. Vielleicht möchtest du schlafen, ja, das gefällt dir, du möchtest schlafen und von Niels träumen. Sehr, sehr gut. Ich gehe jetzt mit Matteo baden, er wird dich nicht vermissen. Er liebt es, mit Madita zusammen zu sein.«

Pippa lehnte sich mit dem Rücken an die Wand. Wirklich nett von Kirsten, ihr bei der Suche nach Niels zu helfen. Sie schloss die Augen.

Das war knapp. Sie schaffte es gerade so in ihr Versteck, bekam aber kaum mehr Luft, sie war eindeutig hier rausgewachsen. Trotzdem liebte sie es immer noch, ihrem Vater und Großvater bei ihren großartigen Plänen zuzuhören. Die beiden würden auf der Stelle tot umfallen, wenn sie wüssten, wie viel sie schon gelernt hatte und wohin sie ihnen gefolgt war, obwohl es für Frauen streng verboten war.

Einiges davon hatte sie auch schon ausprobiert, bei Bill hatte es gut geklappt, bei Thorgard nicht, vielleicht weil sie diese dämliche Schutzrune um den Hals trug.

Als sie vorsichtig hinüber zu den Tischen lugte, erkannte sie überrascht, dass die beiden ihre Schwester im Schlepptau hatten. Was machte die denn um diese Uhrzeit hier mit ihrem Vater und dem alten Grafen?

»Also, mein Schatz, was hast du für uns?« Ihr Vater betrachtete ihre Schwester wie immer, als wäre sie das achte Weltwunder. Niels und sie wurden von ihm nie so behandelt, dabei waren sie beide viel schlauer. Sie war nur geschickter im Spionieren, das war alles.

Ihr Großvater durchschaute viel eher, was hier ablief, als ihr Vater, aber trotzdem wünschte sie sich, nur ein einziges Mal von ihrem Vater so beachtet zu werden wie Madita.

»Ich habe ganz genau gehört, wie Mama zu Niels gesagt hat, sie lässt sich scheiden, wenn ihr euch bei ihrem Robben- und Walfangschutzprojekt querstellt.«

»Bist du sicher?«, fragte ihr Vater.

»Eine Scheidung!« Der Graf wechselte einen Blick mit seinem Sohn. Ein böser Blick, ihr Herz klopfte schneller.

»Ja, da bin ich ganz sicher.« Madita wirkte so stolz, als ob es eine Meisterleistung wäre, Gespräche zu belauschen, beinahe hätte Kirsten laut gelacht.

»Und sie hat Greenpeace viel Geld versprochen.«

»Danke, du kannst gehen.«

Sehr gut, ihr Großvater war der Einzige, der sich nie von Madita einwickeln ließ.

»Aber ich bin noch nicht fertig.« Madita zog ein Schmollmündchen und lächelte ihren Vater an, als hätte sie noch eine ganz besondere Überraschung für ihn.

»Kirsten hat die Kette von Niels geklaut, die du ihm geschenkt hast. Ich hab sie in ihrer Schultasche gefunden.« Madita zog Niels' Kugelkette aus ihrer Hosentasche und zeigte sie ihrem Vater, der tief seufzte und sich dann ratlos am Kopf kratzte.

Kirsten musste schwer an sich halten, nicht aus ihrem Versteck hervorzustürzen und Madita zu verprügeln. Seit Wochen suchte Niels nach der Kette, er hatte das ganze Schloss damit genervt und sie hatte ihm sogar beim Suchen geholfen.

Nicht um Niels einen Gefallen zu tun, sondern nur weil sie die finden wollte, um ihrem Vater eines seiner seltenen Lächeln zu entlocken. Und die ganze Zeit hatte Madita sie schon gehabt.

»Und was hattest du an Kirstens Tasche zu suchen?«, fragte ihr Großvater. Gott, war sie ihm dankbar. Ihr Vater hinterfragte nie irgendwas, das Madita tat. Kirsten war sehr gespannt auf die Antwort ihrer Schwester.

»Thorgard wollte, dass ich aus allen Schultaschen die Frühstückstupperboxen heraushole, damit sie während der Ferien nicht verschimmeln.«

Verdammte Hexe, sie schaffte es sogar beim Lügen, alles so hinzudrehen, dass sie hilfsbereit und liebenswert wirkte. Wie edel von ihr, Thorgard zu unterstützen. Jede Wette, Thorgard hatte nichts dergleichen gesagt. Wenn es ihr doch nur gelingen könnte, ihrem Vater nur ein einziges Mal zu zeigen, wie mies Madita wirklich war.

»Wirst du sie bestrafen?«, fragte Madita und Kirsten konnte sogar aus dieser Entfernung erkennen, wie ihre Augen allein bei dem Gedanken daran glasig vor Erregung wurden.

»Wir werden sehen«, antwortete ihr Vater. Immerhin. Wenigstens.

»Darf ich mir dann vielleicht etwas wünschen?«, fragte Madita.

Ihr Großvater wollte sich einmischen, aber ihr Vater legte ihm abwehrend die Hand auf den Arm und nickte ihrer Schwester zu.

»Dann reite morgen mit mir aus!«

Die Augen ihres Vaters leuchteten, während er nickte und Madita dann zu verstehen gab, dass sie jetzt gehen konnte. Was, verdammt, fragte sich Kirsten, was war so toll daran, mit Madita auszureiten?

»Wir müssen dringend etwas tun«, sagte ihr Großvater, nachdem Madita die Bibliothek verlassen hatte. »Du hast Elena nicht mehr im Griff.«

»Das mag sein, aber ich liebe sie.«

»Liebe ist billig«, zischte ihr Großvater.

»Wage es ja nicht!« Ihr Vater stand auf und baute sich vor ihrem Großvater auf wie ein Schrank. »Hörst du? Ich will nicht noch eine Ehefrau begraben! Wage es ja nicht!«

29

Wage es ja nicht … Auch wenn Pippa weiterschlafen wollte, sie konnte es nicht, obwohl sie wirklich müde war. Sie spürte, dass Kirsten sehr von ihr enttäuscht sein würde, sie sollte sich mehr anstrengen. Sie wusste, sie sollte hier auf Niels warten, aber da war so ein Nagen in ihrem Bauch, das sie in Unruhe versetzte.

»Niels«, sie murmelte seinen Namen vor sich hin, »Niels.« Niels und Pippa. Klang gut. Richtig. Pippa und Niels. Sie lächelte, dachte an seine Augen und diesen Blick, kurz bevor er sie beim Küssen geschlossen hatte.

Sie musste ihn finden, sie konnte nicht länger hier sitzen, auch wenn sie es Kirsten versprochen hatte. Sie sah sich um. Aber das ging nicht, Kirsten hatte den Finger mitgenommen, ohne den konnte sie nicht weg.

Wenigstens hatte sie die Kette, die Niels ihr zurückgegeben hatte. Die Kette aus ihrem Traum gerade. Wenn es ein Traum gewesen war. Sie zog sie aus ihrem T-Shirt und betrachtete sie. Sie war noch stärker angelaufen, wahrscheinlich hätte sie die Kette beim Duschen besser ausziehen sollen. Pippa rieb das stumpfe Silber blank. Dann entwickelte sie Ehrgeiz und fing an, die Kugel richtig zu polieren. Dabei verfing sich ihr T-Shirt in den Beschlägen, sie zerrte daran, da bewegte sich der Beschlag und stand von der Kugel weg. Sie hatte sie kaputt gemacht! Pippa betrachtete es genauer, nein, es hatte sich nur wie eine Art Klappe geöffnet. Diese Beschläge hielten also die Kugel zusammen. Sie öffnete alle vier Beschläge und sah zu ihrem großen Staunen, wie sich die Kugel vor ihr öffnete und die Grundfläche eines Kreuzes bildete, auf der sechs Pyramiden standen, vier in die Längsrichtung, zwei rechts und links außen. Und auf jeder Pyramide fanden sich die Symbole, die sie schon kannte, das allsehende Auge, ein Totenkopf, der Zirkel, das Licht, der Stein. Sie hob das filigrane Gebilde näher an ihre Augen, um es genauer untersuchen zu können. Was hatte Niels über die Kette gesagt und wo hatte sie die noch gesehen? Was war nur mit ihrem Kopf los? So eine nasse, klebrige Watte, sie konnte gar nicht klar denken. Sie klappte die Pyramiden zusammen und dann wieder auf, wieder auf und wieder zusammen und starrte auf das silberne Glitzern und die Zeichen.

Dann verschloss sie die Kugel mit den Beschlägen und ließ sie hin und her pendeln wie das Kristallpendel im Turm. Hielt das Pendel höher zum Licht hin. Klappte die Kugel wieder auf. Etwas irritierte sie. Sie betrachtete das allsehende Auge auf der Pyramide und suchte es auf dem Teppich. Nichts. Komisch.

Dann suchte sie nach dem Zirkel, nichts. Sie stand auf, vielleicht war der Teppich unter ihr? Sie kniete sich hin und befühlte den Boden. Kalte Fliesen. Sonst nichts. Am liebsten hätte sie sich selbst auf den Kopf geschlagen, weil da immer noch diese nasse Watte drin war, die behauptete, da wäre ein Teppich. Aber ihre Augen sahen ganz deutlich, dass keiner da war. Sie fokussierte sich auf die Kette, weil sie das Gefühl hatte, dass sie ihr dabei half, die Watte zu durchdringen. Da war kein Teppich. Wenn da kein Teppich war, konnte sie dann hier weggehen, auch wenn sie keinen Finger für den Scanner hatte? Nein, sie brauchte den Finger. Sie ließ die Kugel jetzt vor ihren Augen hin und her pendeln und versuchte, klar im Kopf zu werden.

Vielleicht sollte sie es mal mit einem der Töne versuchen, die sie gestern im Turm gehört hatte, atmen und summen. Sie versuchte es mit dem Is, dann mit dem Os, sie schloss die Augen und lauschte ihrem Summen und wirklich vibrierten diese Töne nicht nur durch ihren Körper, sie durchdrangen die feuchte Watte, verwandelten sie in leichten grauen Nebel, wie er im Herbst von den Flüssen aufstieg, und lösten ihn auf, bis nichts als Licht übrig blieb. Schließlich war ihr Kopf ganz erfüllt von goldenem Licht, das sie atmen konnte und das mit jedem Atemzug tiefer in die Zellen ihres Körpers transportiert wurde, bis alles in ihr hell und klar und friedlich war.

Als Pippa ihre Augen öffnete, fühlte sie leises Bedauern, weil sie damit diesen Zustand verlassen musste, und dieses Bedauern wurde noch schlimmer, als ihr klar wurde, was hier los war. Kirsten hatte sie nicht in ein Zimmer gesperrt. Es gab kein Zimmer, keine Tür und kein Schloss, es gab keinen Teppich und das hier war nur eine Nische in dem Tunnel.

Das alles hatte sie nur gesehen, weil Kirsten es ihr suggeriert hatte. Ein bitterer Geschmack breitete sich in ihrem Mund aus. Warum hatte Kirsten ihr vorgespielt, dass sie ihr helfen würde, und sie in Wahrheit lahmgelegt, warum hatte Kirsten ihr Vertrauen missbraucht? Darauf gab es nur eine Antwort: Kirsten gehörte irgendwie dazu. Alle aus der Raben-Sippe waren in der Loge. Nie im Leben wäre sie auf die Idee gekommen, dass Kirsten zu dem Muster gehörte, von dem Alana gesprochen hatte. Zu dem Muster, nach dem ihr all diese Dinge passierten. Rehe, die bluteten, Menschen mit Tierköpfen, blaue statt braune Augen, das Mädchen mit der Kopfverletzung. Meistens war Kirsten davor in ihrer Nähe gewesen und Pippa erinnerte sich, dass ihr dann jedes Mal das Armband aufgefallen war. Offensichtlich zog Kirsten ihre Uhr deshalb nicht aus, weil sie die verwendete, um den Blick ihrer Opfer darauf zu lenken und dann zu hypnotisieren. Aber als der Unfall mit dem Reh geschehen war, war Kirsten nicht mal in der Nähe gewesen. Das Muster stimmte noch nicht ganz, aber sie fühlte, dass sie auf der richtigen Spur war.

Sie verstaute die Kette wieder unter ihrem Shirt, sie konnte nicht länger hier herumsitzen, jetzt musste sie Niels finden.

Sie eilte von der Nische zum Haupttunnel und überlegte, wie sie weitermachen sollte. Richtung Denkmal oder zurück zum Schloss? *Vertrau deiner Intuition,* hörte sie Niels sagen. Und ihre Intuition behauptete, dass Niels nicht in der Nähe des Denkmals war, aber nun war sie schon hier und sollte alles gründlich durchsuchen.

Als sie zu dem Aufgang zum Denkmal kam, hörte sie Lulus aufgeregtes Bellen, rannte los und stolperte über einen Flaschenzug, dessen Schnüre nicht ganz ordentlich aufgerollt waren, daneben lagen Besen und Strickleitern – offensichtlich wurde damit das Denkmal frei von Sand gehalten.

Als sie an den Glasbausteinen angelangt war, hörte sie auch Matteo, der nach Lulu rief. Und dann Kirsten.

Am liebsten hätte sie gegen die Glasbausteine gehämmert, aber wenn sie das tat, wüsste Kirsten, dass sie ihr entkommen war. Ob Matteo in ihrer Gegenwart sicher war? Jetzt war Pippa auch klar, warum Matteo immer von Madita redete. Kirsten hatte ihm Madita suggeriert.

Plötzlich stand Lulu oben vor dem Glasbaustein und bellte sie durch das Glas an. Dabei flappten ihre schwarzen Cockerspanielohren hin und her, während das rosa Halsband schwirrende Reflexe in den Keller jagte. Eine Gänsehaut lief Pippa den Rücken herunter, als sie erkannte, dass Kirsten Lulu für die abstrusen Psychospiele mit ihrem kleinen Bruder benutzt hatte. Nur deshalb hatte der Hund dieses lächerliche Halsband. Diese Erkenntnis war wie ein Tritt in die Magengrube. Was hatte Kirsten mit Matteo vor? Was, wenn sie ihm suggerierte, dass Madita weit draußen im Meer auf ihn wartete und er … Nein! Nein, sie versuchte, die jäh aufsteigende Übelkeit zu vertreiben. Kirsten hatte ihm bisher nichts getan, warum sollte sie jetzt damit anfangen?

Trotzdem, wenn sie in den vergangenen Tagen eine Sache gelernt hatte, dann war es das: Ihre Stiefschwester tat nichts ohne Grund. Und das bedeutete, sie musste hier raus.

Dringend. Pippa rannte durch den Schlachthaustunnel zurück zum Schloss. Sie gelangte ohne Zwischenfälle bis zum Fahrstuhl, den sie aber nicht öffnen konnte ohne den Finger. Auch wenn sie jetzt keine Watte mehr in ihrem Kopf spürte, vergewisserte sie sich zweimal, dass wirklich ein Scannerkästchen neben dem Fahrstuhl war. Sie sah sich nach der Tür zu einem Treppenhaus um, doch da war nichts.

Dann zurück zu der Abzweigung Richtung Turm. Jetzt, nachdem sie sicher wusste, dass Kirsten sie manipuliert hatte, war ihr klar, dass das alles nur ein Ablenkungsmanöver gewesen sein konnte. Niels wurde sehr wohl noch im Turm festgehalten und war niemals hier runtergebracht worden. Warum wollte Kirsten nicht, dass ihr Bruder gerettet wurde? Denk nach, Pippa. Was war Kirsten wichtig? Kleider waren es nicht, auch wenn sie immer so tat, aber was war in ihrem Zimmer – die Runen, die Loge des Lichts, dann fiel ihr der Ball ein, die Diamanten und Rasputin.

Verdammt! Es war wirklich ganz klar. Trotzdem traf die Erkenntnis sie wie ein Pfeil durch die Brust. Kirsten ging es nur um ihren Vater! Es ging um seine Aufmerksamkeit, seinen Respekt, seine Liebe. Wie krank war das denn? Seine Geschwister für den Vater opfern? Aber jetzt, nachdem ihr klar geworden war, wovon Kirsten angetrieben wurde, musste sie noch dringender hier raus.

Der Tunnel endete am Aufgang zum Turm vor einem Gitter. So ein Mist! Sie rüttelte daran, aber Fehlanzeige. Das Gitter wurde in der Mitte mit einem Eisenring versperrt, der mit einem Vorhängeschloss zusammengehalten wurde. Pippa ging in die Knie, um es noch genauer zu betrachten.

Zu ihrer großen Verblüffung gab es gar kein Schlüsselloch, doch auf dem handtellergroßen Vorhängeschloss waren Symbole eingraviert. Sie rüttelte daran und dabei dämmerte ihr, dass es sich um ein Trickschloss handeln musste. So eines war auch in dem Zauberkasten gewesen, den Paps ihr vor Jahren zum Geburtstag geschenkt hatte.

Ein bisschen wie ein Puzzle, man musste einen verborgenen Metallstift finden und dann konnte man etwas drehen. Konzentrier dich, befahl sie sich. Da war die Ansuz-Rune aus dem Wappen, außerdem Hugin und Munin, die Raben Odins sowie das allsehende Auge. Sie tastete das Schloss nach Metallstiften ab und wurde tatsächlich fündig. Einer der schlappen Querbalken der Ansuz-Rune hatte vorne eine kleine Erhebung. Darauf drückte sie, flehte alle Götter an, die sie kannte, und biss sich auf die Lippen. Tatsächlich, sie hörte ein leises Klicken, das sehende Auge sprang nach vorne. Gerade als sie erleichtert aufatmen wollte, zerfiel das Schloss in fünf Teile, die nur durch einen Stab festgehalten wurden. Nun musste man die Teile nur noch richtig zusammenstecken. Das waren eine Menge Möglichkeiten! Nein, endlos viele, sogar. Sie unterdrückte ein hysterisches Lachen und probierte jede erdenkliche Kombination aus. Sinnlos! Selbst wenn alle Teile zusammenzupassen schienen, blieb in der Mitte trotzdem immer eine kleine kugelrunde Öffnung.

Es musste also offensichtlich noch etwas eingefügt werden, damit sich die Zapfen des Schlosses lösten. Wahrscheinlich etwas, das alle Logenmitglieder an ihrem Schlüsselbund hatten. Nur was?

Nicht aufgeben, auf keinen Fall aufgeben, ermahnte sie sich, wusste sich aber keinen Rat mehr und stand auf. Die Zeit lief ihr weg. Sie *musste* endlich hier raus. Und wenn sie es doch am Yggdrasil-Denkmal versuchte?

Und wenn es längst zu spät war? Ja genau, Pippa, am besten legst du dich auf Kirstens Teppich, hältst ein Nickerchen und wartest, bis dich jemand hier rausholt.

Wütend auf sich selbst rannte sie Richtung Denkmal und wäre beinahe über den Schnürsenkel ihres rechten Sneakers gestolpert. Genervt bückte sie sich und band ihn wieder zu. Dabei fiel ihr Blick auf die Kugel unter ihrem T-Shirt.

Fassungslos zog sie die Kette hervor. Gott, manchmal war sie aber auch so was von bescheuert! Sie stürmte zurück und legte die Kugel in die Öffnung des Schlosses.

Nichts.

Sie drehte die Kugel herum, ihre Hände waren schweißnass, während durch ihren Kopf alle möglichen Horrorszenarien zogen, in denen es Niels und Matteo an den Kragen ging. Nun lag die Öse komplett andersherum in der Öffnung, und dann, endlich –

Es klickte und das Schloss gab den Ring frei! Pippa öffnete die Tür und schlüpfte auf die andere Seite, dann steckte sie die Zapfen des Rings wieder in das Schloss. Daraufhin kam die Kugel zum Vorschein. Sie nahm sie heraus, hängte sich die Kette wieder um und drückte auf das sehende Auge, woraufhin sich die Teile wieder zu einem Ganzen zusammenfügten. Niemand würde merken, dass sie jemals hier gewesen war.

30

Pippa schlich die Treppe hoch. Sie befand sich wirklich im Turm, ausnahmsweise hatte Kirsten mal nicht gelogen.

Je weiter Pippa nach oben kam, desto mehr spürte sie eine elektrische Spannung, so als würde sie sich einem Raum voller Blitze nähern. Sie erreichte das Zimmer mit dem Totenschädel und wie gestern war das Gitter vor der Wendeltreppe, die zum Versammlungsraum führte, versperrt.

Als sie sich hinunterbückte, erkannte sie, dass es das gleiche Vorhängeschloss war wie das, was sie gerade unten geknackt hatte. Sie öffnete das Gitter, lehnte es an und stieg die Treppe hoch. Undeutliche Geräusche und Stimmen waren zu hören, und je höher sie kam, desto klarer wurden sie. In dem Saal mit den Wandgemälden, von dem aus sie gestern auf das Dach geklettert war, wurde heftig diskutiert.

»Wie willst du das seinem Vater erklären? So bringen wir ihn doch um.« Die Stimme der Ratte. Dann hatte der Polizeichef also doch einen Funken Anstand.

»Wenn du den Rest deines Lebens im Knast sitzen willst, anstatt Verbrecher zu verhaften, dann stimme ich dir zu.« Graf Henrik klang zwar heiser, verströmte aber trotzdem eine ungebrochene Autorität. Unfassbar, wie gut sie auf seine Vorstellung von einem gebrechlichen, vom Schicksal gezeichneten alten Mann hereingefallen war.

»Das will ich natürlich nicht.« Die Ratte seufzte. »Bist du dir wirklich sicher, dass wir das tun sollen? Immerhin ist er dein Enkelsohn.«

»Ich habe das nicht alles wieder aufgebaut und euch in die Kunst der hypnotischen Kontrolle eingeweiht, um jetzt damit aufzuhören. Wir sind dabei, ein besseres Dänemark zu erschaffen, ein besseres Europa und letztlich eine bessere Welt. Wenn alles bei den nächsten Wahlen so läuft, wie wir es mit unseren Brüdern besprochen haben. Und genau das wird passieren, wenn wir Niels ein für alle Mal und vor allem rechtzeitig zum Schweigen bringen. Nur dann kann Dänemark endlich wieder die Wirtschaft betreiben, die es braucht, um in der Welt stark zu sein. Wir brauchen keine ökologischen Spinner und erst recht keine multikulturellen Weltverbesserer in der Regierung!«

Das war definitiv verrückt. Eine bessere Welt? Blödsinn, das klang nach einem ganz schlechten James-Bond-Imitat.

Andererseits erinnerte Pippa sich an den Ball und den Abend, an dem sie ohnmächtig geworden war. Die vielen illustren Gäste, Minister und Staatssekretäre. Gehörten sie alle auch zu der Loge des gelobten Lichts?

»Wir haben mit allen Mitteln versucht, Niels klarzumachen, um was es hier geht. Aber ihn hat das große Ganze einfach nicht interessiert. Weil er das absolute Ziel nicht im Auge hat, findet er Kollateralschäden inakzeptabel. Leider ist sein Vater zu schwach, um mit ihm fertig zu werden.« Henrik seufzte enttäuscht. »Er konnte ja nicht mal Elena im Zaum halten. Ich hoffe nur, mit Anna wird es keine solchen Überraschungen geben. Immerhin hat sie ihre Sache in den USA gut gemacht!«

Pippa musste Hand vor den Mund pressen, die redeten von ihrer Mutter!

»Trotzdem, Niels ist doch eigentlich noch ein Kind ...«, gab die Ratte zu bedenken. »Der Professor würde das auch nicht gutheißen.«

Pippa musste sich an die Wand lehnen, weil sie sich so schwach fühlte. Die redeten über die Menschen ihrer eigenen Familie, als wären es lästige Gegenstände, die man zugunsten eines Ziels aufgeben und entsorgen musste. Den Enkel opfern für eine bessere Welt, das war der allerschlimmste Schwachsinn, den Pippa je gehört hatte. Und sie war überrascht, wie deutlich es für sie auf einmal war, dass die Hyäne die Ratte manipulierte. Es ging kein bisschen um die Welt, in Wahrheit wollte der alte Graf nur seine Haut retten und gleichzeitig den Polizeichef für den Rest seines Lebens erpressbar machen.

»Keiner von euch würde das gutheißen ...« Der alte Graf schnalzte verächtlich mit der Zunge, »und genau deshalb ist keiner von euch ein Ipsissimus und ich fürchte, es wird auch noch dauern, bis man euch endgültig einweihen kann. Eure mangelnden Fähigkeiten verhindern eine klare Sicht auf die Dinge. Dann werde ich mich eben an Bill und

Mads wenden, unsere Neophyten scheinen mir williger zu sein als ihr.«

In den letzten Worten schwang ein sehr bedrohlicher Unterton mit, der besagte, dass es schreckliche Konsequenzen für die Ratte haben würde, wenn die Hyäne wirklich zu solchen Mitteln greifen musste.

»Das wird nicht nötig sein«, beeilte sich die Ratte da auch schon zu versichern. »Wir ziehen das durch und behaupten dann, er hatte Schuldgefühle wegen Madita und wegen Ole.«

Pippas Herz fing an zu rasen – bis eben hatte sie noch gehofft, dass Rasmus stark bleiben würde.

»Hast du den Stick mit ihrem Brief? Das muss alles unbedingt über die Bühne gehen, bevor Frederik mit seiner Frau wieder zurück ist.«

»Gut, gehen wir rein«, seufzte die Ratte, »bringen wir es hinter uns. Und du sorgst dafür, dass keiner der Neophyten sich an etwas erinnert.«

Gehen wir rein … dann war Niels vielleicht noch in dem Raum mit dem Pendel, dem Raum mit dem Glasdach, aber wohin wollten sie ihn dann bringen?

Die beiden Stimmen entfernten sich und Pippa schlich hinter ihnen her, bis sie in dem Logenraum verschwanden. Sie musste dringend wissen, was dadrin vor sich ging, deshalb kletterte sie dieselbe Route wie gestern nach oben durch die Luke auf das Dach, was diesmal viel schneller ging, auch wenn ihr linkes Handgelenk nicht mehr so stark war wie früher.

Sie kroch zum Glasdach und blickte nach unten.

Bei Niels' Anblick hätte sie beinahe das Gleichgewicht verloren. Er wirkte, als würde er sich seit gestern unter dem stetig hin und her schwingenden Pendel befinden. Seine Augen waren glasig, starr und standen weit offen wie unter Drogen, während sein Körper schlaff dalag. Um ihn herum befanden sich zehn Maskenmänner, die unentwegt Töne sangen.

Wütend biss Pippa die Zähne zusammen – diese elenden Mistkerle!

Gegen so viele hatte sie keine Chance. Sie brauchte einen Plan. Einen guten Plan.

Der Graf war wieder zur Hyäne geworden, humpelte an eine Krücke geklammert herein und zog die gesamte Aufmerksamkeit sofort auf sich.

Das Pendel wurde angehalten, die Ratte schnappte sich Niels, der sich kaum auf den Beinen halten konnte, und legte ihn mithilfe zweier anderer über seine Schultern. Die Hyäne verließ mit den restlichen Kutten das Zimmer.

Und wenn sie jetzt runtersteigen würde? Nur sie, Niels und die Ratte? Aber Rasmus war stark. Leider kam die Hyäne auch schon wieder zurück und nickte der Ratte zu. Rasmus lief los, als wäre Niels nur ein Schal, den er sich um die Schultern gelegt hätte. Aber wohin? Verdammt, wo brachten sie ihn hin?

Pippa kroch zurück zu der Luke und erhaschte gerade noch einen Kuttenzipfel, der auf der Treppe verschwand. Sie kletterte, so schnell sie konnte, zurück in den Saal, versuchte, ihr Keuchen zu unterdrücken, und schlich die

Treppe hinunter. Das erste Gitter stand offen und gerade hörte sie noch, wie das zweite unten zum Tunnel geöffnet wurde.

Sie konnten also unmöglich zum Schloss wollen, dort waren jede Menge Menschen und Zeugen konnten sie weiß Gott nicht gebrauchen. Es blieb nur die andere Richtung übrig, die zum Denkmal. Wenn sie Niels' Tod – sie schluckte ein paar Mal trocken, jetzt hatte sie das wirklich gedacht: seinen *Tod* – als Unglücksfall oder Selbstmord ausgeben wollten, durften sie ihn nicht im Tunnel sterben lassen, deshalb musste das Ziel das Denkmal sein.

Yggdrasil.

Plötzlich fügte sich alles wie zu einem fürchterlichen Puzzle zusammen. Pippa stellten sich die Härchen auf den Armen auf. Die Schnüre, die sie nachts am Denkmal im Wind hatte flattern sehen. Die Strickleiter und der Flaschenzug, die im Tunnel am Ausgang zum Denkmal gelegen hatten.

Sie würden Niels an die Weltesche hängen und seinem Schicksal überlassen, genau wie Ole. Sie hatten Ole bestraft, weil ihm Niels entwischt war. Deshalb hatte Niels neben der Leiche auch so betroffen gewirkt, weil er sich schuldig gefühlt hatte.

Pippa war wie elektrisiert, sie musste auf der Stelle dorthin. Aber was nutzte es, ihnen durch den Tunnel zu folgen, wenn sie dann nicht zusammen fliehen konnten. Sie hatte ja gesehen, dass Niels kaum laufen konnte, sie brauchte Rasputin.

Während sie überlegte, kletterte sie schon wieder auf

den Turm, stellte sich auf das Dach und prägte sich den Weg durch den Irrgarten ein, kletterte wieder runter und stürmte los.

Okay, ein Plan: Sie würde mit Rasputin zum Denkmal reiten und ein scharfes Messer mitnehmen und einen Klettergurt, um den erschöpften Niels nach unten zu befördern.

Rasputin würde sie dann bis zu Niels' Versteck tragen, das musste ja irgendwo zwischen dem Yggdrasil-Denkmal und der Selbstmörderklippe sein.

Die Selbstmörderklippe …

Pippas Hals schnürte sich zu und sie bekam kaum Luft.

Was, wenn sie ihn einfach dorthin brachten und über die Klippen warfen?

Das war viel einfacher, niemand würde eine Verbindung zwischen der Loge und seinem Tod auch nur ahnen. Nur ein weiterer liebeskranker Teenager.

Natürlich! Es war viel logischer, ihn durch den Tunnel nach draußen und dann zu den Klippen zu schaffen.

Mit leichtem Schaudern erinnerte sich Pippa an die Rosen, die unter dem Eisenkreuz gelegen hatten, als sie an der Klippe aufgewacht war.

Genau dort würden sie es tun und danach für Niels ganz großzügig auch drei Rosen an das Eisenkreuz legen: eine rosafarbene für das Leben, eine weiße für das Licht und eine rote für die Bruderliebe.

31

Als Pippa endlich völlig außer Atem am Stall ankam, traf sie Matteo und Lulu.

»Gott sei Dank!«, murmelte sie und umarmte ihren Bruder, als wären sie Jahre getrennt gewesen. Kirsten hatte ihn also wieder heil zurückgebracht.

»Lass mich los!« Matteo wand sich aus ihren Armen und teilte ihr freudestrahlend mit, dass ihre Mutter heute Abend in Aalborg landen würde und er sie am Flughafen abholen durfte.

»Dann solltest du dich und Lulu ein bisschen herausputzen, damit Mama stolz auf dich ist. So, wie du riechst, bist du nicht mal ein kleiner halber Prinz!«, schlug Pippa vor, um ihn aus dem Weg zu haben. Sie musste jetzt handeln und konnte nicht auf ihre Mutter warten. Der Gummigraf hatte deutlich gemacht, dass alles erledigt sein sollte, *bevor* Frederik wieder zurück war.

Matteo hob Lulu hoch und schnupperte kritisch an ihrem Fell. »Dann gehe ich mit ihr zusammen in die Badewanne!«

»Unbedingt, und dann ziehst du dir etwas Schönes an und kämmst Lulus Fell.« Pippa merkte, wie sie immer ungeduldiger wurde. Sie musste in den Stall, Rasputin satteln und losreiten.

»Matteo, gib Mama heute Abend ein Küsschen von mir, ja?«, sagte sie und schob ihren Bruder Richtung Schloss.

»Mach ich und warum kommst du nicht mit?«

»Ich muss noch … eine Willkommensüberraschung vorbereiten!«, erklärte Pippa und hoffte, dass Matteo ihr glaubte.

»Eine Überraschung?« Das war dumm gewesen, er war neugierig und liebte Überraschungen.

»Du wirst schon noch sehen, aber die gibt es nur, wenn du Mom ein Küsschen von mir gibst, ja? Und jetzt beeil dich, bis so ein Hundefell trocken ist, das dauert ewig.«

Sie beugte sich zu Lulu und nahm ihr das Halsband ab. »Das sollte besser nicht nass werden!«

Sie scheuchte ihn mit einer Handbewegung davon und hoffte, dass er jetzt in Sicherheit war. Als er außer Sichtweite war, warf sie das Halsband auf den Boden und zertrat es. Dieses Ding würde niemand mehr dazu benutzen, Matteo zu hypnotisieren. Während ihre Füße darauf herumtrampelten, nahm ihr Plan immer weiter Gestalt an.

Auf keinen Fall konnte sie oberhalb der Klippen mit Rasputin warten, dann würde die Ratte sie schon von Weitem erkennen. Ein Überraschungsangriff konnte nur von unten gelingen. Also würde sie vom Strand aus hochsteigen, ein Seil um das Eisenkreuz schlingen, sich mit Niels zusammen abseilen und dann mit Rasputin davontraben.

Es war riskant, aber sie hatte keine Wahl. Wenn sie es nicht versuchte, dann war Niels tot. Sie hastete in den Stall und stürmte zu der letzten Box mit dem Reitzubehör. Hektisch durchwühlte sie den Schrank, die erste Leine war viel zu kurz, die zweite ebenfalls und es gab keine längeren. Mist, so konnte sie die Leine nicht um das Eisenkreuz herumführen, sondern musste sie mit einem Knoten befestigen. Das war die einzige Möglichkeit.

Sie sattelte Rasputin, befestigte die Leinen, lief zum Tor und öffnete es.

»Und ich dachte zuerst, Matteo hätte nur eine Vision gehabt, als er mir von dir erzählt hat.« Kirsten stand vor ihr und versperrte ihr den Weg, sie tat so, als würde sie ihre Hände zum Schutz gegen die Sonne vor ihre Augen halten, aber Pippa wusste, dass das andere Gründe hatte. Sie bemühte sich, dem Funkeln der Armbanduhr auszuweichen, ohne dass Kirsten es merkte. Sie musste sie so schnell wie möglich aus dem Weg räumen, aber wie?

Schade, dass ich sie nicht hypnotisieren kann, dachte Pippa, und selbst wenn sie es könnte, würde das viel zu lange dauern.

Kirsten versuchte ganz offensichtlich, Kontrolle über sie zu erlangen, denn sie bemühte sich, sie freundlich anzulächeln, obwohl ihr Körper total angespannt war.

»Du bist sehr glücklich hier im Stall, zusammen mit Rasputin«, sagte Kirsten, als wäre das eine Wahrheit aus der Bibel, und Pippa, die sich ein hysterisches Grinsen verbeißen musste, nickte brav, während sie sich wunderte, dass Kirsten nach ihrer Flucht keine Zweifel an ihren

Fähigkeiten gekommen waren. Je schneller sie denkt, dass sie mich im Sack hat, desto schneller kann ich sie aus dem Weg räumen. Also warf Pippa ihr einen Blick aus, wie sie inständig hoffte, glasigen Augen zu. Rasputin schnaubte leise, als Kirsten in der geöffneten Stalltür mit ihren Haaren spielte und dabei das Nachmittagslicht einfing.

»Hier ist es so schön, da möchte man am liebsten immer bleiben«, sagte sie und nickte ihr zu.

»Ja«, antwortete Pippa und konnte ihre Ungeduld kaum noch unterdrücken.

»Rasputin möchte, dass du ihn in die Box zurückführst«, sagte Kirsten und blendete sie jetzt richtig hart.

Pippa schloss unwillkürlich die Augen, merkte zu ihrer großen Verblüffung, wie sie wirklich müde wurde, obwohl sie doch durchschaut hatte, was hier ablief.

Sie ging ein paar Schritte rückwärts in der Hoffnung, dass Kirsten dann hereinkäme, aber sie blieb stehen, im Stall war es nicht so hell. Pippa ließ Rasputin los und versetzte ihm einen Klaps in Kirstens Richtung. Die griff nach den Zügeln und redete weiter auf Pippa ein. Pippa sah sich nach einer Waffe um, entdeckte ein paar Sattelgurte, die neben einer Box hingen, und griff sich einen, als Kirsten einen Moment lang nicht zu ihr sah. Alles in ihr schrie danach, endlich loszureiten, aber sie wusste, wenn sie jetzt einen Fehler machen würde, wäre die ganze Loge hinter ihr her.

Sie gähnte demonstrativ, endlich betrat Kirsten den Stall und die Tür fiel hinter ihr zu.

Kirsten band Rasputin an einer Box fest und kam näher zu Pippa. Angespannt zählte Pippa die Sekunden, bis sie nahe genug war. Dann warf sie sich mit voller Wucht auf ihre Stiefschwester. Zusammen krachten sie auf den harten Betonboden, Kirsten kämpfte wie eine Furie, kratzte Pippa, versuchte, ihre Augen zu erwischen, ächzte und stöhnte und sagte kein Wort.

Doch Pippa war stärker und schaffte es, sich auf sie zu setzen und zwischen ihren Oberschenkeln festzuklemmen, während sie deren Hände mit einem der Sattelgurte fesselte.

»Das willst du nicht wirklich!«, sagte Kirsten endlich.

»Oh doch und wie ich das will!« Pippa keuchte. »Noch nie habe ich etwas so sehr gewollt. Warum hast du mir das alles angetan?«

»Es tut mir leid!«, sagte Kirsten und ihr Widerstand erlahmte völlig. Pippa fühlte sich sofort mies und verringerte den Druck ihrer Oberschenkel. Doch genau darauf hatte Kirsten offensichtlich spekuliert. Sie versuchte, Pippa zu kippen, und es wäre ihr auch fast gelungen, aber dann erinnerte sich Pippa an Niels.

Wütend griff sie zum miesesten aller Kampfmittel und packte Kirsten an ihren langen Haaren. Kirsten schrie auf, Tränen rollten über ihr Gesicht, aber Pippa hatte jetzt genug. Keine Finten mehr! Sie sprang auf und zerrte Kirsten an den Haaren zu der letzten Box, wo sie sie mit einer Hand festhielt und mit der anderen eine der kurzen Voltigierleinen herausholte.

»Das ist allein deine Schuld«, sagte Pippa und nutzte Kirstens Erschöpfung, um sie auch an den Füßen zu fesseln, »warum hast du mir nicht geholfen?«

»Du solltest dich da nicht einmischen«, flüsterte Kirsten, »die sind viel stärker, als du glaubst. Ich wollte dich nur beschützen.«

Pippa hätte gern gelacht, aber die Zeit lief ihr davon. Sie musste los. Kurzerhand stopfte sie Kirsten einen Putzlappen in den Mund, und fing an, Stroh über sie zu werfen.

»Am besten hypnotisierst du dich jetzt gegen die Schmerzen selbst, denn ich weiß nicht, wann dich hier jemand findet. Dein Armband hast du ja!«

Sekunden später band Pippa Rasputin los, führte ihn aus dem Stall, schwang sich in den Sattel und trabte über den Schlosshof Richtung Eichenwäldchen, dann schlug sie den Weg zum Strand ein. Und als ob Rasputin genau wüsste, was auf dem Spiel stand, fing er ganz von allein an zu galoppieren, als das Meer in Sicht kam.

32

Ohne auch nur einen einzigen Gewissensbissen wegen Kirsten trieb Pippa Rasputin zu immer größerer Eile an. Die Sonne war hinter tief hängenden Wolken verschwunden, die genauso fahlgrau waren wie das aufgewühlte Meer. Der Wind hatte deutlich aufgefrischt, die Flut war an ihrem höchsten Punkt, weshalb sich Rasputin über den weichen Sand quälen musste. Pippa befürchtete, es würde gleich auch noch anfangen zu regnen, was ihr Klippenabenteuer schwer ins Rutschen bringen würde.

Außerdem hatte sie Angst, dass sie sich irren könnte und die Ratte Niels doch zum Yggdrasil-Denkmal gebracht hatte, Angst, die Voltigierleinen könnten zu morsch sein oder zu kurz. Angst, sie könnten ihm doch etwas ganz anderes antun, etwas, auf das sie nie im Leben kommen würde: vergiften, erschießen, ertränken …

Endlich näherte sie sich der Klippe, von der ihr die Vögel durch den Wind so fröhlich entgegenzwitscherten, als wollten sie Pippa beruhigen.

Sie stieg von Rasputin ab und betrachtete die Felswand,

die dreimal so hoch war wie das, was sie früher geklettert war. Sie wickelte sich die meterlangen Leinen um die Taille, bis sie aussah wie ein Michelin-Männchen, und sprang ein paar Mal probehalber in die Luft. Sie hatte nicht bedacht, wie viel schwerer und unflexibler sie dadurch wurde. Sie führte Rasputin nah an den Felsen, in der Hoffnung, dass man ihn von oben nicht gleich entdecken konnte, dann kletterte sie los.

Zuerst gab es genug Haltepunkte für Hände und Füße. Aber dann griff sie in etwas Glitschiges, sie wich aus, versuchte es mit einer Traverse auf die andere Seite, da war es so dermaßen rutschig, dass sie beinahe abgestürzt wäre.

Es gelang ihr gerade noch, sich an zwei Punkten festzuklammern, aber nur auf der rechten Seite. Sie schmierte den Glitsch von der linken Hand an ihren Jeans ab, spannte ihre Bauchmuskeln an und versuchte, sich mit Schwung höher zu bringen. Die Sneaker, die sie trug, waren auch nicht gerade eine Hilfe, kein Vergleich mit ihren Kletterschuhen, mit denen sie direkten Kontakt mit dem Fels und deshalb viel besseren Halt hatte. Sie holte tief Luft, schwang sich hoch und schaffte es im Ausatmen auf einen kleinen Absatz.

Mit hämmerndem Puls betrachtete sie ihre Hände: Vogelkacke! Verdammt, daran hätte sie denken müssen, bei all den Vögeln, die hier nisteten. Hastig schmierte sie beide Hände noch mal an der Rückseite ihrer Hose ab und gab sich einen Ruck. Beeilung.

Mit den Füßen tastete sie nach einem vertrauenswürdigen Halt, fand links einen und riskierte es; spürte einen neuen Griff für ihre Hände und zog sich nach oben. Ein scharfer Schmerz durchzuckte ihre Fingerkuppen, die Haut war aufgerissen. Egal, sie hatte es gleich geschafft.

Keuchend stemmte sie sich mit einem letzten Klimmzug hoch über die Kante, das Kreuz war direkt vor ihr, keine Füße in Sicht. Jetzt schnell ganz hoch, den Knoten am Kreuz festmachen und eine Position finden, aus der heraus sie sich auf Niels stürzen und sich mit ihm abseilen konnte.

Es kam ihr komisch vor, dass die beiden noch nicht hier waren.

Hatte sie sich doch getäuscht und er war am Yggdrasil-Denkmal? Oder hatte sich Kirsten irgendwie befreit und die anderen gewarnt?

Nein, das hier musste der richtige Ort sein. Sie lutschte das Blut von ihren Fingerkuppen und befestigte entschlossen die Leine mit einem Prusikknoten an dem Eisenkreuz. Den Knoten konnte sie im Schlaf, sie zurrte ihn fest, zog und zerrte an dem Eisenkreuz hin und her, legte sich schwer in die Leine. Das Kreuz schien fest genug einbetoniert zu sein.

Als Pippa wieder aufschaute, sah sie jemanden näher kommen. Sie blickte noch einmal genauer hin, das war nicht die Ratte. Die Gestalt, die auf sie zutaumelte, war viel größer und schlanker. Es war Niels, ganz alleine. Er lief wie ein Automat, ohne Bewusstsein. Und dafür konnte es nur eine Erklärung geben.

Adrenalin pulsierte durch Pippas Adern, ihre Muskeln zuckten unkontrolliert, kalter Schweiß rann ihr den Rücken herunter. Niels kam allein, weil er irrsinnigerweise dachte, er würde das wollen. In Wahrheit wollte nur der Meister, dass Niels allein kam, damit niemand sonst Spuren hinterlassen würde und es keine Zeugen gab. Das war es, was sie ihm suggeriert hatten, dass er springen sollte. Und ganz sicher hockte die Ratte oder die Hyäne irgendwo und wartete darauf, dass es passierte. Pippa war so übel, dass sie fürchtete, sich übergeben zu müssen, dabei musste sie jetzt stark sein. Stark für Niels.

Denn Niels war nicht mehr er selbst.

33

Sie konnte Niels nicht entgegenlaufen, obwohl sie nichts lieber getan hätte. Außerdem hatte sie schon alles für das Abseilen vorbereitet, es war der einzige Weg, um in Niels' Versteck zu kommen. Sie musste also qualvolle Minuten am Rand der Klippe kauern und es aushalten, wie der Mensch, den sie liebte – und ja, verdammt, sie liebte ihn –, ohne jede Regung im Gesicht in seinen Tod laufen wollte.

»Niels«, rief sie, als er in Hörweite war. Er antwortete nicht und lief weiter, einfach weiter, ohne einen Blick des Wiederkennens. Pippa schwitzte noch mehr – was, wenn er sie wegstoßen würde, wenn sie ihn nicht aufhalten konnte?

Sie suchte sich besseren Halt.

»Niels, ich bin hier! Komm her zu mir, ich möchte dir gern etwas sagen.«

Keine Reaktion. Er war nur noch wenige Meter vom Abgrund entfernt. Sie hievte sich hoch.

»Niels!«, schrie sie jetzt aus vollem Hals. »Niels, du musst das nicht tun!«

Er setzte zielstrebig einen Fuß vor den anderen.

Pippa stellte sich ihm in den Weg, er blieb verblüfft stehen. Aber nur eine Zehntelsekunde, so als wäre er aus Versehen mit der Stirn gegen eine unsichtbare Wand geprallt und müsste sich nun einen anderen Weg suchen.

»Niels«, rief sie und packte ihn an den Schultern.

»Ich muss los, zu Madita. Die wartet da unten auf mich.«

Das schnitt Pippa ins Herz, gleichzeitig konnte sie nicht umhin zu bemerken, wie perfide das alles war – falls er den Sturz überleben würde, würde er den Sanitätern auch noch ein »Madita« ins Ohr seufzen.

»Da ist niemand. Du bist an der Selbstmörderklippe, du musst stehen bleiben und dann mit mir kommen.«

Er zuckte verständnislos mit den Achseln, schob sie aus dem Weg und machte sich daran, den ersten Schritt über die Klippe zu tun.

Niels wird springen, wirklich springen!

Nein!

Pippa packte ihn, packte das Seil und hechtete zusammen mit ihm über die Klippe.

Das Seil ratschte durch ihre Finger, ratschte ihre rechte Handinnenfläche auf und scheuerte an ihrem Hals. Verzweifelt versuchte sie, mit den Füßen Halt zu finden. Niels war zwar nicht ganz so schwer, wie sie befürchtet hatte, weil er instinktiv alle Muskeln angespannt hatte, doch sein Körper lastete trotzdem so stark auf ihren Knien und in ihren Armen, dass Pippa kaum Luft bekam.

Endlich erwischten ihre Füße einen kleinen Felsvorsprung, sie musste sich kurz ausruhen, Luft holen. Niels versuchte, sich aus Pippas Umklammerung herauszuwinden, dabei murmelte er unverständliches Zeug vor sich hin. Sie fürchtete, dass es ihm gelingen könnte, sich von ihr zu lösen und er dann doch noch in den Tod stürzen könnte, denn sie hatte es nicht mehr geschafft, ihn mit ihrem Seil zu verbinden.

Panisch ließ sie Seil nach und stieß sich mit den Füßen ab, seilte sie beide viel zu schnell weiter ab, immer weiter, auch als ihr Hals längst blutete, genauso wie ihre Hände. Aber diese Schmerzen schienen ihr ein kleiner Preis für Niels' Rettung.

Schon schlugen sie voller Wucht unten am Strand auf, Pippa prallte mit dem Knie auf einen Felsbrocken, der unter dem Sand verborgen war, aber sie waren unten angekommen, lebend.

»Alles wird gut«, flüsterte sie vor sich hin, »alles, alles wird wieder gut«, und sie fragte sich, wen sie damit eigentlich beruhigen wollte.

Rasputin kam schnaubend näher. Pippa rappelte sich auf und betrachtete ihre angeschrammten Hände und Knie, betastete ihren Hals und sog scharf die Luft durch die Zähne ein, als sie die offenen Hautstellen erwischte. Zum Glück war nichts gebrochen.

Sie wandte sich Niels zu, der ausgestreckt am Boden lag und sie apathisch anstarrte. An seiner Stirn hatte er eine Abschürfung, aus der es in sein Auge blutete. Sie nahm seine Hand und bewegte sie, dann den Arm, seine Gelenke funktionierten, das wiederholte sie mit dem anderen Arm und seinem linken Bein, es schien alles okay zu sein. Doch das rechte Fußgelenk sah sehr merkwürdig aus. Es war viel dicker als das andere und unförmig. Verdammt, so ähnlich hatte das bei ihrem Handgelenksbruch ausgesehen und sie erinnerte sich daran, dass sie höllische Schmerzen gehabt hatte. Ihr wurde allein von dem Anblick mulmig.

Aber Niels zuckte nicht mal ein bisschen zusammen, als sie die Socke wieder über den Bruch legte. Er schien es gar nicht zu spüren, sondern starrte sie unverwandt an und wiederholte immer nur »Du bist nicht Madita«.

Am liebsten hätte sie ihn angeschrien. Nein, das bin ich verdammt noch mal nicht, aber es war klar, dass er nicht er selbst war. Und in dem Moment ertönten von oberhalb der Klippe Stimmen, nicht nur Rasmus', auch andere, und sie mussten weg hier, sollten längst auf dem Weg in sein Versteck sein.

Jetzt wurde es zu allem Überfluss auch noch hell. Der Wind hatte die grauen Wolken weggefegt und die Sonne setzte dem Meer glitzernde rotgoldene Lichter auf, obwohl es schon später Abend sein musste.

»Niels, wo ist dein Versteck?«

Verständnislos starrte er durch sie hindurch.

»Madita wartet auf mich!«, sagte er dann.

Okay, dachte Pippa, dann benutze ich das doch einfach. »Ja, Madita wartet in eurem Versteck.«

Seine leeren Augen wirkten noch leerer.

»Wir müssen zu eurem Versteck, Niels, dort wartet Madita auf dich, wie früher, wenn ihr euch dort vorm Tanzunterricht versteckt habt«, wiederholte sie. »Wir müssen uns beeilen.«

Beeilen löste eine Reaktion aus. Er zuckte zusammen,

als hätte sie ihm gedroht. Wie ein geprügelter Hund. Pippa schossen Tränen in die Augen. Nicht etwa der Schmerz im Fuß, sondern ein Wort quälte ihn.

»Wir reiten dorthin, du zeigst mir, wo es ist. Du weißt ja, wir müssen zu Madita!«

Eine Reaktion kam nur auf den Namen Madita. Ein Nicken, also wiederholte sie ihn immer wieder. »Du willst doch so gern zu Madita«, sagte Pippa und bemühte sich um einen sehr festen Ton, mit dem Erfolg, dass Niels kräftiger nickte. »Gut, dann reiten wir los mit Maditas Pferd.«

»Maditas Pferd«, wiederholte er, und als sie ihn bat, auf Rasputin zu steigen, schien ihm das zu gefallen. Sie erwartete, dass er aufschrie oder aufstöhnte, als sie ihm aufhalf, aber er gab keinen Schmerzenslaut von sich. Trotzdem achtete sie darauf, ihn zu stützen, damit das Gelenk nicht noch mehr unnötigem Druck ausgesetzt war. Instinktiv stieg er mit dem gesunden Fuß in den Steigbügel und hob den verletzten auf die andere Seite.

Als sie ihn bat, sich hinter den Sattel zu setzen, reagierte er wie eine Marionette und rutschte nach hinten. Sie schwang sich hoch, legte seine Hände um ihre Taille, ergriff die Zügel und ritt los, in der Hoffnung, dass er sich daran erinnern würde, wo Madita auf ihn wartete.

34

Inmitten des Windes, umgeben nur von Sand und Meer und Himmel war er endlich ganz nah bei ihr und doch viel weiter entfernt als jemals zuvor.

Eng aneinandergeschmiegt ritten sie am Meer entlang, seine Arme umschlangen ihre Taille, seine Hände lagen reglos auf ihren, die mit letzter Kraft die Zügel festhielten. Sie spürte seinen Atem an ihrem geschundenen Hals, hörte sein unablässiges, geradezu geisterhaftes Flüstern, fühlte jedes Heben und Senken seiner Brust an ihrem Rücken, während seine Seele in unerreichbare Sphären verschwunden war.

Und es blieben ihr nur wenige Stunden, um ihn zu ihr zurückzuholen. Sie mussten einfach schneller werden!

Behutsam vergewisserte sie sich, dass er sicher auf dem Pferd saß. Dann packte sie die Zügel fester, drückte die Fersen in die Flanken des Pferdes und fing an loszugaloppieren.

»Yggdrasil … Madita … Licht …«, wisperte er wieder und wieder und danach Worte, die sie nicht verstand. Sie hätte ihn so gern beruhigt, doch das musste warten, bis sie in Sicherheit waren. Sie lenkte das Pferd auf den nassen Strand, den die Ebbe gerade freigab, und hoffte, dass ihnen der harte Boden dort einen Vorsprung und damit genug Zeit verschaffte, um ihn zurück in den Menschen zu verwandeln, der ihr ganzes Leben auf den Kopf gestellt und ihr Herz im Sturm erobert hatte.

Immer wieder warf sie einen Blick in den petrolfarbenen Himmel, der zum Meer hin zwar langsam flamingorosa wurde und an dem sogar schon vereinzelt Sterne blinkten. Doch es war immer noch viel zu hell, um ihnen die nötige Deckung zu verschaffen.

Wie leicht könnte sie ein Helikopter erwischen oder eine Polizeistreife, die auf dem breiten Sandstrand sehr viel schneller war als sie beide mit dem Pferd.

Wenn sie doch nur wüsste, wo genau sich sein Versteck befand, denn nur dort wären sie fürs Erste in Sicherheit. Nein – in Wahrheit waren sie erst dann wieder in Sicherheit, wenn es ihr gelang, ihn zurückzuholen.

Wenn.

Sie lehnte sich trotz des wilden Galopps leicht zurück an seine Brust, wollte, musste seinen Herzschlag spüren, um die Zweifel zu verjagen, die eiskalte Nägel in ihr Herz trieben. Zweifel, ob sie ihm wirklich würde helfen können.

»Hab keine Angst«, flüsterte sie ihm zu und erkannte im selben Atemzug, dass sie die Einzige war, die hier Angst hatte, denn er wusste gar nicht mehr, was das war: Angst.

Zwischen der Selbstmörderklippe und dem Yggdrasil-Denkmal, hatte er ihr gesagt. Sie starrte unablässig zur Landseite hin, immer in der Hoffnung, den Eingang zu einer Höhle zu entdecken, aber da war nichts zu sehen, nur endlose Sanddünen.

Ständig sagte sie zu Niels »Wir müssen Madita finden«, aber er reagierte einfach nicht.

Je näher sie zum Denkmal kamen, desto mehr veränderte sich der Strand, der Sand war hier in kleine Buchten gegliedert, die von Felsbrocken umrahmt wurden. Niels wirkte etwas wacher, griff sich die Zügel und fing an, sie zu lenken. Zum Wasser hin. Verrückt, dachte Pippa, er war wirklich verrückt, aber er wusste offensichtlich, wohin er wollte. Etwas zog ihn zu einer Felsansammlung hin, die zur Hälfte im Wasser lag.

Rasputin scheute, obwohl sich das Wasser schon zurückzog, er weigerte sich weiterzugehen. Der Wind zerrte an seiner Mähne, als wollte er sie ausreißen.

Niels regte sich, flüsterte aufgeregt vor sich hin, aber der Wind fegte seine Worte davon, bevor Pippa sie verstehen konnte. Sie saß ab und wollte Niels dabei helfen, von Rasputin herunterzukommen, doch er brauchte ihre Hilfe nicht und er zeigte immer noch nicht das geringste Anzeichen von Schmerz.

Er watete noch tiefer ins kühle Wasser zu einem der rund gespülten schwarzen Felsblöcke, und als ihn Pippa daran hindern wollte, stieß er sie zur Seite wie ein lästiges Hindernis. Gut, dachte Pippa, alles besser als dieser seelenlose Automat. Sie zog ihre Schuhe aus, hoffte, dass Rasputin auf sie warten und nicht etwa zurück zum Schloss traben würde, und folgte Niels durch das kalte Meer zu dem Felsen.

Er drehte sich nicht einmal zu ihr um, sondern lief immer weiter zu einem Felsen, der wie eine Riesenschildkröte aussah.

Und plötzlich war er verschwunden. Verblüfft beeilte sie sich, dorthin zu kommen, wo sie ihn zum letzten Mal gesehen hatte, und als sie dort anlangte, seufzte sie erleichtert.

Das hier war sein Versteck.

Ein geniales Versteck, das man nur bei Ebbe betreten konnte. Sogar jetzt musste Pippa noch durch wadentiefes Wasser waten, um in die Höhle zu kommen, die unter einem Felsvorsprung verborgen war. Das Salzwasser brannte in ihren Wunden und machte sie hellwach.

Sie musste sich bücken, um sich nicht den Kopf anzuschlagen. Hier drin war es nach dem Abendsonnenglitzer sehr dunkel. Ihre Augen brauchten einen Moment, um sich daran zu gewöhnen.

Die Höhle war so niedrig, dass man nicht darin stehen konnte, der Boden bestand aus winzigen Kieselsteinchen und war feucht.

Niels hatte sich auf eine karierte Decke gesetzt, die auf einer Isomatte lag. Daneben stand eine Alukiste, mit einer Campinglampe darauf. Auf der Decke gammelten ein paar zerfledderte Bücher herum und leere Wasserflaschen.

»Madita ist nicht da«, sagte er und wirkte sehr enttäuscht.

»Nein. Madita ist tot.« Pippa setzte sich neben Niels auf die Decke. Seine Jeans, die Schuhe und Strümpfe waren nass, die linke Socke rosa vom Blut. Sie bückte sich, um sie ihm auszuziehen, dann rieb sie den gesunden Fuß mit ihrem T-Shirt trocken. An den verletzten traute sie sich nicht heran, den streichelte sie lieber nur ganz leicht.

Verzweifelt überlegte sie, was sie tun könnte, um ihn wieder in den Niels zu verwandeln, der er eigentlich war. Sie brauchte ihn, um das hier durchzustehen, aber er behandelte sie wie eine Fremde. Seine Augen sollten wieder leuchten, er sollte sie frech angrinsen und zum Lachen bringen.

»Tot?«, fragte er stattdessen mit starrem Blick, als ob er nicht wüsste, was das bedeuten sollte.

Pippa versuchte, sich zu erinnern, wie es ihr gelungen war, all diese Suggestionswatte, die Kirsten ihr in den Kopf gepflanzt hatte, zu durchdringen. Dabei hatte ihr die Kette geholfen. Die Logenbrüder hatten das Pendel und diese Runentöne benutzt, um ihn fertigzumachen, aber natürlich war das nur die Vorbereitung, um sein Hirn für die eigentlichen Suggestionen zu präparieren.

Sein hypnotischer Zustand musste sehr tief sein, wenn er überhaupt keine Schmerzen im Bein spürte. Wie wurden Menschen bei Operationen aus der Hypnose zurückgeholt? Im Fernsehen standen Showhypnotiseure oft da, zählten und schnippten mit dem Finger.

Pippa blickte ihm tief in die erschütternd leeren Augen und sagte mit fester Stimme. »Ich werde jetzt rückwärts bis fünf zählen und dann wirst du aufwachen und dich ganz wunderbar fühlen.«

Sie zählte fünf, vier, drei, zwei und klatschte dann bei eins mit den Händen, aber das berührte ihn kein bisschen.

Als wäre sie nicht da.

Pippa wollte nicht glauben, dass es den Logenbrüdern gelungen war, seine Seele komplett auszulöschen. Seine Gefühle und Erinnerungen, das war doch nicht weg, nur irgendwie lahmgelegt. Irgendwo in ihm drin war bestimmt noch alles vorhanden und sie musste es wie aus einem tiefen Brunnen nur wieder hervorholen.

Kirsten hatte mit dem Glitzerlicht ihrer Uhr gearbeitet, um Pippas Blick zu fixieren, die Bruderschaft hatte ein Pendel verwendet, also war das einen Versuch wert.

Sie holte die Kugelkette aus ihrem T-Shirt und ließ sie vor seinen Augen hin und her pendeln, ganz langsam, in der Hoffnung, dass seine Augen dem Pendel folgen würden. Nichts.

Okay, in der Loge hatten sie dazu gesungen und ihr selbst hatte das auch geholfen, also fing sie an, dabei leise zu summen, summte einfach nur einen Ton, und als er nicht reagierte versuchte sie es mit der Rune Is.

Immer wieder warf sie ihm einen forschenden Blick zu, aber es geschah nichts. Niels saß nur da und starrte ins Leere.

Ihr wurde klar, wie wenig sie eigentlich über ihn wusste, es gab keine Geschichte, an die sie anknüpfen konnte. Sie wusste nicht, was er am liebsten aß, ob er Freunde hatte und wie die hießen. Ob er beim Fußballspielen lieber Torwart war oder Stürmer, ob er als kleiner Junge die Ziegen im Streichelzoo gefüttert oder lieber mit leichtem Gruseln den Löwen beim Fressen zugesehen hatte. Ob er allergisch gegen Nüsse war oder gegen dumme Sprüche. Ob ihn Chemie mehr interessierte als der Weltfrieden, ja nicht mal, ob er Kaffee mit oder ohne Zucker mochte. Aber all das wollte sie wissen, weil … ja verdammt, weil sie ihn liebte. Sie wollte wissen, was ihm wichtig war, sie wollte mit ihm zusammen aufwachen und einschlafen und träumen. Aber wenn sie ihn nicht zurückholte, dann würde es niemals dazu kommen. Doch sie hatte nichts, was sie als Trigger benutzen konnte, um seine Aufmerksamkeit wiederherzustellen.

Das Einzige, was sie sicher wusste, war, dass sie sich tief berührt hatten, als sie sich nähergekommen waren. Vielleicht war ihm wenigstens das geblieben.

Sie hängte sich die Kugelkette wieder um, rutschte näher, legte ihre Arme um ihn, zog ihn zu sich und küsste ihn auf den Mund.

Er reagierte nicht. Null. Seine Lippen blieben kalt, sein Mund blieb zu.

Sie nahm ihn fester in den Arm, versuchte es noch einmal mit viel mehr Wärme und legte ihre ganze Seele in ihren Kuss.

Nichts.

Sie küsste ihn noch einmal mit demselben Ergebnis. Gott, was bist du für ein erbärmlicher Versager, dachte sie, du seilst dich mit ihm ungesichert von einer lebensgefährlichen Klippe ab und rettest ihm das Leben – für was, das hier? Streng dich an!

Sie umarmte ihn, so fest sie konnte, und überhäufte sein Gesicht mit Küssen.

Aber er reagierte wieder nicht. Nicht mal mit Abwehr.

Pippa schluckte ihre Tränen herunter und merkte, wie

ihre Enttäuschung in Zorn umschlug und immer größer wurde, am liebsten hätte sie sich alles aus dem Leib geschrien, aber sie zwang sich, ruhig zu bleiben.

Von wegen »Die Kraft der Liebe«!

Panisch betrachtete sie ihn, stellte sich vor, er bliebe von jetzt an immer so, stellte sich vor, die Loge hätte es geschafft, ihn so zu zerstören, dass nur noch eine Hülle übrig war.

Dieser Gedanke machte sie noch sehr viel wütender, nicht nur auf diese Loge, sondern wütend auf Niels, der sich nicht rechtzeitig in Sicherheit gebracht hatte, der auf dem Ball keine klaren Worte gefunden hatte, der ihre Mutter nicht gewarnt hatte und der ihr weder in der Regennacht noch an dem Morgen, als er ihr die Kette gebracht hatte, verraten hatte, was auf Ravensholm vor sich ging.

»Hättest du doch nur einmal mit mir geredet, stattdessen musste ich alles allein herausfinden, das ist unfair. Beschissen unfair!« Gott, am liebsten hätte sie ihn geohrfeigt. Und er saß nur da, mit gekreuzten Beinen und starrte vor sich hin. Wie ein toter Buddha.

Jetzt reichte es Pippa. Sie stand auf. Er brauchte ganz offensichtlich drastischere Methoden, um zu sich zu kommen. Beim Bouldern hatten sie immer wieder darüber geredet, dass der Überlebenswille des Menschen der stärkste Antrieb war, stärker als alles andere. Wenn das stimmte, dachte Pippa, dann hatte sie nur eine Chance.

Seine Loge hat ihn auf Sterben programmiert und sie musste es schaffen, diese Programmierung zu löschen, egal, wie.

»Komm mit«, sagte sie und im gleichen Moment bekam sie Angst. Es konnte schiefgehen. Dramatisch schief. Aber sie wusste nicht, was sie sonst noch tun sollte. Das hier war ihre letzte Chance, und wenn sie versagte, war er sowieso verloren.

»Los, komm!« Immerhin das hatten sie schön in sein Gehirn programmiert, dass er Befehlen gehorchte. Sie kroch aus der Höhle, er folgte ihr wieder, ohne einen einzigen Schmerzenslaut, dabei war sein Knöchel monströs geschwollen.

Die Sonne war fast untergegangen, aber es war immer noch nicht richtig dunkel und viel heller als in der Höhle. Sie sah sich nach einer Stelle um, an der sie das, was sie vorhatte, auch wirklich tun konnte.

Am anderen Ende der kleinen Bucht entdeckte sie ein tiefes Becken, das sie mit Niels zusammen ansteuerte.

»Schau mal, da!«, sagte sie und ihr wurde schrecklich mulmig. Sie kniete sich neben das Becken, ignorierte das teuflische Brennen in ihren Wunden und hielt Niels dazu an, es ihr nachzutun. Ahnungslos kniete er sich hin, sie zeigte vor ihm auf die Wasseroberfläche und zögerte einen Moment. Sie nahm allen Mut zusammen. Es gab keinen anderen Weg.

»Verzeih mir«, flüsterte sie, »ich liebe dich!« Denn das war der einzige Grund für das, was sie ihm jetzt gleich antun würde. »Ich liebe dich«, wiederholte sie lauter, schluckte schwer, riss sich zusammen und sagte dann klar und deutlich: »Madita ist da unten!«

Er zögerte nur den Bruchteil einer Sekunde, dann tauchte er mit dem Gesicht unter. Pippa wartete kurz, dann warf sie sich auf ihn und drückte ihn, so fest sie konnte, unter Wasser.

»Niels, bitte! Komm schon!«, flüsterte sie panisch.

Keine Reaktion. Nur Luftblasen.

Wollte er wirklich sterben? Wollte sein Körper das? »Wehr dich endlich!«, brüllte sie verzweifelt und spürte, wie ihr Zorn in Hoffnungslosigkeit umkippte.

Verdammt, hatten sie denn überhaupt nichts mehr von ihm übrig gelassen? Immer noch kein Widerstand und jetzt wurden es immer weniger Luftblasen.

Sie musste sofort damit aufhören! Entsetzt über das, was sie da tat, zog sie ihre Hände zurück, aber er rührte sich nicht mehr.

»Oh Gott, bitte nicht!«, schluchzte sie und versuchte, ihn schnell aus dem Wasser ziehen. Vor lauter Tränen verschwamm alles vor ihren Augen.

Plötzlich schoss er nach oben, sein Körper drückte ihre Hände weg und dann schnappte er nach Luft.

»Niels? Niels!« Sie wagte noch nicht wirklich zu hoffen, und ruderte wieder zu ihm. Hustend und prustend schlug er nach ihr, atmete keuchend, spuckte verschlucktes Wasser aus und brachte Abstand zwischen sie beide. Dann brüllte er sie immer noch japsend an: »Hast du sie noch alle? Was ist los mit dir? Wolltest du mich umbringen?«

»Ja«, schrie Pippa, begeistert, seine richtige Stimme zu hören. Die mit Niels drin. »Ja, verdammt, und wie ich dich umbringen wollte!« Sie lachte und merkte gar nicht, dass ihr Tränen die Wange herunterliefen. »Aber nur das Wesen, das die aus dir gemacht haben, nicht dich – niemals dich.«

Er stutzte, dann watete er zu ihr und fing plötzlich an, vor Schmerzen laut zu schreien.

Großartig, er fühlte wieder etwas.

»Was ist los, Pippa, was hast du mit mir gemacht?«

Sie eilte zu ihm hin. »Du musst dich abstützen, dein Knöchel ist gebrochen.«

»Das sind ja wirklich tolle Neuigkeiten!« Er klammerte sich an ihre Schulter. Dann blieb er unvermittelt vor ihr stehen. Pippa konnte sich nicht sattsehen an diesen blitzenden Augen, die im späten Abendlicht wieder meergrün schimmerten und deren warmer lebendiger Ausdruck alle Knoten in ihrer Brust auflösten.

Sie hatte das einzig Richtige getan.

»Ich hab mich so gegen ihre Tricks gewehrt«, sagte er und der Klang seiner richtigen Stimme wirkte wie Balsam. »Ich hab die ganze Zeit an dich gedacht und gehofft, dass mich das wie ein Amulett beschützt, aber sie waren stärker.«

»An mich hast du gedacht?«, fragte Pippa ungläubig. »Wohl eher an Madita, glaube ich.«

Niels schüttelte den Kopf. »Nie im Leben.«

»Aber du hast ständig nach ihr gefragt.«

»Pippa, nein … Madita war eine üble Schlange. Sie war total unmoralisch und hat alle manipuliert, jeden, mit dem sie zu tun hatte. Es war ihr völlig egal, was ihr Verhalten in anderen bewirkt hat, Hauptsache, für sie sprang etwas dabei heraus.«

»Aber … ich dachte, ihr wart alle so von ihr fasziniert! Vor allem dein Vater!«

»Ja, er und mein Großvater hätten für sie beinahe die Aufnahmeregelungen der Loge geändert. Sie hätte prima da reingepasst. Und offensichtlich schafft sie es sogar noch aus dem Grab heraus, Menschen zu täuschen. Danke … danke, dass du mich trotzdem nicht aufgegeben hast.« Er lächelte breit. »Und hey, schau mal, wir beide sind schon wieder völlig nass. Das muss etwas zu bedeuten haben.« Er beugte sich mit einem schmerzvollen Stöhnen zu ihr. »Ich erinnere mich an fast nichts von dem, was du gesagt hast.«

Gut, dachte Pippa erleichtert, dann kann ich es noch mal sagen, wenn der richtige Zeitpunkt gekommen ist.

»Nur an eines doch …« Er grinste trotz seiner Schmerzen bis über beide Ohren und genoss es offensichtlich, dass Pippa unter seinem Blick rot anlief. »Ich liebe dich übrigens auch.« Übergangslos küsste er sie auf den Mund. Ihre Lippen waren aufgesprungen und salzig, sie rochen beide nach Schweiß und Blut und nassem Sand. Aber Pippa spürte nur noch Niels und wie sie davongetragen wurde von einem Meer aus Glück, viel, viel schöner noch als Esmeralda in jener Nacht.

Und das änderte sich auch nicht, als ihnen von ihrem Kuss so schwindelig wurde, dass sie beide umkippten und ins Meer stürzten.

35

Kurze Zeit später waren sie wieder in der Höhle, wo Niels aus der Alukiste trockene Kleider herausholte.

»Unter anderen Umständen fände ich es ganz großartig, dir beim Umziehen zuzuschauen«, sagte er, während er im Sitzen seine nassen Klamotten auszog.

Sein leichter Ton konnte Pippa nicht täuschen, sie sah deutlich, dass es ihn große Mühe kostete, nicht vor Schmerzen zu stöhnen. Wenn sie sich etwas ausgeruht hatten, mussten sie sich auf den Weg machen.

»Ich habe so viele Fragen, ich weiß gar nicht, wo ich anfangen soll. Aber die wichtigste ist die: Warum wollen die dich tot sehen?«

»Das ist ganz einfach«, gab Niels zurück, »trotzdem muss ich dazu etwas ausholen. Als einer aus dem Raben-Geschlecht wurde ich mit vierzehn in die Loge aufgenommen. Ich war sehr begabt und habe schnell gelernt, die Kraft meiner Gedanken so zu stärken, sodass ich schon bald ein Meister darin wurde, die Gedanken von anderen zu beeinflussen oder, wenn du es anders nennen willst,

Menschen zu hypnotisieren, ohne dass sie es merken. Bei den Showhypnosen brauchen die Hypnotiseure eine sehr lange Induktion, um Menschen in einen entspannten Zustand zu versetzen. Also, du weißt schon, wenn die dann immer sagen, *Sie sind ganz entspannt und fallen tiefer und tiefer in ihre Entspannung.* Aber ich kann mich ohne das alles in andere Hirne einhacken, ganz ohne zu reden, nur mit meiner Gedankenmacht. Bei manchen brauche ich schon noch etwas, um deren Blick zu fixieren, denn wenn die Augen abgelenkt sind, kommt man besser in die Gedanken.«

»Hast du das bei mir auch gemacht?« Die Idee gefiel Pippa ganz und gar nicht. Den Ballabend hatte sie als einziges Wechselbad der Gefühle in Erinnerung.

»Ich hab es versucht, nur bei unserem ersten Treffen auf den Klippen, da wusste ich ja nicht, wer du bist, und wollte unbedingt, dass du mich magst. Aber du bist willensstark, du hast genauso eine Begabung wie ich, deshalb hast du mich knallhart abgeblockt.«

»Blödsinn«, widersprach Pippa und spürte, dass sie wieder rot wurde. »Da mochte ich dich auch schon.«

»Ja, aber damit hatte ich nichts zu tun.« Er hob abwehrend die Hände. Dann lächelte er. »Aber gut zu wissen …«

»Und bei dem Ball?«

»Da hab ich gar nichts mehr bei dir versucht, es hat gereicht, sich wie ein Idiot aufzuführen.« Er verzog spöttisch den Mund. »Leider mochte ich dich mehr, als mir lieb war.«

»Wenn du so begabt warst, weshalb wollten die dich loswerden?«

»Weil mir klar wurde, dass mein Vater und Großvater

ihr Wissen nur dazu benutzen, um andere zu manipulieren, allein das erklärt ihren geschäftlichen Erfolg.«

»Was deinen Großvater angeht … ich verstehe weder, warum er allen den gelähmten Rollstuhlfahrer vorgespielt hat, noch ist mir klar, wie du es geschafft hast, dich für ihn auszugeben.«

»Dass ich das geschafft habe, lag nur an dir. Der Gedanke an dich hat mir die Kraft gegeben, ihn zu überwältigen.« Trotz allem, was geschehen war, schaffte er es, sie mit seinen Worten in eine warme Decke zu hüllen.

»Was das andere angeht: Mein Großvater hat uns alle getäuscht, und erst nachdem ich das gemerkt habe, wurde mir klar, dass gar nicht mein Vater hinter dem Tod meiner Mutter steckt, sondern mein Großvater! Er hatte wirklich einen Schlaganfall, aber ich schätze, durch sein tägliches Gedankentraining ist es ihm wohl gelungen, andere Teile seines Gehirns zu aktivieren, und er wurde wieder fitter.«

Pippa schüttelte verständnislos mit dem Kopf. »Solche Fortschritte teilt man doch mit seiner Familie und nimmt ihnen etwas von den Sorgen, die sie sich machen.«

»In normalen Familien vielleicht.« Niels lächelte bitter. »Aber mein Großvater liebt nur sich selbst und seine Macht. Ich weiß noch genau, es hat ihm überhaupt nicht gefallen, die Leitung der Loge an meinen Vater abgeben zu müssen. Der war ihm zu lasch. Ich nehme mal an, als Kranker getarnt, konnte er sich die Macht heimlich zurückerobern.« Niels sah Pippa unverwandt in die Augen. »Es hat ihm wahrscheinlich überhaupt nicht gepasst, dass mein Vater sich wirklich in deine Mutter verliebt hat.« Er griff nach Pippas Hand und streichelte über die Wunden an ihrer Hand.

»Davon hat man aber nicht viel gemerkt.« Pippa dachte an den Unfall mit dem Reh und ihr wurde mit einem Schaudern klar, dass Frederik die Erinnerung an den Unfall bei ihrer Mutter und Matteo umprogrammiert haben musste – konnte man das etwa Liebe nennen?

Niels zuckte mit den Schultern. »Es ist schwer, etwas zu ändern, was du dein ganzes Leben lang getan hast.«

»Und was genau haben sie getan?«

»Wichtige Persönlichkeiten in die Loge gelockt, natürlich nur Männer als Neophyten, Minister, Künstler, alle, die in Schlüsselpositionen sitzen und ihnen nützlich werden könnten. Man nimmt sie als Anfänger in die Loge auf, zeigt ihnen, was die Meister alles so draufhaben, und suggeriert ihnen, wenn sie sich anstrengen, können sie irgendwann ein Meister, ein Ipsissimus sein, aber das werden sie natürlich niemals. Die Neophyten sorgen nur dafür, dass die Familie von Raben jede Unterstützung kriegt, die sie für ihre Geschäfte braucht. Ich wollte das nicht. Diese Loge war früher wirklich davon beseelt, all diese Erkenntnisse über die Kraft der Gedanken für etwas Richtiges und Gutes einzusetzen, so wie zum Beispiel die Widerstandskämpfer im Zweiten Weltkrieg. Aber das fand nicht mehr statt. Es ging nur noch darum, die Rabens noch reicher und mächtiger zu machen.«

»Aber was hat das mit deiner Mutter zu tun, warum denkst du, dass sie ihr etwas angetan haben?«

»Weil meine Mutter plötzlich anfing, sich zu ändern. Sie

wollte die umweltzerstörerischen Projekte meines Vaters nicht länger mit ihrem Geld unterstützen, weil sie sich bei Greenpeace engagiert hat, und kurze Zeit später starb sie bei einem sogenannten Unfall. Du hast sicher schon gemerkt, dass es viele Unfälle im Umfeld der Loge gibt.«

»Aber man kann doch ein Flugzeug nicht hypnotisieren!«

»Nein, du verwendest eine posthypnotische Suggestion. Auf ein bestimmtes Stichwort hin tun Menschen dann bestimmte Dinge. Meine Mutter ist selbst geflogen. Es gibt viele Dinge, die mein Vater oder Großvater ihr hätten suggerieren können. Zum Beispiel, dass sie das Höhenruder als unwichtig abtut oder dass sie Benzin ablassen und immer im Kreis fliegen muss, bis der Tank –« Er unterbrach sich selbst durch ein gequältes Stöhnen. Sie rutschte näher zu ihm und nahm tröstend seine Hand.

»Das glaube ich nicht. Madita war doch dabei und dein Vater hat sie sehr geliebt.«

»Darüber hab ich auch gerätselt.«

»Vielleicht war es dein Großvater oder es war doch ein Unfall.«

»Das wäre schön, aber glaub mir, es ist verführerisch, so viel Macht zu haben.«

Pippa erinnerte sich an ihre veränderte Augenfarbe. »Kann man auch jemandem suggerieren, dass er etwas in Blau sieht, was eigentlich eine andere Farbe hat?«

»Na klar. Das ist leicht. Und genau deshalb wollte ich, dass die Loge mit diesen Manipulationen aufhört, und habe gedroht, alles publik zu machen. Daraufhin wollten sie mich als verrückt hinstellen, damit mir keiner mehr Glauben schenkt. Nach Mutters Tod hab ich zuerst alles Mögliche versucht, aber es stecken so viele mit drin, es war ein Fass ohne Boden. Das hat mich zermürbt, sie haben mir Medikamente ins Essen getan, mich in eine Klinik geschafft und irgendwann hab ich aufgehört zu kämpfen. Ich dachte, ich schaffe es nie, diese Krake zu besiegen. Erst als ich dich auf dem Ball getroffen habe und wusste, dass du jetzt ungewollt in all das hineingezogen wirst, ist mir klar geworden, dass ich etwas tun muss, damit das ein Ende hat.«

Plötzlich wurde Niels bleich und sackte in sich zusammen.

Oh Gott, was war los? Hatte er einen Schock?

Pippa kauerte sich neben ihn und versuchte, ihn aufzuwecken, indem sie mit ihm redete, aber er reagierte nicht, schließlich schlug sie ihm auf die Wange, er öffnete die Augen. Immerhin. »Mir ist schlecht«, flüsterte er.

Pippa stand auf und hob seine Füße, um sie in die richtige Schocklagerung zu bringen. Sie traute sich kaum, das rechte Bein anzufassen, weil der verletzte Knöchel so geschwollen war.

Er musste dringend in ein Krankenhaus. Ohne Wenn und Aber.

Pippas Gedanken liefen Sturm. Ihn hierzulassen, kam nicht infrage und nach Frederikshavn war es viel zu weit. Sie musste das Risiko eingehen und zurück zum Schloss.

Verzweifelt suchte sie nach etwas, das sie als Krücke verwenden konnte, um Niels zu stützen, aber es gab nichts, auch kein Verbandszeug. Sie erklärte Niels, dass sie keinen anderen Weg wusste, als zu laufen, und erwartete Widerspruch, doch er nickte nur mit schmerzhaft verzogenem Gesicht. Zusammen machten sie sich auf den Weg aus der Höhle, aber es ging nur qualvoll langsam voran. Als sie endlich am Strand ankamen, waren sie beide wieder komplett durchnässt und Niels musste sich setzen und ausruhen.

»Hättest du mich doch besser nicht aus meiner Trance geholt«, versuchte er einen Scherz, während Pippa sich in der Dunkelheit suchend nach Rasputin umschaute.

Dicke Wolken hatten sich vor den Mond und die Sterne geschoben und der Wind war abgeflaut. Weit und breit war niemand zu entdecken, der blaugraue Strand lag völlig einsam. Sie kletterte auf einen kleinen Felsen, um besser sehen zu können, und entdeckte Rasputin schließlich bei den Sanddünen weiter vorn, Richtung Yggdrasil, wo er am Strandhafer knabberte.

Sie rannte zu ihm hin, aber er war viel weiter weg, als es ausgesehen hatte. Sie beeilte sich, zurück zu Niels zu kommen. Schon nach dem ersten Versuch wurde klar, dass sie zuerst aufsteigen musste, während Niels sich an Rasputin lehnte und mit dem gesunden Fuß in die Steigbügel stieg und sie ihm dann dabei half hochzukommen.

Pippa trieb Rasputin zu allergrößter Eile an, trotzdem kam ihr der Weg vor wie ein schwarzes Loch, das alle Energie aus ihnen zog und sie für jeden Meter, den sie schafften, zwei zurückwarf.

Als das Schloss in Sicht kam, spürte sie, dass auch Niels'

Herzschlag nervöser wurde. Graf Henrik und die Ratte würden sehr überrascht sein, ihn am Leben zu sehen und was würde dann geschehen?

Als sie das kleine verkrüppelte Eichenwäldchen durchquerten, drückte Niels ihre Hand fest.

»Wie auch immer das hier ausgeht, ich danke dir, dass du das für mich getan hast.«

»Alles wird gut werden, wir schnappen uns eine Limousine und bringen dich in das nächste Krankenhaus.«

»Hast du einen Führerschein?«, fragte er.

»Nein.«

Sie hörte Niels leise lachen. »Na, dann ist ja alles gut.« Er küsste zart ihren geschundenen Hals.

Als sie den Stall erreichten, hörten sie lautes Hundegebell und den aufgeregten Matteo.

»Mama, schau mal, was ich Lulu noch alles beigebracht habe«, brüllte er und ihre Mutter klatschte in die Hände und applaudierte mit »Bravo, bravo!«.

Noch nie hatte sich Pippa so gefreut, die Stimme ihrer Mutter zu hören. Sie drückte die Fersen in die Flanken Rasputins und galoppierte um den Stall herum, hin in den Garten zu ihrer Mutter, die mit Matteo, Graf Henrik, Graf Frederik und der Ratte mit einem Sommercocktail auf der Terrasse saß und sie erstaunt ansah.

»Wir müssen sofort zum Arzt«, rief Pippa mit Blick auf Niels. Ihre Mutter sprang auf, kam näher, warf einen entsetzten Blick auf Pippas Verletzungen, dann auf Niels' Bein und rief nach Bill.

»Was ist denn los?«, fragte Frederik und die Ratte bot

an, Niels sofort mit Polizeisirene ins Krankenhaus zu bringen.

Pippas Herz tanzte so stakkatoartig in ihrer Brust, dass sie gar keine Luft mehr bekam.

»Nicht die Ratte«, brüllte sie. »Mama, wir müssen hier weg, und zwar jetzt! Du und Matteo müsst mitkommen, alleine, unbedingt! Ich erklär dir im Auto alles, was passiert ist.«

»Aber das ist doch Unsinn!«, sagte Graf Frederik und umarmte ihre Mutter. Pippa zerrte sie weg, hatte Angst, dass er sie manipulieren würde.

Da fiel Niels bewusstlos vom Pferd.

Alle blieben einen Moment schockstarr stehen, dann kam Leben in sie. Pippa stürzte zu ihm, bereit, ihn gegen jeden zu verteidigen, bereit, alle von ihm wegzuhalten, wenn es nötig war. Sie umklammerte die Kugelkette und sendete ihrer Mutter verzweifelte Blicke zu, dann konnte sie einfach nicht mehr und ihr wurde schwarz vor Augen.

36

Drei Monate später …

Pippa war viel zu früh dran und setzte sich auf eine der Bänke am Eingang, um dort zu warten. Sie schob ein paar orangerote Kastanienblätter von der Bank und atmete den beruhigenden Geruch nach feuchtem Holz, Abgasen, zertretenen Zigaretten und Mist ein – ganz klar, sie war wieder in Berlin. Sie setzte sich und öffnete den Brief, den sie gerade noch schnell aus dem Briefkasten gefischt hatte. Schon bei den ersten Zeilen fing ihr Herz an zu hämmern.

Hi Pippa,

in der Therapie hier glauben sie, dass es mir guttun würde, wenn ich mich bei dir entschuldige.

Die denken allen Ernstes, ich entschuldige mich bei dem Menschen, der den Ruf meines Vaters und seine Ehe ruiniert hat, der meinen Großvater ins Grab getrieben und meine Familie so ins Gerede gebracht hat, dass ich immer noch im Internat gemobbt werde. Oh ja, ich entschuldige mich bei der Person, die schuld daran ist, dass der Polizeichef versetzt wurde und wir jetzt eine Polizeichefin haben, die denkt, es würde etwas bringen, dreimal in der Woche auf Schloss Ravensholm vorbeizuschauen. Und glaubst du wirklich, ich entschuldige mich bei der Person, die mir büschelweise kostbare Haare ausgerissen hat?

Okay, ich denke, du verstehst jetzt, dass das wirklich zu viel verlangt ist, aber warum dann der Brief, fragst du dich.

Weil ich mich trotzdem bei dir entschuldigen will, denn ich finde es gut, was passiert ist.

Dazu muss ich dir einiges erklären, obwohl ich sicher bin, dass du das meiste davon schon weißt. Ich war immer eifersüchtig auf die Zwillinge, die die Lieblinge meiner Mutter waren. Als kleines Kind war Madita eine Schönheit, ich dagegen – das kannst du dir wahrscheinlich kaum vorstellen, aber so war es wirklich – war das »hässliche Entlein«, hatte sehr abstehende Ohren, weshalb ich mehrfach operiert werden musste. Hässliche Menschen werden gern für dumm gehalten, weißt du? Das war natürlich ein Irrtum, im Gegenteil. Ich habe früh mitbekommen, was da im Turm vor sich ging, und wollte lernen, die Macht der Loge zu nutzen, weil ich dachte, mein Vater hätte dann auch mal Augen für mich. Aber leider durften Mädchen da offiziell nicht mitmachen, das war nur für Männer, deshalb habe ich mir alles selbst beigebracht und deshalb beherrsche ich es auch nicht so gut wie Niels und mache immer noch Fehler, aber das hast du ja gemerkt. Spätestens als ich unten im Tunnel versagt habe.

Aber irgendwann dachte ich, ich könnte es gut genug, um Madita zu bremsen. Ihren Spott, ihre Lügen, ihre Spionage.

Jeder außer meinen Eltern hat sie gehasst, weil sie so gemein war. Sie hat sogar ihren Zwillingsbruder bei den Behörden angeschwärzt und zur Belohnung dafür von Papa Rasputin geschenkt bekommen. Es war wirklich unerträglich mit ihr und der Gedanke, dass sie das Bild in der Bibliothek bekommen sollte, war ganz besonders schlimm für mich.

Ich hätte alles getan, um sie aus dem Weg zu räumen, und als dann das Flugzeug abgestürzt ist, war ich davon überzeugt, dass es meine Schuld war. Ich hatte Madita ein paar posthypnotische Suggestionen verabreicht, nach denen sie bei bestimmten Worten meiner Mutter unkontrolliert ausrasten sollte. Wenn ich gewusst hätte, dass meine Mutter sie auf diesen Flug mitnimmt, hätte ich das natürlich wieder aufgehoben, um Mama nicht zu gefährden.

Aber wie ich jetzt von der Polizei erfahren habe, war Mamas Unfall wirklich nur ein Unfall. Der Höhenmesser hat wohl nicht richtig funktioniert. Es war also nicht meine Schuld.

Dich habe ich ganz schön leiden lassen und dir damit viel mehr aus meiner Kindheit verraten, als ich es wollte. Eigentlich wollte ich dich nur verwirren, dir Angst machen, weil ich dich und deine Mom wieder weghaben wollte. Weil ich endlich mal die Nummer eins für meinen Vater sein wollte. Wie dumm ich war! Denn jetzt, nachdem es – nicht mal wegen mir, sondern wegen all dem, was Niels herausgefunden hat – geklappt hat, tut es mir sehr leid. Du wärst in jedem Fall eine bessere Schwester als Madita und dein Bruder ist einfach nur süß. Ich denke nicht, dass es schlimm für ihn war, Madita zu »sehen«, es hat ihm zumindest nicht geschadet, das verspreche ich dir.

Ich hoffe, du nimmst meine Entschuldigung an. Und um dir zu zeigen, wie ernst es mir ist, habe ich ein Geschenk für dich, das in ein paar Tagen bei dir ankommen sollte. Und ich hoffe, es wird dir gefallen. Es gibt nämlich etwas, dass du noch nicht über das Bild in der Bibliothek weißt: Es beschützt die Liebenden. Und ich wünsche mir wirklich, dass ihr beide glücklich werdet.

Liebe Grüße, Kirsten

PS: In das blöde Internat bin ich sowieso nie gern gegangen.

PPS: Gib Matteo ein Küsschen von mir, ja?

Pippa hatte eine Gänsehaut, obwohl es ein so warmer, strahlend blauer Oktobertag war. Sie wusste ganz genau, wie sehr Kirsten dieses Bild liebte. Wie glühend sie es sich immer gewünscht hatte. Dieses Geschenk konnte sie auf keinen Fall annehmen. Sie ließ den Brief sinken, sah auf ihr Handy, sie hatte immer noch ein paar Minuten, spielte nachdenklich mit der Kugelkette, die sie zu ihrem Glücksbringer erklärt hatte und nie mehr auszog. Sie wollte den Brief eben noch einmal überfliegen, da bedeckten plötzlich Hände ihre Augen, natürlich erkannte sie die sofort und trotz der Berliner Luft seinen unverwechselbaren Duft nach Zitronen und gebrannten Mandeln und tat nur so, als wäre sie erschrocken.

»Wer bin ich?«, fragte Niels mit verstellt gefährlicher Stimme.

»Eine betrunkene Ansuz-Rune!«, murmelte Pippa und reichte ihm Kirstens Brief. »Willst du lesen, was deine Schwester mir geschrieben hat?«

»Wollen wir nicht lieber reingehen?«

Statt einer Antwort wedelte sie demonstrativ mit dem Papier vor seinen Augen hin und her. Mit einem Augenrollen nahm er es in die Hand, ging um die Bank herum und setzte sich neben Pippa. Erst betrachtete er ihn reichlich skeptisch, dann fing er an, richtig zu lesen.

Pippa konnte sich immer noch nicht an ihm sattsehen. Sie liebte es, wenn seine Augenbrauen sich konzentriert über seinen blaumeergrünen Augen zusammenzogen und er mit den Lippen mitlas. Ab und zu schüttelte er seinen Kopf, sah hoch zu ihr, lächelte ... das Wort »lächeln« war überhaupt nicht ausreichend, um das zu beschreiben, was in seinem Gesicht vor sich ging, wie seine Wangen sich veränderten, wie sein Mund zusammen mit den Augen dieses Strahlen produzierte.

Oh verdammt, Alana hatte wirklich recht, dachte Pippa, sie war fast so schlimm wie diese unerträglichen Glückslächler, die ihre Liebe wie einen Orden vor sich hertrugen. Und gleichzeitig war es das schönste Gefühl überhaupt.

Kaum zu fassen, wie leicht sie das alles hier hätte verlieren können. Niels hatte solches Glück gehabt – beinahe hätte man seinen Fuß amputieren müssen, weil Keime aus dem Meer die Wunde infiziert hatten.

Nachdem ihre Mom sie beide ins Krankenhaus gebracht hatte, wollte sie haarklein wissen, was genau mit ihnen passiert war. Sie ließ es sich zweimal erzählen, jedes Mal war sie blasser und schließlich unter ihrer Karibikbräune totenbleich geworden. Auch wenn sie es unfassbar fand, dass ihr Ehemann sie vom ersten Moment des Kennenlernens manipuliert hatte, zweifelte sie keine Sekunde an dem, was Pippa erzählt hatte. Und mehr als alles andere schockierte sie der Gedanke daran, dass Frederik sogar imstande gewesen war, einen Unfall aus ihrer Erinnerung zu löschen. Nachdem sie die ganze Geschichte gehört hatte, setzte sie alle Hebel in Bewegung, damit die beiden Grafen und Rasmus bestraft würden.

Doch es gab keine Beweise. Was immer Niels und Pippa vorbrachten, wurde für nicht zulässig erachtet. Untersuchungen des Turms zeigten zwar, dass er als Versammlungsraum genutzt wurde, aber das war nicht verboten und es gab nicht den kleinsten Hinweis darauf, dass dort Verbrechen stattgefunden hatten. Und die *Loge des gelobten Lichts* war auch nicht illegal, im Gegenteil, man war ja stolz auf das, was sie im Zweiten Weltkrieg geleistet hatte.

Oles Leiche tauchte nie wieder auf und deshalb galt er als vermisst, genauso wie Thorgards Ehemann, der kurz nach der Geburt der Zwillinge verschwunden war. Und Thorgard hatte nie laut einen Verdacht geäußert, weil sie so dankbar war, dass sie und ihre beiden Jungs versorgt waren. Pippa war noch immer entsetzt, wie leicht Graf Henrik sie mit seinen Spielchen um den Stammbaum der Rabens hatte verwirren können. Dabei hatte sie von Anfang an Zweifel daran gehabt, dass Mads und Bill wirklich Frederiks Söhne waren.

Doch all das war egal: Die hypnotischen Fähigkeiten der

Loge wurden als Hirngespinste abgetan, selbst als Niels vorgeschlagen hatte, Kostproben seines Könnens zu geben.

Nachdem niemand sonst etwas tun wollte, hatte Niels sich als letzten Ausweg an die Presse gewendet, die den Skandal natürlich bis zum Letzten ausgeschlachtet hatte. Geheime Logen kamen immer gut an. Das hatte Graf Henrik so aufgeregt und bis ins Mark getroffen, dass er einen weiteren Schlaganfall bekam, von dem er sich, anders als beim ersten Mal, nicht mehr erholte. Pippa und Niels waren nicht zu seiner Beerdigung gegangen.

Ihre Mom hatte Graf Frederik verlassen, obwohl er ihr immer wieder beteuert hatte, dass er sich wirklich in sie verliebt hatte und erst durch den Druck seines Vaters damit angefangen hatte, sie auszunutzen. Misstrauisch geworden, ließ sie sich ihre Übersetzungsprotokolle und die von ihr übersetzten Verträge schicken und fand zu ihrem großen Entsetzen heraus, dass sie nicht das übersetzt hatte, was die Regierungsdelegation in China gewollt hatte, sondern ganz andere, für Frederik sehr vorteilhafte Dinge. Das Gleiche war auch in den USA passiert.

Aber auch hier war das Perfide daran, dass sie es nicht beweisen konnte. Im Gegenteil, das alles fiel auf sie selbst zurück als schlechte, möglicherweise sogar bestechliche Dolmetscherin.

Ihre Mom war so wütend geworden, dass sie ihre Ehe unbedingt annullieren, komplett auslöschen wollte, aber leider fiel Hypnose nicht unter den Punkt »unzulässige Beeinflussung«, weil keine Drogen im Spiel waren, und deshalb musste sie sich ganz regulär scheiden lassen und wartete jetzt auf den Termin.

Nach langem Grübeln darüber, was man noch tun könnte, hatte Pippa dann die Idee gehabt, die freundliche Innenministerin anzurufen. Die mit dem Elefantenkopf. Laut Niels gab es keine Elefanten in der Loge, dieses Krafttier hatten sie nie an jemanden vergeben. Außerdem waren Frauen auch nie in die Loge aufgenommen worden.

Mette hörte sich alles an und sorgte dafür, dass Rasmus auf eine kleine Insel strafversetzt wurde.

Niels ließ Kirstens Brief sinken. »Es tut mir leid, aber sie ist nicht ganz ehrlich. Sie hat dir im Tunnel nicht geholfen, weil sie dachte, mein Vater belohnt sie mit Aufmerksamkeit, wenn sie mich findet und ich zurück in die Privatklinik geschickt werde. Allerdings glaube ich nicht, dass sie wusste, was Henrik und die Ratte mit mir vorgehabt haben. Trotzdem bin ich ganz sicher, dass sie ihre Fähigkeiten weiter benutzen wird. Dabei müsste sie endlich glücklich sein, denn sie hat nun genau das, was sie immer wollte: die ungeteilte Aufmerksamkeit von unserem Vater. Die beiden leben ja jetzt ganz allein auf Schloss Ravensholm.«

Pippa spürte, wie bei dieser Vorstellung kleine gefrorene Eisnadeln ihren Rücken herunterrieselten.

»Das kann nicht dein Ernst sein, ihr Brief ist ein Hilferuf. Spürst du denn nicht, wie unglücklich sie ist? Immerhin ist sie deine Schwester. Wir sollten ihr helfen. Vielleicht nach Berlin einladen. Matteo vermisst sie auch sehr.«

»Dein Bruder ist leider viel zu gut für diese Welt.«

»Wahrscheinlich vergöttert er dich deshalb so.« Niels versuchte erst gar nicht, sein geschmeicheltes Grinsen zu unterdrücken.

»Ich schätze«, sagte er dann betont bescheiden, »das liegt nur daran, dass ich ihm mit Lulu beim Gassigehen helfe.«

»Da könnte Kirsten sich genauso nützlich machen. Also dann laden wir sie ein! Mama mag sie auch so gern.«

Niels seufzte. »Ich traue ihr nicht.«

»Aber sie hat es doch verdammt schwer gehabt mit euch Zwillingen und diesen schrecklichen Operationen.«

»Sie manipuliert uns nur wieder!«

»Blödsinn, hast du was an den Augen?« Pippa zeigte auf den Brief in Niels' Händen. »Dadrin steht es doch, sie schenkt mir das, was sie am allerliebsten hat. Das Bild mit den Zauberkräften.«

Niels zuckte immer noch skeptisch mit den Schultern.

»Lass es uns versuchen«, bat Pippa. »Ich rufe sie an und schlage vor, dass sie das Bild persönlich vorbeibringt. Matteo wird begeistert sein, dass ihn wenigstens eine Prinzessin besuchen kommt, wenn er schon selbst kein Prinz mehr werden kann.«

Ein weiteres Seufzen, aber schließlich wurde Niels' Gesichtsausdruck weicher. »Vielleicht hast du recht. Jeder hat eine zweite Chance verdient.« Er reichte Pippa den Brief, den sie in ihrer Handtasche verstaute.

»Es ist schade, dass mein Vater die Loge nicht wieder zu dem machen wollte, was sie einmal gewesen ist.«

»Wie meinst du das?«

»Stell dir doch mal vor, wie viel Gutes man hätte tun können!«

Pippa schüttelte den Kopf. »Ja, vielleicht kann man diese

Art von Suggestion in der Medizin oder der Therapie benutzen, aber doch nicht in einer Loge.«

»Wieso denn nicht?«

»Was kann denn schon Gutes aus geheimen Eliteclubs entstehen? In dem Moment, in dem man sich so abschottet und Leuten suggeriert, dass sie nur dann etwas Besonderes sind, wenn sie mitmachen dürfen, fängt das Unheil doch schon an.«

Und wenn ich dir suggeriere, dass du etwas Besonderes bist?« Er grinste sie breit an und öffnete seine Arme, damit sie sich an seine Brust werfen konnte, aber sie blieb, wo sie war.

»Das musst du nicht«, gab sie schlagfertig zurück, »denn dass du mich besonders findest, weiß ich ja auch so!«

Niels lachte. »Na gut, und wenn ich was anderes versuche, zum Beispiel dir etwas suggeriere?« Er warf sich in eine Denkpose und sagte dann mit Grabesstimme: »Pippa, du bist ganz entspannt, so entspannt du nur sein kannst, und jetzt stellst du dir vor, du bist ein Huhn. Du liebst es, ein Huhn zu sein, und du möchtest auch gar nichts anderes sein, selbst wenn du es könntest!«

Pippa spielte mit, sprang auf die Bank und fing an zu gackern. So laut, dass sich die Leute in der Schlange an der Kasse zu ihnen umdrehten und ihre Köpfe schüttelten.

»Okay, okay«, Niels unterdrückte ein Lachen. »Genug!«

Pippa hörte damit auf und sagte, noch etwas außer Atem: »Hey! Du hast mir versprochen, dass du das niemals bei mir machen wirst, und wehe, ich erwische dich dabei.«

»Genau das ist doch das Schöne, du würdest es nicht

mal merken …« Er lächelte entwaffnend, aber Pippa wusste, dass er jetzt wirklich etwas im Schilde führte. Kupfermünzen umwaberten ihn und alte Elektrokabel – aber das würde sie ihm niemals verraten.

»Untersteh dich, du versuchst es gerade, hör sofort auf damit!«

Verblüfft starrte er sie an. »Woher weißt du das?«

»Sagen wir mal, ich hab da so einen Riecher.« Sie unterdrückte ein Lächeln.

»Schade, denn eigentlich wollte ich nur erreichen, dass du mich küsst.«

»Aber dazu brauchst doch keine Magie …« Sie legte ihre Hände um seine Wangen, zog ihn zu sich hinunter und berührte seine Lippen. Er zog sie noch näher zu sich und küsste sie so unerwartet leidenschaftlich, dass es Pippa fast den Atem verschlug. Schließlich ließ er sie los. »Das stimmt, da brauche ich keine Magie, denn die Magie bist du«, flüsterte er.

Pippa hoffte, dass sie nicht rot geworden war, und versuchte, ihre Rührung zu überspielen. »Apropos Magie«, sie stand auf. »Komm, lass uns gehen. Ich möchte ein für alle Mal diese grauenhafte Hyäne aus meinem Kopf kriegen.«

Sie bezahlten ihre Tickets und gingen dann Hand in Hand durch den Eingang in den Zoologischen Garten. Doch als Erstes steuerten sie den Streichelzoo an, Niels hatte nämlich wirklich noch nie die Ziegen gefüttert.

Beatrix Gurian

Sommernachtsfunkeln

Luke ist schon lange Katis bester Freund. Dass sie mehr für ihn empfindet, will sie ihm nach einer Party endlich sagen. Doch dann passiert ein tragischer Unfall, von dem Kati schwere Narben davonträgt. Niedergeschlagen reist sie als Au-Pair nach L.A., wo ihr Leben einen geradezu magischen Aufschwung nimmt. In einer Bar namens »LIVED« findet Kati in den attraktiven Geschwistern Jeff und Lucy neue Freunde. All ihre Träume scheinen plötzlich wahr zu werden. Doch die Glamour-Welt verbirgt etwas – und erst mit Lukes Hilfe erkennt Kati, dass sie längst in einem Albtraum gefangen ist.

Arena

Auch als E-Book erhältlich

368 Seiten • Gebunden
ISBN 978-3-401-60322-3
www.arena-verlag.de